DER ENGEL DES TODES

EIN FESSELNDER KRIMINALROMAN

DS TOMEK BOWEN KRIMI-THRILLER-SERIE
BUCH 6

JACK PROBYN

CLIFF EDGE PRESS

eBook ISBN: 978-1-80520-143-4
ISBN: 978-1-80520-144-1
Erste Auflage
Besuchen Sie Jack Probyns Website unter www.jackprobynbooks.com.

ÜBER DAS BUCH

Jeder Engel verdient seine Flügel...

Als die Flugbegleiterin Angelica Whitaker nach einer Nacht in einem der beliebtesten Nachtclubs von Southend als vermisst gemeldet wird, wird der Fall zum ersten Mal in seiner Karriere an DS Tomek Bowen übergeben.

Sobald die Ermittlungen beginnen, richtet sich der Verdacht auf den Mann, mit dem sie im Club getanzt hat. Doch als ihre Leiche später in einer Kirche gefunden wird, positioniert wie ein Engel, deuten dieselben Indizien auf einen berechnenden, gefassten und sadistischen Killer hin.

Aber während die Ermittlungen voranschreiten und Tomek tiefer in das Leben des Opfers eintaucht, wird klar, dass es keinen Mangel an Verdächtigen gibt und jeder seine Geheimnisse hat – manche mehr als andere...

TRETEN SIE DEM VIP-CLUB BEI

Ihr KOSTENLOSES Buch wartet auf Sie

Verfügbar, sobald Sie dem Club beitreten
Holen Sie sich jetzt Ihr KOSTENLOSES Exemplar der Prequel-Novelle

zur DS Tomek Bowen-Reihe auf jackprobynbooks.com, wenn Sie meinem VIP-E-Mail-Club beitreten.

KAPITEL
EINS

Ihr Körper wogte und schwang im Takt der Musik, ihre Hüften drehten sich elegant, die Schultern bewegten sich frei, der Kopf wiegte sich hin und her, während die Chemikalien und Substanzen durch ihren Blutkreislauf strömten. Sie hatte die Augen geschlossen, um sich völlig verlieren zu können, um eins mit den Schallwellen zu werden. Mit einer Hand fuhr sie sich durch die Haare, während der schwere Bass bei jedem Schlag durch ihren Körper pulsierte.

Um sie herum, immer noch mit geschlossenen Augen, hörte sie den Lärm der Menschen, Dutzende, Hunderte von ihnen, die schrien, sich gegenseitig ins Gesicht brüllten, um sich zu unterhalten, zu flirten und hoffentlich am Ende der Nacht, wenn das Glück auf ihrer Seite war, zu vögeln.

Ein paar hatten sie bereits angesprochen, betrunken, mit nach Alkohol riechendem Atem, der Geruch ihres übermäßig aufgetragenen Aftershaves setzte sich in ihrem Hals fest, alle hofften, ihr Glück zu versuchen. Und es gab ein paar, für die sie sich interessiert hatte, mit denen sie mehr als dreißig Sekunden gesprochen hatte, bevor sie ihnen unweigerlich den Rücken zukehrte und weitertanzte. Für diese auserwählten Wenigen war das Glück auf ihrer Seite gewesen. Halbwegs Glück, wohlgemerkt, da sie nur so weit gegangen war, ihre Nummer herauszugeben. Wenn sie das volle Programm wollten, müssten sie mehr Arbeit leisten, mehr Mühe als das. Sie mussten es sich verdienen.

Sie tanzte weiter, wiegte sich, ihr Körper und ihre Muskeln entspannten sich, gaben der Trance nach, in die die Musik sie versetzt hatte. All das war ein erlernter Sport, eine Kunst. In den letzten Monaten hatte sie gelernt, sich wirklich gehen zu lassen, sich von den Zwängen und Ängsten zu befreien, die sie sich selbst auferlegte, um in einen anderen Zustand einzutreten, einen, der ätherisch und fast außerkörperlich war.

Plötzlich, mitten auf der Tanzfläche, wurde sie sich des Drangs bewusst, zu trinken, etwas von der Flüssigkeit nachzufüllen, die sie ständig ausschwitzte und auspinkelte, und mit ihrem Becher fest in der Hand, die Augen immer noch geschlossen, hob sie den Arm zum Mund. Es fühlte sich an wie eine Verlängerung ihres Körpers, als ob jemand die Bewegung für sie machte, und für ein paar Momente suchten ihre Lippen nach dem Strohhalm, die Zunge ragte aus ihrem Mund wie der Kopf einer Schildkröte, der aus seinem Panzer auftaucht. Eine Sekunde später spürte sie den Strohhalm in ihrem Mund. Sie öffnete die Augen und sah einen Mann direkt vor sich stehen, der den Strohhalm mit seinen Fingern führte, mit einem warmen Lächeln im Gesicht. Sie erkannte ihn halb. James? Ashton? Percy? Oder ein anderer seltsamer Name? Es war einer von ihnen. Er kam zurück für Runde zwei. Er gab sich wirklich Mühe, wollte wirklich mehr als nur ihre Handynummer aus dem Club mitnehmen, die zwölf Stunden später jede Nummer oder jeden Anruf automatisch blockieren würde.

Der Mann beugte sich näher zu ihr, legte eine Hand auf ihre Hüfte. Als er das tat, nahm sie einen Hauch frisch aufgetragenen Aftershaves wahr, dick, würgend, doch eines der angenehmeren, erträglicheren. Vielleicht hatte er es im Badezimmer aufgetragen und der Toilettenmann hatte ihm ein Vermögen dafür berechnet. Sie fragte sich, für welches er sich entschieden hatte: Armani, Yves Saint Laurent, Dolce & Gabbana, Boss? Sie kannte sie alle, aber dieses hier war ihr entfallen, doch die Erinnerung daran schwebte irgendwo in ihrem Hinterkopf.

»Kann ich dir noch einen Drink kaufen?« rief er, seine Worte waren kaum hörbar.

Bevor sie antworten konnte, spürte sie eine weitere Hand an sich. Diesmal von ihrer Freundin Elodie, die ihren Arm packte und sie wegzog. Einen Moment später war sie wieder mit ihrem Trio von Freundinnen vereint.

»Warum hast du das gemacht?« fragte sie, überrascht, wie verwaschen ihre Worte klangen.

»Er hat vorhin versucht, etwas in deinen Drink zu tun«, antwortete Elodie und lehnte sich an ihr Ohr. »Ich hab ihm gesagt, er soll sich verpissen, als er dir den ersten gebracht hat. Ich hab das Barpersonal gebeten, ihn auszutauschen.«

Sie schaute auf ihren Drink hinunter und fragte sich, ob sie irgendein Anzeichen dafür sehen würde, dass er mit K.O.-Tropfen versetzt worden war, erinnerte sich dann aber an das, was Elodie ihr gerade gesagt hatte, dass sie den falschen Becher anschaute.

»Ich hab dir gesagt, du musst vorsichtiger sein«, wies Elodie sie zurecht und stemmte eine Hand in die Hüfte. »Du musst wachsamer sein, Mädel.«

Sie wischte die Hand ihrer Freundin abweisend weg und richtete ihre Aufmerksamkeit dann wieder auf den Mann, der kleinlaut am Rand der Gruppe herumgehangen hatte, tanzend, mit seinen Füßen nicht im Takt zur Musik scharrend, so tuend, als hätte er nichts von ihrem Gespräch mitbekommen, obwohl seine Körpersprache darauf hindeutete, dass er alles gehört hatte. Dann schlurfte sie auf ihn zu, ihre Beine und Knie gaben nach. Sie hatte zu lange in ihren Absätzen gestanden. Entweder das oder es war der Alkohol, der durch ihre Adern floss. Sie wusste nicht, wie viel sie getrunken hatte, aber sie war erfahren genug, um zu wissen, dass sie immer noch die Kontrolle über ihren Körper hatte, immer noch Herrin ihrer Sinne war. Und als sie sich dem Mann näherte, reichte sie ihm ihren Drink, damit er ihn einen Moment hielt, dann streifte sie ihren Rock an ihren Schenkeln hinunter, bis er auf einem anständigen Niveau war. Sobald sie damit zufrieden war, nahm sie den Drink, drehte ihm den Rücken zu und begann, an ihm zu tanzen, sich zu drehen, ihre Körper waren weniger als einen Zentimeter voneinander getrennt, kamen sich allmählich immer näher, bis sie seinen Schritt an ihrem Hintern spürte. Sie konnte die Wärme und den Gestank seines Atems in ihrem Nacken spüren. Sie spürte auch das Zögern, eine kurze Pause, als er darauf wartete, seine Hände auf ihren Körper zu legen. Zuerst eine an ihrer Taille, dann die andere um ihre Brust gelegt, als ob sie sein Besitz wäre, seine Trophäe für den Abend. Er hatte sie für sich beansprucht, und sie war froh, ihn das denken zu lassen.

Lass ihn glauben, dass er Glück hatte.

Während sie tanzten, begann sie seinen halbsteifen Penis zu spüren, der härter gegen sie drückte, sie anstupste wie ein Kind, das versucht, einen schlafenden Hund zu wecken. Er konnte stupsen und stoßen, so viel er wollte, aber sie hatte beschlossen, dass dieser Hund schlafen bleiben würde.

Sie stellte Augenkontakt mit ihren Freundinnen her und genoss den Komfort und die Sicherheit ihres neuen Begleiters. Gelegentlich versuchte er, ihren Hals zu küssen und sogar sein Glück mit den Lippen zu versuchen, aber jedes Mal zog sie sich zurück und neckte ihn weiter. Rache dafür, dass er versucht hatte, ihren Drink zu manipulieren. Sie wusste, was ihre Freundinnen jetzt denken würden: dass sie dumm, leichtsinnig war, dass sie nicht die Kontrolle hatte und nicht wusste, in welche Gefahr sie sich begab. Aber sie wusste es sehr wohl. Sie hatte weit Schlimmeres erlebt. In der Gesamtbetrachtung war das Tanzen mit einem Mann in einem Nachtclub harmlos im Vergleich zu dem, was sie gesehen hatte, durchgemacht hatte, erlebt hatte. Ihre Freundinnen waren noch nicht bereit, davon zu hören.

Vielleicht eines Tages. Aber nicht jetzt, nicht wenn ihre engste Freundin jede ihrer Bewegungen mit Argusaugen beobachtete und versuchte, den Mut aufzubringen, einzugreifen.

Sie und ihr neuer Begleiter blieben die nächsten zehn Minuten so, ihre Körper ineinander verschlungen, jeder genoss die Zeit aus sehr unterschiedlichen Gründen. Bis schließlich, nachdem sie genug gesehen hatte, Elodie ihr sagte, dass es Zeit sei zu gehen. Sie hatten einen Uber, der draußen auf sie wartete, und sie wollten ihn nicht verpassen.

Als sie weggezogen wurde, lief der Mann, der jetzt hungriger als je zuvor war, ihr nach, folgte ihr wie ein Kind, hielt ihre Hand Richtung Ausgang.

»Lass sie in Ruhe!« schrie Elodie dem Mann ins Gesicht und versuchte, sie auseinander zu reißen.

»Kann ich mit euch mitkommen?« fragte er.

Der Ton in seiner Stimme war mehr als hoffnungsvoll, fast schon flehend.

»Verpiss dich«, antwortete Elodie.

»Oder du kommst mit zu mir?«

Verzweiflung durchzog seine Worte. Sein letzter Versuch, Glück zu haben.

Sie beschloss, ihm die Karotte vor die Nase zu halten.

»Du hast meine Nummer«, sagte sie, als sie aus dem Club gezogen wurde. »Schreib mir.«

Als die Taxi-Tür hinter ihr zufiel, sah sie den Mann in seine Taschen greifen und sein Handy herausziehen.

KAPITEL ZWEI

Selbst im Tiefschlaf sieht sie wunderschön aus. Sanft, elegant, engelsgleich. Ihre Augenlider flattern leicht, während ihre Augen sich darunter bewegen, das einzige Lebenszeichen in ihrem ansonsten leblosen Körper. Sogar die Bewegungen ihrer Brust sind unter ihrem hautengem schwarzen Kleid kaum wahrnehmbar.

Ich knie mich neben sie, meine Füße flach auf dem Boden, sodass meine Knie in einem Winkel von fünfundvierzig Grad stehen. Ich stütze meine Ellbogen auf meine Hüften, lehne mich vor und halte mein Ohr über ihren Mund und ihre Nase, lausche den schwächsten Atemgeräuschen, während sie meine Wange liebkosen. Dann fahre ich mit meiner Zeigefingerkuppe über ihren Hals, von der gegenüberliegenden Seite ganz zu mir hin, spüre, wie sich Knorpel und Knochen darunter bewegen. Ich halte inne, als ich den Puls fühle, das Einzige, was sie am Leben erhält, was das Blut von einem Teil ihres Körpers zum nächsten befördert. Schwach, aber gleichmäßig, rhythmisch. In der Stille ist er verstärkt, übertönt den Klang meines Atems, den Lärm der Straße unter uns.

Bum-bum.

Bum-bum.

Bum-bum.

Es würde nur ein kleiner Schnitt mit der Klinge brauchen, ein tiefer

Einschnitt in die Vene, in diesen Tunnel des Lebens, um all das schöne, perfekte Blut aus ihrem Körper strömen zu lassen.

Aber noch nicht. Es gibt Dinge, die ich zuerst tun muss. Dinge, die ich erleben muss. Bevor ich zur nächsten Phase unserer gemeinsamen Zeit übergehe, möchte ich mir ein letztes mentales Bild von ihr in diesem Zustand machen. Schmutzig, dreckig, unrein - hurenartig. Das alles muss sich ändern. Ich muss sie in ihren engelsgleichen Zustand zurückversetzen.

Ich erhebe mich von ihrem Körper und drehe sie auf den Bauch. Die Rückseite ihres Kleides ist mit einem Reißverschluss befestigt, der Saum schneidet in ihr Fleisch. Aber sie hat kaum Körperfett, sodass nichts an den Seiten herausquillt. Langsam ziehe ich das Kleid den ganzen Weg bis zur Mitte ihres Rückens herunter, bis es locker genug ist, um sie davon zu befreien. Behutsame, sanfte Bewegungen sind erforderlich. Nichts zu Hastiges, zu Drastisches. Zeit ist das Wichtigste. Ich will das genießen, darin schwelgen, mich für den Rest meines Lebens daran erinnern.

Nachdem ich das Kleid vorsichtig von ihrem Körper entfernt habe, falte ich es ordentlich zu einem kleinen Quadrat und lege es neben ihre hochhackigen Schuhe. Dann betrachte ich ihre Figur. Heute Abend hat sie sich entschieden, keinen BH zu tragen und alles heraushängen zu lassen. Aber ich bin froh zu sehen, dass sie immer noch Unterwäsche trägt – dünn, spitzenbesetzt, fast nichts dran – dass sie wenigstens etwas Würde bewahrt hat. Ich entferne den Rest ihrer Kleidung und lege ihn neben das Kleid. Jetzt ist sie völlig nackt, schimmert unter dem Licht. Ich bade im Anblick ihrer zierlichen Figur, vollständig geformt und an allen richtigen Stellen proportioniert. Ihre Brüste neigen sich zur Seite, und jetzt kann ich das Heben und Senken ihrer Brust sehen. Alles an ihr ist perfekt. Ihre Zehennägel, ihre Füße, ihre dünnen Waden, ihre schlanken Oberschenkel, ihre Vulva, die zwei Pole ihrer hervorstehenden Hüftknochen, ihr kleiner, ordentlich eingezogener Bauchnabel, bis hin zum sichtbaren Brustkorb und den Schlüsselbeinen. Alles liegt offen. Und alles ist für mich.

Aber es ist nicht perfekt-perfekt.

Es gibt ein paar Kleinigkeiten, ein paar kleine Mängel. Wie die zweitägigen Stoppeln an ihren Beinen und Achselhöhlen. Wie der kleine Haarfleck auf ihrem Schambein. Die dicken schwarzen Haare an ihren Unterarmen, wegen denen sie immer unsicher war. Bis hin zu den dünnen weißen Haaren, die sich an ihrem Hals und ihrer Oberlippe gebildet haben. Der abgesplitterte Finger- und Zehennagellack, der dringend ersetzt werden muss. Die nachlässig aufgetragene Wimperntusche, die entfernt werden muss. Das sind alles nur Makel und Störfaktoren, die ihre Schönheit mindern.

Es gibt noch viel zu tun, bis sie der Engel werden kann, der sie immer sein sollte.

Zum Glück ist reichlich Zeit vorhanden.

KAPITEL
DREI

Tomek genoss sein zweites Bier des Abends und ließ den Mund auf und zu schnappen, um den Geschmack zu genießen. Heute Abend probierte er ein neues Bier aus. Irgendein hippes, fruchtig schmeckendes IPA mit einer bewundernswerten, wenn auch naiven Unternehmensphilosophie, bei der mit jeder Bestellung ein Baum gepflanzt wurde. Doch trotz seiner snobistischen Haltung gegenüber allem, was kein Heineken oder Guinness war, musste er zugeben, dass es ihm recht gut schmeckte. Er hatte seinen Horizont ein wenig erweitert, und das gefiel ihm. Allerdings wollte er nicht übermütig werden und gleich alles auf der Karte durchprobieren; er hatte das umweltfreundliche Bier nur bestellt, weil Abigail es empfohlen hatte. Heute war ihr besonderer Abend, und er wollte sie nicht verärgern. So sehr, dass er das von ihr gewünschte Lokal reserviert, das von ihr empfohlene Bier getrunken und das von ihr ausgesuchte Outfit angezogen hatte. Sein ursprünglicher Plan bestand aus einem schicken, blau-rosa gestreiften Hemd und einer cremefarbenen Chinohose, woraufhin sie gesagt hatte: »Du gehst verdammt nochmal nicht so aus dem Haus.« Sehr zu seiner Bestürzung; es war ja nicht so, als hätte er das Outfit nicht extra gekauft, als hätte er sich keine Gedanken gemacht. Eine halbe Stunde bei M&S, die er nie wieder zurückbekommen würde.

Am Ende hatte sie für ihn ein schlichtes weißes T-Shirt unter einem hochgeschlossenen Pullover ausgewählt. Es war scheußlich und juckte, und er fühlte sich wie ein Idiot – ein *Über*idiot –, wie er da mitten im Restaurant saß und aussah, als käme er direkt aus den Achtzigern. Aber es war ihr besonderer Abend, und er wollte nichts sagen.

Als er das Bier auf den Tisch stellte, rieb er sich mit dem Finger über den juckenden Hals und richtete seine Aufmerksamkeit auf Kasia. Sie hatte heute ihre schönste Jeans und eine kleine Satinbluse angezogen, begleitet von einer kompletten Schicht Make-up. Sie war gerade dabei, jemandem eine Nachricht zu schreiben, vermutlich einer Freundin, und war seit zehn Minuten in ihr Gerät vertieft.

»Wie war die Schule heute, Kash?«, fragte er.

»Ganz okay.«

Wie immer. Oder es war »in Ordnung«. Der Wortschatz eines Teenagers in einer turbulenten und aufwühlenden Zeit. Tomek dachte, dass er in dem Alter wahrscheinlich genauso undurchsichtig gewesen war wie sie.

»Welche Fächer hattest du?«

»Die üblichen.«

»Toll. Und welche?«

Sie beendete das Senden ihrer Textnachricht – oder Snapchat, oder Facebook, oder Instagram, oder TikTok; was auch immer sie gerade benutzte – bevor sie ihm ihre volle Aufmerksamkeit schenkte.

»Ähm... Mathe, Chemie, Bio, Physik und Sport.«

»Wow. Das ist ein voller Tag. Besonders mit all diesen langweiligen Fächern.«

Jetzt verstand er, warum sie nicht in der Stimmung war, darüber zu reden.

»Jap.«

Tomek spürte, dass er nicht mehr aus ihr herausbekommen würde, egal wie sehr er es versuchte, und so ließ er es sein. Abigail, seine Freundin seit vier Wochen, beschloss, dass es an der Zeit war, sich einzumischen.

»Dein Vater hat mir erzählt, dass du eines Tages ein Café besitzen möchtest.«

Kasia wandte ihre Aufmerksamkeit wieder ihrem Handy zu. »Ja. Eines Tages. Vielleicht.«

»Nun, ich denke, das ist eine großartige Idee. Aber es ist viel Arbeit. Glaubst du, du bist der Herausforderung gewachsen?«

Weitere einsilbige Antworten. Mehr Starren auf ihr Handy.

»Ich glaube, du hast es in dir«, fuhr Abigail fort, während sie den Stiel ihres Weinglases mit den Fingern hielt und den Fuß des Glases mit der anderen Hand drehte. »Falls du jemals jemanden brauchst, der dir hilft, einen Businessplan zu schreiben, bin ich dein Mädchen!«

Kasia hob langsam den Kopf. Tomek konnte an ihrem Gesicht erkennen, was sie dachte – »Du bist vielleicht gar nicht mehr da, wenn ich an diesem Punkt in meinem Leben ankomme« – aber glücklicherweise sagte sie es nicht. Stattdessen antwortete sie mit einer verkümmerten Antwort: »Ja. Okay. Vielleicht.« Dann wandte sie ihre Aufmerksamkeit wieder dem schwarzen Spiegel in ihrer Hand zu.

Bevor Tomek eingreifen konnte, kam das Essen. Lammkeule mit Pflaumensauce, sautierten Kartoffeln und gebratenem Gemüse für ihn. Beef Wellington, serviert mit Zwiebeln und Trüffel in Rotweinjus für Abigail. Und ein Hähnchenburger mit Pommes für Kasia. Die Grundnahrung eines jeden Teenagers, der durch seine wählerische Phase ging. Tomek konnte sich nicht daran erinnern, eine solche Phase durchgemacht zu haben, aber er hatte von Nick Geschichten über seine drei Kinder gehört, die ähnliche Phasen durchmachten. Sie weigerten sich zu essen, weil sie keinen Hunger hatten, verabscheuten den Anblick, den Geruch und den Geschmack von allem Gesunden, entschieden sich immer für das fettigste und kalorienreichste Gericht auf der Speisekarte und griffen jede Mahlzeit der Woche auf gefrorene Chicken Nuggets und Pommes zurück. In diesem Alter wirkte sich das allerdings, wie bei Kasia, nicht auf sie aus; dank ihres Hyperschallstoffwechsels und der ständigen Bewegung in der Schule und bei außerschulischen Aktivitäten waren sie ständig in Bewegung, verbrannten das Fett. Trotzdem hatte Tomek beschlossen, das im Hintergrund im Auge zu behalten. Die Sorge bei ihr war, dass sich daraus eine Essstörung, ein Komplex entwickeln könnte. Sie hatte in den letzten Monaten so viel durchgemacht, dass er lügen würde, wenn er sagte, er mache sich keine Sorgen über den gesellschaftlichen Druck, dem sie in der Schule ausgesetzt war. Und weil sie sich ihm gegenüber nicht öffnete, konnte er nur seinen Gedanken freien Lauf lassen.

Aber es ging hier nicht um Kasia. Es ging um Abigail, um ihren großen Abend, ihren Anlass zum Feiern.

Neben ihm griff Kasia nach Messer und Gabel, ohne Rücksicht auf Etikette. Tomek hielt sie auf. Er hob sein Glas und wartete, bis die Mädchen das Gleiche taten.

»Auf Abigail«, sagte er und hob es etwas höher, »die neue Chefredakteurin des *Southend Echo*. Auf Abigail.«

»Auf Abigail...«, sagte Kasia halbherzig.

»Auf mich«, fügte Abigail mit der Selbstgefälligkeit einer Person hinzu, deren Ego derzeit so hoch wie der Mond war.

Normalerweise hätte ihn eine solche Verhaltensweise gestört. Aber nicht heute Abend. Es war ihr besonderer Abend, und sie hatte es verdient. Sie hatte in den letzten Monaten so viel harte Arbeit geleistet, dass es schön war, zu sehen, wie sich das endlich auszahlte. Vor einigen Wochen war der Gründungsredakteur des *Southend Echo*, einer von Essex' größten und beliebtesten Zeitungen, wegen Menschenhandels verhaftet worden. Er und eine Handvoll anderer Mitglieder der politischen Elite von Southend hatten sich auf der falschen Seite einer strafrechtlichen Ermittlung wiedergefunden, die Dutzende von Leben beeinflusst hatte. Infolgedessen war die Position des Chefredakteurs frei geworden. Zunächst war es eine Position, die niemand haben wollte, als ob sie vom Verhalten des ehemaligen Redakteurs befleckt wäre, sein Geruch in den Stoff seines Sitzes verwoben, seine Abdrücke überall auf den Möbeln, ein unauslöschlicher Fleck. Doch dann hatte Abigail die brillante Idee und den Mut gehabt, sich für die Rolle zu bewerben. Sie hatte Tomek eines Abends hingesetzt und ihm erklärt, warum sie für den Job geeignet wäre. Ein Mini-Interview. Am Ende hatte er ihr geraten, es zu versuchen, dass sie nichts zu verlieren hätte. In seinen Augen war sie die richtige Person für den Job, obwohl er nicht derjenige war, den sie überzeugen musste. Diese Last fiel auf den Vorstand der Zeitung, und so folgte ein langwieriger Prozess, einen Drei-, Sechs-, Neun- und Zwölfmonatsplan zu erstellen, wie sie Einnahmen schaffen und den Ruf des Unternehmens verbessern würde. Wenn lokale Unternehmen nicht bei ihnen werben wollten, dann würde kein Geld reinkommen. Wenn es kein Geld gab, gab es keine Jobs, keine Kollegen. Schließlich hatte dem Vorstand ihr Plan gefallen und ihr die Stelle angeboten.

»Was steht als Erstes auf deiner To-do-Liste als neue Chefredakteurin?«, fragte Tomek, während er begann, sein Essen anzugehen.

»Ich muss Sami und Khalid entlassen.«

»Autsch.«

»Ja. Sie werfen mich wirklich ins kalte Wasser.«

Nicht so kalt wie es für die beiden *sein wird, wenn sie herausfinden, dass sie nächsten Monat ihre Miete nicht bezahlen können.*

»Lieber du als ich«, sagte er.

»Aber sieh die positive Seite, du und ich werden viel enger zusammenarbeiten. Viel mehr gegenseitige Rückenkratzen...«

»Igitt!« Kasia ließ Messer und Gabel auf den Tisch fallen. »Nicht schon wieder! Ich hab genug davon, dass ihr zwei redet, als wärt ihr in irgendeinem Porno!«

»Woher weißt du, was Pornos sind?«, fragte Tomek und beäugte sie misstrauisch.

»Wir haben das schon durchgesprochen! Ich weiß über diese Dinge Bescheid! Und ich will nicht mehr darüber reden!« Sie zog die Serviette von ihrem Schoß und knallte sie auf den Tisch, dann kletterte sie aus ihrem Stuhl, wobei das Geräusch von Holz, das über Keramik kratzt, durch das Restaurant hallte.

»Wo gehst du hin?«

»Auf die Toilette, wenn das *okay* für dich ist?«

Tomek ließ sie gehen, ohne zu antworten. Das Restaurant, in dem sie waren, war viel zu schick, um eine Szene zu machen. Hochwertig, luxuriös und mit einer entsprechend teuren Rechnung. Als sie außer Hörweite war, wandte er seine Aufmerksamkeit wieder seinem Essen zu.

»Vielleicht lässt du dieses Gesprächsthema einfach verdunsten«, sagte Abigail.

»Warum?«

»Weil es sich nicht lohnt. Es ist alter Kram. Wir haben das schon durchgekaut. Lass es sein.«

Tomek blickte zur Badezimmertür und vergewisserte sich, dass sie nicht so bald zurückkam.

»Was meintest du damit, dass wir aneinanderreiben?«

»Ich habe nie etwas davon gesagt, dass wir aneinanderreiben«, antwortete Abigail. »Du hast meine Worte aus dem Zusammenhang gerissen, und das gefällt mir nicht. Ich sprach von uns, dir und mir, der Zeitung und der Polizei.«

Richtig. Natürlich. Einfluss, darauf lief alles hinaus. Sie würde ihre Macht als Chefredakteurin der Zeitung nutzen wollen, um Informationen über den neuesten Fall aus ihm herauszuholen. Obwohl er zugab, dass es in der Vergangenheit passiert war, war es ohne Veränderung der Machtdynamik zwischen ihnen geschehen. Vorher waren sie auf Augenhöhe gewesen. Sie hatten es beide getan, um ihre jeweiligen Karrieren voranzutreiben. Jetzt, mit dem Unterschied zwischen ihnen, würde sich das zweifellos ändern. Es war unmöglich, dass es nicht geschehen würde.

Tomek blickte erneut zur Badezimmertür. Sie hatte sich geöffnet, und Kasia schlenderte zu ihnen zurück, ließ sich Zeit.

Bevor sie den Tisch erreichte, lehnte sich Abigail vor und senkte ihre Stimme.

»Obwohl, wenn du heute Abend aneinanderreiben möchtest, hätte ich nichts dagegen.«

Es war schließlich ihr besonderer Abend.

KAPITEL
VIER

Der Regen peitscht mir so hart ins Gesicht, dass er in meine Augen eindringt und mich zum Blinzeln zwingt. Ich versuche, ihn wegzuwischen, aber es nützt nichts. Meine Haare sind durchnässt, meine Hose klebt an meinen Oberschenkeln und meine Socken werden schnell nass, obwohl meine Schulschuhe angeblich wasserdicht sind. Aber ich ignoriere es und mache weiter. Adrenalin schießt durch meine Adern wie eine starke und gewaltsame Droge.

Adrenalin und Angst.

Vermischt mit einem Hauch von Nervosität.

Ich bin spät dran. Und Michał wartet auf mich. Bruder Michał. Mein älterer, größerer, stärkerer Bruder, der mich immer im Armdrücken oder im echten Ringen besiegt.

Ich habe gerade die Straße überquert. Auf der anderen Seite, etwa hundert Meter entfernt, kann ich die Kinder vor dem Spätkauf sehen. Sie sind wie üblich dort, lungern herum, hängen an den Lenkern ihrer Fahrräder, öffnen ihre Energy-Drinks und Schmuddelheftchen. Ich glaube, einer von ihnen packt sogar eine Zigarette aus der Schachtel, der kleine beschissene Idiot. Denkt wahrscheinlich, er sei der härteste Typ, der je auf diesem Planeten gewandelt ist. Der Trottel hat keine Ahnung, dass er ein verdammter Schwachkopf ist.

Ich ignoriere sie und richte meine Aufmerksamkeit wieder auf den Park. Ein paar hundert Meter die Straße hinauf, auf der rechten Seite. Der gleiche Eingang, den ich dutzende, hunderte Male vor und nach der Schule durchquert habe – und tausende Male seitdem. Vor dem Eingang steht eine einzige, einsame Straßenlaterne, metallgrau und rostig, von Hundepisse überzogen, ihr schwaches Natriumlicht sickert auf den Boden. Aber nichts davon ist stark genug, um in den Park hineinzuleuchten. Er ist von Dunkelheit umhüllt. Eine dicke, klebrige, unheimliche Dunkelheit, die mich an die Nächte während der Stromausfälle in Polen erinnert.

Ich komme vor dem Park abrupt zum Stehen. Auf dem Boden hat sich eine kleine Schlammpfütze gebildet. Über einen Meter breit und einen Meter lang. In der Mitte ist ein rostiges Metalltor, dessen Farbe abblättert. Ich umklammere es mit meinen Händen und katapultiere mich mit den Zehenspitzen in die Luft und über die Pfütze. Ich vermeide nur knapp den Dreck, aber meine Bemühungen sind vergeblich. Der ganze Ort ist verflucht schmutzig und überall mit Schlamm bedeckt. Ich hätte mich genauso gut darin wälzen können, bevor ich hereinkam; es hätte keinen Unterschied gemacht.

Ich schaue gerade auf meine Schuhe, als ich es höre. Das Geräusch, das von rechts kommt. Das Wimmern, das Stöhnen, das Kichern. Ich schaue hin, kann aber nichts sehen, nur die Umrisse des Spielplatzes. Die Schaukeln, die Rutsche, die Wippe und das Karussell. Und die Gestalten, die darauf stehen.

Dann beginne ich zu fokussieren, einzugrenzen. Das Geräusch von Reifen, die über den Asphalt rollen, wird allmählich leiser, und das Geräusch des Regens, der in den Schlamm klatscht, beginnt zu verblassen, bis ich nur noch meinen Atem höre. Schwer vom Laufen, das ich gerade hinter mir habe.

Langsam, spürend, was vor mir liegt, senke ich meinen Blick ein wenig und sehe den Körper, der im Dreck liegt, zu einem Haufen zusammengesackt. Mein Bruder. Michał. Dann hebe ich meinen Blick, und in der Dunkelheit sehe ich seinen Mörder, seine Augen, gelb und durchdringend wie die einer Katze. Nathan Burrows, der über Michał steht.

Aber es gibt ein Problem.

Es ist nur er.

Allein.

Niemand sonst.

Nur Nathan und Michał. Ein Mörder, ein Opfer.

Ich versuche, mich zu bewegen, aber ich bin wie festgefroren. Es gibt etwas, das mich zurückhält. Als hätte jemand seine Arme über meine Schultern gelegt und hielte mich dort fest, wie damals, als Papa mich umklammerte, um mich davon abzuhalten, Dawid im Garten hinterherzurennen. Obwohl ich kleiner war als er, nur um ein paar Zentimeter, war ich immer noch bereit, es ihm so richtig heimzuzahlen.

Genau wie jetzt.

Ich bin aufgebracht. Ich muss wissen, was mit Michał passiert ist. Ich muss wissen, warum er sich nicht bewegt.

Schließlich, nach zehn, zwanzig Sekunden, spüre ich, wie die Fesseln beginnen, nachzugeben, ihr Griff lockert sich. Und ich trete vor. Ich nähere mich.

Ein Schritt wird zu zwei.

Zwei werden zu drei.

Und bevor ich es weiß, renne ich, sprinte, stürme auf Nathan Burrows zu. Sobald der kleine Scheißer mich kommen sieht, dreht er sich um und rennt weg. Aber diesmal jage ich ihm nach. Ich folge ihm zur Rückseite des Spielplatzes, durch eine kleine, von Büschen gesäumte Gasse. Ziegel und Schutt von den Bauarbeiten, die in der Nähe stattgefunden haben, bedecken den Boden. Baldachine aus Brombeeren und Ranken hängen von oben herab. Das Geräusch seiner Schritte, gefolgt von meinen, hallt den Weg hinunter. Am Ende ist ein sanftes, mattes, klägliches Natriumleuchten. Ansonsten sind wir von Dunkelheit umgeben, angewiesen auf die Fähigkeiten unserer Augen, durch all das hindurchzusehen, die Verschwommenheit und Formen auszumachen.

Aber Nathan ist schneller als ich. Er zieht davon. Ich habe keine Chance. Fünf, sechs Jahre älter ist er als ich.

Am Ende der Gasse biegt er nach links ab. Bevor ich es erreiche, stolpere ich, mein Fuß verheddert sich in einer aufgeworfenen Platte oder einem Stein, mein Körper überschlägt sich, wobei meine Lunchbox und

Wasserflasche zerstört werden. Aber das alles ist mir egal. Ich muss ihm folgen. Ich muss ihn jagen.

Nachdem ich mich auf die Beine gehievt habe, stolpere ich zum Ende der Gasse und spüre, wie der Schmerz in meinem Knie und meinen Händen anschwillt. Es ist nichts im Vergleich zu dem Schmerz, den Michał gefühlt hat, sage ich mir. Aber als ich bei der Straßenlaterne ankomme, ist Nathan Burrows verschwunden, aufgelöst, im Halbdunkel der Straße verschwunden.

Es dauert nicht lange, bis ich an Michał denke, also drehe ich mich um und gehe zurück zu ihm. Für einen Moment wünschte ich, ich hätte es nicht getan. Ich wünschte, ich wäre geblieben, wo ich war. Ich wünschte, ich wäre gar nicht erst aus der Schule gekommen.

Ich wünschte, ich wäre nicht zu spät gekommen.

Er liegt dort auf dem Boden, Jacke ausgezogen, Schuhe weggeworfen, Hose an den Knien, Tasche zur Seite geworfen, ihr Inhalt umgedreht und über den Asphalt verstreut. Meine Augen wandern von der Oberseite seines Körpers nach unten. Große Teile seines Schädels fehlen, und seine dicken blonden Haare sind mit der Farbe Karminrot verklebt, die weißen Stücke seines freiliegenden Gehirns und Knochenmarks glänzen feucht im schwachen Licht. Seine Augen – seine verdammten Augen – wurden mit Ziegelsteinen eingeschlagen und Batteriesäure hineingegossen. Der Beweis dafür liegt auf seinem Gesicht und in der Kinnfalte. Zwei von ihnen, eingedellt von einer Stelle, wo sie mit einem Stein oder einem Ziegel aufgebrochen wurden.

Die obere Hälfte seines Körpers wurde in Ruhe gelassen. Erst als ich zu seiner unteren Hälfte komme, wird mir schlecht. Sein Penis – etwas, das ich noch nie zuvor gesehen habe, außer als wir als Kleinkinder gemeinsam badeten – wurde gehackt, mit einem Messer verstümmelt. Blut tropft weiter daraus, als sei es das letzte Stück von ihm, das noch lebt.

Tränen beginnen in meinen Augen zu wallen, während ich auf meinen toten Bruder hinabschaue, die Bilder seines Körpers prägen sich langsam in mein Gedächtnis ein, offen für dreißig Jahre der Qual und Interpretation. Ich möchte wegschauen. Ich weiß, dass ich sollte, aber ich kann nicht. Etwas, wie die Arme meines Vaters um mich herum im Garten, zwingt mich, zu bleiben, hinzusehen. Die Schuld, die ich ihm schulde, aufzusaugen. Die Albträume und Schuldgefühle aufzunehmen, von denen ich weiß, dass sie mich für den Rest meines Lebens verfolgen werden.

Ich war zu spät.

Ich hätte ihn retten können.

Ich hätte ihn retten sollen.

KAPITEL
FÜNF

Tomek zog die Decke von seinem Körper und schwang seine Beine aus dem Bett. Auf dem Nachttisch neben seinem Kopf lag sein Handy, angesteckt und am Laden. Er tippte mit dem Finger darauf, sah, dass es kurz vor vier Uhr morgens war, und zog den Stecker. Schläfrig, gähnend und sich die Achselhöhle kratzend, ging er zu seinem Kleiderschrank auf der anderen Seite des Zimmers. Abigail schlief tief und fest, die sanften Geräusche ihres Atmens (man konnte es niemals Schnarchen nennen, *niemals*; sie weigerte sich zu glauben, dass sie es tat und hatte es ihr Leben lang getan) wurden durch ihre Nasenlöcher ausgestoßen. Sie sah so friedlich aus, wenn sie schlief, aber er wusste, dass sie jederzeit aufwachen könnte. Sie war eine der leichtesten Schläferinnen, die er kannte. Vorsichtige Bewegungen waren wichtig.

Mit beiden Füßen fest auf dem Teppich, an Stellen, die keine knarrenden Dielen enthielten, griff Tomek den Griff mit seinen Fingern und öffnete ihn behutsam. Ab und zu – bei zwanzig Grad, vierzig, achtzig – schrien die Scharniere ihn an. Jedes Mal blickte er zurück zu Abigail, aber sie blieb im Schlaf, ungestört von den Geräuschen. Der IKEA-Schrank war ein Chaos: mindestens ein Dutzend Paar Schuhe unten hineingeworfen, die ihr eigenes Jenga-Spiel spielten; Unterhosen und Socken, die unordentlich in eine kleine Nische gestopft waren; zu viele Kleiderbügel und Kleidung für die Stange, die oben quer verlief.

Aber was er suchte, befand sich in der oberen Nische, fest hinten eingeschoben. Er hatte es dort zur sicheren Aufbewahrung versteckt. Außer Reichweite von Abigails und Kasias neugierigen Blicken. Er tastete in der Nische und holte den Gegenstand heraus. Dann nahm er ihn mit ins Wohnzimmer und achtete darauf, auf keine der knarrenden Dielen zu treten. Am Esstisch zog er einen Stuhl heraus, setzte sich und legte den Gegenstand auf die Oberfläche.

Es war ein dünner Umschlag: ein Brief aus der JVA Wakefield, ein Brief von Nathan Burrows. Er war an diesem Morgen gekommen, während seines freien Tages, als Kasia in der Schule war. Er hatte ihn zehn Minuten lang in der Hand gehalten, ihn angestarrt und überlegt, ob er ihn öffnen sollte, während ihm die Worte des ersten erhaltenen Briefes durch den Kopf gingen. Am Ende hatte er es gelassen. Es war nicht wert, Abigails großen Abend zu ruinieren. Er wollte nicht abgelenkt sein. Aber nach dem Albtraum, den er gerade gehabt hatte...

Er war sich sicher, dass es einen Zusammenhang gab: Der zweite Mörder, derjenige, der seit jenem Nachmittag vor dreißig Jahren in Tomeks Gehirn eingeschlossen war, hatte in seinem Albtraum gefehlt. Genau wie Nathan es vorhergesagt hatte.

Es war niemand sonst dort, Tomek. Ich habe ihn ganz allein getötet. Du hast es dir die ganze Zeit nur eingebildet.

Tomek atmete tief ein, bevor er den Brief umdrehte und mit dem Daumen öffnete. Sobald er aus dem Umschlag war, hielt er den Atem an und verlor keine Zeit damit, ihn zu lesen:

Liepster Tomek,

Bitte entschulldige die Verzögerung. Ich war hier in Wakefield sehr beschäfftigt. Sie haben einen neuen Geschäftsentwicclungskurs eröffnet und ich habe einige davon besucht, um etwas über Geschäfte zu lernen. Aber ich habe Schwierigkeiten mit den Lesematerialien. Ich lerne langsam, und ich hoffe, du kannst mir verzeihen. Bitte hab Geduld. Ich habe meinen Zellengenossen, der mir hilft, aber manchmal ist er genauso schlecht.

Wie auch immer, wie geht es dir? Wie geht es Kasia? Wie geht es Abigail? Ich habe in den Nachrichten von ihrer Beförderung erfahren.

Bitte richte ihr meine Glückwünsche aus. Ich wette, sie ist sehr zufrieden und stolz. Das solltest du auch sein.

Beim letzten Mal wollte ich fragen, wie es deinen Eltern geht? Wie haben sie sich gehalten? Wenn sie mich besuchen kommen möchten, sind sie herzlich willkommen. Ich gehe nirgendwo hin! Vielleicht könntet ihr alle einen schönen Familienausflug daraus machen. Vergiss nicht, auch Dawid einzuladen. Hat dir Dawid jemals erzählt, dass er mich einmal besucht hat? Das ist jetzt viele Jahre her. Wir haben geredet, wir haben diskutiert. Es gab Dinge, die er wissen wollte, und so habe ich es ihm erzählt. Keine Sorge, ich habe ihm dasselbe gesagt wie dir. Dass ich leider Michał allein getötet habe. Es war niemand sonst bei mir. Manchmal denke ich, es wäre besser, wenn jemand dabei gewesen wäre, weißt du? Damit ich etwas von der Schuld, die ich für das empfinde, was ich deinem Bruder angetan habe, mit ihnen teilen könnte, aber ich werde diesen Luxus nie haben. Es tut mir leid, dass du dies so lange gedacht hast. Es muss für dich die ganze Zeit über so schmerzhaft gewesen sein. Ich möchte es mit dir wiedergutmachen. Deshalb wollte ich den Dialog eröffnen. Bitte antworte. Ich hoffe, dass du die Zeit finden kannst. Ich weiß, dass du ein beschäfftigter Mann bist, aber es wäre schön, wieder mit dir zu sprechen. Wenn du jemals gerne über Telefon sprechen möchtest, da es viel einfacher sein kann, habe ich gerade eine neue Nummer bekommen – sag es nicht den Wärtern! Ha ha! Ich habe sie auf die Rückseite dieses Briefes geschrieben. Bitte verliere sie nicht. Ich vermisse deine Stimme und würde sie gerne wieder hören.

In Gedanken bei dir.

NB

Unter Nathans Initialen befand sich eine Unterschrift, und tatsächlich war auf der Rückseite eine Handynummer. Elf Ziffern, in der saubersten Handschrift geschrieben, sodass es keine Verwechslung geben konnte, keine Möglichkeit, dass Tomek die falsche Nummer in sein Telefon eintippte.

Arschloch.

Arschloch Arschloch Arschloch Arschloch Arschloch.

So viele Gedanken, so viele Emotionen, die in seinem Kopf umherwirbelten. Plötzlich fühlte er sich krank, ein tiefer Knoten zog sich in seinem Magen zusammen (und es war nicht das Essen). Dann verging das Gefühl fast so schnell, wie es begonnen hatte, und er wurde von einem alten Freund begrüßt: Wut. Dieselbe Emotion, die er gehabt hatte, als er den ersten Brief gelesen hatte. Er hatte in das Dokument springen und Nathan beim Schreiben würgen wollen. Er hatte ihm die Augäpfel herausreißen und sie mit Batteriesäure füllen wollen. Er wollte Vergeltung für die grauenhaften Dinge, die er seinem Bruder angetan hatte.

Das erinnerte ihn.

Der andere.

Dawid.

Dieser kleine Scheißkerl, der Nathan besucht hatte, ohne es jemandem zu erzählen. Was hatten sie besprochen? Was hatte Dawid Nathan gefragt? Und warum hatte er es all die Jahre vor ihnen geheim gehalten? Hatte er erwartet, dass es nie jemand herausfinden würde?

Tomek verspürte plötzlich den Drang, zum Telefon zu greifen und ihn zu fragen, um die Antworten auf diese und weitere Fragen zu erfahren. Aber es war zu früh, draußen war es noch dunkel. Es müsste warten, ein Gespräch für einen anderen Tag.

Er schaute sich den Brief noch einmal an und las ihn erneut durch. Drei Dinge beunruhigten ihn: erstens Dawids geheimes Treffen mit Nathan Burrows, zweitens, wie Nathan von Abigails Beförderung wusste, als die Nachricht erst in der Woche zuvor bekannt gegeben worden war, und drittens, dass er anfing, Nathan zu glauben. Er zog ernsthaft die Möglichkeit in Betracht, dass es keinen zweiten Mörder gegeben hatte, dass er es sich an jenem Nachmittag und in den dreißig Jahren seitdem eingebildet hatte.

Er schloss die Augen und ließ seinen Geist zu dem Albtraum zurückkehren, den er gerade gehabt hatte; er war so lebendig, so viszeral gewesen. Es war einer der klarsten Albträume, an die er sich je erinnern konnte. Und doch, war irgendetwas davon wahr gewesen? Wie viel war Tatsache, wie viel eine Fiktion, die von seinem Gehirn und Unterbewusstsein erschaffen wurde? Die ganze Zeit hatte er sich einen zweiten Mörder dort vorgestellt. Aber vielleicht gab es einen Grund, warum er das Gesicht nie deutlich hatte sehen können. Vielleicht gab es einen Grund, warum die Polizei nie einen zweiten Mörder oder Beweise gefunden hatte, die darauf hindeuteten, dass jemand anderes anwesend gewesen war. Was, wenn Tomeks gebrochener und zerbrechlicher Verstand ihn heraufbeschworen hatte, eine buchstäbliche Ausgeburt seiner Fantasie, eine harmlose und generische Form, die sein Gehirn in eine Figur verzerrt und manipuliert hatte? Es war eine Frage, mit der er im Laufe der Jahre unzählige Male gerungen hatte, und nun zog ihn sein jüngster, sein klarster Albtraum bisher in die andere Richtung. Weg von seiner Identität.

Und der Name, Charlie, der Name, den er während eines Albtraums einmal gehört hatte und der erneute Hoffnung geweckt hatte – was, wenn auch dies falsch war? In letzter Zeit war das eine Frage, mit der er zu kämpfen versuchte, an die er ein wenig weniger glaubte, nur weil es der gleiche Name wie jemand war, der zu der Zeit in eine Mordermittlung verwickelt war, und er hatte sich überzeugt, dass es sein Unterbewusstsein war, das nach ihm rief. Warum sollte ihm nach dreißig Jahren plötzlich ein Name einfallen? Es ergab keinen Sinn. Er wusste, dass das Gehirn auf mysteriöse Weise arbeitete, aber so mysteriös waren sie nicht. Es gab für gewöhnlich etwas, das hinter dem steckte, was vor sich ging.

Er begann zu glauben, dass nichts davon überhaupt real gewesen war.

Als er gerade dabei war, das Stück Papier in zwei Hälften zu reißen, hörte er ein Geräusch; die Wohnzimmertür knarrte beim Öffnen, gefolgt von dem Geräusch von Nägeln, die über Holz kratzten. Tomek drehte sich auf seinen Füßen so schnell um, dass er spürte, wie seine Wirbelsäule unter dem Druck nachgab.

»Was- Was machst du wach?«, fragte er Abigail, als ihr Kopf durch den Spalt in der Tür lugte.

»Mir wurde kalt. Ich konnte dich nicht neben mir spüren.«

»Also bist du aufgewacht?«

»Ich hatte meinen Kuschelpartner nicht.«

Tomek zuckte zusammen. »Ich bin gleich wieder da. Gib mir nur eine Minute.«

»Was machst du da?«, fragte sie.

»Ich schreibe in mein Tagebuch.«

Es war keine komplette Lüge. Aber es war auch nicht ganz die Wahrheit. Im Moment wollte er nicht, dass sie es wusste. Nicht, weil er ihr nicht mit den Informationen vertraute, sondern weil er nicht wollte, dass sie darüber in Panik geriet, dass Nathan Burrows, ein Mörder, der eine lebenslange Haftstrafe verbüßte, intime Details über sie kannte.

»Hattest du wieder einen Albtraum?« Sie näherte sich vorsichtig und legte eine tröstende Hand auf seinen Rücken.

»Ja.«

»Einen schlimmen?«

»Nein«, log er. »Aber er war verwirrender als die anderen.«

»Du kannst mir später davon erzählen. Jetzt musst du zurück ins Bett. Du hast morgen früh einen frühen Start.«

KAPITEL
SECHS

Tomek gelang es nicht, das Gähnen zu unterdrücken, als er den Gerichtssaal verließ. Der unruhige und fragmentierte Schlaf der vergangenen Nacht hatte ihn müde und benommen zurückgelassen, als wäre er wieder ein Teenager, der bis zum Mittagessen im Bett bleiben wollte. Es war sein dritter Besuch im Crown Court von Southend in den letzten drei Tagen. Er war als Zeuge im Zusammenhang mit dem Mord an einem Mann auf Two Tree Island geladen, einem kleinen Salzmarschgebiet in Leigh-on-Sea. Das Opfer, Reece Cartwright, war von hinten mit einem Schlag auf den Kopf getötet und zum Sterben zurückgelassen worden – ausgerechnet von dem Augenzeugen, der behauptet hatte, ihn gefunden zu haben. Laut seinem Geständnis, das kurz nachdem das Team die Mordwaffe im nahen Unterholz gefunden hatte, hatte das Opfer den Täter mitten auf dem Weg angehalten und ihn belästigt – betrunken und unter dem Einfluss von etwas anderem. Als die Annäherungsversuche des Opfers nicht nachließen, hatte der Radfahrer ihm einen Schlag auf den Kopf versetzt, um ihn abzuwehren, ihn dabei aber tatsächlich getötet. Eine einfache Handlung aus Notwehr hatte sich nun in eine Mordermittlung und eine bevorstehende Inhaftierung verwandelt. Die Frage, mit der die Jury nun konfrontiert war: War es Mord oder Totschlag? Tomek, mit all seinen Jahren Erfahrung, spürte, dass der Mann wegen Totschlags verurteilt werden würde. Es gab nicht nur keine Hinweise darauf, dass die beiden vor diesem verhängnisvollen Moment jemals miteinander in Kontakt gekommen waren, sondern die Art der Tötung deutete auch darauf hin, dass es in gewisser Weise ein Unfall gewesen war, ein Schlag mit unbeabsichtigten Folgen. Es war ein unglückliches Ende für einen Mann, der laut seinen Freunden und seiner Familie gerade eine der schwersten Zeiten seines Lebens durchmachte.

Das Schöne am Gerichtsbesuch war, dass es nur dreißig Sekunden vom Büro entfernt lag, sodass er innerhalb einer halben Minute zurück im CID-Hauptquartier war und sich auf den Weg zum Einsatzraum machte. Als er dort ankam, ging er direkt in die Küche und begann, sich einen Kaffee zu machen. DCI Cleaves, der Leiter des Teams, hatte kürzlich genug Geld im Budget gefunden, um eine erstklassige automatische Kaffeemaschine zu kaufen – ausgestattet mit digitaler Benutzeroberfläche, zwanzig Liter Kaffeebohnenkapazität und eleganter Ausführung –, die alle zwei Wochen von einem Techniker der Firma, von der sie sie gekauft hatten, gereinigt und gewartet werden musste. Kurz gesagt, es war eines der großartigsten Dinge, die Tomek je gesehen hatte, nur einen Schritt entfernt von den schicken, übertriebenen Kaffeemaschinen, die man in Läden wie Starbucks und Caffè Nero sah. Nur besser. Es war nicht nötig, die Milch aufzuschäumen oder die Wasserdüsen nach jedem Gebrauch zu reinigen – die Maschine erledigte alles selbst. Kurz nach ihrer Ankunft hatte es einen Ansturm gegeben, eine fieberhafte Aufregung, und Schlangen seiner Kollegen hatten sich gebildet, die alle ungeduldig darauf warteten, die Maschine zu benutzen. Bei einigen Gelegenheiten war Tomek gezwungen gewesen, einzugreifen und einige von ihnen zu trennen, sich zwischen sie zu drängen, um eine Auseinandersetzung zu beenden, bevor sie hässlich wurde, und dann am Ende die Schlange zu überspringen. Obwohl sie erst zwei Wochen alt war, hatte die Faszination des Teams für die Kaffeemaschine nicht nachgelassen, und als er zurückkam, stand immer noch eine Schlange vor ihm. DC Nadia Chakrabarti, die HOLMES-Eingabekraft und Aktionsbeauftragte des Teams, die dafür verantwortlich war, die Aufgaben aller während der verschiedenen laufenden Ermittlungen zu verwalten, war gerade dabei, die Tasse unter die Düse zu stellen, als Tomek fragte: »Brauchst du Hilfe damit, Nads?«

»Ich bin schwanger«, schnauzte sie. »Nicht verdammt noch mal behindert.«

Acht Monate, um genau zu sein. Kurz vor der Entbindung. Längst überfällig für ihren Mutterschaftsurlaub. Verschiedene Teammitglieder, einschließlich der Personalabteilung, hatten ihr vorgeschlagen, die Zeit vor der Ankunft des Babys zu nutzen, um sich zu entspannen, ein wenig zur Ruhe zu kommen, aber sie hatte gesagt, sie wolle sich nicht langweilen, sie wolle nicht den ganzen Tag zu Hause sitzen und nichts tun außer auf den Moment zu warten, nicht wenn es noch einen Berg von Arbeit gab, der erledigt werden musste. Ein Berg von Arbeit, zu dem nun trotz ihrer Intelligenz auch das Erlernen der korrekten Bedienung der Kaffeemaschine gehörte; Tomek beobachtete, wie sie für einige Momente kämpfte, während sie eine Hand auf ihren Bauch legte und mit der anderen nach dem richtigen Knopf zum Drücken suchte.

»Bist du sicher, dass du keine Hilfe brauchst? Wieder Babyhirn?«

Sie schnaufte, schaute zurück und funkelte ihn an.

»Wenn du noch einmal Babyhirn erwähnst, schlage ich dir den Schädel ein, damit *du* ein Babyhirn hast.«

»Bin schon halb da, Kumpel. Ich glaube, meine Eltern und Brüder haben den größten Teil der Arbeit schon für dich erledigt.«

Noch ein Schnaufer, noch ein finsterer Blick. Tomek beachtete es kaum, schlüpfte dann an drei Mitgliedern des zivilen Unterstützungspersonals vorbei, entschuldigte sich mit einem höflichen Flüstern, wie es Briten tun, und blieb neben Nadia stehen. Von hinten kamen Rufe und Buhrufe.

»Sie ist schwanger! Ich helfe nur jemandem in Not.«

»Du wirst in Not sein, wenn du so weitermachst«, sagte sie und schaute dann wieder auf die Knöpfe.

»Schwierige Entscheidung«, sagte er, »sich für dasselbe zu entscheiden, das du immer nimmst.«

Der Ausdruck auf ihrem Gesicht deutete darauf hin, dass sie ihn schlagen wollte, aber nicht die Energie dazu hatte. Stattdessen stieß sie einen langen Seufzer aus und entspannte ihren Körper. »Gut. Mach du es. Heiße Schokolade, bitte.«

»Eine heiße Schokolade und ein Flat White kommen sofort!« sagte er zu einem weiteren Chor von Stöhnen und Rufen. Er drehte sich zu der Menge um. »Hey! Keiner von euch war bereit, dieser *schwangeren* Frau zu helfen. Es ist nur fair, dass ich meinen gerechten Lohn bekomme.«

»Du bist so ein Märtyrer, Tomek«, stichelte Nadia. »Es ist ein Wunder, dass du noch nicht zum Ritter geschlagen wurdest oder einen CBE bekommen hast – oder einen der anderen Orden.«

Mit dem Finger auf die Menge hinter ihm zeigend, sagte er: »Ich tue es für meine Fans. Ich tue es nicht für mich selbst.«

»Pah! Und ich habe den Körper von Kim Kardashian.«

Innerhalb weniger Augenblicke war Nadias heiße Schokolade fertig, und als er im Begriff war, sie ihr zu reichen, stellte er seine Tasse unter die Düse und drückte den Knopf für sein eigenes Getränk. Als er sich zu Nadia umdrehte, fand er sie mit verwirrtem Blick und Augen, die so weit geöffnet waren wie der Rand ihrer Tasse. Und dann blickte er auf den Boden. Sie hatte das Getränk fallen lassen, den Inhalt auf die Fliesen verschüttet, die Tasse zerbrochen.

Aber das war nicht die einzige Flüssigkeit, die er sah. Ihre Hose, ihre Oberschenkel, waren dunkel gefärbt.

»Nads...?«

»Ich glaube, meine Fruchtblase ist gerade geplatzt.«

KAPITEL
SIEBEN

Tomek war mehr als nutzlos gewesen, flatterte herum wie eine Taube auf Kokain, schob Teammitglieder beiseite und verursachte Unfälle, als sie gegen Schränke prallten und sich die Handgelenke an Schubladengriffe stießen. Aber das Schlimmste war, als er anfing zu schreien. Seine Befehle – zumindest waren es für ihn welche – waren nichts anderes als zusammenhangloses Geheule, die Art, die man von einer gestrandeten Robbe hören könnte, die um Hilfe ruft. Er war ein Albtraum, und an einem Punkt blieb Nadia mitten im Büro stehen, packte ihn an den Schultern, gab ihm eine Ohrfeige und sagte ihm ruhig und deutlich, er solle »sich hinsetzen, die Klappe halten und atmen«. Sie war diejenige, die hätte durchdrehen und den Verstand verlieren sollen, nicht Tomek. Für ihn war es eine erschreckende Tortur. Gib ihm einen Serienmörder oder eine Verfolgungsjagd mit hoher Geschwindigkeit – entweder im Auto oder zu Fuß – an jedem beliebigen Tag der Woche, und er wäre cool wie sonst was, aber das hier... das hatte sich angefühlt, als würde er ein Mädchen zum ersten Mal treffen; er konnte nicht richtig sprechen, er konnte nicht aufhören zu schwitzen, und er war sich sicher, dass da auch ein bisschen Pipi mit dabei war.

Es war dann eine riesige Überraschung, als Nadia ihm die Erlaubnis erteilt hatte, sie ins Krankenhaus zu fahren. In einer Situation wie dieser, hatte sie gesagt, wo sie so schnell wie möglich dorthin kommen musste, war es das *einzige* Mal, dass sie ihm bei irgendetwas im Zusammenhang mit ihrer Schwangerschaft vertraute (obwohl es technisch gesehen das Letzte wäre, was er tun könnte, abgesehen davon, das Baby zu entbinden; er beschloss, es nicht zu erwähnen). Stattdessen hatte Tomek geistesabwesend genickt, unsicher, während ein Dutzend Gedanken und Bilder und Szenarien durch seinen Kopf rasten, als er dort im Büro saß, ihrer Stimme lauschte und ihren Atemübungen folgte. Aber all diese Angst und dieser Zweifel verschwanden, sobald er die starren Ledersitze des Poolwagens seinen Körper umschließen fühlte.

Nachdem er den Motor gestartet hatte, drehte er sich zu ihr und sagte: »Nadia, es ist mir eine Ehre, dich in deiner Stunde der Not zu fahren.«

Keuchend, ihr Gesicht vor Schmerz verzerrt, drehte sie sich zu ihm, fletschte die Zähne und schrie ihm ins Gesicht: »Fahr! Oder ich mache es verdammt nochmal selbst!«

Für Tomek war das keine Option, und so raste er durch den Verkehr, überfuhr ein paar rote Ampeln (er würde ihrem Ehemann später alle Bußgelder in Rechnung stellen) und kam mit quietschenden Reifen vor der Notaufnahme des Southend Hospital zum Stehen. Dort hatte er einen Rollstuhl aus einem Flur requiriert und sich wie Jack Reacher gefühlt, als er sich durch eine Stadt kämpft, ohne Gefangene zurückzulassen, stürmte Tomek durch die Korridore und sorgte dafür, dass sie so schnell wie möglich versorgt wurde.

Nadias Ehemann, Sharif, kam eine halbe Stunde später an. Zu diesem Zeitpunkt war das Baby schon gut auf dem Weg, und Nadia war in einen der Räume entlang eines der vielen Flure geschickt worden. Der Mann war in Panik und verzweifelt gewesen, und Tomek hatte sein Bestes getan, um seine Ängste zu zerstreuen und ihn zu beruhigen, aber da er selbst nicht gerade ein Vorbild an Entspannung gewesen war, hatte es seinen Anweisungen an Sharif an Überzeugungskraft gefehlt. Das Letzte, was er von dem Mann gesehen hatte, bevor er in den Kreißsaal gerannt war, war ein Blick des Schocks und der Angst auf seinem Gesicht, als ob ihm plötzlich klar geworden wäre, was in den nächsten dreißig Minuten – und den nächsten dreißig Jahren seines Lebens – passieren würde.

Tomek hatte beschlossen zu bleiben. Nicht, weil er das Baby sehen wollte, sondern weil er von all dem so überwältigt gewesen war, dass der plötzliche Gefühlsausbruch, den er im Büro gespürt hatte, zurückkehrte und ihn an Ort und Stelle fesselte. Aus irgendeinem unerklärlichen Grund fühlte er sich von der Geburt des Babys betroffen, und während er wartete, entschied er, dass das ein Gedankengang war, den er vorerst nicht weiterverfolgen wollte. Oder vielleicht nie.

Eines reichte, danke.

Etwas mehr als eine Stunde später kehrte Sharif in den Warteraum zurück und stürmte durch die Türen. Sobald er Tomek sah, hielt er inne.

»Was machst du noch hier?«, fragte Sharif, bevor er sich seiner eigenen Familie zuwandte, die während der Geburt nach und nach in den Warteraum getröpfelt war.

Tomek erhob sich aus seinem Sitz und faltete die Hände. »Wie geht es ihr? Wie geht es dem Baby?«

»Gut. Es geht beiden gut. Mutter und Sohn sind gesund und glücklich.«

Die Nachricht wurde mit einem Chor von Jubelrufen von Nadias und Sharifs Familien aufgenommen. Hände wurden geschüttelt, Umarmungen ausgetauscht. Es war eine angenehme, wunderbare Erfahrung und ein sehenswerter Anblick, der ein Lächeln auf Tomeks Gesicht zauberte. Dann wurde ihm klar, dass er der Außenseiter war und keinen Grund hatte, hier zu sein.

»Ich werde die Nachricht ans Team weitergeben«, sagte er leise zu Sharif, als er sich zum Gehen wandte.

Gerade als er im Begriff war, die Tür zu öffnen, rief Sharif ihn zurück und fragte, ob er das Baby sehen wolle, bevor er gehen müsse. Ja, hatte Tomek ohne nachzudenken geantwortet. Aber während er den Korridor entlang wanderte, sich dem Neugeborenen immer mehr näherte, begann Tomek zu verstehen, wie Sharif sich gefühlt hatte. Ein Knoten hatte sich in seinem Magen gebildet, ein Kloß in seinem Hals. Die Lichter in den Korridoren schienen zu dimmen, und die Wände schienen sich auf ihn zuzubewegen, als wäre er in einem Horrorfilm. Aber sobald Sharif die Tür für ihn öffnete, verschwand all das, und der

Raum war mit einem brillanten Leuchten erfüllt, das selbst die trübsten Farben hervorhob.

Tomek war bei Kasias Geburt nicht anwesend gewesen. Hauptsächlich, weil er nichts davon gewusst hatte. Er hatte nicht miterlebt, wie sie geboren wurde. Er hatte sie nicht zum ersten Mal in seinen Armen gehalten. Er hatte nichts davon erlebt. Dasselbe galt für die ersten dreizehn Jahre ihres Lebens. Aber hier, jetzt, erlebte er es stellvertretend.

Nadia, in einem Krankenhaushemd, saß hoch im Bett und wiegte das Baby.

»Tomek«, sagte sie, während sie zwischen Sharif und ihm hin- und herblickte, »du bist noch hier?«

»Ich... Es tut mir leid. Ich konnte mich nicht dazu bringen, zurückzugehen. Nicht, bevor ich wusste, wie alles ist. Wie geht es ihm?«

»Goldig. Bezaubernd. Überhaupt keine Probleme.«

Tomek näherte sich vorsichtig, damit keine plötzlichen Bewegungen das friedlich ruhende Baby störten. Als er an Nadias Bettseite ankam, lehnte er sich näher, um das Baby zu inspizieren. Das kleine Ding war in eine Decke gehüllt, abgesehen von seinem Gesicht, das von einem dünnen Haarflaum bedeckt war, und einigen Körperflüssigkeiten, die auf seiner Stirn trockneten. Seine Augen waren zusammengekniffen, und seine kleinen Lippen bewegten sich schnell.

»Der wird ein Schwätzer, garantiert«, sagte Tomek. »Habt ihr schon einen Namen?«

»Noch nicht.«

»Wie wäre es mit 'Tomek'?«

»Warum sollten wir das tun?«

»Weil du ihn ohne mich nicht hier geboren hättest – jedenfalls nicht hier.«

Sharif und Nadia tauschten einen Blick aus.

»Du machst wohl Witze?«

Tomek konnte seinen Blick nicht vom Baby abwenden. »Ich fühle, als wäre ich Teil seiner Geburt gewesen. Ich fühle, als hätte ich *irgendetwas* damit zu tun gehabt.«

Sie tauschten einen weiteren Blick aus.

»Ja«, sagte sie. »Du hast recht. Es waren fünfzig Prozent ich. Neunundvierzig Prozent Sharif. Und ein Prozent du, weil du mich durch die Türen gebracht hast. Wir hätten das wirklich nicht ohne dich geschafft. Zu dritt haben wir ein Baby bekommen. Herzlichen Glückwunsch.«

Tomek war so überwältigt vor Freude, dass er Nadias Sticheleien keine Beachtung schenkte.

»Aber ich denke nicht, dass wir unser Baby Tomek nennen werden«, sagte sie, diesmal strenger.

»Warum nicht?«

»Weil, wenn *du* ein Maßstab bist... Ich möchte einfach nicht den Ärger.«

Tomek verstand das, schätzte ihre Offenheit. »Wie groß ist er?«

»Vier Kilo dreihundertfünfzig«, antwortete Sharif.

»Verdammte Scheiße, Nads. Womit hast du ihn gefüttert?«

»Mit einer strengen Diät aus Froschschenkeln, Kaviar und Pilzen. Was denkst du denn?«

In diesem Moment sah Tomek Nadia in ihrer rohesten, verletzlichsten Schönheit. Ihr Haar und ihr Gesicht waren schweißbedeckt, und die Tränensäcke unter ihren Augen sahen aus, als wären sie bereit für einen First-Class-Flug auf die andere Seite der Welt eingecheckt zu werden. Dennoch strahlte sie irgendwie, als würde sie all die Freude der Welt in sich tragen, gefangen in ihrem Ausdruck und Lächeln. Tomek wusste nicht, was in seinem Kopf vor sich ging – war das, was sich anfühlte, als würde man kinderlieb sein? – aber er mochte es nicht.

»Er wird derjenige sein, der dich beim nächsten Mal durch die Krankenhaustüren schiebt«, sagte er. »Aber zu diesem Zeitpunkt wirst du krank und gebrechlich sein.«

Das Strahlen auf ihrem Gesicht schwand ein wenig. »Ich mag zwar gerade eine Menge Medikamente und Schmerzmittel intus haben, Tomek, aber ich werde dich *erwürgen*, wenn du noch eine Sache sagst, die mich verärgern könnte. Und denk nicht, dass ich es nicht tue, nur weil du mein Vorgesetzter bist...«

Tomek hob eine Hand an seinen Kopf in einer gespielten

Salutbewegung. »Jawohl, Kapitän. Verstanden, Kapitän. Und damit überlasse ich euch euch selbst.«

Es gab keine Einwände, weder von Sharif noch von Nadia. Und er konnte es ihnen nicht verübeln. Er hatte seine Willkommensdauer bereits überschritten, und das Letzte, was sie wollten, während sie diesen kostbaren Moment miteinander teilten, war, dass er herumstand und sie an seinen Ein-Prozent-Beitrag zum glücklichsten Tag ihres Lebens erinnerte. Ein Prozent, mit dem er in den kommenden Tagen versuchen würde, nicht allzu sehr anzugeben.

Bevor er ging, küsste er Nadia auf die Wange, streichelte die Stirn des kleinen Kerls und schüttelte dann Sharif die Hand.

Als er an der Tür ankam, rief Nadia ihn zurück.

»Tomek?«

»Ja...?«

»Wenn du jemandem auf der Dienststelle erzählst, wie schlimm ich aussehe, werde ich alles in Brand stecken, was du liebst.«

KAPITEL
ACHT

Tomek hatte seit fast zwanzig Minuten keine Luft holen können. Sobald er einen Fuß durch die Türen des Großeinsatzraums gesetzt hatte, war er von seinen Kollegen umzingelt worden, die ihn bedrängten und mit einem Dutzend Fragen pro Sekunde bombardierten. Sie waren wie ein ausgehungertes Rudel Hyänen, verzweifelt, und Tomek war ganz klar ihre Beute, und die Informationen, die sie wollten, waren das Fleisch an seinen Knochen. Er begann zu verstehen, wie es für Prominente sein musste, die von Paparazzi gejagt werden und bei denen fast jeder Aspekt ihres Lebens unter die Lupe genommen wird. Seine Kollegen, besonders Rachel und Martin, wollten Moment-für-Moment-Updates. Die drei Worte »Und dann was? Und dann was? Und dann was?« waren auf die Verbotsliste im Büro gesetzt worden. Er wollte diese Worte für lange Zeit weder hören noch sehen oder auch nur daran denken.

Nachdem er die hungrige Menge mit seiner leicht ausgeschmückten Geschichte (wobei er das eine Prozent auf angenehme vier oder fünf erhöht hatte) gesättigt hatte, ging er zu seinem Schreibtisch. Er schaffte es gerade, seine Hand auf die Rückenlehne seines Stuhls zu legen, als er Detective Inspector Victoria Orange seinen Namen von der anderen Seite des Büros rufen hörte.

Tomek seufzte schwer und nahm sich einen Moment Zeit, um sich zu sammeln, bevor er zu ihr hinüberging.

»Wenn ich noch einmal erklären muss, was passiert ist, reiche ich meine Kündigung ein«, sagte er zu ihr.

Sie stand im Türrahmen, die Arme vor der Brust verschränkt. Sie trug eine schicke Hose und eine leuchtend orangefarbene Bluse mit Blumenmuster, die den Raum erhellte. »Ich habe es bereits gehört«, sagte sie.

»Wie?« Er versuchte, die Überraschung und leichte Abscheu in seiner Stimme zu verbergen, aber es gelang ihm nicht.

»Sharif«, antwortete sie. »Er hat mich aus dem Krankenhaus angerufen, um mir mitzuteilen, dass Mutter und Sohn wohlauf sind.«

»Du wusstest es also, wolltest aber dem Rest des Teams nichts sagen?«

»Nicht, wenn ich wusste, wie sehr sie dich bei deiner Rückkehr lebendig verschlingen würden. Ich muss zugeben, es war ziemlich sehenswert.«

Tomek funkelte sie an.

»Komm jedenfalls rein. Da ist etwas, das du vielleicht hören möchtest.«

Als Tomek über die Schwelle in ihr Büro trat, traf ihn eine Wand aus kalter Luft mitten ins Gesicht. Aus irgendeinem gottlosen Grund hatte sie ihre Klimaanlage Mitte März eingeschaltet, obwohl es draußen noch immer unter zehn Grad war und das seit einigen Wochen so geblieben war. Er schloss die Tür hinter sich und verlagerte sein Gewicht auf seinen linken Fuß.

»Was habe ich angestellt?«

»Schade, dass das deine erste Reaktion ist, aber ich kann nicht lügen, selbst ich bin überrascht, dass ich dich nicht wegen irgendeines Vergehens oder deines verunglückten Verhaltens hereingerufen habe.«

»Dann muss es ernst sein.«

»Ganz im Gegenteil.« Victoria ging um ihren Schreibtisch herum und setzte sich, während sie ihr Haar aus dem Gesicht strich. »Heute Morgen, während du weg warst, kam eine Frau herein. Eine Frau namens Rose Whitaker mit dem Rest ihrer Familie. Sie sind gekommen, um eine vermisste Person zu melden.«

»Verstehe.« Er wappnete sich für das, was kommen würde, und fürchtete das Schlimmste, obwohl er aus dem Zusammenhang des bisherigen Gesprächs wusste, dass es, alles in allem, nicht so sein würde.

»Du musst nicht so ängstlich aussehen. Ich entlasse dich nicht.«

»Könntest du auch gar nicht, selbst wenn du wolltest«, sagte Tomek trotzig. »Nur mein Kumpel Nick kann das.«

Victoria schüttelte den Kopf. »Jetzt bekomme ich Zweifel. Vielleicht war das doch keine so gute Idee.«

Tomek zog den Stuhl gegenüber heraus und setzte sich. »Nein, nein. Ich bin ganz Ohr. Schieß los, Schwester.«

Die Fingerpistole, die er auf sie abfeuerte, kam nicht gut an. Sie seufzte schwer durch die Nasenlöcher und lehnte sich vor, wobei sie ihre Ellbogen auf den Schreibtisch stützte.

»Ich wollte dich zum SIO in der Ermittlung ernennen.«

»Mich?«

»Ja.«

»*Mich?*«

»Ja. Bist du taub?«

»Warum?«

»Weil du dich jetzt schon zweimal wiederholt hast.«

»Nein, ich meinte, warum ich?«

»Du machst es schon wieder. Du sagst immer wieder das Wort ›ich‹.«

Tomek öffnete den Mund, um sie zu korrigieren, doch dann sah er das selbstgefällige Grinsen auf ihrem Gesicht und verstand. Er lachte gekünstelt. »Ich verstehe. Du versuchst, witzig zu sein.«

»Ein Vorgeschmack auf deine eigene Medizin. Ich bin mir sicher, du hättest das Gleiche getan, wenn die Dinge andersherum gelaufen wären.«

Tomek entschied sich, darauf nicht zu antworten, weil sie absolut recht hatte.

»Ich denke, du hast dir die Chance verdient, eine solche Ermittlung selbstständig zu leiten. Du wirst SIO sein, und das bedeutet, dass du alles managen musst, was damit verbunden ist. Nick und ich haben beschlossen, dass es an der Zeit ist. Aber wir werden dich genau im Auge behalten, um sicherzustellen, dass du nicht mit dem Budget und allem anderen Scheiße baust.«

»Budget?« Tomeks Augen leuchteten auf. »Ich darf mit all dem Geld herumspielen?«

»Verdammte Scheiße«, flüsterte sie mit einem Kopfschütteln. »Worauf habe ich mich da eingelassen? Ich-«

Sie hielt inne, sobald sie das selbstgefällige Grinsen auf seinem Gesicht sah.

»Touché, Bowen. Touché. Aber du wirst nicht viel davon bekommen, das kann ich dir gratis verraten. Und ich kann dir auch nur ein reduziertes Team geben.«

»Warum?«

»Weil es andere Verantwortlichkeiten gibt. Es ist im Moment zu viel los, um dir eine vollständige Besetzung zu geben.«

»In Ordnung. Wen bekomme ich?«

»Das ist deine Wahl.«

»Wie viele?«

»Zwei... wenn's hochkommt, drei.«

Tomek musste darüber nicht einmal nachdenken. Die Namen erschienen sofort in seinem Kopf.

»Chey und Rachel.«

»Willst du nicht erst darüber nachdenken?«

Tomek spürte die Zurückhaltung in ihrer Stimme.

»Ich habe meine Entscheidung getroffen. Ich möchte bitte Chey und Rachel.«

Als wären sie Spieler bei einem NFL-Draft-Pick.

Sie seufzte langsam und versuchte, sich nicht anmerken zu lassen, dass sie mit der Entscheidung unzufrieden war.

»Gut. Du kannst sie haben. Jetzt verschwinde. Die Familie wartet unten in Besprechungsraum eins auf dich.«

KAPITEL
NEUN

Tomek fühlte sich wie ein Lehrer, der zu spät zum Elternabend des klügsten Schülers der Schule kommt. Als er den Raum betrat, blickten die Mitglieder der Familie Whitaker zu ihm auf, sichtlich unbeeindruckt, als hätten sie stundenlang gewartet und fragten sich, wofür ihre Steuergelder eigentlich verwendet würden.

Bei seinem Eintreten legte er ein Notizbuch auf den Tisch und stellte sich der Familie vor. Insgesamt waren es drei Personen. Rose Whitaker, eine Frau in ihren Dreißigern, die aussah, als hätte sie Modetipps von Kate Middleton und diversen Klatschblättern, die über jedes ihrer Outfits berichteten, bekommen – mit Ausnahme der verschiedenen Schmuckstücke an ihrem Körper. Ihre Finger waren mit diamantbesetzten Ringen bedeckt, an jedem Handgelenk trug sie ein Armband, eine große Halskette mit einem herzförmigen Anhänger baumelte zwischen den Knöpfen ihrer Bluse, und die Ohrringe, die sie trug, waren nach Tomeks Empfinden viel dezenter als der Rest des Ensembles. Tomek wollte gar nicht schätzen, wie viel das alles gekostet hatte, da es wahrscheinlich mehr war, als er auf irgendeinem seiner Bankkonten hatte, und er wollte seinen ohnehin schon guten Tag nicht in irgendeiner Weise trüben.

In ihrer Begleitung befanden sich, wie er schnell herausfand, Roses Schwiegereltern, Daphne und Roy Whitaker, ein Paar in ihren späten

Fünfzigern, das aussah, als wären sie seit dreißig Jahren verheiratet, und nur einige dieser Jahre waren wohl angenehm gewesen. Auch sie schienen mehr am Leib zu tragen, als Tomek sein Eigen nannte, allerdings in Form von Designerkleidung. Seltsamerweise wurde Tomeks Blick auf die Manschettenknöpfe des Mannes gelenkt: ein Paar blau-rote, mit Diamanten besetzte Verkehrsflugzeuge. Roy Whitaker sah aus wie der Typ Mann, der recht umgänglich war, aber jederzeit umschalten konnte, und nicht viele Menschen würden es mögen, wenn er das täte. Daphne Whitaker hingegen saß kerzengerade da, die Lippen zusammengepresst, mit einem Ausdruck stillen Urteils im Gesicht. Tomek hatte den Eindruck, sie sei die stumme Herrscherin der Familie, die alle mit einem Kopfnicken oder einem Verengen der Augen kontrollierte.

»Also…«, begann Tomek, der sich plötzlich leicht von ihnen allen eingeschüchtert fühlte. »Ich verstehe, Sie möchten eine vermisste Person melden?«

»Ja«, antwortete Roy, während er eine Hand auf den Schoß seiner Frau legte. »Unsere Tochter, Angelica.«

Tomek notierte den Namen.

»Sie ist unser kostbarer kleiner Engel«, fuhr Roy fort.

»Das kann ich mir vorstellen. Wann haben Sie sie zuletzt gesehen?«

»Wir haben sie in den letzten paar Tagen nicht gesehen«, antwortete Daphne mit dünner, abgemessener Stimme.

»Und Sie glauben, sie wird diese ganze Zeit schon vermisst?«

»Nein.« Diesmal wurde die Frage von Rose beantwortet, die sich auf ihrem Sitz nach vorne lehnte. Sie blickte zu Roy und Daphne, bevor sie fortfuhr, fast als ob sie um Erlaubnis bitten würde. »Ich habe sie gestern Nachmittag zum letzten Mal gesehen. Sie arbeitet für mich in meinem Schmuckgeschäft auf der Leigh Broadway.«

Das erklärte die beeindruckende Menge an Diamanten an jedem Teil ihres Körpers. Und jetzt, wo sie es erwähnte, bemerkte er den Schmuck an ihren Schwiegereltern. Dass sie alle diese Stücke vermutlich über die Jahre geschenkt bekommen hatten, machte ihn weniger beeindruckt als zuvor.

»Gehört Ihnen Whitaker's, gleich neben Tangerine, auf der Broadway?«, fragte er.

Rose nickte, ihr Gesicht füllte sich mit Stolz. »Schuldig im Sinne der Anklage.«

»Ah, schön. Ich hab's gesehen, gehe oft daran vorbei, war aber noch nie drin. Wurde immer ein bisschen abgeschreckt durch die...«

»Durch die Preise?«

Tomek wurde verlegen. »Ja. Und die Tatsache, dass ich bis vor kurzem niemanden hatte, für den ich etwas kaufen konnte.«

Aber jetzt war Abigail in sein Leben getreten, jetzt hatte sie gerade ihre große Beförderung bekommen, und jetzt hatte sie in den nächsten zwei Wochen Geburtstag... er müsste seine Gewohnheiten vielleicht ändern.

»Es ist nicht *so* teuer«, erklärte Rose. »Wir bedienen alle Arten von Budgets. Sie sollten mal vorbeikommen, und wenn Sie uns helfen können, Angelica zu finden, würde ich Ihnen gerne denselben Rabatt geben, den ich auch dem Rest der Familie gegeben habe.«

Angelica.

Der Name erschien in seinem Kopf in leuchtend roten Buchstaben.

»Angelica. Richtig. Wo waren wir?« Er konsultierte seine Notizen. »Sie waren dabei zu erklären, warum Sie die letzte Person waren, die Angelica gesehen hat...«

»Weil sie für mich arbeitet«, erklärte Rose und strich sich eine Haarsträhne hinter das Ohr. »Sie arbeitet bei mir während der Nebensaison.«

»Nebensaison?«

»Während der Wintermonate, wenn sie nicht so viel gebraucht wird. Sie ist Flugbegleiterin. Bei TUI.«

Tomek kritzelte die Notiz in sein Buch.

»Eine Flugbegleiterin?«

»Ja«, antwortete Roy mit einem Anflug von Stolz. »Sie war unglaublich gut in ihrem Job, aber bei solchen Unternehmen sind die geschäftigsten Monate im Sommer, also brauchen sie verständlicherweise in ruhigeren Zeiten nicht so viel Personal und müssen sie gehen lassen. Es ist kein völlig zuverlässiges Einkommen, und es bedeutet, dass sie sechs Monate im Jahr ohne Arbeit dasteht und einen Job braucht, aber wir haben das Glück, Rose in der Familie zu haben, die freundlich genug ist, ihr für den Rest des Jahres einen Job zu geben. Wir haben im Laufe der Jahre versucht, sie zu überzeugen, zu wechseln, zu einer... respektableren und sichereren Arbeit in der Branche überzugehen...«

»...aber der Wettbewerb um diese Stellen ist so heftig, dass jedes Jahr nur eine Handvoll Menschen ausgewählt wird, wie ich bezeugen kann«, fügte Daphne hinzu. Als sie das sagte, straffte sich ihr Rücken, und ihre Krähenfüße verschwanden, als ihr Gesichtsausdruck durch Selbststolz ersetzt wurde.

Rose beugte sich vor und zeigte auf ihre Schwiegermutter. Für Tomeks Verständnis erklärte sie: »Daphne war ihr ganzes Berufsleben lang Flugbegleiterin bei BA, und Roy war Pilot.«

»So haben wir uns kennengelernt«, fügte Roy hinzu.

Tomeks Blick fiel auf die Manschettenknöpfe des Mannes, die er geistesabwesend mit den Fingern rieb.

»Natürlich hätten wir es geliebt, wenn sie der Familientradition gefolgt wäre und sich der BA-Crew angeschlossen hätte – ich habe sogar ein paar meiner ehemaligen Kollegen kontaktiert, um zu sehen, ob sie ein gutes Wort für sie einlegen oder sie auf der Liste nach vorne bringen könnten – aber sie hat abgelehnt. Sagte, sie wolle die Dinge auf ihre eigene Weise tun.«

Tomek wurde an ein Gespräch erinnert, das er ein paar Wochen zuvor mit Kasia geführt hatte. Die beiden hatten in einem Café gesessen, ein Frühstück und einen Kaffee genossen, als Tomek über ihre Fähigkeiten zur Deduktion gescherzt hatte und darüber, dass sie Polizistin werden könnte. Sie hatte ihm dann klipp und klar gesagt, dass ihr Traum darin bestehe, eines Tages ein Café zu eröffnen. Tomek hatte damit kein Problem. Es war ihr Leben. Sie konnte frei ihre Entscheidungen treffen – natürlich in einem vernünftigen Rahmen – und wenn sie auf dem Weg dorthin Fehler machen müsste, dann würde er immer für sie da sein. Aber für die Familie Whitaker, spürte Tomek, war es nicht dasselbe. Er spürte, dass sie viele Streitereien über Angelicas Entscheidungen gehabt hatten und dass sie ständig das Gefühl hatte, den

Erwartungen ihrer Eltern nicht gerecht zu werden. Tomek wollte nicht dieselbe Beziehung zu seiner Tochter haben.

»Können Sie mir durchgehen, was passiert ist, als Sie Angelica zum letzten Mal gesehen haben?«, fragte Tomek und richtete die Frage an Rose.

»Natürlich«, sagte sie, während sie ein Stück Flusen von ihrem Rock wischte, so dass er fast makellos, brandneu aussah. »Wir arbeiteten im Geschäft. Es war ein ruhiger Tag, wie auch die letzten paar Tage, und so sagte ich ihr, sie könne ein paar Minuten früher gehen. Sie wollte gestern Abend ausgehen und sich fertig machen. Außerdem gibt es am Ende sowieso nicht viel für mich zu tun. Der längste Teil ist, den ganzen Schmuck aus den Fenstern zu nehmen und ihn im Safe zu verstauen.«

Tomek nickte, aber das alles interessierte ihn nicht. Er fragte, wohin Angelica am Abend zuvor gegangen sei.

»Aus mit einer Gruppe von Freunden.«

»Wie viele?«

»Insgesamt vier, einschließlich Angelica.«

»Kennen Sie ihre Namen?«

»Nur die Vornamen. Wäre doch komisch, wenn sie über sie mit vollem Namen gesprochen hätte, finden Sie nicht?«

»Durchaus. Hat sie Ihnen gesagt, woher sie sie kennt?«

»Von der Arbeit. Sie sind alle Flugbegleiter«, antwortete sie. »Sie haben sich alle bei TUI kennengelernt, aber ich glaube, sie hat erwähnt, dass sie jetzt alle für verschiedene Unternehmen arbeiten. Sie wurden über die Jahre getrennt, aber sie haben es alle geschafft, miteinander in Kontakt zu bleiben – wenn ich mich nicht irre, könnte eine von ihnen auch eine Freundin aus der Schule gewesen sein.« Sie wandte sich an Roy und Daphne. »Elodie... Ich glaube, so hieß sie. Sagt euch das was?«

Ihre Gesichter blieben ausdruckslos. Sie sahen einander an, dann schüttelten sie langsam den Kopf. Es war deutlich zu sehen, dass sie sehr wenig über das Leben ihrer Tochter wussten, dass sie sie vielleicht wegen ihrer Entscheidungen gemieden hatten, und dass Rose von den dreien diejenige war, die sie am besten kannte.

»Das ist kein Problem«, fuhr Tomek fort. »Ich bin sicher, wir können sie irgendwie finden. Hat sie Ihnen gesagt, wohin sie gehen wollten?«

»Memo Night Club in Southend. Kennen Sie den?«

»Ich bin vielleicht alt, aber nicht so alt. Ich habe auch ein paar Leute draußen vor dem Club verhaftet, also kenne ich ihn ziemlich gut.«

Obwohl der Club sich im Inneren seit Tomeks letztem Besuch ein wenig verändert haben könnte, war er fast sicher, dass die Art von männlichen Kunden, die ihn besuchten, sich nicht verändert hatte.

»Als Sie sich gestern Abend von ihr verabschiedet haben, wie wirkte sie? Wütend? Aufgebracht? Aufgeregt?«

»Aufgeregt, hundertprozentig. Sie freute sich wirklich darauf, ihre Freunde zu sehen. Sie sagte, sie sei seit langer Zeit nicht mehr ausgegangen, dass es ihr letztes Hurra sei, bevor die Saison wieder beginnt.«

Nickend fuhr Tomek fort, in sein Notizbuch zu kritzeln.

»Und wann haben Sie bemerkt, dass etwas nicht stimmte? Vermutlich, als sie heute Morgen nicht zur Arbeit erschien?«

»Richtig.«

»Hat sie schon einmal so etwas getan? Hat sie jemals krank angerufen, kam sie zu spät?«

In den letzten Minuten hatte Tomek seine Fragen an Rose gerichtet und Angelicas Eltern völlig ignoriert, als wären sie gar nicht anwesend, und aus dem Augenwinkel sah er, wie Roy vor tiefer Frustration zitterte.

»Unser kleiner Engel ist eine sehr respektable, pünktliche und angenehme Person. Sie würde nicht einfach krank anrufen oder sich aus dem Staub machen, ohne einen echten Grund dafür zu haben. Es ist nicht so, dass sie ausschläft – wir haben in ihrem Haus nachgesehen, und sie ist nicht dort. Nein, ihr ist etwas zugestoßen, und wir verlangen zu wissen, was. Wir brauchen Ihre Hilfe, um sie zu finden.«

Das hatte eine von Tomeks nächsten Fragen beantwortet: ob jemand zu ihrem Wohnsitz gegangen war, um zu überprüfen, ob sie nicht dort war. Aber das beantwortete immer noch nicht seine ursprüngliche Frage. Er wandte sich an Rose und wartete auf ihre Antwort.

»Sie ist... tut mir leid, Roy... sie ist ein paar Mal zu spät gekommen, wenn sie ausgegangen ist, aber es war nie *zu* schlimm – zwanzig, dreißig

Minuten hier und da. Höchstens fünfundvierzig. Sie hat mich nie so verarscht. Mir nie einen Grund gegeben, mir Sorgen zu machen, wo sie sein könnte. Heute Morgen habe ich, glaube ich, etwa fünfzig Mal versucht, sie auf ihrem Handy zu erreichen, und es gab keine Antwort. Normalerweise klebt sie regelrecht an dem verdammten Ding. Da wusste ich, dass etwas nicht stimmte, wie Roy sagte. Deshalb sind wir hier.«

»Ich verstehe«, sagte Tomek. »Würden Sie also sagen, dass dies ungewöhnlich für sie ist?«

»Ja.«

»Was für eine Person ist sie, wenn sie ausgeht? Oder generell?«

»Warum ist das wichtig?«, fragte Daphne.

»Nun...«, Tomek machte eine kurze Pause. »Wenn sie mit Freunden in einen Nachtclub gegangen ist und mit jemandem an der Bar ins Gespräch gekommen ist, könnte sie mit ihm nach Hause gegangen sein.«

»Oh, nein. Nein, nein, nein. Nicht unsere Angelica. Sie ist zwar die Seele der Party, ja. Sehr kontaktfreudig, redet immer mit Menschen, trägt immer ein Lächeln im Gesicht – das ist Teil des Jobs, es wird dir eingeimpft – aber sie ist nicht *leicht zu haben*.«

»Niemand impliziert das, Frau Whitaker.«

Daphne schlug ihrem Mann auf den Arm. »Sag es ihm, Roy. Er hat eine falsche Vorstellung von unserer Angelica.«

Roy blickte auf seinen Schoß, drehte den Flugzeug-Manschettenknopf ein paar Mal, ließ ihn in einen Sturzflug geraten, bevor er antwortete. »Absolut«, sagte er, obwohl die Intonation in seiner Stimme seine Wortwahl Lügen strafte. »Unsere Tochter war eine Heilige... sie war ein Engel.«

»Warte nur, bis Johnny zurück ist«, fügte Daphne hinzu, während sie begann, mit dem Finger auf Tomek zu zeigen, als ob er derjenige wäre, auf den sie ihren Zorn und ihre Frustration richten sollte. »Er wird dir alles darüber erzählen können, wie sie ist. Er wird dir dasselbe sagen wie wir.«

»Wer ist Johnny?«, fragte Tomek mit einem Schulterzucken. Seine Geduld begann ein wenig dünn zu werden.

»Angelicas Bruder, mein Mann«, antwortete Rose.

»Wo ist er jetzt?«

»Geschäftlich unterwegs. Dublin. Er ist heute Nachmittag auf dem Rückweg. Er hat es geschafft, einen frühen Flug zurück zum Southend Airport zu bekommen, nachdem ich ihm erzählt habe, was passiert ist.«

Tomek schenkte ihr ein dankbares Lächeln. Von den dreien war sie diejenige, die am meisten helfen wollte, die bereit war, ehrlich über Angelica zu sein und was ihr zugestoßen sein könnte. Während ihre Eltern durch ihre eigene Beziehung zu ihrer Tochter geblendet waren. Tomek wusste, auf welches Familienmitglied er sich für Informationen in Zukunft stützen würde. Am Ende des Treffens informierte er sie über die nächsten Schritte: dass sie ein Team zu ihrem Haus schicken würden; dass sie ihr Telefon überwachen würden; und dass sie mit ihren Freunden und allen vom Vorabend sprechen würden. Aber vor allem sagte er ihnen, er würde sie auf dem Laufenden halten. Sie würden auf einer Need-to-know-Basis gehalten werden, und als leitender Ermittlungsbeamter würde nur er entscheiden, welche Informationen sie wissen mussten.

KAPITEL
ZEHN

Tomek nahm den Kaffeebecher mit einem Dankeschön entgegen und stellte ihn vorsichtig auf sein Knie. Er hatte eigentlich keine Lust darauf, hatte ihn aber aus Höflichkeit angenommen. Von ihnen beiden war es die Person, die er treffen wollte, die ihn nötiger hatte. Elodie Lockets erste Worte zu ihm waren: »Verdammt, ich hab so einen Kater.« Und so sah sie auch aus mit ihrem abgekämpften Gesicht, den geplatzten Blutgefäßen in ihren Augen vom Schlafmangel, den zerzausten Haaren und der Farbe, die wegen der Dehydrierung aus ihrem Gesicht gewichen war. Wenn das nicht genug war, dann klebte immer noch das Make-up vom Vorabend im Gesicht der Neunundzwanzigjährigen, klumpig und verschmiert. Er wollte gar nicht wissen, wie ihr Kopfkissen aussah, obwohl er im Hintergrund das Geräusch einer Waschmaschine mitten im Waschgang hörte und vermutete, dass sie ihm bereits einen Schritt voraus war.

Elodie trug einen modischen Primark-Pyjama mit Erdbeer- und Bananenmuster und hatte sich einen gestrickten Schal umgewickelt. Sie lebte in einer Wohngemeinschaft mit zwei anderen Mädchen und einem Mann, die es ihnen alle erlaubt hatten, das Wohnzimmer für ihr Gespräch zu nutzen. Der Ort erinnerte Tomek an eine Studentenbude, mit den Schleifspuren an den Wänden, der gelben Recyclingkiste voller leerer Wodka- und

Bierflaschen und dem Schimmel in den Ecken und an den Wänden, um den sich keiner von ihnen gekümmert hatte. Das Haus war in einem erbärmlichen Zustand, aber Elodie hingegen nicht. Unter dem Kater und dem klumpigen Make-up wirkte sie gepflegt, und an der Art, wie sie auf der Sofakante saß und den Schal um sich wickelte, merkte man, dass sie versuchte, möglichst wenig mit den Möbeln und der Atmosphäre in Kontakt zu kommen. Tomek hatte den Eindruck, sie wollte genauso wenig hier sein wie er. Und er würde wetten, dass ihr Zimmer das sauberste von allen war.

»Ich bin hier, um mit Ihnen über Ihre Freundin Angelica Whitaker zu sprechen«, begann er und stellte den Kaffee auf den Boden. Als er seinen Stift und sein Notizbuch herausholte, sah er ein Insekt vom Sofa her auf den Becher zukriechen, wie eines der Spielzeuge aus *Toy Story*, das im Schatten lauerte.

»Angelica? Was ist mit ihr passiert?«

»Sie ist heute Morgen nicht bei ihrer Schwägerin zur Arbeit erschienen. Ihre Familie hat sie als vermisst gemeldet. Ich möchte Ihnen nur ein paar Fragen über gestern Abend und über Ihre Beziehung zu Angelica stellen. Außerdem alles, was Sie mir erzählen können, was Ihrer Meinung nach wichtig sein könnte.«

Während er sprach, flog Elodies Hand zu ihrem Mund, und sie begann schwer zu atmen, ihr kleiner Körper bebte bei jedem Atemzug.

»Oh mein Gott. Sie wird vermisst?«

»Wir versuchen, keine vorschnellen Schlüsse zu ziehen«, antwortete er. »In den meisten Fällen wie diesem taucht die betreffende Person irgendwann unbeschadet und sicher wieder auf, wenn auch manchmal etwas verwirrt.«

»Aber das denken Sie bei Angelica nicht, oder?«

Im Moment wusste Tomek nicht, was er denken sollte.

»Was bringt Sie darauf?«

»Weil Sie mit mir sprechen. Wegen gestern Abend. Sie denken, es könnte etwas passiert sein...« Und dann brach sie in Tränen aus, ihr Körper zitterte und krampfte – und das nicht, weil die Heizung im Haus ausgeschaltet war. Tomek sprang vom Sofa und eilte ins Badezimmer, was er sofort bereute. Er riss die Toilettenpapierrolle vom Halter und eilte zurück, reichte sie ihr und entschuldigte sich, dass er nicht wusste, wo die richtigen Taschentücher waren.

»Es gibt keine«, sagte sie schniefend.

Eine oder zwei Minuten vergingen, während Elodie in das Toilettenpapier weinte und die Tränen mit dem Make-up über ihr Gesicht verschmierte. Als sie fertig war, sah sie aus wie eine weibliche Version des Jokers; schwarze Flecken in der Größe von Orangen umgaben ihre Augen, und Spuren von Lippenstift, die er vorher nicht gesehen hatte, verschmierten ihre Wangen. Er begann zu zweifeln, ob sie so gepflegt war, wie er zuerst geglaubt hatte. Als sie sich schließlich beruhigte, lehnte sie sich vor, stützte die Ellbogen auf die Knie und starrte auf das Toilettenpapier in ihren Händen, spielte damit und zerriss es zwischen ihren Fingern.

»Erzählen Sie mir von gestern Abend«, sagte Tomek sanft. »Nehmen Sie sich so viel Zeit, wie Sie brauchen.«

»Was... was wollen Sie wissen?«

»Alles. Fangen Sie von vorne an.«

Bevor sie das tat, schnaubte sie den Rotz weg von ihrer Nase, räusperte sich und setzte sich aufrecht und gefasst hin.

»Komm schon, El«, sagte sie zu sich selbst. »Komm schon. Du schaffst das.« Sie schüttelte den Kopf, klatschte sich ein paar Mal auf die Wangen, und dann fiel ihr Gesicht plötzlich flach, als wäre sie eine andere Person geworden. Das Zittern hatte aufgehört, das schnelle Atmen, die Tränen, das Schniefen – sie hatte sogar aufgehört, mit dem Toilettenpapier zu spielen. Irgendwo in ihrem Gehirn hatte sie einen Schalter umgelegt, und jetzt war sie der Inbegriff von Ruhe und Entschlossenheit. »Wir hatten es seit Ewigkeiten geplant. Es ist so ein Ding von uns. Kurz bevor die neue Sommerferiensaison beginnt, verbringen wir die Wochen davor damit, auszugehen und zu feiern, Spaß zu haben, weil wir wissen, dass wir das die nächsten paar Monate nicht können. Die Saison ist so intensiv, dass wir uns nicht immer treffen oder verabreden können, und es ist noch schwieriger, wenn einige von uns in verschiedenen Ländern sind. Wir haben diese Nächte als unseren letzten Hurra, wenn Sie es so nennen wollen. Und gestern Abend war nicht anders. Es waren ich, Ange, Xan und Zoë dabei. Die vier Reiterinnen, wie wir uns selbst nennen. Wir sind seit Jahren zusammen. Ange und ich gingen zusammen zur Schule und sind zur gleichen Zeit in die Branche eingestiegen. Dann haben wir Xan und Zo kennengelernt, als wir bei TUI gearbeitet haben. Glücklicherweise sind wir die meiste Zeit alle am Flughafen Southend oder Stansted stationiert, so dass wir in der Nebensaison nie zu weit voneinander entfernt sind.«

»Wohin seid ihr gestern Abend gegangen?«, fragte Tomek.

»Memo, in Southend.«

»Um wie viel Uhr seid ihr dort angekommen?«

Elodie holte ihr Handy heraus und entsperrte es. Ein paar Sekunden lang scrollte sie durch das Gerät und suchte nach ihrer Antwort. »Zehn Uhr dreiundfünfzig«, sagte sie. »Zoë und ich sind zuerst reingegangen, um die Getränke zu holen, während die anderen Geld abheben wollten.«

»Um welche Uhrzeit seid ihr gegangen?«

Wieder prüfte sie ihr Handy. Diesmal drehte sie den Bildschirm um, um es ihm zu zeigen. »Ein Uhr fünfzehn morgens«, sagte sie. Auf dem Bildschirm war ihre Uber-App mit dem Namen des Fahrers, dem genauen Zeitpunkt der Abholung und der Route, die sie nach Hause genommen hatten. Tomek streckte die Hand nach dem Gerät aus und nahm es ihr ab. Er betrachtete die Karte und notierte sich alle lokalen Orientierungspunkte und die Stellen, an denen sie angehalten hatten.

»Liege ich richtig in der Annahme, dass ihr Angelica zuerst abgesetzt habt?«

Elodie nickte. »Sie wohnt am nächsten.«

»Und der Rest von euch?«

»Ich wohne am weitesten weg. Nein, eigentlich stimmt das nicht. Xanthia wohnt am weitesten weg, aber sie hat gestern Nacht bei Zoë übernachtet, weil sie ganz draußen in Chelmsford wohnt und keine von uns genug Geld verdient, um das Taxi für den ganzen Weg dorthin bezahlen zu können.«

Tomek gab ihr das Telefon zurück. Er fragte sich, wie Chey und Rachel mit den Gesprächen mit Angelicas anderen Freunden vorankamen.

»Waren eure Freundinnen alle so betrunken wie Sie?«, fragte er.

Elodie klemmte das Telefon zwischen ihr Bein und die Seite des Sofas und wickelte ihren Schal enger um sich.

»Wir waren alle ziemlich betrunken. Wir hatten ein paar Drinks im Last Post, bevor wir ins Memo gegangen sind. Aber von uns allen würde ich sagen, dass Ange am betrunkensten war. Ich meine, ich habe sie schon in ihrem schlechtesten Zustand gesehen, und sie war sehr nah dran.«

»An ihrem Schlimmsten, inwiefern?«

Elodies Augen fielen zu Boden, wo sie zögerte, in Gedanken versunken. »Diese Typen haben ihr ständig Drinks gekauft. Etwa vier oder fünf von ihnen. Ich hatte irgendwann den Überblick verloren, es war mir egal. Aber sie war überall mit ihnen, hat sich an sie gerieben, getanzt.«

»Passiert das oft?«

»Das glauben Sie gar nicht. Sie bekommt immer die meiste Aufmerksamkeit, wenn wir ausgehen. Es ist, als würden alle Männer zu ihr strömen, als hätte sie so eine Art Schwanz-Signal, das alle Arschlöcher anlockt. Aber sie tut nie etwas mit ihnen, küsst sie nie oder so. Sie liebt es, sie zu necken. Sie lässt sich von ihnen einen Drink kaufen und geht dann zum nächsten über. Es ist ein billiger Abend, aber es ist auch dumm. Ich habe sie so oft vor den Gefahren gewarnt. Deshalb gehen wir immer zusammen aus und passen aufeinander auf.«

Tomek spürte, dass Elodie etwas nicht preisgab.

»Wie meinen Sie das?«

»Nun, gestern Abend war da dieser Typ, verstehen Sie? Groß, dunkelhaarig und gutaussehend – genau ihr Typ, bis auf das T-Shirt – ganz verschwitzt und seine Augen so weit aufgerissen wie die verdammten Decks des DJs, verstehen Sie? Er kommt an der Bar zu ihr und versucht, ihr etwas in den Drink zu mischen. Ich habe es nicht gesehen, aber Xan schon. Wir haben versucht, es jemandem zu sagen, aber niemand hat uns zugehört, also sind wir in einen anderen Teil des Clubs gegangen. Er hat uns ein paar Minuten später gefunden und ist geradewegs wieder zu Ange gegangen. Er war besessen von ihr, als hätte er einen Ständer und wollte ihn an ihr abreiben.«

»Aber Sie haben ihn nicht gelassen?«

»Ich wünschte. Wir haben ihr gesagt, dass er vorher versucht hatte, ihren Drink zu vergiften, aber es war ihr egal. Sie sagte, wir sollten ihr vertrauen, und dann ging sie mit ihm weg, tanzte mit ihm, rieb sich überall an ihm.«

Tomek versuchte, sich die neunundzwanzigjährige Angelica nicht vorzustellen, wie sie ihre Hüften gegen einen Mann bewegte, der völlig von der Rolle war, weil er Angst hatte, dass das Mädchen sich in seine Tochter verwandeln würde. Obwohl sie erst dreizehn war, wollte er nicht daran denken, wie das eines Tages – in nur fünf Jahren – auch sie sein könnte, wie sie sich in Gefahr begeben würde, der Gnade widerlicher Männer ausgeliefert, wie dem, den Elodie gerade beschrieben hatte.

»Ist etwas zwischen den beiden passiert?«, fragte er.

»Nein. Wir haben sie weggezerrt und sind dann nach Hause gegangen, bevor etwas passieren konnte.«

»Wie hat er reagiert?«

»Er ist uns aus dem Club gefolgt.«

»Ist er euch auch im Taxi gefolgt?«

Elodie hielt inne und starrte wieder in den Teppich. »Ich weiß es nicht. Ich habe nicht nachgesehen. Wir waren so darauf konzentriert, von dort wegzukommen, dass ich ihn irgendwie vergessen habe.«

Tomek notierte sich, den Nachtclub zu besuchen. Es war noch lange Zeit bis zur Öffnung, aber er konnte garantieren, dass immer noch Arbeiter dabei sein würden, alles für eine Samstagnacht voller alkoholgetränkter Ausschweifungen und Eskapaden vorzubereiten.

Bisher hatte alles für ihn Sinn ergeben. Die Gruppe war ausgegangen, sie hatten eine gute Zeit gehabt, sie waren nach Hause gekommen, und dann war Angelica in der Zeit zwischen dem Aussteigen aus dem Taxi und dem Erscheinen zur Arbeit am Morgen verschwunden. Sie hatte ihr Zuhause verlassen und war nicht zurückgekehrt.

»Hat sie schon einmal so etwas getan?«

Es dauerte nicht lange, bis Elodie antwortete: »Massenhaft.«

»Sie meinen, sie ist nach Hause gegangen, hat kurz danach mitten in der Nacht das Haus verlassen, und dann konnte niemand sie kontaktieren?«

»Oh! Das haben Sie gemeint?« Elodie kratzte sich am Hinterkopf. »*Das* hat sie nur ein paar Mal gemacht. Entschuldigung, ich dachte, Sie meinen, ob sie schon früher mit Typen im Club getanzt hat, denn das tut sie ständig. Sie ist immer diejenige, die mit den Männern im Club Gespräche anfängt – es hilft, dass sie immer zuerst auf sie zukommen, wie ich schon sagte, aber sie liebt es.«

»Wann ist sie in der Vergangenheit mitten in der Nacht ausgegangen, Elodie?«, fragte Tomek und versuchte, sie wieder auf die richtige Spur zu bringen.

»Mit ein paar ihrer Exfreunde. Ist zu ihnen zurückgekrochen für einen schnellen One-Night-Stand, obwohl wir sie gewarnt hatten, es nicht zu tun.«

Tomek begann zu verstehen, dass dies eine Frau war, die tat, was sie wollte, den Rat ihrer Freunde ignorierte, obwohl es in ihrem besten Interesse gewesen wäre, und sich nicht um die Folgen zu kümmern schien. Ganz im Gegenteil zu dem engelgleichen Bild, das ihre Eltern von ihr hatten.

»Ist es möglich, dass sie gestern Nacht das Gleiche getan hat?«

Elodie überlegte einen Moment. »Möglich. Aber sie ist seit ein paar Monaten nicht mehr mit Sammy zusammen.«

»Sammy ist einer ihrer Exfreunde, nehme ich an?«

»Ja. Und dann ist da Cole vor ihm. Die beiden sind die jüngsten, die sie im letzten Jahr oder so hatte. Sie halten nicht sehr lange.«

»Warum nicht?«

»Sie bekommt, was sie von ihnen will, und geht dann weiter. Manchmal nehmen sie es gut auf – nur weil sie hinter dem gleichen her sind und froh sind, dass sie diejenige ist, die Schluss macht, damit sie nicht wie Arschlöcher aussehen – während andere es nicht tun.«

»Und in welche Kategorien passen Sammy und Cole?«

Die Seiten ihres Mundes hoben sich, als sie ein Lachen unterdrückte. »Sammy ist definitiv in der zweiten Kategorie, während Cole... es hätte ihm nicht weniger egal sein können, dass die beiden Schluss gemacht haben. Ziemlich sicher, dass sie nur Fickfreunde füreinander waren.«

Tomek schaute auf seinen Becher hinunter. Inzwischen hatte sich eine dicke Schicht Schmutz und Seifenreste auf der Oberfläche gebildet.

Er betrachtete es misstrauisch, wie es sich gegen eine unsichtbare Brise bewegte und zitterte, als ob so viel Bakterien und Schimmel darin wären, dass es ein Eigenleben begonnen hatte.

»Tut mir leid deswegen«, sagte sie. »Ich habe ihnen so verdammt oft gesagt, dass sie aufhören sollen, meinen Becher zu benutzen, und wenn sie es dann doch tun, haben sie nicht einmal den Anstand, ihn richtig zu putzen.«

Tomek konnte sich damit identifizieren. Er hatte in seinen mittleren bis späten Zwanzigern in verschiedenen Gemeinschaftsunterkünften gewohnt. Nicht, weil er es genoss, mit Leuten zusammenzuwohnen, sondern weil er es sich nicht leisten konnte, in eine eigene Wohnung zu ziehen. Er hatte sein Zuhause mit achtzehn verlassen und war später von einer Ex-Freundin rausgeworfen worden, bei der er damals gewohnt hatte. Danach folgte eine Reihe von Übernachtungen auf Sofas von Freunden, wobei er versuchte, so sauber und respektvoll wie möglich zu sein, gefolgt von einer Vielzahl von Gästezimmern und Wohngemeinschaften, bis er es schließlich geschafft hatte, eine eigene Wohnung zu bekommen. Sie war ihm so wertvoll gewesen, dass er etwas mehr als ein Jahrzehnt dort geblieben war, bis er und Kasia vor einigen Monaten aufgrund von Platzmangel gezwungen waren auszuziehen.

Er nahm den Becher und gab ihn ihr zurück, mit einem mitleidigen Blick im Gesicht.

»Gibt es noch etwas, von dem Sie denken, dass ich es wissen sollte?«, fragte er, als er vom Sofa aufstand. »Irgendetwas anderes, was Sie gestern Nacht gesehen haben? Hat euch jemand verfolgt? Irgendetwas, von dem Sie denken, dass es sich lohnt, dem nachzugehen?«

Ihre Augen fielen auf den Teppich, und ihr Bein wippte auf und ab. In diesem Moment bemerkte Tomek zum ersten Mal ihre lackierten Zehennägel. Rot, verführerisch. Es hatte eine Zeit gegeben, erst vor wenigen Jahren, als er mit einer Frau ihres Alters, einer deutlich jüngeren, im Bett gelandet wäre. Manche Frauen mochten ihn wegen seines Alters, andere wegen seines Jobs und der damit verbundenen Fantasie. Aber alles war oberflächlich, physisch gewesen, das Zusammenkommen zweier geiler Individuen, die verzweifelt nach der Aufmerksamkeit des anderen suchten. Er war glücklich gewesen, es ihnen zu geben, und sie waren mehr als glücklich gewesen, es zu empfangen. Das hatte sich alles zu ändern begonnen, seit Kasia in sein Leben getreten war, aber es gab Zeiten, Momente, in denen er spürte, wie die Dränge ihn erstickten, den vernünftigen, logischen Teil seines Gehirns verschleierten und ihn zurückfallen ließen. Er saß fest auf dem Zaun, nur ein oder zwei Atemzüge davon entfernt, in sein altes Leben zurückzukehren, eines, in dem er Erfüllung und Nahrung in der Berührung einer jüngeren Frau gefunden hatte. Dieselbe Empfindung rauschte jetzt in seinen Blutkreislauf, als er ihre roten Zehennägel betrachtete, seine Augen bewegten sich immer weiter ihre Beine hinauf.

In diesem Moment bemerkte Elodie seinen Blick, der über sie kroch, aber sie machte keine Anstalten, ihn zu stoppen oder ihr Bein zu bedecken. Stattdessen strich sie sich erneut die Haare hinters Ohr.

»Nein…«, sagte sie langsam. »Es gibt nichts anderes, was Sie meiner Meinung nach wissen sollten.«

KAPITEL
ELF

Memo, der Nachtclub, war seit über dreißig Jahren – seit den frühen Neunzigern – ein fester Bestandteil der Southender Hauptstraße und Untergrundclubszene – buchstäblich, denn der Club befand sich zwei Treppen unter der Erde. Der Besitzer, Jimmy Rayner, hatte ihn entworfen und gebaut, und trotz einer turbulenten und felsigen Vergangenheit hatte er überlebt, während der Rest der Hauptstraße und andere Nachtclubs zugrunde gegangen waren. Im Laufe der Jahre hatte er mehrere Spitznamen bekommen. Einige positiv, andere abwertend, von der Art wie „Messy Memo" bis hin zu „Mandy Memo", was auf ein Wochenende mit ausgiebigem Drogenkonsum zurückzuführen war und zu strengeren Vorschriften und größeren Türstehern an den Eingängen und auf den Tanzflächen geführt hatte. Der Club war berühmt für seinen Monday Night Memo oder MNM, wie er schnell bekannt wurde, und war einst Gastgeber solcher Stars wie Danny Dyer, Professor Green und der Boyband JLS in den späten Nullerjahren. Ins Memo zu gehen war ein Initiationsritus für jeden, der entweder in Southend oder in einem Umkreis von zehn Meilen wohnte. Und wenn man einen Ort brauchte, der viele spätnachts geöffnete Kebab- und Pizzaläden hatte, mit einfachem Zugang zu Taxis und Transport nach Hause, war es der perfekte Ort. Und auf dem Höhepunkt der Neunziger-Rave- und Tanzkultur, die jeden

Zwanzigjährigen dieser Generation ergriffen und durchdrungen hatte, bot er die perfekte Mischung. Tomek war in der Vergangenheit unzählige Male dort gewesen (unzählig vor allem deshalb, weil er so betrunken gewesen war, dass er sich an viele der Nächte nicht erinnern konnte) und hatte dort sogar mit ein paar Mädchen aus seiner Schule rumgeknutscht. Im Großen und Ganzen hatte er gute Erinnerungen an den Ort.

Obwohl der Club schon so lange existierte, hatte sich nichts daran geändert. Der Eingang des Gebäudes war immer noch ein Loch in der Wand, das man durch dieselben Holztüren, Vorhängeschloss und Kette betrat, an die sich Tomek von seinem ersten Besuch erinnerte. Es war ein Wunder, dass er im Laufe der Jahre nicht öfter aufgebrochen oder vandalisiert worden war. Über den Türen stand der Name des Clubs, der an die Wand gesprüht worden war, vermutlich um zu verhindern, dass die Leute die Beschilderung beschädigten oder sie zu einer Gefahr wurde. Sogar der Raucherbereich, der durch Metallbarrieren abgegrenzt war, die in den Boden geschweißt waren, war genauso klein wie vor zwanzig Jahren. Nichts an seinem Äußeren hatte sich verändert. Aber das war es, was ihn so schön, so historisch machte. Wie eine Burg oder der Buckingham Palace, ein Ort von lokaler historischer Bedeutung. Er war zu beliebt, um ihn zu modernisieren oder in irgendeiner Weise zu aktualisieren. Er war ein Teil von Southends Erbe, ein Teil seiner Geschichte, und niemand wagte es, ihn anzutasten.

Das Untergeschoss war genauso wie das Äußere. Alt und unberührt, noch mit derselben kreisförmigen Treppe, die er einst schwankend hinuntergestapft war, sich am Geländer festhaltend; die erste Bar, die häufig zu einem Engpass wurde und zu vielen Streitigkeiten führte, wenn Egos aufeinanderprallten; die klebrigsten Tanzflächen, die die Menschheit je gekannt hat; die DJ-Kabine am Ende der Tanzfläche, mit Podien auf beiden Seiten, und einem weiteren Barbereich in derselben Ecke; die zweite Tanzfläche, auf der eine andere Art von Musik gespielt wurde, die für eine andere Zielgruppe bestimmt war.

All das kam ihm wieder in den Sinn, als er die letzte Stufe hinunterstieg. In seinen schicksten Schuhen, den weiten Jeans, dem engen Topman-V-Ausschnitt, der mehr Brust zeigte, als er jemals sollte, seine Kumpels an seiner Seite, Alkohol, der bereits durch seine

Adern strömte, vibrierte sein Körper im Takt der Musik. Männer und Frauen waren überall, tanzten, hatten eine gute Zeit, eine dicke Rauchschicht hing in der Luft und füllte schnell seine Lungen. Die Schlange für die Toiletten, die nie kürzer zu werden schien, aber das war okay, weil man immer einen neuen besten Freund fand, während man auf einen Piss wartete – oder sogar, wenn man mittendrin neben jemandem stand.

Tomek hatte diese Tage in seinen Zwanzigern voll ausgekostet, und einiges davon hatte sich bis in seine Dreißiger erstreckt. Während es Teile von ihm gab, die es vermissten, wurde ihm klar, dass er jetzt viel zu alt für so etwas war. Er war immerhin vierzig, verdammt nochmal. Niemand, der in irgendeiner Weise respektabel war, sollte so etwas in seinem Alter noch tun.

Am Fuß der Treppe machte er sich durch den großen Torbogen, der die erste Tanzfläche mit der zweiten verband, auf den Weg. Dort waren die Lichter an, und er sah das Innere des Clubs in Fleisch und Blut. Es verunsicherte ihn. Es war, als würde man in ein brillant beleuchtetes Kino gehen. Desorientierend und verwirrend. Die Sitze und der Boden waren schmutziger als man zunächst dachte, bedeckt mit Popcorn und zuckerhaltigen Getränken, und es fühlte sich einfach falsch an, dort zu sein. Hinter der Bar wartete der Manager, Marcus Rayner, Jimmys jüngerer Bruder, auf ihn. Das Wort, das Tomek sofort in den Sinn kam, war *Oasis*, eine der größten Bands der Welt. Marcus sah aus, als wäre er immer noch in den Neunzigern steckengeblieben, mit seinen langen Koteletten, seinem Topfschnitt, seiner Parka-Jacke und der runden Sonnenbrille. Das Einzige, was der Liam-Gallagher-Hommage fehlte, war eine auffälligere Monobraue.

»Bist du der Detektiv, der angerufen hat?«

»Definitiv, vielleicht.«

»Was?«

Tomek seufzte tief und konnte seine Enttäuschung nicht verbergen.

»Ja, ich bin der Detektiv. Hast du vorbereitet, was ich am Telefon verlangt habe?«

»Ich hab die Bänder, aber die Schicht des Typen beginnt erst um zehn.«

»Könntest du ihn also anrufen und ihn bitten, früher runterzukommen, wie ich gebeten habe?«

Der Liam-Gallagher-Imitator hob sein Kinn in einem Akt der Mikroaggression. Tomek war derjenige mit all der Macht, und er wusste es.

»Das wird meinen Schichtplan durcheinanderbringen. Ich werde heute Abend einen zu wenig haben, noch dazu an einem Samstag – unserer geschäftigsten Nacht.«

Tomek zuckte mit den Schultern. »Das ist nicht mein Problem. Ich sollte meinen, dass du angesichts all dessen, was der Club in der Vergangenheit durchgemacht hat, daran gewöhnt bist, alles zu tun, um der Polizei bei ihren Ermittlungen zu helfen.«

Tomek bezog sich auf einen Vorfall, der zur Jahrtausendwende geschehen war. Ein Mädchen war in einer der Herrentoiletten sexuell belästigt worden. Es war eine ruhige Nacht gewesen, und der Angreifer hatte sie hineingezerrt, die Tür hinter ihnen geschlossen und dann ihr Leben unwiderruflich verändert. Es war einer der dunkelsten Tage in der Geschichte des Clubs gewesen, aber bei weitem nicht so dunkel wie für das Opfer. Ein Boykott war für etwa zwei Monate gefolgt, bevor es in Vergessenheit geraten war und die Leute zu der Erkenntnis gekommen waren, dass sie immer noch einen Ort für einen Ausgehabend brauchten und London zu weit weg war.

»Wir haben bei dieser Untersuchung voll kooperiert«, sagte Marcus.

»Niemand behauptet etwas anderes. Alles, was ich sage, ist, dass jetzt so etwas wieder passiert ist und wir deine Hilfe brauchen.«

»Aber es ist nicht in unseren Räumlichkeiten passiert, das möchte ich ganz klar stellen.«

Ganz klar. Tomek lachte über die Wortwahl. Als ob es ihn von aller Schuld freispreche, wie wenn ein Politiker seine Hände vom Blut unschuldiger Opfer und Kinder wäscht, weil er nicht abgedrückt hat, sondern nur die Maschinengewehre und Sprengstoffe an die Person verkauft hat, die es tat.

»Ich weiß das«, antwortete Tomek, »aber ihr habt eine Fürsorgepflicht gegenüber euren Kunden, und einer von ihnen, das Mädchen, das wir zu finden versuchen, wurde gestern Abend fast unter

Drogen gesetzt, aber ihre Freundinnen haben es gesehen und sie gerettet. Wirst du jetzt den Anruf tätigen oder nicht?«

Tomek warf dem Mann einen harten, undurchdringlichen Blick zu. Marcus hielt ihm gut zwei Sekunden stand, bevor er schließlich nachgab und in seine Tasche griff, um sein Telefon zu holen. Weniger als eine Minute später bestätigte Marcus, dass der Mitarbeiter, der gestern Abend an der Bar gearbeitet hatte, direkt kommen würde, um mit Tomek zu sprechen. Er war nur zehn Minuten entfernt.

»Das war doch gar nicht so schwer, oder?«

Marcus sagte nichts, als er Tomek den Rücken zukehrte und eine Tür öffnete, die aussah, als wäre sie an die Wand gemalt worden. In all den Jahren, in denen er dort gewesen war, hatte er das nie zuvor gesehen. Es war wie etwas aus einem Science-Fiction-Film, wie sie ein Loch in die Wand schnitt.

Tomek folgte dem Mann hinein und versuchte, seine Aufregung zu unterdrücken.

»Also hier passiert also die Magie«, bemerkte er.

»Keine Magie. Nur Geschäft. Überhaupt keine Magie. Ich werde nicht zulassen, dass ihr Leute kommt und den Ort auf Drogen testet.«

»Nun, weißt du, jetzt wo du das gesagt hast, will ich nichts mehr, als ein paar Leute mitzubringen und zu sehen, welche Art von Zeug wir finden könnten.«

Marcus' Augen wurden stechend.

»Ich mache nur Spaß. Zeig mir einfach, was du hast, und dann bin ich weg.«

Marcus musste nicht zweimal gebeten werden. Der kleine Raum war ein Büro, komplett mit übergroßem Schreibtisch, schäbigem Stuhl, der mehr Löcher hatte als eine Käsereibe, einem Computer, zwei Monitoren und einem kleinen Regal mit überfüllten Ordnern, die gefährlich am Rand balancierten. Es war eng, begrenzt, aber irgendwie gemütlich. Tomek fragte sich, wie viele Einzelgespräche und persönliche Beurteilungen Marcus dort durchgeführt hatte – entweder um einzuschüchtern oder einen Annäherungsversuch zu machen. Kurz darauf weckte Marcus den Computer, meldete sich in seinem Konto an, und auf dem Bildschirm wartete auf sie ein bewegtes Bild von Angelica

Whitaker auf der Tanzfläche, im Gespräch mit einem Mann, dessen Gesicht direkt an ihrer Kopfseite gepresst war. Tomek erkannte sie sofort. Vor seiner Ankunft hatte Chey bestätigt, dass sie Angelicas Social-Media-Konten gefunden hatten. Sie hatte drei persönliche Konten auf verschiedenen Plattformen und ein zusätzliches Instagram-Konto, das sie als Reiseblog nutzte, um ihre Abenteuer in ganz Europa für die Arbeit zu dokumentieren. Jedes Konto hatte Tausende von Followern, mit Hunderten von Likes für jeden Beitrag und Dutzenden von Kommentaren darunter. Es würde lange dauern, alles durchzusehen, und mit reduzierter Arbeitskraft hatte Tomek begonnen, sich zu fragen, ob die Dinge in Rückstand geraten würden. Oder vielleicht würden sie es gar nicht brauchen. Vielleicht schaute er gerade auf die Person, die wusste, wo sie war – den Mann, der Angelicas Taille berührte, seine Hände immer tiefer und tiefer bewegte, bis sie wegschimmerte. Tomek spürte, wie sich ein Knoten in seinem Hals bildete; er hatte immer ein unheimliches Gefühl, wenn er die Momente vor dem Tod oder dem Verschwinden einer Person betrachtete, als ob er den Vorteil der Nachsicht hätte, um etwas dagegen zu tun. Manchmal wollte er einfach den Bildschirm anschreien. „Geh nicht diesen Weg!", „Geh nicht nach Hause, geh stattdessen zurück zu deinem Freund!" Es war wie das Anschauen eines Horrorfilms, bei dem man die Entscheidung des typischen blonden Opfers, allein den dunklen Raum zu betreten, in Frage stellte und die Augen verdrehte, wenn es später wieder herausgejagt wurde und später das Opfer eines messerführenden Verrückten in einem Kostüm oder einer Clownsmaske wurde. Außer dass dies anders war. Dies war keine Unterhaltung. Dies war das echte Leben.

Und Angelica Whitaker wurde immer noch vermisst.

Tomek verbrachte die nächsten fünf Minuten damit, das Material zu betrachten. Von Angelica, die tanzte, sich mit dem Mann bewegte, genau wie ihre Freunde gesagt hatten. Von dem Mann, der sie eng an seinen Körper hielt, seine Hand bei mehreren Gelegenheiten über ihrem Getränk schwebte. Dann, wie sie von dem Creep weggezogen wurde, und wie der Creep ihr die Treppe hinauf folgte wie ein verlorener Welpe. Draußen zeigten die Kameras, wie die Mädchen gingen, in den Uber einstiegen, während der Mann abgehängt, zurückgelassen, verlassen wurde. Tomek bat Marcus, die Kameras auf ihn zu fokussieren, als er wieder in den Club ging. Die Aufnahmen zeigten dann, dass er für die nächste Stunde im Club geblieben war, über die Tanzfläche gestolpert war, über die Frauen gegiert hatte, seine nächsten Opfer ausgewählt hatte, bis die Lichter angingen und diejenigen, mit denen er getanzt hatte, erkannten, welchen Fehler sie gemacht hatten. Nachdem alle zum Ausgang gegangen waren, taumelte der Mann die Hauptstraße hinunter und verschwand schließlich aus dem Blickfeld. Am Ende dachte Tomek, dass es sich nicht lohnte, den Mann zu verfolgen, aber es würde nicht schaden, jemanden zu schicken, um mit ihm zu sprechen. Das einzige Problem war, seinen Namen und seine Adresse zu finden.

»Wie hat er seine Eintrittsgebühr bezahlt?«

Marcus zuckte mit den Schultern, unhilfreich. Tomek sagte ihm, er solle zurückspulen, bis sie sahen, wie der Mann im Club ankam. Gemeinsam sahen sie, wie er mit einer Debitkarte bezahlte. Tomek notierte sich den Zeitstempel und bat darum, seinen Eintritt aus einem anderen Winkel zu sehen. Diesmal zeigte es den Mann, der zu den Türstehern ging, seinen Ausweis herüberreichte, und der Türsteher scannte ihn unter blauem Licht. Eine Sekunde später explodierte eine vergrößerte Version des Führerscheins des Mannes auf dem Bildschirm, mit einem grünen Häkchen darüber. Tomek sagte Marcus, er solle das Material anhalten und heranzoomen. Für Videoüberwachungsmaterial, das bekanntermaßen eine niedrigere Auflösung als Fernsehgeräte aus den 1950er Jahren hat, war dieses überraschend High-Tech, und Tomek konnte den Namen des Mannes mit Leichtigkeit ausmachen: Adam Egglington.

Er machte ein Foto von dem Mann mit seinem Telefon, gerade als der Mitarbeiter auftauchte und unbeholfen im Türrahmen stand. Seine Wangen waren gerötet und heiße Luft strömte schnell aus seinem Mund und seiner Nase.

»Hier hast du«, sagte Marcus zu Tomek und zeigte auf den jungen Mann, der nicht älter als fünfundzwanzig war. »Er gehört dir.«

Ohne etwas zu sagen, zog Marcus einen Memory Stick hervor, kopierte das Material darauf und übergab es Tomek. Bevor Tomek dem

Mann danken konnte, scheuchte er Tomek zur Bar und sagte: »Wenn du mich brauchst, bin ich hier. Hoffentlich hast du alles.«

Tomek spürte, dass der Manager hinzufügen wollte: »Denn wenn nicht, musst du ein andermal wiederkommen.«

Damit schloss Marcus die Tür fest und ließ Tomek und den Barkeeper allein an der Bar zurück. Der junge Mann hieß Adrian, und er arbeitete seit sechs Wochen im Memo.

»Danke, dass du runterkommst«, sagte Tomek zu ihm.

»Ich bin noch in der Probezeit. Ich hatte nicht viel Wahl. Außerdem bist du von der Polizei... also muss es ernst sein. Ist etwas passiert?«

Tomek erklärte die Situation. Adrians Augen weiteten sich, als er zuhörte, und plötzlich sah er verängstigt aus, als ob er derjenige wäre, der beschuldigt wurde, etwas mit Angelicas Verschwinden zu tun zu haben.

Tomek zeigte ihm ein Foto von Angelica, das Elodie ihm geschickt hatte, gefolgt von einem weiteren, das sie auf Xanthias Social Media gefunden hatten. Es war ein Foto aller vier Mädchen, die posierten und in die Kamera lächelten, mitten im Last Post, ihrem letzten Halt, bevor sie ins Memo gingen.

»Erinnerst du dich, diese Frau im schwarzen Kleid gesehen zu haben?«

Adrian nahm das Telefon von Tomek und prüfte es. Seine Lippen verzogen sich und seine Wangen spannten sich an. »Tut mir leid«, sagte er. »Aber sie kommt mir nicht bekannt vor. Ich meine, ich habe gestern Abend viele Leute bedient.« Seine Hände zitterten nervös, als er das Telefon an Tomek zurückgab. »Sie... sie sehen irgendwie alle gleich aus, und wir hatten sehr viel zu tun. Ich erinnere mich nicht, ihr speziell gedient zu haben.«

Tomek versuchte, die Nerven des Mannes mit einem warmen Lächeln zu beruhigen, aber es war klar zu sehen, dass er von der Nachricht, dass sie vermisst wurde, erschüttert war, als ob er irgendwie verantwortlich wäre und die Last tragen müsste, sie zu finden.

»Was ist mit diesem Kerl? Er wurde gesehen, wie er mit ihr tanzte und ihr Getränke kaufte. Es wurde auch berichtet, dass er versuchte, etwas in eines davon zu tun.«

Diesmal erkannte Adrian das Gesicht des Mannes sofort.

»Ja. Ich erinnere mich an ihn. Zwei Mädchen kamen zu mir mit einem Getränk, das ich gerade eingeschenkt hatte, und sagten mir, dass etwas darin sei. Ich wusste nicht, was ich tun sollte, also sagte ich es einem der Jungs auf der Tanzfläche, aber ich glaube nicht, dass sie etwas dagegen unternahmen... Ich wurde von einigen anderen Kunden abgelenkt und habe es völlig vergessen.« Er legte seine Hände auf seinen Kopf. »Oh Gott! Ich hab's vermasselt, oder? Ich hab's wirklich vermasselt. Scheiße... Ich wusste, ich hätte-«

Tomek legte eine beruhigende Hand auf die Schulter des Mannes. Sein schnelles Atmen hörte sofort auf, und er schien für einen Moment zu sich zu kommen. Als er seine Atmung unter Kontrolle gebracht hatte, sagte Tomek: »Es ist okay. Sie wurde nicht verletzt. Er hat ihr nicht wehgetan. Und er hat niemandem sonst wehgetan. Du hast deinen Job gemacht. Lass es einfach... eine Lektion für das nächste Mal sein.«

»Scheiße...«, fuhr Adrian fort, noch immer in seinen eigenen Gedanken verloren. »Das war's. Ich werde meine Probezeit versauen. Ich werde einen neuen Job suchen müssen. Ich-«

Tomek legte eine Hand auf seine andere Schulter. Es war das Beste, was er tun konnte, um den Fünfundzwanzigjährigen nicht über die Wangen zu schlagen.

»Dein Job ist sicher. Wenn meine Interaktion mit Herrn Rayner ein Hinweis ist, glaube ich nicht, dass es ihn allzu sehr kümmert, was du getan hast oder nicht getan hast. Dein Job ist sicher. Du hast nichts zu befürchten.«

KAPITEL
ZWÖLF

Aus einer Überprüfung der internen Polizeidatenbank zurück auf der Wache ging hervor, dass Adam Egglington vorbestraft war. In den letzten zwei Jahren war er wegen Trunkenheit und ordnungswidrigem Verhalten in der Hauptstraße von Southend festgenommen worden, mit einer weiteren Festnahme wegen desselben Vergehens an der Strandpromenade, nur dass er bei Letzterer von der Taille abwärts nackt gefunden wurde, am Strand liegend, in das Mondlicht starrend und sich Sand aus Stellen wischend, wo er niemals hingehören sollte. Und so hatte der verhaftende Beamte auch noch öffentliche Unsittlichkeit zum Strafzettel hinzugefügt. Die jüngste Verhaftung war vor sechs Wochen erfolgt, und unter der Annahme, dass er in dieser Zeit nicht umgezogen war, hoffte Tomek, dass er vor der richtigen Wohnung stand.

Er klopfte an die Einzimmermaisonette in Lee Chapel South, einen kurzen Spaziergang vom Basildon Hospital entfernt, und wartete. Als niemand antwortete, trat Tomek einen Schritt zurück von der Veranda, auf den überwucherten Vorgarten, und schaute zum Schlafzimmerfenster hinauf. Die Vorhänge waren zugezogen und versperrten ihm die Sicht, nur ein kleines Fenster war oben einen Spalt geöffnet worden.

Tomek versuchte es erneut mit der Tür. Diesmal spähte er durch das

Fenster daneben, hielt seine Hände vor das Gesicht und kniff die Augen zusammen. Aber es war zwecklos. In einem letzten Versuch, bevor er zu den Nachbarn weitergehen würde, hockte er sich hin, öffnete den Briefschlitz, und gerade als er Adams Namen rufen wollte, überfiel ihn ein heftiger, beißender Gestank, der ihn rückwärts auf die Betonplatten warf. Der Geruch war so stark, dass er in seinem Hals stecken blieb, und für einige Sekunden danach versuchte Tomek, ihn auszuhusten, aber er würgte nur und hatte Brechreiz auf der Veranda. Es war der Geruch und Geschmack von Erbrochenem, Erbrochenes, das den ganzen Tag vor sich hin gestunken, gefault und verkrustet war.

Tomek mochte die Gedanken nicht, die da aufkamen, und beschloss, Unterstützung in Uniform anzufordern. Der Einsatzleiter am Telefon teilte ihm mit, dass es mindestens fünf Minuten dauern würde, bis sie eintrafen. Fünf Minuten zu lang.

Da er beschlossen hatte, nicht herumzuwarten, klopfte Tomek ein letztes Mal an die Haustür, und als immer noch keine Reaktion kam, klopfte er an die Tür des Nachbarn. Die Frau, die öffnete, war verängstigt und misstrauisch ihm gegenüber, aber sobald er ihr seinen Ausweis gezeigt hatte, entspannte sie sich ein wenig.

»Haben Sie zufällig einen Schlüssel?«, fragte Tomek. Es war ein Schuss ins Blaue, aber manchmal werden die einfachsten Optionen übersehen.

Die Nachbarin schüttelte den Kopf.

»Was ist mit einem Hammer oder so?«

Die Frau schaute ihn entsetzt an, mit aufgerissenen Augen. Er blickte auf ihre Hand, sah einen Ring und fragte: »Verheiratet?«

Sie nickte, ihre Augen immer noch wild, als ob sie eine außerkörperliche Erfahrung machte. Sie erlebte eine Kampf- oder Fluchtreaktion, und im Moment tat sie keins von beidem, absolut verdammt gar nichts.

»Hat Ihr Partner irgendetwas, das wir benutzen können?«

»Er... er ist nicht zu Hause.«

Tomek fluchte. Das Letzte, was er tun wollte, war Zeit damit zu verbringen, das Haus und den Gartenschuppen eines völlig Fremden zu durchsuchen.

Und dann kam es ihm.

Der Garten!

Ohne zu fragen, drängte sich Tomek an der Nachbarin vorbei und eilte zu den kleinen Terrassentüren am hinteren Teil des Hauses. Die Nachbarin war in ihrem verwirrten Zustand ein paar Sekunden hinter ihm her, die Rädchen in ihrem Gehirn brauchten Zeit, um sich anzupassen und zu begreifen, was da in ihrem Haus vor sich ging.

»Schlüssel«, sagte er zu ihr, gereizt. »Ich brauche einen Schlüssel. Ich muss in den Garten.«

Sie zeigte auf einen kleinen Topf, der in einer Ecke auf einer anderen Fensterbank stand. Tomek griff danach, schnappte sich den Schlüssel und ließ sich selbst hinaus. Der Garten befand sich in seinem frühen Frühlingszustand. Die Blumen begannen zu blühen, das Gras war überwuchert und in die Bäume kehrte das Leben zurück. Und die Luft war davon erfüllt. Es wäre ein angenehmes Erlebnis gewesen, dort zu sitzen, wenn nicht das Krankenhaus um die Ecke gewesen wäre und der Klang von Sirenen, der alle zwei Sekunden ertönte.

Tomek richtete seine Aufmerksamkeit auf Adam Egglingtons Haus. Die beiden waren fast identisch: die Küchentür, die Terrassentüren, die zum Garten führten, das Fenster darüber. Es war, als würde er in einen Spiegel schauen. Er hielt einen Moment inne und betrachtete seine Möglichkeiten. So, wie er es sah, gab es nur eine: Er würde einbrechen müssen und sich später mit den Konsequenzen auseinandersetzen.

Bevor er über den Zaun sprang, suchte er im Garten der Nachbarin nach etwas, das schwer genug war, um das Glas zu zerschlagen. Er fand es in Form eines Ziegelsteins, der sich von einem kleinen Blumenbeet gelöst hatte. Er bückte sich, um ihn aufzuheben, und gerade als er ihn über den Zaun werfen wollte, rief die Nachbarin: »Was tun Sie da? Sie können das nicht mitnehmen.«

Tomek betrachtete den Gegenstand in seiner Hand. »Es ist ein Ziegelstein. Werden Sie den wirklich vermissen?«

Dann, bevor sie antworten konnte, warf er ihn über den Zaun vor ihm. Erst als er sich dem Zaun gegenüberstellte, wurde ihm klar, dass er ihn über den falschen geworfen hatte. Die Nachbarin hatte ihn abgelenkt, und sein Körper hatte in die entgegengesetzte Richtung gezeigt, als er ihn geworfen hatte.

»Ach, verdammt noch mal! Entschuldigung!«

Eine weitere Beugung, ein weiterer Ziegelstein, diesmal mit mehr Kraft, um ihn aus dem Boden zu reißen. Jetzt schuldete er ihr und ihrem Mann zwei Ziegelsteine. Er warf ihn über den richtigen Zaun und katapultierte sich mit Hilfe eines Vogelbades in Adams Garten. Die Landung war weich, sein Körper rollte quer über das überwucherte Gras und Unkraut. Nach einigen Sekunden des Suchens, als seine Finger durch das Unterholz pflügten, fand er schließlich den Ziegelstein. Als er auf das Haus zurannte, den Arm nach hinten gezogen, bereit, das Objekt zu werfen, hielt er inne, als er einen Mann in der Wolkenspiegelung im Fenster erscheinen sah. Adam Egglington lag auf seinem Sofa, flach auf dem Rücken, sein Gesicht und Hals waren mit Erbrochenem bedeckt. Seine Brust bewegte sich nicht, und als Tomek an die Scheibe klopfte, gab es keine Reaktion. Tomek presste sein Gesicht gegen die Scheibe und blickte hindurch. Im schwindenden Licht konnte er das Gesicht des Mannes sehen, kränklich weiß unter der dicken Spritzer von Erbrochenem. Er war vollständig angezogen und trug noch die gleichen Klamotten vom Vorabend. Er musste nach Hause gekommen, auf dem Sofa bewusstlos geworden und so betrunken gewesen sein, dass er an seinem eigenen Erbrochenen erstickt war. Als er das sah, erinnerte sich Tomek an die Zeit, in der er fast dasselbe Schicksal erlitten hatte. Er war neunzehn gewesen, mit seinen Kumpels zu einer großen Nacht ausgegangen und auf der Seite aufgewacht, mit einer Lache Erbrochenen neben seinem Kopf, außen krustig, innen weich und schwammig, wie ein Körperflüssigkeiten-Flapjack. Tagelang danach konnte er den Gestank davon noch heiß in seiner Nase riechen, aber was wirklich bei ihm hängengeblieben war, war die Nahtod-Erfahrung, die unerschütterliche Tatsache, dass er hätte sterben können, wenn sein Körper um weitere neunzig Grad gedreht worden wäre. Das war es, alles, was zwischen ihm und dem Tod gestanden hatte. Etwas so Willkürliches wie ein neunzig-Grad-Winkel.

Bevor er länger darüber nachdenken konnte, wurde das Geräusch der Sirenen lauter, und er erkannte, dass es die Unterstützung war, die er angefordert hatte, die vor dem Haus vorfuhr. Er sprang über den Zaun, raste zurück durch die Küche des Nachbarn und fand sie im Vorgarten. Er wurde von einem Duo verwirrter Gesichter begrüßt.

»Nein, Sie sind nicht am falschen Ort«, sagte er zu ihnen. »Aber ich habe ihn gefunden. Er liegt im Wohnzimmer im hinteren Teil des Hauses. Haben Sie einen Rammbock?«

Einer der uniformierten Beamten nickte, dann drehte er sich zum Fahrzeug um. Er kam mit einem großen Rammbock in der Hand zurück.

»Großartig«, sagte Tomek und schaute dann zu, wie der Mann das schwere Metallgerät gegen die schwache Holztür schlug. Sie hatte keine Chance und gab nach einem Schlag nach.

Aber Tomek konnte den Männern nicht folgen. Etwas hielt ihn fest an Ort und Stelle, hielt ihn draußen, während der Wind auffrischte und sich um ihn wickelte.

Er konnte es nicht ertragen, den Mann anzuschauen, der in einer Lache seines eigenen Erbrochenen lag, denn bevor er seine Augen von dem Bild abgewandt hatte, hatte er nur sich selbst dort sehen können, etwas länger und größer, der mehr Platz einnahm, bedeckt mit seinem eigenen Erbrochenen. Er konnte es nicht ertragen, hinzuschauen und daran erinnert zu werden, was hätte sein können.

KAPITEL
DREIZEHN

Tomek hatte das Bild immer noch im Kopf, als er den Raum für besondere Einsätze betrat. Er konnte es nicht abschütteln, die ganze Zeit über nicht, während die Spurensicherung und die uniformierten Beamten Adam Egglingtons Leiche aufnahmen und abtransportierten. Es hatte sich eingebrannt, unauslöschlich. Und jedes Mal sah er sein eigenes Gesicht anstelle von Adams.

Chey und Rachel warteten bereits im Einsatzraum auf ihn. Tomek hatte ihnen gesagt, sie sollten ihre Informationen vor dem Meeting vorbereiten. Normalerweise würde ein Inspektor von jedem Mitarbeiter, der aktiv an einer Ermittlung arbeitete und an vorderster Front im Einsatz war, einen schriftlichen Bericht verlangen. Aber Tomek mochte keine Berichte. Sie waren ihm ein ständiges Ärgernis, und es war nicht die Art, wie er die Ermittlung führen wollte. Wenn er selbst keinen Bock hatte, sie zu schreiben, konnte man verdammt sicher sein, dass er auch keinen Bock hatte, sie zu lesen.

»Was geht, Chef?«, fragte Chey in einem munteren Ton.

»Ich sage gar nichts, weil ich in den nächsten zehn Minuten nur zuhören will.«

»Und vielleicht auch ein kleines Nickerchen machen, so wie du aussiehst«, fügte Rachel ohne eine Spur von Reue hinzu. »Ich habe alleinerziehende Mütter gesehen, die weniger müde aussahen als du.«

Ein Lächeln huschte über Tomeks Gesicht. Er konnte sich immer auf sein Team verlassen – besonders auf diejenigen, die er gezielt ausgewählt hatte –, um seine Stimmung zu heben. Die Neckereien zwischen den dreien waren wohl die besten im Büro (Tomeks Meinung, und nur seine), und das war einer der Gründe, warum er sie ausgewählt hatte: ein wenig Licht in einer sonst dunklen und deprimierenden Ermittlung, wie er ahnte.

Tomek zog einen Stuhl unter dem Tisch hervor und ließ sich darauf fallen. Es war erst der erste Tag der Ermittlung, und schon fühlte er sich niedergeschlagen. Als hätte er nichts mehr zu geben. War es das, was Nick rund um die Uhr fühlte? War das der Grund, warum er immer seufzte, weil er schon vor zwanzig Jahren genug gehabt hatte und jetzt nur noch an einem seidenen Faden hing?

»Womit sollen wir anfangen, Chef?«, fragte Chey.

»Von vorne. Haben wir irgendeine Ahnung, wo sie ist?«

Chey schüttelte den Kopf. »Ihr Handy ist immer noch ausgeschaltet und das schon seit den frühen Morgenstunden. Ich habe ihren Netzbetreiber um weitere Informationen gebeten und sollte sie bis morgen früh haben.«

Tomek drehte sich auf dem Stuhl und blickte auf die Wand mit Whiteboards, die entlang einer Seite des Raumes verlief. Die Notizen und Bilder einer früheren Untersuchung waren noch dort geblieben und warteten darauf, abgenommen zu werden. Tomek fand neben Chey und Rachel einen kleinen leeren Bereich auf der Tafel. Er griff nach einem Stift und wischte einen kleinen Fleck von der Oberfläche.

»Wie sieht der Zeitplan aus?«, fragte er, während er auf das Whiteboard schrieb. »Sie und ihre Freunde haben Memo um ein Uhr fünfzehn verlassen. Laut Elodie Lockets Uber-Konto wurde Angelica um genau ein Uhr achtundzwanzig, dreizehn Minuten später, vor ihrer Wohnung abgesetzt.« Tomek erinnerte sich an all das aus dem Gedächtnis, während die beiden anderen in ihren Notizen suchten und die Informationen, die sie hatten, mit dem, was er ihnen sagte, abglichen. »Sie sollte um neun Uhr in Leigh Broadway bei der Arbeit sein.« Er zeichnete eine Linie zwischen den beiden Zeiten, ging mehrmals darüber und ließ genug Platz, um die Lücken zu füllen. »Das gibt uns ein

Zeitfenster von sieben Stunden, in dem sie verschwunden sein könnte. Was könnt ihr dazu beitragen?«

Chey konsultierte seine Notizen. »Der letzte Ping ihres Handys an einen Funkturm war um ein Uhr zweiundfünfzig morgens, das ist...« Er machte eine Pause, um den Zeitunterschied zu berechnen. »Etwas mehr als zwanzig Minuten, nachdem sie nach Hause gekommen ist.«

Tomek notierte Zeit und Aktion auf der Tafel. »Richtig. Also hat sie es entweder selbst ausgeschaltet, der Akku war leer oder jemand anderes hat es für sie ausgeschaltet. Haben wir Augenzeugenberichte, dass sie zu diesem Zeitpunkt das Haus verlassen hat?«

Rachel schüttelte den Kopf. »Noch nichts. Nach allem, was ich mit der Streife zusammengetragen habe, und nach den Nachbarn, mit denen ich selbst gesprochen habe, hat niemand sie gesehen oder gehört. Es war mitten in der Nacht. Alle haben geschlafen.«

»Verstehe. Und was ist mit Aufnahmen von Überwachungskameras? Hat sich jemand damit gemeldet?«

Chey und Rachel schüttelten unisono den Kopf mit dem gleichen entschuldigenden Blick in ihren Gesichtern.

»Sonst noch etwas?«

Ein weiteres synchronisiertes Kopfschütteln.

»Sie verschwindet also einfach so?«

Tomek fuhr mit den Fingern durch sein Haar und kratzte sich am Hinterkopf, sich deutlich bewusst, dass beide ihn anschauten, ihn auf dem Fahrersitz, wie er die Ermittlung leitete. Zwei Paare erwartungsvoller Augen, die darauf warteten, dass er ihnen sagte, was zu tun sei. Er war sich nicht sicher, ob ihm das gefiel. Er hatte keine Ideen. Früher, als jemand anderes die Ermittlung geleitet hatte, war er in der Lage gewesen, die Antworten und Lösungen ohne Probleme zu finden. Möglicherweise, weil er nicht die Last eines Menschenlebens auf seinen Schultern gehabt hatte – dass er sich irgendwie einen Schritt entfernt gefühlt hatte – oder möglicherweise, weil es eine Ego-Sache gewesen war, eine Chance, sich vor Victoria und Nick zu beweisen. Aber jetzt, wo er das getan hatte, jetzt, wo er gezeigt hatte, dass er durchaus fähig war, fühlte er sich, als würde er bei der ersten Hürde fallen, und er hatte keine Ahnung, in welche Richtung es als Nächstes gehen sollte.

Komm schon, Tomek, sagte er zu sich selbst. Entweder hältst du die Klappe und stolperst weiter, egal was im Weg steht, oder du drehst jetzt um und gehst zurück zur Startlinie.

Er entschied, dass die zweite Option nicht infrage kam.

»Wir haben ein Zeitfenster von sieben Stunden, in dem sie verschwunden sein könnte. Die zwei Möglichkeiten, wie ich es sehe, sind erstens: Sie hat in dieser Zeit das Haus verlassen und ist noch nicht zurückgekehrt, oder zweitens: Jemand ist zu ihr nach Hause gekommen. So einfach ist das.« Er richtete seinen Fokus wieder auf die Tafel, zeichnete einen Kreis in die Mitte des verbliebenen weißen Bereichs und zog zwei gerade Linien daraus. Eine fürs Verlassen des Hauses, die andere für jemanden, der zu ihr kam. »Sobald wir festgestellt haben, welche dieser beiden Möglichkeiten zutrifft, können wir von dort aus das größere Bild aufbauen.« Er drückte die Kappe auf den Stift mit einem befriedigenden und greifbaren *Knacken*, dann kehrte er zu seinem Sitz zurück. »In der Zwischenzeit erzählt mir alles, was ihr über Angelica Whitaker habt. Was wissen wir über sie, das uns helfen kann?«

Beide Detectives blickten auf ihre Notizen und vermieden die Frage. Bis Chey schließlich den Mut aufbrachte, als Erster zu sprechen.

»Ich habe angefangen, ihren Instagram-Account durchzusehen, da sie ihn am regelmäßigsten aktualisiert. Sie hat zwei Profile. Eines ist ein persönliches Konto, das sie viel weniger nutzt, während das zweite eine Art Reiseblog/Influencer-Ding ist. Sie hat mehrere tausend Follower, aber auch mehrere tausend Posts auf jedem von ihnen. Es wird einige Zeit dauern, das alles durchzugehen. Aber aus der kurzen Recherche, die ich gemacht habe, und den ersten paar Posts, die ich mir angesehen habe, scheint sie auch Sachen über sich selbst und über ihr Leben zu posten. Was sie tut, wo sie ist. Aber sie sagt in den Bildunterschriften nicht zu viel – manchmal ist es nur ein Emoji oder zwei.«

»Könnten die für jemanden etwas bedeuten?«

»Möglicherweise. Ich müsste analysieren, wer liked und kommentiert.«

Tomek nickte. »Rach?«

Detective Constable Rachel Hamilton räusperte sich, bevor sie sprach. »Xanthia Demetriou, eine der engsten Freundinnen von

Angelica, hat sie in den höchsten Tönen gelobt. Sie hatte kein schlechtes Wort über sie zu sagen. Die Seele der Party, immer sprudelnd, immer aufgeschlossen und bereit auszugehen, sie war gerne mit allen zusammen, und alle waren gerne mit ihr zusammen. Freundlich, fürsorglich, voller Lebensfreude, immer für sie da. Es war, als wäre sie in sie verliebt.«

»Sie kennen sich von der Arbeit, oder?«

»So in etwa«, erklärte Rachel. »Sie haben sich bei der Arbeit *kennengelernt*. Aber Xanthia arbeitet jetzt in einer Apotheke. Nicht der Karrierewechsel, den sie wollte, aber der Markt für Flugbegleiterinnen ist im Moment angespannt. Es war alles, was sie finden konnte. Hoffentlich kann sie nächstes Jahr etwas bekommen.«

»Was hatte sie über die letzte Nacht zu sagen?«

»Nur, dass sie eine gute Zeit hatte. Und sie erinnert sich klar daran, wie sie Angelica dabei beobachtete, wie sie die Haustür öffnete und hinter sich schloss. Also ist sie laut ihr definitiv ins Haus *hinein*gekommen.«

»Und Zoë?«

»Bestätigte alles, was Xanthia gesagt hat. Sie sah Angelica ohne Probleme ihr Zuhause betreten.«

Die Frage, die noch blieb, war, wie sie wieder herausgekommen war.

KAPITEL
VIERZEHN

Der blecherne Klang von Kasias billigem Dell-Laptop drang zu ihnen auf die Couch. Sie hatte sich nach dem Abendessen in ihrem Schlafzimmer eingeschlossen und schaute zweifellos eine dieser harmlosen, geistbetäubenden Reality-TV-Sendungen oder eine dieser Schmalzfilmserien, von denen die verschiedenen Streaming-Dienste nur so wimmelten. Wann immer er sich bei Netflix oder Amazon Prime einloggte, wurde er mit Teenie-Dramen und Programmen bombardiert, die der Algorithmus Kasia servierte, um sie bei der Stange zu halten. Es reichte aus, um ihm jegliche Lust am Fernsehen zu verderben. Und vielleicht sollte er die Rechnung gleich ganz nicht mehr bezahlen. Aber er wusste, das wäre, als würde er ihr den Arm abschneiden oder ihn zumindest hinter ihrem Rücken festbinden, während er sie zwang, die Fernbedienung zu fangen. Also würde er stattdessen das Ehrenwürdige tun und weiterhin jedes Mal die Faust ballen, wenn er die monatlichen Lastschriften sah.

Heute Abend jedoch war er sehr dankbar für die Streaming-Dienste. Abigail war da, und er hatte ihr erlaubt, einen Kanal auszuwählen. Er hatte keine Ahnung, was sie eingeschaltet hatte, aber es ermöglichte ihm abzuschalten und seinen Gedanken freien Lauf zu lassen. Während sie in ihr Programm vertieft war, verlor sich sein Verstand in tiefen Gedanken wie: Warum heißen Gebäude Gebäude, wenn sie bereits gebaut wurden? Und warum sagen wir, dass wir nach Luft schnappen, wenn wir gar nicht unter Wasser sind? Er hatte mit diesen speziellen Rätseln schon gute fünf Minuten gekämpft, als Abigail ihre Beine auf seinen Schoß legte und verlangte, dass er ihre Füße massiere.

»Hast du nicht den ganzen Tag an deinem Schreibtisch gesessen?«, fragte er sie.

»Ja. Aber in *Absätzen*. Du weißt nicht, wie das ist.« Sie wackelte mit ihren Zehen vor seinem Gesicht. »*Bitte*. Sie tun heute so weh.«

Mit einem Augenrollen sagte er: »Du bist eine größere Diva als ich. Und ich mag es nicht, wenn ich Gel in meine Haare gemacht habe und es draußen regnet!«

»*Bitte*«, bettelte sie und hatte nichts von dem gehört, was er gerade gesagt hatte.

»Okay, wenn ich danach auch eine Fußmassage bekomme? Ich habe einen wunderschönen Hühneraugen, der durchgeknetet werden muss.«

Tomek hatte sie noch nie so angewidert gesehen.

»Das ist verdammt ekelhaft. Ich komme deinen Füßen nicht nahe.«

»Aber ich habe den ganzen Tag auf meinen gestanden...«

Sein Versuch, ihr mit einem niedlichen, unschuldigen Flattern der Wimpern Sand in die Augen zu streuen, funktionierte nicht.

»Anstrengender Tag?«, fragte sie und entspannte ihre Zehen, während Tomek begann, sie mit Daumen und Knöcheln wie Teig zu kneten.

»Sehr.«

»Was ist passiert?«

»Eine Frau Ende zwanzig wurde von ihrer Familie als vermisst gemeldet. Sie ging gestern Abend mit einigen Freunden aus, wurde an ihrer Wohnung abgesetzt und verschwand dann. Ihre Chefin, die zufällig ihre Schwägerin ist, sagte, sie sei heute Morgen nicht zur Arbeit erschienen.«

»Und ihr könnt sie nicht finden?«

»Würde ich sonst an sie denken?«

»Du denkst an eine andere Frau?«

»Nicht auf diese Weise«, sagte er mit einem Kopfschütteln. Er hörte auf, ihre Füße zu massieren, und sie wackelte mit den Zehen, um ihn daran zu erinnern, weiterzumachen.

»Ich habe nur Spaß gemacht«, sagte sie, dann wandte sie ihre Aufmerksamkeit für ganze zwei Sekunden wieder dem Fernseher zu, bevor sie zu ihm zurückkehrte. »Glaubst du, sie könnte tot sein?«

Tomek konnte spüren, worauf das Gespräch hinauslief.

»Keine Ahnung.«

»Denkst du, ihr ist etwas zugestoßen?«

»Weiß nicht.«

»Glaubst du, ihr werdet sie finden?«

Er antwortete nicht.

»Hat sie bei ihrem Ausgang jemanden kennengelernt? Könnte es die Person sein? Was, wenn es einer ihrer Freunde ist? Oder vielleicht ging sie spazieren und jemand hat sie entführt...«

Tomek wusste, dass sie nach Informationen angelte, eine Ladung Spaghetti auf sein Gesicht warf, um zu sehen, was hängen blieb. Aber er würde weder darauf eingehen, noch würde er irgendetwas davon schlucken.

»Hör zu«, sagte er und löste seinen Griff von ihrem Fuß, »wenn die Zeit reif ist, werden wir die Informationen mit dir teilen.«

»Warum habt ihr es nicht schon getan? Wenn dies ein Vermisstenfall ist, können wir euch helfen. Gebt uns alle Informationen, die ihr habt, zeigt uns, wie sie aussieht, und wir können die Nachricht verbreiten. Welche Spuren habt ihr?«

»Keine. Noch nicht.«

»Warum lügst du mich an?«

»Tue ich nicht.«

»Doch, das tust du. Ich kann erkennen, wenn du mich anlügst. Ich mag es nicht, dass du etwas vor mir verbirgst.«

Jede Sensibilität und Verspieltheit war aus ihrem Ton verschwunden. Jetzt klang sie verärgert, streng. Professionell.

»Ich sage dir die Wahrheit«, beharrte er. »Wir haben keine Spuren.«

»Warum tust du mir das an? Warum willst du mir nicht helfen? Ich habe gerade diesen neuen Job angefangen. So etwas könnte ich gut gebrauchen. Das wäre wirklich gut für mich, um die Exklusivrechte an dieser Story zu bekommen.«

»Du überreagierst.«

»Nein, tue ich nicht. Du bist derjenige, der mich anlügt, der Dinge vor mir verbirgt. Wem hast du sonst noch davon erzählt? Wer hat mit dir geflirtet, um an die Informationen zu kommen?«

»Du meinst, so wie du es früher getan hast?«

Sie schlug nach ihm aus. Ein kleiner Tritt auf den Oberschenkel, wie ein niedersausender Hammer. Es war nur klein und tat ihm nicht im Geringsten weh, aber es steckte Absicht dahinter. Und er wurde sofort daran erinnert, warum er keine langfristigen Beziehungen einging. Seine beiden vorherigen waren ähnlich gewesen. Seine erste Freundin, Kasias Mutter, hatte ihn verbal und emotional misshandelt, ihn ständig untergraben und ihn klein fühlen lassen. Seine zweite offizielle Freundin, die sich als Serienmörderin herausstellte, war, abgesehen von dem mörderischen Aspekt ihrer Persönlichkeit, neurotisch, eifersüchtig und ein bisschen psychotisch gewesen. Das war alles, was er je gekannt hatte. Alles, woran er je gewöhnt war. Vielleicht hatte er einen Typ – einen Typ, der ihn winzig und nutzlos fühlen ließ.

»Du überreagierst«, wiederholte er.

Noch ein Tritt. Diesmal härter.

»Nein, tue ich nicht. Wir *brauchen* diese Story, Tomek. Heute haben wir eine Titelseite gemacht, eine Eilmeldung über eine Gruppe von Kindern aus London, die eine Krabbe mit dem Zug den ganzen Weg bis zur Strandpromenade von Southend mitgenommen haben, damit sie „ihr bestes Leben leben" könne.«

»Und hat sie das?«

Noch ein Tritt. Diesmal fehlgeleitet und knapp an seinem Schritt vorbei.

»Das ist die Art Scheiße, die wir in letzter Zeit bringen. Eine verdammte Krabbe! Wir kratzen am Boden des verdammten Fasses.«

Tomek kicherte. »Wo haben sie die Krabbe überhaupt her?«

»Wirklich? Du findest das lustig?«

»Ich kann nicht glauben, dass du es *nicht* findest.«

»Es geht um meinen verdammten Job, und du lachst nur darüber.

Ich kann nicht glauben, dass das das Erste ist, woran du denkst. Das ist meine Karriere. Wenn du mich nicht ernst nehmen kannst, wer zum Teufel wird es dann tun?«

Vielleicht die Krabbe, dachte Tomek, behielt es aber für sich. Stattdessen dachte er wieder über Gebäude und das Unterwassersein nach, und wie er sich in diesem Moment fühlte, als würde er nach Luft schnappen.

KAPITEL
FÜNFZEHN

Liam Dennis hatte sich noch nie so lebendig gefühlt, so voller Adrenalin. Er wollte durch Wände rennen, von Gebäuden springen, über die Bahngleise hechten. Sein jugendlicher Körper wusste nicht, wie er damit umgehen sollte, wie er das verarbeiten sollte. Aber James und Ethan wussten es. Sie hatten Erfahrung mit solchen Dingen, wussten, was sie taten. Waren in der Lage, sich *zu kontrollieren*. Sie hatten es ihm an diesem Nachmittag in der Schule vorgeschlagen: sich mitten in der Nacht hinausschleichen, während seine Mutter und sein Vater schliefen, einbrechen, seine Kunstfertigkeit zur Geltung bringen und dann wieder nach Hause zurückkehren, bevor jemand aufwachte. Als wäre nichts geschehen. Das Risiko, das Liam hatte, war, seinem Vater zu begegnen. Er stand immer superearly für die Arbeit auf, und Liam hatte Panik, dass er zur falschen Zeit nach Hause kommen würde, vollständig bekleidet, außer Atem, seine Hände mit Sprühfarbe bedeckt. Aber Ethan hatte ihm gesagt, er solle sich keine Sorgen machen, dass es das Erlebnis irgendwie verstärken würde.

Liam war sich nicht ganz sicher, wie, aber er nahm Ethans Worte für bare Münze. Er war nicht in der Position, etwas anderes zu tun.

Es war kurz nach zwei Uhr morgens. Draußen war es stockdunkel, und alles war still, bis auf das Geräusch des Windes, der Blätter aufhob und sie ein paar Zentimeter entfernt an einem neuen Ruheplatz fallen ließ. Es war das Ruhigste, was er je gehört hatte. Kein Verkehr, keine Züge, nicht einmal das Geräusch der Themsemündung erreichte sie.

Ethan rechnete damit, dass sie nicht mehr als eine halbe Stunde brauchen würden, und vollständig bekleidet, mit tief ins Gesicht gezogenen Kapuzen, machten sie sich auf den Weg zum Zielort. Sie hatten vereinbart, sich auf der anderen Seite der Bahngleise zu treffen, die die Landschaft in Richtung Southend High Street durchschnitten. Es war praktischer für Ethan, und als inoffizieller Anführer der Gruppe galt, was er sagte.

Ihr erstes Hindernis waren die Bahngleise, durch die 750 Volt flossen. Liam hatte noch nie Bahngleise überquert, hatte es nie nötig gehabt. Aber er hatte die Horrorgeschichten gelesen. Von Selbstmorden, von Kindern, die mitten in der Nacht darüber sprangen und sich schwer verletzten.

Aber nicht ihm, nicht heute Nacht. Er würde dafür sorgen, dass nichts passierte.

Weil es seine erste Nacht mit ihnen war, hatten Ethan und James beschlossen, dass er zuerst gehen musste. Dass es nur fair wäre. Eine Initiation, eine Chance für ihn, sich zu beweisen. Und so trat Liam in der Dunkelheit, als einzige Lichtquelle die schwachen Natriumlichter in der Ferne, auf die gekieste Oberfläche neben den stromführenden Gleisen. In der Stille konnte er die Elektrizität hören, die durch sie rauschte, und er spürte ein Summen in der Luft, das wie ein Kraftfeld gegen seine Beine drückte. Vorsichtig hob er sein Bein hoch in die Luft, wie er es beim Karate gelernt hatte, drehte seine Hüften und senkte es dann, ließ sich in eine tiefe Sumo-Hocke fallen. Dann wiederholte er den Vorgang für den zweiten Teil des Gleises. Hoch, drehen, fallen lassen, hocken.

Hoch, drehen, fallen lassen, hocken.

Hoch-

Erst als er beim dritten Gleis war, hörte er ein anderes Geräusch. Gerade als er seine Hüften drehen wollte, sah er Ethan und James über den Kies sprinten und mit Leichtigkeit über jede Metallschlange hüpfen, als wäre es so einfach wie über einen Stein am Boden zu springen. Die beiden Jungen lachten ihn aus, als sie die andere Seite erreichten, neckten ihn, und der Klang ihres Lachens wurde von den umgebenden Bäumen und Hecken absorbiert.

»Verdammte Scheiße«, sagte er zu sich selbst, als er auf den Metallpfeiler direkt vor ihm blickte. »Komm schon. Du schaffst das. Wie über ein Tackling springen.«

Er senkte sein Bein, ging ein paar Schritte zurück und beruhigte seinen Atem, die Beine schulterbreit auseinander, die Arme an den Seiten, tief atmend - seine beste Cristiano Ronaldo Freistoß-Imitation. Dann, als er sich selbstsicher genug fühlte, sprintete er auf seine Freunde zu. Ein Gleis. Zwei Gleise. Das Geräusch der Dosen in seinem Rucksack rasselte in seinen Ohren.

Und er war da. Geschafft. Einfacher als gedacht.

Er schaute zurück auf die schlafenden Schlangen, auf die Distanz, die er überwunden hatte, sein Körper schwoll vor Stolz. Er fühlte sich unbesiegbar, das Adrenalin erreichte einen neuen Höhepunkt.

»Komm schon, Schwachkopf«, sagte James und schlug ihm auf den Rücken. »Lass uns gehen!«

Der Junge packte seinen Rucksackriemen und zog ihn eine leichte Steigung hoch, durch eine dicke Heckenreihe. Liam verzog das Gesicht und schützte sein Gesicht, als Dornen und Brennnesseln nach ihm peitschten und in seine Knöchel und Unterarme schnitten. Einige schmerzhafte Momente später brachen sie auf eine Wohnstraße durch, gesäumt von Häusern, die für seinen Geschmack viel zu schick und teuer waren. Er war das Viertel gewohnt; hier hatte er das Gefühl, dass niemand miteinander sprach, niemand etwas sagte. Nicht wie im Viertel, wo jeder jeden kannte – auch wenn das manchmal nicht so gut war.

Sie achteten jedoch kaum auf die Häuser, denn die Schatztruhe, nach der sie suchten, war nur eine kurze Strecke entfernt.

Er hatte noch nie von der Park Road Methodist Church gehört, bis zur Mittagszeit. Er hatte keine Ahnung, wofür sie genutzt wurde, keine Ahnung, wie lange sie schon da war, nur dass sie seit Jahren leer stand und mit Brettern vernagelt war. Niemand ging je dorthin, hatten sie ihm erzählt, was sie zum perfekten Ort machte, um hinzugehen.

Sie hielten ihre Köpfe gesenkt, während sie die ruhigen Wohnstraßen durchquerten. Mehrere der Auffahrten waren mit mindestens zwei

Autos gefüllt, während die restlichen Fahrzeuge auf die Straße überschwappten. In keinem der Häuser brannte Licht, und die einzige Lichtquelle auf der gesamten Straße war eine einzelne Straßenlaterne, die zeitweise flackerte.

Eine Minute später kamen sie bei der methodistischen Kirche an. Sie war viel beeindruckender, als Liam erwartet hatte, aber als er sie anstarrte, verspürte er einen überwältigenden Drang wegzulaufen; dass sie von bösen Geistern besudelt, vom Teufel heimgesucht wurde. Er war kein religiöser oder spiritueller Typ im Geringsten, aber eine unheimliche Vorahnung hatte ihn plötzlich beschlichen und sagte ihm, dass dies ein schlechter Ort war, um zu sein. Dass sie sich umdrehen und gehen sollten, wegrennen und nie wiederkommen. Aber das konnte er nicht sagen. Nicht, wenn James und Ethan da waren. Nicht, wenn sie es der ganzen Schule erzählen und ihn morgen in Stücke reißen würden. Vielleicht war es Zweifel, vielleicht war es Angst, die ihn zurückrief. Aber er hatte diese Emotionen schon früher erlebt, und dies war nichts dergleichen.

»Worauf wartest du, Alter?«, fragte Ethan.

Liam war überrascht zu sehen, dass beide es zu einem Seiteneingang geschafft hatten, einer Holztür mit einem dünnen Vorhängeschloss als letzte Verteidigungslinie.

»Nicht etwa Schiss, Bruder?«

Liam schüttelte den Kopf und versuchte, den Kloß in seinem Hals zu kontrollieren. »Nee. Ich hab nur... Ich hab's mir nur angesehen.«

Er wollte nicht dort sein.

Er wollte nicht dort sein.

Ohne ein weiteres Wort gesellte er sich schweigend zu den beiden Jungen, kauerte näher an sie heran, als er es normalerweise tun würde. In seinem Rucksack hatte Ethan ein Paar Bolzenschneider mitgebracht. Woher er sie hatte, wusste Liam nicht, aber als er die Griffe öffnete, um den Bolzen zwischen die Zähne zu führen, hielt er inne.

»Was'n los?«, fragte James.

»Es ist offen. Es wurde bereits durchgeschnitten.«

Er wollte nicht dort sein.

Er wollte nicht dort sein.

»Vielleicht hat's schon jemand gemacht«, sagte James.

»Vielleicht. Aber ich war neulich hier, und da war's nich' so. Glaubst du, es ist Henry und diese Truppe?«

»Könnte sein«, antwortete James mit einem Schulterzucken.

Niemand sagte mehr etwas zu dem Thema. Dann drehten sich die beiden Jungen zu Liam um und blickten ihn erwartungsvoll an.

»Los, Kumpel«, sagte Ethan.

»'Los, Kumpel' was?«, entgegnete Liam.

»Du zuerst. Das sind die Regeln. Dein erstes Mal mit uns, du darfst zuerst gehen.«

Aber er wollte nicht zuerst gehen. Er wollte nicht dort sein.

»Ist cool. Du kannst gehen. Zeig mir, wie's gemacht wird«, sagte er und versuchte, die Angst in seiner Stimme zu verbergen.

»Die verdammte Tür ist schon auf. Alles, was du tun musst, ist zu drücken.«

»Sei kein Weichei«, fügte James hinzu.

»Ja. Mach sie einfach verdammt noch mal auf. Das ist nicht so schwer. Drück einfach. Wir sind direkt hinter dir.«

Liam erkannte schnell, dass er keine Wahl in der Angelegenheit hatte. Er war so weit gekommen. Er hatte bereits vier Bahngleise übersprungen, die Sprühdosen gekauft und bezahlt, die sie verwenden wollten. Er hatte Zeit, Geld und Energie investiert - ganz zu schweigen von der absoluten Standpauke, die er von seinen Eltern bekommen würde, wenn sie es jemals herausfänden - und so konnte er jetzt nicht zurücktreten. Was würden sie von ihm denken?

»Alter, kommst du oder was? Ich glaube, ich kann spüren, wie mein Haar anfängt, grau zu werden.«

Liam ignorierte James' Spott und schob sich an ihm vorbei.

Erstes Mal für das Überspringen der Gleise, dachte er. Erstes Mal für den Einbruch in eine verlassene Kirche.

Langsam schob er die Tür auf. Das Scharnier knarrte laut, das Geräusch hallte durch die Halle. Sie fühlte sich schwer in seinen Armen an, und er musste sein ganzes Gewicht einsetzen, um sie vorwärts zu schieben. Schließlich, als die Lücke groß genug war, trat er ein. Die Luft drinnen war kühl, älter, als hätte sie dort lange gesessen und gewartet.

Als hätten die Geister dort lange gewartet.

Das Licht von draußen drang kaum in das Gebäude ein, und so zog er sein Handy heraus und schaltete die Taschenlampenfunktion ein. Ein breiter Kegel aus hartem weißen Licht erhellte den Betonboden. Die Tür öffnete sich zu einem kleinen Teil der Kirche. Er hatte halb erwartet, irgendwann eine Anordnung von Bänken und Stühlen zu sehen, die einem Altar zugewandt waren, aber da war nichts. Der Boden war völlig leer.

Hinter ihm betraten Ethan und James behutsam die Kirche, ihre Bewegungen vorsichtig, zaghaft, genau wie seine. Es war tröstlich zu wissen, dass er nicht der Einzige war, dessen Arschloch zusammengekniffen war.

Er wollte nicht dort sein.

Sie wollten nicht dort sein.

Liam ließ seinen Rucksack zu Boden fallen und tat so, als würde er zögern, tiefer in die Kirche zu gehen, indem er seine Spraydosen herausholte. Aber Ethan und James hatten die gleiche Idee, und einen Moment später gingen sie, die Taschen auf dem Boden zurücklassend, in Richtung des vorderen Teils der Kirche, ihr Weg wurde von den Taschenlampen ihrer Handys beleuchtet. Sie kamen nur ein paar Schritte weit, bevor sie den Körper auf dem Boden sahen. Blass weiß unter dem bereits weißen Schein ihrer Taschenlampen, nackt daliegend, zur Decke starrend.

Die bösen Geister.

Die Jungen erstarrten einen Moment, betäubt und geschockt.

Ethan war der Erste, der reagierte und bewies, dass er tatsächlich der Ängstlichste von allen war, indem er aus der Kirche sprintete, sein Schrei zertrümmerte Liams Trommelfelle. Ihm folgte sofort James, der auf dem Weg gegen Liam prallte und ihn zur Besinnung brachte.

Dann war Liam an der Reihe. Er drehte sich auf den Fußballen und raste hinaus, stolperte über die Taschen auf dem Boden und prallte auf dem Weg nach draußen gegen die Tür. Er rappelte sich vom Boden auf und gesellte sich einen Moment später zu den anderen, alle keuchend, in Panik, aus voller Lunge schreiend, bevor sie zurück in Richtung der Gleise rannten, zurück in Richtung Heimat.

Heute Nacht war eine Nacht der ersten Male gewesen.

Erstes Mal für das Überspringen der Gleise.

Erstes Mal für den Einbruch in eine verlassene Kirche.

Und jetzt konnte er das erste Mal, eine Leiche zu sehen, zur Liste hinzufügen.

KAPITEL
SECHZEHN

Tomek kämpfte darum, seine Augen offen zu halten. Seine zweite schlaflose Nacht in zwei Tagen. Der Anruf, der ihn darüber informierte, dass eine Leiche gefunden worden war, kam kurz nach drei Uhr morgens, zwanzig Minuten nachdem er endlich die Augen geschlossen und neben Abigail eingedöst war, deren früheres Verhalten ihn wachgehalten hatte.

Die Verantwortung für den Tatortbesuch fiel normalerweise dem stellvertretenden SIO zu, aber da er keinen ernannt hatte, hatte er sich selbst nominiert – und dann auf dem Weg sowohl Chey als auch Rachel angerufen. Er wollte beide dort haben, übernächtigt und ruhelos. Der Notruf war von Vanessa Carmen eingegangen, einer Nachbarin, die direkt gegenüber der Park Road Methodist Church wohnte. Sie hatte berichtet, dass sie Schreie aus dem Inneren der Kirche gehört hatte. Zunächst dachte sie, es sei eine Art Geist, ein Gespenst, das zurückgekehrt war, um schlafende Nachbarn in den frühen Morgenstunden zu stören. Aber als sie drei junge Burschen, nicht älter als Teenager, mit über die Gesichter gezogenen Kapuzen aus dem Gebäude rennen sah, fluchend und nach ihren Müttern schreiend, wusste sie, dass etwas nicht stimmte. Aber sie war nicht mutig genug gewesen, um herauszufinden, was es war.

»Dieser Ort hat mir schon immer die Creeps gegeben«, sagte sie, als sie Tomek in ihr Wohnzimmer führte. »Ich wäre wegen der Kirche fast nicht eingezogen. Ich weiß nicht, was es ist. Nur... irgendetwas daran.«

Deine Fantasie... dachte Tomek, behielt es aber für sich. Während er darauf wartete, dass der Tatort freigegeben wurde und der Pathologe eintraf, hielt Tomek es für sinnvoll, mit der Hauptzeugin zu sprechen, um so viele Informationen wie möglich von ihr zu erhalten. Doch es stellte sich heraus, dass sie der Notrufzentrale bereits alles am Telefon erzählt hatte: dass sie von lauten Schreien geweckt worden war, die sie zunächst für einen Poltergeist gehalten hatte, dann hatte sie aus ihrem Schlafzimmerfenster geschaut und festgestellt, dass es drei Teenager waren, die aus der Kirche flohen.

»Und Sie konnten keines ihrer Gesichter erkennen?«

»Ich wünschte, ich hätte. Aber sie liefen in die andere Richtung, in Richtung der Bahnlinie.«

Tomek hielt es nicht für sinnvoll, Ressourcen für die Suche nach den Jungen aufzuwenden. Noch nicht. Nicht, bis er bestätigen konnte, was sich in der Kirche befand. Nach einem kurzen Moment der Stille dankte Tomek ihr für die Zeugenaussage und die Gastfreundschaft und machte sich auf den Weg zum Ausgang.

»Es tut mir leid, dass ich nicht nachgeschaut habe«, sagte sie auf der Türschwelle.

»Das ist schon okay. Das ist unser Job.«

»Wissen Sie, was da drin ist?« Sie zeigte auf die Kirche und senkte ihre Stimme, als ob das, worüber sie sprachen, ein streng gehütetes Geheimnis sein sollte.

Tomek drehte sich zur Kirche.

»Nein«, sagte er.

Aber ich habe eine sehr gute Ahnung, wer *da drin ist.*

»Ich schätze, ich werde es gleich herausfinden.«

▬

Über vier Stunden später trug Tomek seinen weißen forensischen Anzug und bereitete sich mental darauf vor, die Kirche zu betreten. Der Zugang zu dem denkmalgeschützten Gebäude der Stufe II erfolgte nun über den

Haupteingang an der Vorderseite des Gebäudes, unter seinen bedrohlichen und erschreckenden Spitzen. Auf diese Weise bestand keine Gefahr, den Seiteneingang zu kontaminieren, den die Jungen benutzt hatten. Bei ihm waren Chey, Rachel, Lorna Dean, die Pathologin des Innenministeriums, und Rory Stevens, der Tatortmanager. Durch einen schmalen Spalt in der Tür sah Tomek eine kleine Armee von Tatortermittlern in weißen Anzügen, die sich im Raum bewegten, gebadet in weißem forensischen Licht der Flutlichter, die dort aufgestellt worden waren.

Tomek stand als Erster in der Schlange, um einzutreten. Bevor er das tat, nahm er sich einen Moment Zeit, um die Struktur des Gebäudes zu betrachten: die Architektur, die Handwerkskunst, den Kalkstein aus Kent, den Innenhof, der seit der Schließung in den Neunzigern von Unkraut und Pflanzen überwuchert war, die Erde, die vom Wind aufgewirbelt und über den Rand des Gebäudes verstreut worden war, die Farbe, die sich zu lösen und abzublättern begann, die Buntglasfenster, die zugenagelt und vernachlässigt worden waren – ein vergessenes Gebäude, zurückgelassen, während das neue Zeitalter weiter fortschritt und sich entwickelte.

Als Tomek schließlich die Erlaubnis zum Betreten erhielt, atmete er tief ein und trat ein.

Es dauerte einen Moment, bis sich seine Augen an das grelle weiße Licht in der Kirche gewöhnt hatten, aber dann kam das Tableau von Angelica Whitakers makellosem Körper zum Vorschein, der nackt auf dem kalten Betonboden lag. Sie lag auf dem Rücken, die Beine gerade, zusammengepresst, die Zehen zum Himmel gerichtet. Ihre Arme waren in einem Winkel von fünfundvierzig Grad vom Körper weg positioniert. Ihr Kopf ruhte perfekt, und ihre Brüste hingen zu beiden Seiten ihres Brustkorbs herab. Nichts davon war für Tomek schockierend. Er hatte schon nackte Körper gesehen – tote, nackte Körper. Aber was ihn tatsächlich beunruhigte, waren die Engelsflügel, die hinter ihr auf den Boden gemalt worden waren. Engelsflügel, die mit Sorgfalt, Zeit und Aufmerksamkeit gemalt worden waren. Engelsflügel, die mit Blut gemalt worden waren.

Tomek spürte einen Stoß im Rücken. Es war ihm nicht klar gewesen, aber er hatte aufgehört zu gehen, und der Stoß in seinem Rücken war Chey, der versehentlich in ihn hineingelaufen war.

»Jesus Christus«, murmelte Chey.

»Wahrscheinlich nicht der beste Ort für Blasphemie, Chey«, entgegnete Tomek, während er um den Körper herumging und einen großen Bogen um Angelicas Gliedmaßen und die Flügel machte.

Er und der Rest des Teams gingen auf den Trittplatten entlang, die vom Forensik-Team ausgelegt worden waren. Jetzt untersuchte er ihren Körper genauer. Ein Gesicht zu einem Namen. Ein nackter Körper, der zu dem passte, was er von einem Instagram-Post und einem aktuellen Foto der Familie gesehen hatte. In keinem davon sah Angelica Whitaker so dünn und unterernährt aus wie jetzt vor ihm. Die Rippen ihres Brustkorbs waren so markant wie die Sonne am Himmel, ihr Becken ragte heraus wie die beiden Kirchturmspitzen, und ihre Wangen sahen aus, als wäre sie entweder mit erstaunlicher Genetik geboren worden oder hätte viel Botox und andere Eingriffe gehabt. Nach den Fotos auf ihren Social-Media-Konten sollte ihr Körper ganz anders aussehen. Was noch verwirrender war: Es gab kaum Anzeichen von Totenflecken. Tomek hatte keine Ahnung, wie lange sie schon tot war, aber nach der blassen Farbe ihrer Haut und dem Geruch, der sich zu bilden begann, war es länger als ein paar Stunden, was für ihn darauf hindeutete, dass sie in der Nacht ihres Verschwindens gestorben war. Zu diesem Zeitpunkt, etwa vierundzwanzig Stunden später, sollte ihr ganzes Blut begonnen haben zu sinken, den Auswirkungen der Schwerkraft nachgegeben und sich an ihrem tiefsten Punkt angesammelt haben. Aber entlang ihres Rückens und der Rückseite ihrer Oberschenkel gab es kaum Anzeichen dafür. Nicht so viel, wie er erwartet hätte.

Lorna Dean sprach genau das an, was er dachte.

»Ich hätte erwartet, viel mehr zu sehen«, sagte sie, ihr feuriges orangerotes Haar brannte durch den Stoff ihres Anzugs. »Selbst bei jemandem *ihrer* Größe.« In ihrem Tonfall lag ein leichter Hauch von Eifersucht, als sie es sagte. »Ich kann auch keine physischen Schnitte oder Wunden am Äußeren erkennen, was bedeutet, dass es keine *offensichtliche* Todesursache gibt.«

»Könnte sie eine Überdosis genommen haben?«, fragte Tomek und dachte an die Aufnahmen der Überwachungskamera von der Nacht ihres Verschwindens und Adam Egglingtons Hand, die bei zwei Gelegenheiten über ihrem Getränk schwebte.

»Möglicherweise.«

Tomek ging in die Hocke. Die Gelenke in seinen Knien knackten und knarrten, als er sich auf den Bällen seiner Füße nach vorne rollte und gegen sein inneres Gleichgewicht kämpfte. Er ließ seinen Blick über Angelicas Körper gleiten, diesmal in der Hoffnung, dass der neue Blickwinkel ihm eine andere Perspektive geben würde, einen anderen Hinweis darauf, wie sie gestorben war. Wie Lorna gesagt hatte, gab es keine physischen Markierungen an ihrem Körper, keine Stichwunden, keine Einstichstellen in den Ellenbeuge – nichts. Ihre Haut, ihre Muskeln und alles an ihrem Äußeren waren perfekt und strahlten unter dem weißen Licht einen sanften Glanz aus. Was darauf hindeutete, dass die Todesursache innerlich gewesen war. Dass sie möglicherweise eine Überdosis genommen hatte oder einen Schlaganfall oder Herzinfarkt erlitten hatte von dem, was Adam Egglington ihr zu geben versucht hatte – und womit er möglicherweise Erfolg gehabt hatte. Obwohl Tomek nichts davon für wahrscheinlich hielt. Vielmehr war dies das Werk von jemand anderem. Jemand, der ihr den Tod auf eine andere Weise zugefügt hatte. Und er wollte wissen, wie.

»Woher kommt dieses ganze Blut?«, fragte Chey, als er einen Finger ausstreckte, um es zu berühren.

»Nicht anfassen!«, schrie Rory Stevens, seine tiefe Baritonstimme prallte von den Wänden ab. »Warum um alles in der Welt willst du es anfassen?«

»Um zu sehen, ob es noch nass ist.«

»Oder du könntest einfach verdammt nochmal die Frage stellen. Es ist unnötig, deine Hand in Dinge zu stecken. Hast du das als Kind oft gemacht? Vielleicht die Hand in den Toaster gesteckt, wenn er an war? Mit Messern gespielt? Jesus verfickte Scheiße, Alter-«

»Pass auf«, unterbrach Tomek und zeigte zum Altar. »Der Chef hört zu.«

Rorys Stirn runzelte sich unter der oberen Linie seiner Kapuze. »Ich glaube, er hat größere Dämonen zu jagen, findest du nicht?« Dann zeigte er auf den Engel auf dem Boden. »Ich kann dir sagen, dass das Blut getrocknet ist, also musst du es nicht anfassen. Benutze einfach deine Augen, bitte. Wir sind hier alle Erwachsene. Ich bin zuversichtlich, dass wir alle dazu in der Lage sind.« Er bewegte seinen Finger zu den Engelsflügeln neben Angelicas Körper. »Wir haben mehrere Proben des Blutes entnommen. Hoffentlich stammt alles vom selben Körper, sonst könnte das die Sache etwas komplizierter machen. Wir haben Hautproben entnommen, einige Haare entdeckt, nach Fingerabdrücken gesucht, nach Fasern und Spuren gesucht, und alles ist fotografiert und dokumentiert. Wir werden alles so schnell wie möglich zur Untersuchung schicken. Wir haben auch die Eingänge untersucht und die Tüten mit Kanistern, die auf dem Boden zurückgelassen wurden. Es bedarf einer zweiten Meinung, aber die Bolzenschneider, die wir auf dem Boden gefunden haben, scheinen zu klein zu sein, um das Schloss dort drüben aufgebrochen zu haben.« Diesmal zeigte er auf die Holztür am anderen Ende der Kirche. »Das deutet darauf hin, dass der Mörder den Körper dort hineingebracht hat, sie aber nicht schließen konnte.«

»Wo sind ihre Kleider?«

Rory zuckte mit den Schultern. »Wir haben oben und unten gesucht, aber keine Spur von ihnen.«

Tomek nickte nachdenklich. »Irgendwelche Fußabdrücke oder Fingerabdrücke an der Tür?«

»Ein paar. Manche deutlicher als andere. Wenn sie ins Labor zurückkommen, werden wir sie durch IDENT1 laufen lassen. Du solltest bis zum Ende des Tages Neuigkeiten dazu haben.«

Tomeks Definition vom Ende des Tages unterschied sich von der anderer Menschen, und jetzt, da ihre Vermissten-Ermittlung gerade zu einem Mordfall hochgestuft worden war, würde es kein Ende des Tages geben: Die Tage würden ineinander übergehen und in den nächsten rollen, ohne ein Ende in Sicht. Nicht bis sie ihren Mörder finden konnten.

»Irgendwelche Fingerabdrücke an anderen Stellen?«, fragte Rachel, während sie sich um Chey herum manövrierte und sich Angelicas Kopf näherte. »Irgendwelche auf ihrem Körper?«

Rory schüttelte den Kopf. »Keine.«

»Gar nichts?«

»Ich kann das Team bitten, noch einmal nachzusehen, aber wir haben zwei verschiedene Methoden angewendet.«

Rachel hockte sich neben Angelicas Kopf. »Der Mörder muss also irgendeine Art von Handschuhen benutzt haben. Ich stelle mir vor, dass es fast unmöglich ist, den Körper hier hereinzuschleppen, ohne auch nur einen Fingerabdruck zu hinterlassen.«

Niemand sagte etwas, als sie sich nach vorne lehnte und Angelicas Gesicht näher betrachtete.

»Und sie haben ihr Make-up aufgetragen«, fügte sie hinzu.

»Was meinst du?«, fragte Tomek.

»Anderes Make-up.«

»Inwiefern?«

»Heilige Scheiße«, fuhr sie fort und sprach mit sich selbst. »Es ist besser als alles, was ich je hinbekommen habe. Ich weiß, ich trage nicht viel davon, aber-«

»Rach«, unterbrach Tomek streng.

Die Polizistin bemerkte den Tonfall in seiner Stimme und erklärte. »Ich habe mir die Fotos angesehen, die ihre Freunde von ihrem Ausgehabend gemacht haben, und darauf trug Angelica keinen Lippenstift. Aber jetzt trägt sie welchen. Ihre Wimpern waren nicht mit Mascara verklebt, aber jetzt sind sie es. Ihre Wangen waren nicht leicht rot getönt, aber jetzt sind sie es. Und ihre Augenbrauen...« Sie zoomte wieder näher heran. »Sie sehen aus, als wären sie gezupft oder etwas in Form gebracht worden.«

Tomek dachte darüber nach. Er ging um ihren Körper herum und blieb auf der anderen Seite stehen, gegenüber von Rachel. Er sah der Detektivin in die Augen.

»Könnte sie das selbst gemacht haben, nachdem sie nach Hause gekommen ist?«

»In zwanzig Minuten? Keine Chance. Vielleicht, wenn sie Profi ist, aber ich glaube nicht. Und ich habe schon Flugbegleiterinnen gesehen – sie nehmen sich gerne viel Zeit für ihr Make-up, besonders wenn sie arbeiten. Außerdem brauche ich eine gute Stunde, um jeden Morgen so auszusehen, und das ist nur halbwegs anständig.«

»Halbwegs anständig? Du? Niemals«, sagte Tomek.

»Halt die Klappe.«

Das musste ihm nicht zweimal gesagt werden.

»Wer auch immer das getan hat, hat sich ernsthaft Zeit und Mühe gegeben, um sie so aussehen zu lassen. Sie müssten lange Zeit mit der Leiche verbracht haben. Entweder ist jemand von ihr besessen, oder sie sind ein bisschen gestört im Kopf.«

»Oder beides«, fügte Tomek hinzu.

KAPITEL
SIEBZEHN

Rose Whitaker hatte ihr Juweliergeschäft früher geschlossen, um bei der Familie zu sein und die neuesten Nachrichten zu hören. Die vier von ihnen, zusammen mit Tomek und DC Anna Kaczmarek, der Familienbetreuerin des Teams, hatten sich im weitläufigen Wohnzimmer von Daphne und Roy versammelt. Sie wohnten über dreißig Minuten entfernt in der malerischen Stadt Witham, in der Nähe von Brentwood, einem Ort, der durch die Reality-TV-Show *The Only Way Is Essex* berühmt geworden war. Trotz des Anscheins von Wohlstand - mit ihren Barbour-Jacken, Joules-Taschen, Ralph Lauren-Polos und Nautica-Hosen - lebten Roy und Daphne in einem bescheidenen Zweizimmerhaus. Das Anwesen war Anfang des zwanzigsten Jahrhunderts erbaut worden und verfügte über Eichenbalken an der Decke, Fliesenboden eines örtlichen Steinmetzes und einen Backsteinkamin. Im Wohnzimmer befanden sich zwei Sofas, die auf einen kleinen Fernseher in der Ecke ausgerichtet waren. Entlang der Wände standen mehrere Modellflugzeuge auf Regalen und Fotografien von Roy und Daphne im Laufe der Jahre; Fotografien von ihnen in verschiedenen Ländern, mit dem Jahr und dem Ort, die in die Bilderrahmen eingraviert waren. Tomek zählte schnell vierzehn. Vierzehn Länder, von denen er nur geträumt hatte. Mauritius. Bali. Thailand. Australien. Neuseeland. Und noch einige mehr. Und das war nur im Wohnzimmer; im Flur, auf der Treppe und in der Küche waren noch Dutzende weitere gewesen. Neben ihnen, über dem Kamin, befanden sich verschiedene Artefakte und Relikte aus jedem Land, die sie mitgebracht hatten. Am interessantesten war ein kleines Holzinstrument in Form einer Maraca, das mit roten, gelben und weißen Punkten bemalt worden war. Darunter befand sich eine kleine Plakette mit der Aufschrift *Südafrika, 2003*.

Tomek war gerade dabei, es anzustarren, als ihm ein Tee in die Hände gedrückt wurde. Er dankte Daphne, nahm dann einen schnellen, höflichen Schluck, während Daphne zu ihrem Platz zurückkehrte und eine Hand auf das Knie ihres Mannes legte. Von links nach rechts saßen Rose, Roy, Daphne und ihr Sohn Johnny, alle auf demselben Viersitzer-Sofa zusammengedrängt. Am Ende saß Johnny nach vorne geneigt, die Ellbogen auf den Knien ruhend, die Hände ineinander verschränkt, sein linkes Knie wippte wiederholt, die Augen fest auf Tomek gerichtet. Aus seinem schmerzerfüllten Gesichtsausdruck, seinen schmalen Augen und seinen zusammengepressten Lippen war deutlich zu erkennen, dass er gegen die Tränen ankämpfte. Dass er bereits wusste, was kommen würde. Wenn man die Familienmitglieder nebeneinander sitzen sah, hätte Tomek nicht behauptet, dass sie verwandt waren. Es gab keine Ähnlichkeit zwischen Johnny und einem seiner Elternteile. Der Mann war körperlich viel größer als sein Vater, mit breiteren Schultern, dickeren Baumstämmen als Beinen und besser definierten Muskeln. Seine Nase war dünner, die Ohren leicht an den Kopf gedrückt, und sein Schädel hatte eine ovale Form im Vergleich zu Roys und Daphnes runden Schädeln. Ganz zu schweigen von Johnnys kahlem Haar, das Roys Generation wohl übersprungen hatte. Insgesamt war Johnny Whitaker mit dem guten Aussehen gesegnet, das sein Vater nie hatte. Dasselbe galt auch für Angelica.

»Wie war Dublin, Johnny?«, fragte Tomek und überraschte damit den Mann.

»Dublin?«

»Ja. Rose sagte, Sie seien beruflich weg gewesen.«

»Ach, richtig.« Er wurde schüchtern, nervös. »Es war... gut. Nur eine Routinereise. Nichts Aufregendes.«

»Prima.«

Nachdem dieser kleine Plausch vorbei war, räusperte sich Tomek und bereitete sich darauf vor, dasselbe zu sagen, was er im Laufe der Jahre schon hunderte Male gesagt hatte, dieselben Worte, die nie leichter wurden.

»Es tut mir leid, dass ich derjenige bin, der Ihnen das sagen muss«, begann er mit ruhiger, neutraler Stimme, »aber ich dachte, es sollte von mir kommen. Heute Morgen, vor einigen Stunden, wurde eine Leiche, von der wir glauben, dass es Ihre Tochter ist, in einer Kirche gefunden.«

Der schrille Schrei verließ Roy Whitakers Mund, bevor Tomek fortfahren konnte. Er begann sofort zu schluchzen, und sein Kopf fiel in seine Hände, sein Körper zitterte, als die Tränen zu fließen begannen. Währenddessen sprang Johnny Whitaker vom Sofa auf und begann, von einer Seite zur anderen zu gehen, die Hände zu Fäusten geballt, den Körper angespannt.

»Nein«, sagte er. »Nein, nein, nein. Sie kann nicht tot sein. Sie ist es nicht. Kann sie nicht sein.« Dann drehte er sich zu Tomek um und richtete einen einschüchternden Finger auf ihn. »Woher wissen Sie, dass sie es ist?«

»Wir wissen es nicht mit Sicherheit«, antwortete Tomek, seine Stimme noch immer beherrscht.

»Also ist sie es vielleicht nicht?«

»Herr Whitaker«, sagte Anna sanft. »Wir haben Grund zu der Annahme, dass das Opfer Ihre Schwester ist. Die Leiche wurde abtransportiert, damit wir eine Obduktion durchführen können. Und wir werden jemanden brauchen, der die Leiche identifiziert. Ich verstehe, dass dies ein schrecklicher und schmerzhafter Schock für Sie alle ist, aber wir müssen die Leiche so schnell wie möglich identifizieren, damit unsere Ermittlungen weitergehen können.«

»Verdammt nein. Ich geh da nicht hin. Ich kann nicht! Jemand anders muss das machen!«, schrie Johnny aus voller Kehle, während er sich zu einem Ball zusammenkauerte und in seine Knie weinte. Als sie das offensichtliche Unbehagen ihres Mannes spürte, eilte Rose zu ihm und tröstete ihn mit einer Umarmung. Als sie sich zu ihm herabbeugte, stieß er sie weg und schubste sie auf den Steinboden. Sie richtete sich schnell wieder auf und schwebte zögernd neben ihrem Mann, wobei es ihr nicht gelang, ihren verlegenen Gesichtsausdruck zu verbergen. Neben ihr auf dem Sofa hatte Daphne ihren Arm um ihren Mann gelegt und schaukelte ihn wie ein Baby hin und her.

»Mein Engelmädchen«, sagte Roy zwischen stoßartigen Atemzügen und hinter Tränen. »Wie hat... wie hat sie ausgesehen? War sie... war sie... Hat sie gelitten?«

»Es ist zu früh, um das zu sagen«, antwortete Tomek. »Die Obduktion wird hoffentlich viele dieser Fragen beantworten.«

»Wie ist sie... wie ist sie gestorben?«, fuhr Roy fort.

»Auch hier ist es zu früh, um das zu sagen. Die Obduktion wird uns das zeigen.«

»Wann ist die Obduktion?«, fragte Daphne, ihre Stimme kräftiger, gefasster.

»Morgen früh.«

Plötzlich hörte Johnny auf zu weinen und stand auf, den Rücken gerade. »Warum müssen wir warten? Warum so lange?«

»Das ist einfach der Zeitpunkt, der uns genannt wurde.«

»Das ist verdammter Schwachsinn! Warum könnt ihr das nicht sofort machen. Ich will wissen -«

Tomek erhob sich vom Sofa und stellte sich zwischen Johnny und Anna. Es gab nicht viel Unterschied in der Größe, und beide waren von ähnlichem Körperbau, aber Tomek hatte seine Figur besser genutzt und war durchaus bereit, einzugreifen, falls nötig.

»Hören Sie«, sagte er, »ich verstehe, dass Sie verstört sind. Aber wir versuchen nur, unsere Arbeit zu machen. Wir wollen die Person finden, die das Ihrer Schwester angetan hat, genauso sehr wie Sie, okay?«

»Ich bring ihn um! Ich bring den verdammten Kerl um!«

Die Bewegung war so plötzlich, so schnell, dass Tomek keine Zeit hatte zu reagieren oder auch nur zusammenzuzucken. Blitzschnell hatte Johnny den nächsten Bilderrahmen von der Wand gerissen, ihn von seinem Haken gezogen und über Annas Kopf hinweg auf den Esstisch geschleudert. Das Glas zerschellte auf der Oberfläche und verteilte sich auf dem Boden. Als Tomek endlich reagierte, hatte der Mann bereits das südafrikanische Musikinstrument aufgehoben und in die gleiche

Richtung geschleudert. Tomek packte den Mann an den Händen und hielt ihn zurück. Rose gesellte sich zu ihm und legte eine Hand auf das Gesicht ihres Mannes, zwang ihn, ihr in die Augen zu sehen. Sie hielten den Blick des anderen für den Bruchteil einer Sekunde fest - anscheinend genug, um zu kommunizieren, was gesagt werden musste - und dann zog sie ihn aus dem Wohnzimmer in die Küche und schlug die Tür hinter ihnen zu.

»Es tut mir leid wegen ihm...«, begann Daphne, ihre Stimme weicher als zuvor. »Er hat schon immer... er hatte schon immer ein Temperament.«

»Es ist in Ordnung. Es ist nichts, was wir nicht gewohnt sind.«

»Sie versuchen nur, Ihren Job zu machen.«

Tomek würdigte die Aussage mit einem sanften Lächeln und kehrte zu seinem Platz zurück, griff nach seiner Tasse. Für einen langen Moment hielt er sie an seine Lippen. Das Geräusch von Streit, Schluchzen und Jammern drang aus der Küche herüber, ein Echo zu Roys Schluchzen direkt vor ihnen.

Daphnes Gesichtsausdruck war unterdessen leer geworden, abwesend. Sie war in tiefe Gedanken versunken und starrte auf die Stelle an der Wand, wo gerade noch der Bilderrahmen und das Instrument gehangen hatten. Als sie sprach, überraschte es ihn.

»Wo haben Sie ihre Leiche gefunden, Detective?«

»In der methodistischen Kirche an der Park Road«, antwortete Tomek.

Roy befreite sich aus Daphnes Armen und sie sahen einander an.

»Park Road?«

»Kennen Sie sie?«

»Es ist... es ist die Kirche, in der die Kinder getauft wurden«, erklärte Daphne. »Wir gehörten zu den letzten Menschen, die sie benutzten, bevor ihnen das Geld ausging.«

Tomek machte sich eine mentale Notiz.

»Glauben Sie, der Mörder könnte das gewusst haben?«, fragte Daphne.

»Möglicherweise«, sagte Tomek, obwohl er beschloss, nicht hinzuzufügen, was er wirklich dachte: Entweder das, oder der Mörder hat zufällig ein verlassenes Gebäude gefunden und es als sein Kunstatelier benutzt.

Daphne muss den Ausdruck auf seinem Gesicht gelesen haben, denn sie sagte: »Sie haben uns nicht erzählt, wie Sie sie gefunden haben, Detective.«

Tomek schluckte tief, bevor er antwortete.

»Sind Sie sicher, dass Sie das hören wollen?«

Daphne und Roy tauschten einen Blick aus, bevor sie gleichzeitig nickten.

»Sie war nackt«, erklärte er. »Auf dem Rücken liegend, in der Mitte der Kirche. Um ihren Körper herum waren Flügel gemalt worden, vermutlich mit ihrem Blut. Es gab keine offensichtlichen physischen Wunden oder Verletzungen an ihrem Körper, also denken wir nicht, dass sie gelitten hat. Aber was ich Ihnen sagen kann, ist, dass wir alles in unserer Macht Stehende tun werden, um die Person zu finden, die das Ihrer Tochter angetan hat, und Anna wird Sie über alles auf dem Laufenden halten, was hereinkommt, sobald es hereinkommt.«

Tomek gab Angelicas Eltern Zeit, einander zu umarmen, in diesem Moment beieinander zu sein, in dem ihr Leben gerade zerbrochen, zerrissen wurde.

Es dauerte eine Weile, bis jemand sprach. Am Ende war es Roy, der es tat. Sein Gesicht war rot angelaufen, seine Augen blutunterlaufen, Rotztropfen hingen aus seiner Nase.

»Ich kann es nicht glauben«, sagte er. »Mein liebes Engel-Babymädchen. Ich kann nicht glauben, dass sie weg ist.«

KAPITEL
ACHTZEHN

Anna war dem Druck der Whitakers nachgegeben und hatte dafür gesorgt, dass sie Angelicas Leiche so bald wie praktisch möglich identifizieren konnten. Fast vier Stunden nach ihrem ersten Treffen und fast zehn Stunden, nachdem die Leiche zum ersten Mal gefunden worden war, hatte man Angelica von der Kirche ins Leichenschauhaus des Southend Hospitals überführt. Gerade jetzt war Anna mit ihnen dort unten und bestätigte Angelicas Identität vor der Obduktion am nächsten Morgen. In der Zwischenzeit befand sich Tomek zusammen mit Chey, Rachel und DC Oscar Perez, oder Captain Actually, wie er liebevoll genannt wurde, im Großeinsatzraum. Seit die Ermittlung zum Mordfall hochgestuft worden war, hatte Tomek ein zusätzliches Teammitglied anfordern dürfen, und so war die Zahl von zwei auf drei gestiegen. Es war immer noch eine lächerlich niedrige Anzahl für einen Mordfall, aber Tomek war zuversichtlich, dass er die besten Leute für diese Aufgabe hatte.

Sie hatten sich die letzten dreißig Minuten im Großeinsatzraum eingeschlossen und einen Zettel an die Tür gehängt, dass sie nicht gestört werden wollten. Ein Nachbar von Angelica – jemand, der weiter oben in der Straße wohnte – hatte ihnen einige Aufnahmen seiner Haustür-Sicherheitskamera geschickt. Darunter waren Aufnahmen von der Nacht ihres Verschwindens, aber Chey hatte auch nach den Tagen davor gefragt, falls sie bemerken würden, dass sich jemand vor Angelica Whitakers Wohnung herumgetrieben hatte, bevor sie verschwunden war. Zuerst hatten sie mit der Nacht ihres Verschwindens begonnen, genau zu dem Zeitpunkt, als sie das Haus verlassen hatte, um zum Club zu gehen. Sie war um 22:30 Uhr auf dem Kamerabildschirm erschienen, als sie auf ein Taxi zuging und einstieg. Seitdem hatten sie nur eine Handvoll Autos gesehen, die hin und her fuhren, und die ein oder andere Katze, die vor der Linse herumstrich. Jetzt waren sie bei 1:28 Uhr, der Zeit, zu der sie vom Club zurückkommen sollte.

Sie kam ein paar Sekunden später an. Das Bild auf dem Bildschirm war schwarz-weiß und stark verpixelt, was es schwierig machte, bestimmte Merkmale zu erkennen – insbesondere die Marke und das Modell vorbeifahrender Fahrzeuge – aber es gab keine Verwechslung mit dem Taxi, das alle Mädchen abgesetzt hatte, und es bestand kein Zweifel, dass eine der Passagierinnen Angelica Whitaker gewesen war. Nachdem sie gefährlich wackelig aus dem Kleinwagen gestiegen war, mit ihren hohen Absätzen stolperte und ihren Rock auf eine bequemere Länge zog, küsste sie ihre Freundinnen zum Abschied, schloss die Tür und winkte dann, als das Auto auf der Straße wendete und davonfuhr. Dann, als das Auto aus dem Blickfeld verschwunden war, blieb sie dort stehen, immer noch winkend, immer noch schauend, wie eingefroren.

Einen Moment lang fragte sich Tomek, ob sie sich nach links oder rechts wenden würde – links zu ihrem Zuhause oder rechts in ihren Tod. Eine Sekunde später drehte sie sich nach links und stakste betrunken auf ihr Haus zu.

Und dann wurde das Filmmaterial für eine Weile still. Nichts, außer dem gelegentlichen wehenden Blatt oder einem vorbeitrottenden Fuchs. Tomek fand es immer irgendwie unheimlich, ein stehendes Bild auf der Überwachungskamera zu betrachten. Sein Gehirn wusste, dass nichts da war, aber weil er wusste, dass es ein Video war, spielte sein Verstand ihm Streiche und brachte ihn dazu zu glauben, dass etwas herausspringen und ihn angreifen würde, wie eine Szene aus *Paranormal Activity*.

Tomek blickte auf den Zeitstempel auf dem Bildschirm. Es zeigte 01:51 Uhr. Eine Minute, bis ihr Telefon die Verbindung zu den Funkmasten verlor. Weniger als dreißig Sekunden später tauchte ein

Auto von der Hauptstraße auf, dessen LED-Scheinwerfer die Sicherheitskamera blendeten und ihre Sicht auf das Fahrzeug verzerrten. Tomek befahl Chey, das Filmmaterial anzuhalten. Er stieg von seinem Stuhl auf und bewegte sich näher zum Monitor, um das Fahrzeug zu inspizieren. Die Lichter waren zu hell, und es wurde durch andere Autos auf der Straße verdeckt. Das, und die Tatsache, dass die Klarheit des Filmmaterials so körnig war wie etwas aus den Achtzigerjahren, machte es unmöglich, das Auto zu identifizieren.

Tomek sagte Chey, sie solle die Wiedergabe fortsetzen.

Dann, zehn Sekunden später, nachdem das Auto am Straßenrand geparkt hatte, tauchte eine Gestalt auf. Angelica. Gekleidet in das, was wie das gleiche Outfit aussah, das sie erst zwanzig Minuten zuvor getragen hatte. Sie hüpfte zum Auto, stieg ein und fuhr dann davon, ohne zu wissen, dass sie ihrem Tod entgegenfuhr.

KAPITEL
NEUNZEHN

Tomek war sich sicher, dass Angelica Whitaker in das Auto gestiegen war, weil es jemand war, den sie kannte. Jemand, dem sie vertraute.

Kurz nachdem er die Aufnahmen gesehen hatte, bat er Chey und Martin, bei den örtlichen Taxiunternehmen anzurufen, um zu erfahren, ob diese Anfragen für eine Abholung an Angelicas Haus erhalten hatten, aber keines berichtete von solchen Anrufen. Dann hatte er sie gebeten, dieselben Informationen bei Uber anzufordern. Doch er zweifelte. Da war etwas in der Art, wie sie zum Auto gehüpft war, mit federndem Schritt, und ohne zu zögern auf den Beifahrersitz geklettert war. Da war nichts von diesem »Abholung für Angelica?«-Unsinn, der dazugehört, wenn man in ein Taxi steigt, diese kurze Pause, in der man mit dem Fahrer spricht, um sicherzustellen, dass er am richtigen Ort ist. Nein, das war jemand, den sie kannte. Jemand, den sie erwartete.

Und wer passte besser zu dieser Beschreibung als ein Ex-Freund?

Tomek klopfte an die Tür von Sammy Mercers Haus und wartete. Wenige Augenblicke später öffnete sich die Haustür, und er wurde von einer Frau in ihren späten Fünfzigern begrüßt, die einen Bobschnitt trug und eine dicke Brille trug, die eng an ihrem Gesicht anlag. Sie sah ihn verwirrt an.

»Ja?«, fragte sie, Zögern und Vorsicht schwangen in ihrem Ton mit.

Tomek trat einen Schritt zurück, um ihre aufkeimende Angst zu zerstreuen, und nahm seinen Dienstausweis aus der Tasche. »Ich frage mich, ob ich hier richtig bin. Wohnt Sammy hier?«

»Sammy?«

»Ja. Sammy Mercer. Ich würde gerne mit ihm sprechen.«

»Sammy? Die *Polizei*? Was wollen Sie von Sammy?«

»Es geht um Angelica Whitaker...«

Das Gesicht der Frau hellte sich bei der Erwähnung von Angelicas Namen auf. »Oh, Angie. Ich vermisse sie... und Sammy war nie mehr derselbe, nachdem sie sich getrennt hatten. Aber... aber geht es ihr gut? Ist alles in Ordnung?«

Tomek hatte keine Zeit für so etwas.

»Ist Sammy zu Hause? Ich muss wirklich mit ihm sprechen.«

»Oh. Ja. Richtig. Okay. Ja, er ist da.«

Als sie den Namen ihres Sohnes rief, drückte sie die Tür etwas zu, als wolle sie verhindern, dass Tomek sie hörte. Einen Moment später rief eine tiefe Stimme aus irgendeinem Teil des Hauses.

»Er kommt gleich«, sagte Sammys Mutter, machte aber keine Geste, ihn ins Haus zu bitten. Sie warteten unbeholfen, starrten einander an, Tomek wartete darauf, eingelassen zu werden.

Als die Einladung nicht kam, fragte er: »Ist es in Ordnung, wenn ich mit Sammy drinnen spreche? Das ist wichtig.«

»Schon gut, Mum, was ist-«

Sammy sprang von der untersten Stufe und kam in Sicht. An seinem Kopf trug er ein Paar Gaming-Kopfhörer, die mit einem PlayStation-Controller in seiner Hand verbunden waren. Hier stand ein Mann Anfang dreißig in Jogginghose und T-Shirt, der noch bei seinen Eltern lebte und Videospiele spielte. Tomek stellte sich vor, dass der Mann bunte LED-Lichter hatte, die über seinem Computerbildschirm und hinter seinem Kopfteil blinkten, und eine Wand mit Pokémon-Spielzeugen und -Karten, die einen Ehrenplatz auf einem Bücherregal einnahmen.

»Sammy, das ist die Polizei.«

»Hallo.« Tomek lächelte und gab ein kleines Winken.

Er wartete nicht auf eine Antwort, und er wartete auch nicht auf eine Einladung, sondern trat in den engen Flur und deutete auf einen anderen Raum im Inneren des Hauses. »Sollen wir?«

»Mum, worum geht es hier?«

»Ich weiß es nicht, Schatz. Warum tust du nicht, was der Mann sagt, und wir besprechen es gemeinsam.«

Tomek war zwar zurückhaltend, mit Sammy in Anwesenheit seiner Mutter zu sprechen, entschied aber, dass dies der Weg des geringsten Widerstands sein würde, und fügte sich. Sie gingen in die Küche, wo Tomek sich an die Arbeitsplatte neben dem Herd lehnte, sein Notizbuch herauszog und ein Bein über das andere schlug.

»Ist es Sammy oder Sam?«

»Sam ist in Ordnung.«

Der Mann hob seine Brust, aber keine noch so starke Aufblähung würde dazu führen, dass Tomek ihn ernst nahm, nicht solange er noch die Kopfhörer auf dem Kopf trug.

»Ich werde es kurz machen«, begann Tomek. »Ich bin hier, um Ihnen einige Fragen zu Ihrer Beziehung mit Angelica Whitaker zu stellen.«

»'Lica? Warum? Was ist mit ihr passiert? Hat sie etwa etwas erzählt?«

»Was für etwas wäre das?«

»Nur... Dinge.«

»Möchten Sie das näher erläutern?«

»Nicht, bevor ich weiß, wonach Sie fragen.«

»Uns ist bekannt geworden, dass Sie eine Beziehung miteinander hatten?«

»Ja...«

»Wie lange?«

»Etwa sechs Monate.« Die Vorsicht in Sammys Ton war reichlich vorhanden.

»Können Sie sich erinnern, wann es angefangen hat? Welcher Monat?«

Überlegung. »März letzten Jahres.«

»Und sechs Monate würden Sie bis September letzten Jahres bringen?«

»Als sie von ihrem Saisonende zurückkam, ja.«

»Sie war also während der Saison mit Ihnen zusammen, als sie um die Welt jetete?«

»Ja.«

»Haben Sie sie in dieser Zeit oft gesehen?«

»Wir haben es versucht. Sie kam ein- oder zweimal vorbei. Aber am Ende war es schwierig.«

»Das überrascht mich nicht. Wer hat Schluss gemacht?«

»Sie. Sie sagte, dass wir an verschiedenen Orten seien, dass ich nicht *reif* genug sei.« Er wedelte mit der Fernbedienung in der Luft, als er das sagte, was es Tomek schwer machte, ihr zu widersprechen.

»Natürlich«, sagte er und behielt etwas Sarkasmus in seinem Ton. »Und wie haben Sie das aufgenommen?«

»Nicht sehr gut, oder, Sammy?«, warf seine Mutter ein, als sie eine Hand auf den Rücken ihres Sohnes legte. »Der arme Sammy war ewig in seinem Zimmer eingesperrt. Du wolltest nicht rauskommen, nicht wahr?«

»*Mum*... er ist gekommen, um *mich* zu sehen, nicht dich.«

»Richtig. Tut mir leid, Liebling. Erzähl du dem Detektiv, mein Schatz.«

Sammy warf seiner aufdringlichen Mutter einen tadelnden Blick zu, bevor er sich wieder Tomek zuwandte. »Ich... ich mochte sie wirklich. Ich dachte, sie wäre die Richtige, aber ich schätze, es sollte nicht sein. Ich hatte mit ihr darüber gesprochen, auszuziehen und vielleicht bei ihr einzuziehen, mein Leben aufzugeben und näher zu ihr zu ziehen. Ich war bereit, alles zu tun, um es funktionieren zu lassen, aber sie wollte nichts davon.«

»Sie hat Ihnen das gesagt?«

»Nun, nein, nicht direkt...« Sammy legte den Controller auf die Arbeitsfläche und nahm seine Kopfhörer ab. »Aber ich glaube, das ist es, was sie meinte, als sie sagte, wir wären an verschiedenen Orten, wir wollten verschiedene Dinge.«

Tomek verstand ihre Gründe für die Trennung, und ein Teil von ihm dachte, dass es mehr war als nur ein einfaches Wegleitungsproblem – viel mehr. Vielleicht war es seine Unreife gewesen oder die Tatsache, dass er eine aufdringliche Mutter hatte, die ihre Hand immer noch nicht von seinem Rücken genommen hatte.

Aber was er nicht verstehen konnte, war, wie die beiden überhaupt zusammengekommen waren.

»Wie haben Sie sich kennengelernt?«, fragte Tomek.

»Bei einem Ausgang. In einer Bar in Leigh. Wir haben zufällig angefangen zu reden, und dann hat sie mir schließlich ihre Nummer gegeben. Wir haben danach ein paar Mal gesprochen, und dann habe ich sie um ein Date gebeten. Der Rest ergab sich dann irgendwie von selbst.«

Tomek nickte. Nichts Außergewöhnliches. Eine ziemlich standardmäßige, wenn nicht gar archaische Art, Menschen kennenzulernen. Heutzutage schien alles online zu sein, mit Tinder, Bumble, Plenty of Fish – und Unmengen anderer willkürlich benannter Apps, die der Maßstab für die Schaffung von Beziehungen im einundzwanzigsten Jahrhundert waren.

»Wann haben Sie zum letzten Mal mit Angelica gesprochen?«, fragte Tomek und nahm plötzlich eine andere Richtung ein.

Bisher war Sammy mehr als entgegenkommend gewesen, als er seine Fragen beantwortete, trotz seiner früheren Proteste, aber jetzt erstarrte er und legte eine Hand wieder auf seinen Controller, als wäre er sein Sicherheitsnetz. Oder er wollte das Ende benutzen, um Tomek über den Kopf zu schlagen. In diesem Fall wollte Tomek das sehen. Er konnte einen Lacher gebrauchen.

»Vor einer Weile«, sagte er vorsichtig.

»Könnten Sie genauer sein?«

Er drehte seinen Kopf zur Seite und hielt seine Augen auf Tomeks fixiert. »Warum wollen Sie das wissen?«

»Weil sie heute Morgen tot aufgefunden wurde. Wir führen Zeugen- und Charakterbefragungen im Rahmen unserer Routineermittlungen durch. Als ihr letzter Freund sind wir zu Ihnen gekommen, um Sie hoffentlich von unseren Ermittlungen auszuschließen.«

Sammy ließ den Controller auf die Arbeitsplatte fallen. Seine Mutter umarmte ihn und schluchzte aus irgendeinem Grund; schluchzte über die Frau, die sie ein paar Mal getroffen hatte. Inzwischen war Sammys

Gesicht leer, ausdruckslos, als ob er gerade gebeten worden wäre, zum ersten Mal ein Sudoku zu lösen.

»Sie ist tot?«, wiederholte er mit schwacher Stimme.

»Leider ja.«

»Wann? Wie?«

Tomek gab ihm die Standardantworten. Dass sie noch daran arbeiteten, dass sie nicht zu viel sagen könnten, während die Ermittlung noch lief.

»Ich kann es nicht glauben«, fuhr Sammy fort. »Ich... es ist erst ein paar Wochen her, dass ich zuletzt mit ihr gesprochen habe.«

»Tatsächlich? Worüber haben Sie gesprochen?«

»Nun... vielleicht war das falsch ausgedrückt. Lassen Sie mich das anders formulieren. Ich habe ihr eine Nachricht geschickt und gefragt, wie es ihr geht und ob sie sich treffen möchte, aber sie hat nicht geantwortet. Sie hat mich geghostet.«

Das war ein neuer Begriff, an den Tomek sich gewöhnen musste. Gut, dass er ihn von jemand anderem gehört hatte, ohne sich und Kasia zu blamieren, indem er sie fragen musste.

»Wann haben Sie zum letzten Mal von Angelica gehört?«

Sammy griff in seine Hosentasche und zog sein Handy heraus. Er entsperrte das Gerät und scrollte durch seine Nachrichten mit seiner Ex-Freundin.

»Das letzte Mal, dass sie geantwortet hat, war im Dezember, nur um Frohe Weihnachten zu wünschen.«

»Richtig. Und wie oft haben Sie versucht, mit ihr Kontakt aufzunehmen?«

Sammy zählte schnell durch. »Zwanzigmal«, antwortete er freimütig, ohne einen Hauch von Verlegenheit oder Scham in seiner Stimme. Zwanzig Mal in weniger als drei Monaten. Tomek dachte nicht, dass er Abigail so oft Nachrichten geschickt hatte, und sie kannten sich seit Jahren. Jetzt verstand er, was Elodie Locket gemeint hatte, als sie sagte, dass Sammy die Trennung schlecht verkraftet hatte.

»Wann haben Sie sie zum letzten Mal persönlich gesehen?«, fragte Tomek.

»Als wir Schluss gemacht haben. Immerhin hatte sie den Anstand, es mir ins Gesicht zu sagen und nicht am Telefon. Ich glaube nicht, dass ich das verkraftet hätte. Danach habe ich versucht, zu einigen der Orte zu gehen, von denen ich wusste, dass sie dort hinging, einige ihrer üblichen Treffpunkte, aber sie war nie da. Ich wollte ihr zufällig über den Weg laufen, vielleicht ein Gespräch führen, sehen, ob wir die Dinge wieder in Gang bringen könnten, aber ich glaube, sie hatte angefangen, mit neuen Leuten abzuhängen, weil ich sie nirgends gesehen habe.«

Wahrscheinlich, weil sie versuchte, dir aus dem Weg zu gehen, dachte Tomek. Er konnte es ihr auch nicht verdenken. Er hätte dasselbe getan, wenn jemand wie Sammy in seinem Leben gewesen wäre. Der Mann hätte ihm Sorgen bereiten sollen, aber das tat er nicht. Er hatte nicht den Eindruck, dass der Mann ein Mörder war. In einem Videospiel, ja. Aber im wirklichen Leben, mit einer Frau, nach der er lüsterte und mit der er eine Beziehung zum Laufen bringen wollte? Tomek war sich da nicht so sicher.

Aber es war nicht endgültig. Er hatte in der Vergangenheit falsch gelegen und war bereit zuzugeben, dass er wieder falsch liegen könnte. Bis er die letzte Frage stellte, die er für Sammy hatte.

»Was haben Sie vor zwei Nächten gemacht?«

»Ich war online, mit einigen meiner Kumpels.«

»Um zwei Uhr morgens?«

»Hmm. Zu diesem Zeitpunkt habe ich wahrscheinlich schon geschlafen.«

»Sie sind überhaupt nicht zu ihrem Haus gefahren?«

»Nein.«

»Sie wurde gesehen, wie sie kurz vor zwei Uhr morgens ihr Haus verließ. Es ist das letzte Mal, dass sie lebend gesehen wurde.«

Er zuckte mit den Schultern. »Kann ich nicht gewesen sein.«

»Nein?«

»Nein, Kumpel. Ich kann nicht fahren.«

KAPITEL
ZWANZIG

Tomek brachte den Wagen zum Stehen und schaltete die Zündung aus. Der Regen prasselte sanft gegen die Windschutzscheibe. Er stieß einen tiefen, schweren Seufzer aus. Die Haare in seinem Nacken waren aufgestellt. Nicht wegen des beruhigenden Geräusches des Regens, der auf die Metallhülle um ihn herum schlug, sondern weil er wütend und frustriert war. Irgendetwas während der Fahrt vom Büro, irgendwo auf der Strecke, die er schon so oft gefahren war, hatte ihn an den Brief erinnert, den er von Nathan Burrows erhalten hatte.

Hat Dawid dir je erzählt, dass er mich einmal besucht hat?

Dass sein Bruder den Mörder von Michał besucht hatte, ohne etwas zu sagen, machte ihn rasend vor Wut.

Das ist jetzt schon viele Jahre her.

Dass er es die ganze Zeit geheim gehalten hatte, verstärkte seinen Ekel nur noch mehr.

Wir haben geredet, wir haben diskutiert.

Dass Dawid möglicherweise Dinge wusste, die Tomek nicht kannte, ließ in ihm den Wunsch aufkommen, seinen älteren Bruder zu würgen. Und nicht damit aufzuhören, bis ihn jemand dazu zwingen würde.

Seit Michałs Tod hatten sich die beiden voneinander entfernt, waren distanziert geworden. Sie waren vorher nie wirklich eng gewesen, aber der Mord an ihrem mittleren Bruder hatte die Kluft zwischen ihnen vertieft. Es war kein Geheimnis, dass jeder in Tomeks Familie ihm gegenüber wegen des Schmerzes und der Qual, die er ihnen über die Jahre zugefügt hatte, irgendeine Art von Groll hegte. Dawids Groll war gedämpft, still, aber nicht weniger tiefgreifend gewesen. Sein Bruder hatte nicht auf dem Spielplatz auf ihn aufgepasst, hatte ihm nicht bei den Hausaufgaben geholfen, war nicht für ihn da gewesen, um ihn zu unterstützen, wie es ein älterer Bruder während des Aufwachsens tun sollte. Stattdessen hatte er auf Nummer eins geachtet und war das einzige strahlende Licht in den Augen ihrer Eltern geworden, und er hatte es genossen. Jetzt war er ein äußerst erfolgreicher, gut bezahlter Versicherungsmakler mit einer eigenen Familie – und eigenen Geheimnissen. Tomek konnte sich nicht erinnern, wann er das letzte Mal mit Dawid gesprochen hatte. Aber etwas sagte ihm, dass er sich an dieses Gespräch erinnern würde.

Er blickte auf seinen Schoß hinab, zog sein Handy aus der Tasche und suchte Dawids Nummer in seinem Adressbuch. Während das Telefon in seinem Ohr klingelte, betrachtete er die Straße, sein Blick fiel allmählich auf das flache Wohnzimmerfenster. Das Licht war an, die Vorhänge waren noch nicht zugezogen. Kasia war seit Stunden zu Hause, aber es war immer das Letzte, woran sie dachte.

»Hallo, Mr. Tumnus«, sagte Dawid plötzlich in sein Ohr. Sein Akzent war stärker als der von Tomek, nur weil er älter war und den Übergang vom Polnischen zum Englischen viel schwieriger gefunden hatte. »Das ist eine nette Überraschung. Ist alles in Ordnung?«

»Das musst du mir sagen.«

Eine kurze Pause. Tomek hörte das Geräusch einer sich schließenden Tür.

»Was ist passiert?«, fragte Dawid. »Stimmt etwas nicht?«

»Du musst es mir sagen.«

»Würde ich, wenn ich wüsste, wovon du verdammt noch mal sprichst, Alter.«

»Nathan Burrows.«

Eine weitere kurze Pause. Diesmal gefolgt vom Geräusch von Schritten. »Der Name kommt mir bekannt vor. Was ist passiert?«

»Ich wette, er ist dir verdammt bekannt«, sagte Tomek und spürte, wie sein Körper vor Wut und Aggression zu schwellen begann. »Ich habe neulich von ihm gehört. Habe erfahren, dass ihr beiden vor ein paar Jahren ein kleines Kaffeekränzchen hattet, ein kleines Picknick, bei dem ihr eure Geheimnisse ausgeplaudert habt. Wie lange wolltest du mir das noch verschweigen, hm? Wie lange wolltest du das noch geheim halten, hä?«

»Tomek, ich kann-«

»Warum hattest du nicht die Eier, etwas zu sagen?«

»Tomek, ich-«

»Weißt du, was du bist? Du bist ein Feigling. Nach allem, was-«

»Tomek!«

Der Schrei seines Bruders ließ ihn innehalten. Er war so laut, dass Tomek das Telefon von seinem Gesicht wegnahm. Er hatte seinen Bruder noch nie so schreien hören. Er war normalerweise ruhig, höflich. Nicht jemand, der schrie oder einem ins Gesicht sprang.

»Würdest du nur für einen Moment die verdammte Klappe halten?«, zischte Dawid. »Ich schwöre, du liebst manchmal den Klang deiner eigenen verdammten Stimme, nicht wahr? Jesus Christus, Mann. Bist du fertig?«

Tomek sagte nichts.

»Gut. Jetzt, wenn du mich lässt, würde ich gerne erklären.«

Tomek öffnete den Mund, um etwas zu sagen, hielt sich aber zurück.

»Du hast recht, ja, ich bin zu Nathan gegangen. Aber das war vor Jahren. Vier, vielleicht fünf. Eine lange Zeit her. So lange, dass ich es sogar vergessen hatte. Ich weiß nicht, was mich dazu gebracht hat, es zu tun, und ich weiß nicht, was mich dazu gebracht hat, es vor allen geheim zu halten. Ich habe es nicht einmal Kristina erzählt, wenn es dich beruhigt.«

»Tut es nicht, aber mach weiter.«

Dawid seufzte durch das Telefon. »Was willst du wissen?«

»Was ihr beide besprochen habt.«

»Ich... ich hatte nur ein paar Fragen.« Eine Pause. »Ich wollte wissen *warum*. Diese Frage hatte jahrzehntelang in meinem Kopf gebrannt, und ich musste es einfach wissen.«

»Hat er es dir gesagt?«

»Nein.« Tomek konnte hören, wie sein Bruder gleichzeitig den Kopf schüttelte.

»Was hat er gesagt?«

»Nur, dass es ihm leid tut. Dass es ihm all die Jahre leid getan hat. Er sagte, er wolle Frieden mit uns als Familie schließen, aber ich sagte, dass das nicht möglich sein würde, nicht solange Mama und Papa noch da sind.«

Etwas im Fenster der Wohnung blitzte auf und lenkte ihn ab. Es war Kasia, die endlich mit einem kraftvollen Schwung die Vorhänge zuzog.

»Kam mein Name überhaupt zur Sprache?«, fragte er.

»Ja.«

»Und?«

»Er sagte, er habe Mitleid mit dir.«

»Mitleid mit mir? Warum?«

»Weil du derjenige warst, der es gesehen hat. Er hatte keine Ahnung, dass du da sein würdest. Er sagte, er wisse, wie viel Schmerz und Leid er dir zugefügt hat, weil er dasselbe durchgemacht hat.«

Tomek wusste nicht, was er sagen sollte, wusste nicht, wie er reagieren sollte. Das waren alles Dinge, die Nathan ihm gegenüber nicht erwähnt hatte, Dinge, die er zu stolz war, auszusprechen.

»Hast du gefragt, ob noch jemand anderes bei ihm war, als er Michał getötet hat?«, fragte Tomek.

»Tomek...«

»Beantworte einfach die Frage.«

»Er sagte, er sei allein gewesen. Dass niemand da war.«

Obwohl es das war, was Tomek erwartet hatte, verhinderte es nicht, dass es weniger schmerzte. Und aus der Betonung in der Stimme seines Bruders gewann Tomek den Eindruck, dass Dawid Nathan glaubte. Es war nur ein weiterer Rammbock in die Verteidigung, die Tomek so lange aufgebaut hatte.

»Es tut mir leid, Alter«, sagte Dawid, seine Worte waren von Aufrichtigkeit durchdrungen.

Tomek spürte den Kloß in seinem Hals und räusperte sich. »Warum hast du nichts gesagt?«

»Weil ich wusste, wie du reagieren würdest.«

»Reagiere ich jetzt so, wie du es erwartet hast?«

Dawid überlegte einen Moment. »Naja, ich meine, zuerst schon - du hast mich nicht zu Wort kommen lassen. Aber jetzt... nein, was mich denken lässt, dass ein Teil von dir zur gleichen Schlussfolgerung gekommen ist.«

Tomek antwortete nicht.

»Ich hätte reinen Tisch machen sollen«, fuhr Dawid fort. »Ich hätte früher etwas sagen sollen. Aber schau, niemand ist perfekt. Ich hebe meine Hände und gebe zu, dass ich es vermasselt habe. Und dafür entschuldige ich mich.«

»Und das solltest du auch.«

Tomek legte auf, ohne auf eine Antwort zu warten, und ging dann zur Wohnung.

KAPITEL
EINUNDZWANZIG

Das Wasser ist warm an meinem Körper - unserem Körper. Wir sind zusammen in der Wanne eingewickelt, wie zwei Raupen, die ineinander verschlungen sind. Angelica ruht auf mir, zwischen meinen Beinen. Unsere Körper sind zu einem verschmolzen. Ihr Kopf ruht schwer auf meinen Schultern, sein volles Gewicht baumelt über mir. Ich mag den Druck, den es bringt. Es fühlt sich tröstlich an, als würde sie mich beschützen. Mein lieblicher Engel.

Am Rand der Wanne liegt ein Stück zimtgetränkte Aleppo-Seife, eine der hautfreundlichsten Seifen. Nur das Beste für Angelica. Die Scheibe ist groß in meinen Händen, aber ich erwarte nicht, dass am Ende des Abends noch etwas übrig sein wird. Ich erwarte, dass alles verbraucht sein wird, sanft, aber gründlich in ihre Haut eingerieben. Zuerst führe ich den Duschkopf über ihren Körper und benetze ihre Oberseite mit einer dünnen Wasserschicht. Nun, da ihre Haut befeuchtet ist, beginne ich, die Seife in sie einzumassieren. Ich beginne mit ihren Schultern, gleite über die Knochen, streiche über ihre Haut, bis hinunter zu ihren Armen, Händen und Fingern, wo ich den Schaum unter ihre Nägel reibe. Jeder Teil von ihr, jeder Zentimeter ihres Körpers muss gereinigt werden. Sie muss engelhaft aussehen, perfekt.

Als ich mit den Armen fertig bin, bewege ich mich zu ihren Brüsten, knete sie wie Teig, spiele ein wenig mit ihnen, fahre mit den Fingern über ihre Brustwarzen und errege mich dabei selbst. Ich unterdrücke den Drang, mich auf sie zu setzen und an ihnen zu saugen, mit meinen Zähnen daran zu knabbern.

Ich kann nicht. Ich hatte meine Zeit dafür. Ich darf nicht gierig sein. Darf den Reinigungsprozess nicht verderben.

Aber es wird bald schwierig, es so zu vollenden, mit ihr auf mir. Ich muss aus der Badewanne steigen und meine Arbeit von außen fortsetzen, so ungern ich das auch tue.

Jetzt habe ich einen besseren Blick auf sie, wie sie im Wasser liegt, vollkommen still, mit geschlossenen Augen, ihr Körper schwebt. Diesmal gibt es kein Heben und Senken ihrer Brust, kein Pulsieren der Adern in ihrem Hals, keine Bewegung unter ihren Augenlidern. Sie ist vollkommen still. Ganz mein. Sie hat sich mir nach all der Zeit vollständig hingegeben. Endlich.

Der nächste Teil des Reinigungsprozesses erweist sich als knifflig. Ich muss einen Fuß im Wasser behalten, während ich den Rest ihres Körpers bearbeite, die Konturen ihrer Gliedmaßen und Muskeln mit der Seife massiere und sie tief in ihre Poren reibe. Als ich zu ihrer Vagina komme, positioniere ich mich und sie so, dass ihre Beine gespreizt sind. Es ist umständlich, aber ich schaffe es. Für diesen Teil ziehe ich einen Handschuh an und gehe tief hinein; die Seife schäumt in ihr.

Aber der wahre Spaß ist mit ihren Zehen. Ihre kleinen Ferkelchen. Ihre süßen kleinen Ferkelchen, die in meinen Fingern wie kleine Würstchen hin und her rutschen. Ich sauge an ihnen, koste sie, lecke sie, bevor ich sie wieder reinige. Sie hat die perfektesten Füße, und ich kann es kaum erwarten, sie zu bemalen, sie so perfekt zu schmücken, wie sie es verdienen. Sie wird so wunderschön aussehen, wenn sie gefunden wird.

Falls sie gefunden wird.

Mein lieblicher Engel Angelica.

KAPITEL
ZWEIUNDZWANZIG

Bereits vor neun Uhr am nächsten Morgen hatte Lorna Dean, die Pathologin des Innenministeriums, Angelica Whitakers Obduktion abgeschlossen. Aber es dauerte noch mehrere Stunden, bis Tomek und sein Team die Ergebnisse erhielten.

»Du hättest nicht den ganzen Weg hierher kommen müssen«, sagte Tomek, als er die Unterlagen von ihr entgegennahm.

»Ich habe dein Gesicht einfach vermisst, offensichtlich. Ich bekomme dich einfach nicht aus meinem Kopf.«

Tomek erstarrte, während er die Papiere in der Hand hielt, starrte ihr in die Augen und sein Kopf war völlig leer. Eine Sekunde später brach Lorna in Gelächter aus, schlug ihm auf den Arm und konnte sich kaum beherrschen.

»Ich glaube nicht, dass ich dich je so verängstigt gesehen habe«, sagte sie. »Und ich hätte dich nie für so leichtgläubig gehalten.«

»Witzig. Heute Abend gibt's eine Comedy-Show unten bei den Klippen. Trittst du da auf? Ich glaube, ich habe dein Fahndungsfoto auf der Werbetafel dort unten gesehen.«

»Leider bin ich ausgebucht«, sagte sie.

Tomek faltete die Dokumente auseinander, und als er zu lesen begann, legte Lorna ihre Hand über die Notizen.

»Ein Teil des Grundes, warum ich hergekommen bin, ist, dass ich meine Ergebnisse persönlich mit dir besprechen wollte«, erklärte sie.

»Und der andere Grund?«

Sie antwortete nicht.

»Ich hole das Team«, sagte er unbeholfen und verließ dann den Raum, um sowohl seine als auch ihre Verlegenheit zu überspielen. Ein paar Minuten später waren alle fünf im Haupteinsatzraum und schauten erwartungsvoll zu Lorna auf. Tomek hatte keine Ahnung, was kommen würde, aber es war alles, woran er seit dem Fund der Leiche denken konnte. Er fragte sich, was der Killer ihr angetan hatte. Wie sie gestorben war. Warum sie so unterernährt und... leer aussah. Er freute sich darauf, die Antworten zu hören.

Lorna saß am anderen Ende des Tisches, als würde sie interviewt werden. Sie räusperte sich, bevor sie begann. Sie sprach ohne Notizen oder Kommentare, als hätte sie es vorher geübt.

»Zuerst möchte ich die Todesursache behandeln, da ich weiß, dass ihr alle darauf brennt, das zu verstehen, und dann werde ich einige der seltsameren, eigentümlicheren Punkte bezüglich dieses Opfers besprechen. Allerdings muss ich, nebenbei bemerkt, dem, was ich gleich sagen werde, Folgendes voranstellen: Ihr solltet vielleicht einige Informationen über Angelicas Tod von der Familie fernhalten. Als Mutter selbst denke ich nicht, dass ich alles wissen wollen würde, was ich jetzt über das weiß, was ihr zugestoßen ist.«

Die Atmosphäre im Raum kühlte ab, als alle einen Moment innehielten, um ihre Warnung zu beherzigen.

Sie fuhr fort: »Wie gesagt, zunächst zu ihrer Todesursache. Anfangs dachte ich, es läge am Alkohol oder Blut. Ich dachte, sie hätte vielleicht zu viel getrunken, wäre unter Drogen gesetzt worden oder hätte irgendeine Art von Embolie gehabt, aber nichts dergleichen war der Fall. Es hat mich eine gute Stunde lang beschäftigt, und erst als ich sie auf den Bauch drehte, sah ich es.« Lorna wedelte mit der Hand in Tomeks Richtung, damit er ihr die Aktenmappe gab, die sie ihm gegeben hatte. Er schob sie über die Oberfläche und sie fing sie mit ihrer Handfläche auf, wobei ihre Nägel auf dem Tisch klickten. Sie nahm alle Blätter heraus und legte sie vor sich aus. Dann nahm sie eines und reichte es der nächsten Person.

Oscar nahm es vorsichtig und betrachtete es. Dann gab er es herum, bis es schließlich Tomek erreichte. Zunächst wusste er nicht genau, was er da sah, und selbst nachdem man ihm gesagt hatte, er solle die Seite um hundertachtzig Grad drehen, wusste er immer noch nicht, wovon das Bild war.

»Sieht aus wie ein Bein«, sagte er.

»Das liegt daran, dass es *tatsächlich* ein Bein ist«, antwortete Lorna. »Genauer gesagt ist es die *Rückseite* von Angelicas rechtem Bein. Was du dir da ansiehst, ist die Falte in ihrer Kniekehle. Siehst du all die Linien und Einbuchtungen, wo die Gelenke zusammentreffen?«

Tomek hatte keine Ahnung. Und egal, wie oft er versuchte, es aus verschiedenen Blickwinkeln zu betrachten, er wusste immer noch nicht, was oben und unten war. Es war, als würde man zum ersten Mal ein Ultraschallbild betrachten und es mit einem Rorschach-Test verwechseln.

»Zehn Punkte, wenn du die Wunde sehen kannst.«

Tomek legte das Foto auf den Tisch, in der Hoffnung, dass das Licht von oben auf wundersame Weise die Wunde erscheinen lassen würde, als wäre sie mit unsichtbarer Tinte geschrieben. Aber da war nichts. Keine Einstichwunde, keine Stichmarke, kein Einschussloch. Nichts, was darauf hindeutete, dass dort überhaupt eine Wunde war.

»Willst du uns verarschen?«, fragte er und schob das Bild frustriert über den Tisch.

»Ich wünschte. Aber nein.« Lorna griff danach, hielt es ihnen hoch und zeigte auf einen kleinen schwarzen Punkt auf Angelicas Kniekehle.

»Das ist ein Muttermal, oder?«, fragte Rachel.

»Das dachte ich zuerst auch. Deshalb habe ich es nicht weiter beachtet. Aber als ich mit dem Finger darüber fuhr, bemerkte ich, dass es ein Loch war.«

»Ein *Loch*?«, wiederholte Rachel.

»Ja, ein Loch, kein Mal.«

»Wie bei dieser Fernsehsendung!«, sagte Chey aufgeregt.

Seine Aufregung wurde mit gedämpften, verwirrten Blicken beantwortet.

»Ihr wisst schon, die eine. Ist es Kuchen oder echtes Essen? Wo Leute Kuchen backen, die wie Gegenstände aus dem echten Leben aussehen.«

Tomek schaute ihn äußerst unbeeindruckt an. »Du schaust dir diesen Scheiß an?«

»Du nicht?«

»Ich würde lieber für den Rest meines Lebens durch einen Strohhalm essen.«

Bevor das Gespräch noch weiter vom Thema abweichen konnte, klopfte Lorna auf den Tisch und holte ihre Aufmerksamkeit zurück. »Leute, wir lassen uns ablenken, in Ordnung. Ich verstehe, ihr seid aufgeregt wegen dieser 'ist es ein Loch, ist es ein Mal'-Sache, aber in diesem speziellen Fall kann ich euch unmissverständlich sagen, dass es ein Loch ist. Können wir jetzt weitermachen?«

Tomek seufzte. »Ja.«

»Ausgezeichnet. Wollt ihr wissen, wofür das Loch da ist?«

»Das ist keine Fangfrage, oder? Wie sie uns im Aufklärungsunterricht in der Schule gestellt haben?«

»Nein. Es ist eine echte Frage. Das Loch wurde durch eine Nadel verursacht.«

»Richtig.«

»Und dann ein Schlauch.«

»Ein *Schlauch*?«

»Korrekt. Aber nicht wie die, die man in der Londoner U-Bahn findet. Dieser war aus Plastik. Einer, den man im Krankenhaus bekommen könnte. Ein chirurgischer Schlauch.«

»Okay...« Tomek war ratlos. »Und was hat das mit Angelicas Todesursache zu tun?«

Um seine Frage zu beantworten, zog Lorna ein weiteres Foto hervor. Diesmal war es von den Engelsflügeln, die auf den Boden der Kirche gemalt worden waren. Alle anderen machten sofort den Sprung, die Verbindung, aber Tomek brauchte noch ein paar Sekunden.

»Der Killer hat ihr das Blut aus dem Körper abgezapft und es benutzt, um ihre Engelsflügel zu malen«, sagte Lorna und half ihm auf die Sprünge. »Nach meinen Schätzungen müssen sie über drei Liter Blut abgezapft haben. Vielleicht vier. Das hat sie getötet.«

Das erklärte, warum sie so ausgemergelt aussah, so... dünn.

»Wie?«, fragte Tomek.

»Schwerkraft und ein Herzschlag, nehme ich an. Meine Vermutung ist, dass sie noch am Leben war, als es passierte, obwohl sie bewusstlos gewesen sein muss, und so pumpte ihr Herz weiterhin Blut durch ihren Körper und aus dem Schlauch heraus, und als der Blutpegel zu niedrig wurde, starb sie. Alles, was der Killer tun musste, war zu warten.«

»Wie lange könnte so etwas dauern?«

Lorna zuckte mit den Schultern. »Keine Ahnung. Aber nach der Größe des Lochs zu urteilen und bei den Wodka Red Bulls, die das Blut durch ihren Körper pumpten, würde ich sagen, es hätte etwa vierzig Minuten gedauert, vielleicht eine Stunde.«

Tomek wandte sich dem Teil des Whiteboards zu, auf den er neulich geschrieben hatte. Er betrachtete die bisherige Zeitleiste.

01:28 - Angelica kommt nach Hause

01:52 - Angelica geht, steigt ins Auto

09:00 - Angelica sollte mit der Arbeit beginnen

Jetzt fügte er gedanklich eine weitere einstündige Pause in diese Zeitleiste ein.

»Der Killer muss sie also irgendwohin gefahren, sie bewusstlos geschlagen oder irgendwie betäubt und dann eine Stunde damit verbracht haben, das Blut aus ihrem Körper abzuzapfen.«

»Das ist ungefähr richtig«, antwortete Lorna. »Aber sie hätten noch länger gebraucht, um den Rest dessen zu vollenden, was sie mit Angelicas Körper gemacht haben.«

»Den Rest?«

Tomek war sich nicht sicher, ob er bereit war, die Antwort zu hören. Als er die Leiche zum ersten Mal gesehen hatte, hatte er nicht gedacht, dass Angelica etwas Böswilliges oder Ungebührliches angetan worden war. Andererseits hatte er auch nicht gedacht, dass der Killer ihren Körper ausgeblutet hatte, also was wusste er schon?

»Nach dem Tod wurde Angelicas Körper gereinigt und rasiert«, fuhr Lorna fort.

»Gereinigt?«, fragte Tomek.

»Ja. Mit Aleppo-Seife. Zimt-duftender Aleppo-Seife.«

»Woher weißt du das?«

»Ich habe den Geruch erkannt. Er war immer noch auf ihrer Haut, selbst nach all der Zeit.«

»Und sie wurde auch rasiert?«

»Ja. Wenn ich dir sage, dass diese Frau eine Haut hatte wie ein Babypo, dann meine ich das auch so. Es war nichts mehr an ihr, nicht einmal die feinen weißen Haare, die man auf den Unterarmen und Wangen hat. Es sah aus, als hätte sie in ihrem Leben nie ein Haar wachsen lassen. Es war, als wäre sie gerade aus dem Mutterleib gekommen.«

In seinem Kopf entstanden Bilder davon, wie der Killer Angelicas Körper in Wasser badete, einen Seifenriegel an ihrer Haut rieb und dann ihre Achselhöhlen, Beine und Schamgegend rasierte, bevor er die Klinge über den Rest ihrer Haut führte. Die Zeit, die Geduld und die Sorgfalt, die dafür nötig waren, beunruhigten ihn.

»Was haben sie ihr noch angetan?«, fragte Rachel und rutschte leicht unbehaglich auf ihrem Stuhl hin und her.

»Der Killer hat auch ihre Finger- und Zehennägel lackiert und ein vollständiges Make-up aufgetragen.«

»Um sie wie einen Engel aussehen zu lassen«, fügte Tomek hinzu.

»Das habe ich doch gesagt, oder?«, kommentierte Rachel. »Ich habe dir gesagt, es war wahrscheinlich eines der besten Make-ups, die ich je gesehen habe.«

»Also muss der Killer gewusst haben, wie man professionell aussehendes Make-up macht?«, sagte Tomek.

»Könnte es also eine Frau sein?«, fragte Chey.

»Statistisch gesehen ja. Es gibt nicht viele Männer, die ich kenne, die so gutes Make-up hinbekommen würden«, antwortete Tomek.

»Aber es gibt noch eine Sache, die ihr noch nicht gehört habt«, unterbrach Lorna und klopfte erneut mit den Knöcheln auf den Tisch.

»Und die wäre?«

»Dass sie vergewaltigt wurde. Nicht aggressiv oder so. Aber es gab Anzeichen, nur leichte Blutergüsse. Und wer auch immer es war, war... nun, *gut bestückt*, sagen wir mal. Einige der Blutergüsse gingen tief. Aber was noch wichtiger ist: Es gab keine Beweise dafür. Keine DNA. Kein Ejakulat. Meine Theorie ist, dass sie ein Kondom benutzten und als sie ihren Körper reinigten, säuberten sie auch ihr Inneres. Sie hinterließen nichts.«

»Jesus«, sagte Chey leise und starrte auf die Tischplatte. »Er hat sie ausgeblutet, vergewaltigt, gesäubert, rasiert, Engelsflügel hinter sie gemalt... wer zum Teufel ist dieser Typ?«

»Entweder jemand, der total in sie vernarrt war, oder ein sadistischer Freak«, sagte Rachel, wobei das Gift aus ihrem Tonfall in den Raum sickerte.

»Durchaus...«, fügte Lorna zögernd hinzu.

»Das ist noch nicht alles, oder?«, fragte Tomek. Er konnte in Lornas Tonfall spüren, dass da noch mehr war, und ihr Gesichtsausdruck bestätigte seinen Verdacht.

»Das ist das Letzte, ich verspreche es.«

»Spuck's aus...«

»Nachdem ich sie aufgeschnitten hatte, fand ich etwas, womit ich nicht gerechnet hatte.«

»Okay. Was ist es?«

»Nun, sie war schwanger. Etwa drei Monate lang. Sie war einfach eine der Glücklichen, bei denen man es nicht sieht.«

KAPITEL
DREIUNDZWANZIG

Tomek wollte derjenige sein, der der Familie Whitaker mitteilte, was mit ihrer Tochter geschehen war. Na ja, nicht *alles* davon. Es gab einige Details, einige Informationen, die er ihnen lieber vorenthalten wollte, um ihnen den Schrecken und die Trauer zu ersparen, alles zu hören. Stattdessen würde er es leicht halten.

Anna begleitete ihn. In der kurzen Zeit, die Anna die Familie kannte, hatte sie berichtet, dass keiner von ihnen die Nachricht gut aufgenommen hatte: Johnny hatte weitere unbezahlbare Schätze von den Reisen seiner Eltern als seine Spielzeuge beansprucht; Roy hatte komplett dicht gemacht und aß oder trank nichts mehr; und Daphne hatte den Morgen damit verbracht, alte Fotos von Angelica und Johnny beim Spielen im Garten anzustarren.

»Es ist, als würde man einem Theaterstück zusehen«, flüsterte Anna, als sie ihm die Haustür öffnete. »Und keinem guten. Ehrlich.«

Tomek bewunderte ihre osteuropäische Direktheit. Ihre Sprache war ungeschminkt. Sie sagte, was sie dachte, und kannte nur Schwarz oder Weiß.

Er fand die drei Familienmitglieder im Wohnzimmer, wo sie in der gleichen Reihenfolge wie am Vortag auf dem Sofa saßen. Die einzige Ausnahme war Rose, die sich um ihren Juwelierladen kümmern musste. Wäre da nicht der Kleiderwechsel gewesen, hätte Tomek gedacht, dass keiner der Whitakers geduscht hätte. Ihre Gesichter waren angespannt, Wangen und Augen vom Weinen gerötet, ihre Haare ungepflegt und zerzaust. Aber was noch interessanter war, war die Dynamik zwischen ihnen. Zunächst hatte Tomek gedacht, dass Daphne diejenige war, die die Männer der Familie zusammenhielt, aber jetzt war deutlich zu sehen, dass das völlig auseinandergefallen war; sie saßen alle voneinander getrennt, kein einziger Zentimeter ihrer Körper berührte sich, als würden sie sich gegenseitig abstoßen. In der Vergangenheit hatte er erlebt, wie Familien sich genau entgegengesetzt verhielten; sich an den Händen haltend, Arme umeinander, sich umarmend, mutig, warm, tröstend. Doch jetzt war die Familie Whitaker kalt, als säßen sie mitten in einer Therapiesitzung und nicht in einem Treffen mit einem Detektiv, um die Ergebnisse der Obduktion ihrer toten Tochter zu hören.

»Danke, dass Sie mich wieder in Ihr Haus gelassen haben«, murmelte Tomek. Als er sich auf das Sofa setzte, bemerkte er Johnny Whitakers durchdringenden Blick, die dunkelbraunen Augen, die Löcher in ihn zu brennen schienen.

»Sie brauchen das alles nicht zu sagen«, entgegnete der Mann. »Kommen Sie einfach... kommen Sie einfach zur Sache.« Er wippte vor und zurück, massierte seine Knöchel und sah aus, als wäre er bereit für einen Kampf.

Tomek wandte sich Anna zu, die ihm zustimmend zunickte. Es gab nichts, was sie hinzufügen wollte, bevor er sprach.

»Heute Morgen hat der Pathologe die Autopsie an Angelica durchgeführt, und-«

»Ja, ja, ja. Das wissen wir alles. Sagen Sie uns einfach... sagen Sie uns einfach, was Sie herausgefunden haben, verdammt nochmal.«

»Johnny!« Daphne schlug ihm auf den Arm.

»Entschuldigung... *Bitte*«, fügte der Sohn trotzig hinzu, wie ein verwöhntes Gör. »Sagen Sie uns, was Sie herausgefunden haben, *bitte*.«

Nach dem Ausbruch des kindischen Vollidioten wollte Tomek es nicht mehr. Aber das wäre unfair gegenüber Roy und Daphne, die geduldig dasaßen. Ihr Arschloch von einem Sohn sollte nicht derjenige sein, der sie daran hinderte, die Neuigkeiten zu hören.

»Heute Morgen hat mir der Pathologe seinen Bericht geschickt. Ich habe ihn durchgesehen und bin gekommen, um Ihnen mitzuteilen, dass Ihre Tochter durch Blutverlust getötet wurde. In ihrem Blut wurde Alkohol gefunden, und wir haben Proben weggeschickt, um zu sehen, ob noch etwas anderes darin war, obwohl ich ziemlich sicher bin, dass ihr jemand im Club etwas ins Getränk getan haben könnte. Ihr Blut wurde aus ihrem Körper abgelassen, und wir glauben, es wurde benutzt, um die Engelsflügel hinter ihr zu malen. Es gab noch einige andere Auffälligkeiten, die sie gefunden haben. Aus welchem Grund auch immer, hat der Mörder Ihre Tochter gebadet, gereinigt, rasiert und ihr ein komplettes Make-up aufgelegt.«

»Rasiert?«, fragte Roy.

»Ja. Ihre Arme, Beine, Achselhöhlen - überall.«

»Sie war immer so selbstbewusst, was ihre Unterarme betraf«, fügte Daphne geistesabwesend hinzu, starrte ins Leere, verloren in ihren eigenen Gedanken.

Tomek öffnete den Mund, um zu antworten, aber Roy kam ihm zuvor.

»Haben Sie gesagt, dass sie ihr auch Make-up aufgetragen haben?«

»Ja.«

»Warum sollten sie das tun wollen?«

»Vielleicht wollten sie, dass sie hübsch aussieht, Papa«, schnappte Johnny.

Tomek ignorierte den Kommentar und fuhr fort. »Es scheint, dass wer auch immer das getan hat, viel Zeit und Sorgfalt darauf verwendet hat, Ihre Tochter zu 'pflegen'. Wir wissen noch nicht warum, aber wir hoffen, es bald herauszufinden.«

Tomek schaute jedes Familienmitglied an und nahm sich Zeit, sie zu beobachten.

»Ich verstehe, dass das viel für Sie zu verkraften ist, aber es gibt noch etwas, das Sie wissen sollten.«

»Was?«, zischte Johnny. In den letzten Momenten, seit Tomek ihn beobachtete, hatte Johnny begonnen, seine Hände aggressiver zu reiben, seine Knöchel heftiger zu massieren. Tomek erwartete halb, dass der Mann über den Raum springen und ihn würgen würde.

»Angelica war schwanger.«

In diesem Moment änderte sich die Reaktion der gesamten Familie. Es war, als könnten sie die Nachricht, dass sie gereinigt, gut versorgt worden war, tolerieren, aber sie zogen die Grenze bei ihrer Schwangerschaft.

»Sie war *schwanger*?«, fragte Daphne.

»Sind Sie sicher?«, fragte Johnny.

»Ja. Wir sind sicher.«

»Wie weit war sie?«

Gerade als Tomek den Mund öffnete, platzte Roy mit der Antwort heraus. »Etwa drei Monate.«

Dann fiel die Temperatur im Raum, als Daphne und Johnny gleichzeitig alle Luft aus dem Raum saugten.

»Drei Monate? Was zum Teufel meinst du damit, drei Monate?«, sagte Johnny, als er vom Sofa aufsprang und mit dem Finger auf seinen Vater zeigte.

»Roy, wovon redest du? Willst du mir sagen, dass du wusstest, dass unsere Tochter schwanger war, dass ihr das Geschenk des Lebens gegeben wurde, und du hast mir nichts davon gesagt, dass du nichts dagegen unternommen hast?«

Roy erhob sich mühsam vom Sofa und legte eine Hand auf die Brust seines Sohnes, um ihn auf Abstand zu halten.

»Du irrst dich. Ich *habe* etwas dagegen unternommen. Ich habe ihr gesagt, dass sie es nicht behalten wird. Ich sagte, sie müsse es loswerden.«

»Warum würdest du das tun?«, fragte Daphne, die sich auf seine Höhe erhob, indem sie auf dem Sofa stand und mit in die Hüften gestemmten Armen auf ihn herabblickte.

»Weil sie nicht bereit für ein Kind ist. Ich wollte nicht, dass sie es bekommt. Nein, nicht wenn es unehelich war.«

»Also hast du sie gezwungen, es loszuwerden?«

»Ich habe ihr nur gesagt, wo ich stehe. Wir haben gestritten, dann ist sie weggelaufen. Ich dachte, sie würde das Richtige tun, aber offensichtlich hat sie das nicht getan. Ich hab ihr ja keinen Kleiderbügel in die Hand gedrückt, oder?«

»Ich wette, du hattest aber einen in der Hand, nicht wahr, Papa? Nicht das erste Mal, oder?«, bemerkte Johnny.

Daphne wandte sich ihrem Sohn zu, dann ihrem Ehemann.

»Wovon redet er, Roy?«

»Von nichts.«

»*Roy?*«

»Von nichts.«

Und dann schlug sie ihm hart auf die Wange. Sie sprang vom Sofa und zeigte mit dem Finger auf ihn, hielt ihn wenige Zentimeter von seinem Gesicht entfernt. Für jemanden so kleinen und zierlichen schien sie anzuschwellen.

»Was hast du getan?«

»Nichts. Ich...« Er fiel auf das Sofa und ließ seinen Kopf in seine Hände sinken.

»Er hat es schon mal gemacht«, begann Johnny. »Als Ange achtzehn war, wurde sie schwanger, er hat es herausgefunden, den Schwangerschaftstest in ihrem Zimmer gesehen, und er hat sie zum Arzt gebracht, dafür gesorgt, dass sie es loswird.«

Die Temperatur fiel noch ein paar Grad weiter, als Daphne wieder tief einatmete. Diesmal hob sie ihre Hand und ließ sie viel härter auf ihren Ehemann niedergehen, indem sie ihm quer übers Gesicht schlug. Der Schall hallte durch den Raum. Tomek und Anna reagierten als Erste. Sie sprangen vom Sofa auf, Anna zog Daphne weg.

»Ich denke, alle sollten sich beruhigen«, sagte Tomek. »Es gibt offensichtlich einige Dinge, die Sie durcharbeiten und unter sich besprechen müssen, aber eines, denke ich, sollten Sie sich alle merken: Angelica ist tot. Egal, was in der Vergangenheit passiert ist, Sie müssen sie jetzt in den Vordergrund Ihrer Gedanken stellen. Wir müssen ihren Mörder finden, und wir brauchen Ihre Hilfe dabei, aber das wird nicht möglich sein, wenn Sie sich gegenseitig ohrfeigen und verletzen. Wenn wir Sie wie einen Haufen verdammter Kinder in verschiedene Ecken stellen müssen, dann werden wir das tun. Ich wollte nicht so mit Ihnen reden müssen, aber nun, Sie haben mich dazu gebracht.«

Augenblicklich änderte sich das Verhalten der drei Familienmitglieder. Sie senkten ihre Köpfe und dämpften ihre Stimmen, entschuldigten sich leise, als sie zu ihren Plätzen auf dem Sofa zurückkehrten, Roy massierte seine Wange und bewegte seinen Kiefer, um sicherzustellen, dass er noch befestigt war.

»Danke«, sagte Tomek mit einem schweren Seufzer.

»Wie können wir Ihnen helfen, Detektiv?«, fragte Daphne.

Tomek setzte sich auf die Kante des Sofas, falls sie wieder loslegten. »Zunächst einmal habe ich mich gefragt, ob Sie die Namen ehemaliger romantischer Partner kennen, die Angelica gehabt haben könnte.«

KAPITEL
VIERUNDZWANZIG

Der erste Name, der aus dem Mund von Angelicas Familie kam, war Cole Thompson, mit dem Angelica fast zwei Jahre zuvor eine sechs Monate andauernde On-off-off-on-Beziehung geführt hatte. Es gab keine Erwähnung von Sammy Mercer, keine Erwähnung des dreißigjährigen Gamers, der noch immer bei seiner Mutter wohnte. Vielleicht war es ihr zu peinlich gewesen, ihn ihrer Familie vorzustellen, hatte ihn nicht herumzeigen wollen. Oder vielleicht hatte sie ihn einfach für einen anderen Zweck benutzt, wie zum Beispiel zu lernen, wie man gut in *Call of Duty* oder *Grand Theft Auto* wird. Tomek wusste es nicht, aber er fand es sehr aufschlussreich. Laut Daphne und Roy war Cole der perfekte Verehrer für sie, und Daphne hatte immer gehofft, dass sie zusammenbleiben würden, dass er eines Tages ihr Schwiegersohn werden und den Status der Familie erhöhen würde, so wie Rose es bei ihrem Eintritt getan hatte. Sie sagten, er sei freundlich, rücksichtsvoll, fürsorglich und sehr, sehr, sehr lustig – »erinnerst du dich an das eine Mal«, hatte Daphne begonnen, bevor sie sich in einer Geschichte über einen gemeinsamen Familienausflug in einem feinen Restaurant verlor. Tomek hatte Daphne und Roy in ihren Erinnerungen schwelgen lassen, während er Johnny nach seiner Meinung über den Mann gefragt hatte. Diese hatte sich auf ein Wort reduziert: Legende. Tomek fand das etwas übertrieben, wenn man bedenkt, dass er den Mann nur kurze Zeit gekannt hatte, aber er wollte sich nicht aufdrängen. Er hatte jedoch nach dem Grund für die Trennung gefragt.

»Ich weiß es eigentlich nicht«, hatte Daphne gesagt. »Sie hat uns nicht viel mehr erzählt, als dass sie sich nicht mehr sehen würden. Sie wollte nicht darüber sprechen. Und das ist so schade, weil er so süß war, so nett. Er war bereits wie ein Familienmitglied.«

Echos von Sammy Mercers Mutter, die über ihren Sohn sprach, hallten in seinen Ohren wider, als er vor Cole Thompsons Haus vorfuhr. Der Neunundzwanzigjährige lebte in einem Bungalow mit zwei Schlafzimmern in Rayleigh, und als Tomek an die Tür klopfte, wurde er von einem kleinen, glatzköpfigen Mann mit einem Rucksack über der Schulter begrüßt.

»Herr Thompson?«

Der Mann hielt inne, gerade als sein kurzes Bein die lange Reise von der Türschwelle zum Boden antrat. Er stand mit einem Fuß auf dem Beton und dem anderen noch im Gebäude, sein Knie kam bis zur Brust hoch.

»Ich bin *ein* Herr Thompson, ja. Der andere ist bei der Arbeit.«

»Cole?«

»Das ist mein Sohn. Der, der arbeitet. Worum geht's?«

Tomek zeigte seinen Dienstausweis und erklärte, dass er mit dem Sohn des Mannes sprechen wolle.

»Hat er etwas angestellt?«

»Hoffentlich nicht. Wir haben nur ein paar Fragen, die wir ihm bezüglich seiner Beziehung zu Angelica Whitaker stellen müssen. Sagt Ihnen dieser Name etwas?«

Der Mann trat endlich aus dem Haus und brachte sein anderes Bein nach unten. Es war überraschend, wie viel kleiner er war als Tomek. Er positionierte seinen Rucksack auf seiner Schulter neu, um sich größer erscheinen zu lassen. »Ange? Ja, ich erinnere mich an sie. Richtig hübsch, das Mädel. Weiß nicht, wie er das je hingekriegt hat, aber was hat er mit ihr zu tun.«

Tomek ignorierte die Frage. »Können Sie sich an das letzte Mal erinnern, als Sie sie gesehen haben?«

Es dauerte nicht lange, bis der Mann antwortete. »Letzte Woche.

Cole sagte, sie käme vorbei, während seine Mutter und ich zum Abendessen ausgehen würden. Wir haben sie gesehen, als wir nach Hause kamen.«

»Letzte Woche?«

Der Mann nickte.

Das war viel aktueller als die zwei Jahre seit dem letzten Mal, dass der Rest der Familie ihn gesehen hatte.

»Dürfte ich seine Arbeitsadresse haben, damit ich mit ihm sprechen kann?«

Cole Thompson arbeitete als leitender Buchhalter für eine kleine Wirtschaftsprüfungsgesellschaft in der Hauptstraße von Rayleigh, eine kurze Fahrt vom Bungalow seiner Eltern entfernt. Das Büro befand sich über einem Superdrug, und als Tomek ihn fand, saß der Mann an seinem Schreibtisch. Er trug ein locker sitzendes Hemd, am Kragen geöffnet, und eine schicke Hose. Im Raum war die Luft kühl, ausgeblasen von einer Klimaanlage an der Seite, vermutlich um den Geruch der fünf schwitzenden Männer dort zu überdecken.

Cole Thompson war ein körperlich attraktiver Mann mit all den richtigen Eigenschaften, um irgendwo auf einem Magazin-Cover zu erscheinen: perfekt gepflegtes Haar ohne einen einzigen Strang aus der Reihe, eine fantastische Kieferlinie, die scharf genug war, um Käse zu schneiden, breite Schultern, die sein Hemd und noch mehr füllten, und eine Brille mit dickem Rand, die sein fast symmetrisches Gesicht zu betonen schien. Ganz zu schweigen von dem Geruch des Aftershaves, der in Tomeks Nase stieg, sobald er zu ihm kam, natürlich unterstützt durch die Klimaanlage. In vielerlei Hinsicht erinnerte Cole ihn an den Immobilienmakler, der ihm seine Wohnung verkauft hatte; der einzige Unterschied war, dass Cole keine Turkey Teeth hatte – grelle, fluoreszierende weiße Zähne, die billig von einem sogenannten Fachmann im Ausland gemacht worden waren.

»Cole?«, sagte Tomek.

Cole näherte sich mit ausgestreckter Hand. »Das bin ich. Wie geht's?«

»Gut.«

»Prima. Wie können wir helfen? Ich erkenne Ihr Gesicht nicht. Haben Sie schon mal mit uns gearbeitet?«

Tomek beschloss, darauf einzugehen. »Nein, aber ich habe es vor. Haben Sie einen privaten Raum, in dem wir sitzen können? Ich habe geschäftliche Dinge, über die ich mit Ihnen sprechen möchte.«

Mit strahlendem Gesicht, das natürlich gerade Zähne zeigte, schnappte Cole seinen Laptop von seinem Schreibtisch, führte ihn in einen kleinen, ebenso kühlen Raum und zog für Tomek einen Stuhl heraus.

»Den werden Sie nicht brauchen«, sagte Tomek und zeigte auf den Computer.

»Nein?«

Tomek klopfte herablassend auf den Tisch. »Warum setzen Sie sich nicht und lassen Sie mich Ihnen von dem Geschäft erzählen, über das ich mit Ihnen sprechen wollte. Mein Name ist Tomek Bowen, und ich bin Kriminalhauptkommissar bei der Polizei von Essex. Ich wollte da draußen nicht zu viel sagen, falls Ihre Kollegen neugierig werden.« Cole öffnete den Mund, um zu sprechen, aber Tomek unterbrach ihn. »Keine Sorge, Sie sind noch nicht in Schwierigkeiten, aber es gibt etwas, das Sie wissen müssen. Gestern wurde Angelica Whitakers Leiche in einer Kirche in Westcliff gefunden. Wir haben erfahren, dass Sie einmal eine Beziehung mit ihr für etwa sechs Monate hatten. Obwohl, als ich gerade mit Ihrem Vater sprach, sagte er, dass sie letzte Woche vorbeigekommen sei. Würden Sie mir etwas über Ihre Beziehung zu Angelica erzählen?«

Coles Mund blieb offen, Speichelfäden hingen von seinem Oberkiefer bis zum Unterkiefer. Eine lange Zeit sagte er nichts, starrte nur Tomek an, nahm alles auf, verarbeitete es.

»Nehmen Sie sich Zeit«, sagte Tomek. »Ich stelle mir vor, dass das ein Schock ist.«

Der Mann nickte, aber sein Ausdruck war leer, tausende Kilometer entfernt, hinter einer Barriere in seinem Geist verborgen.

»Sie ist... sie ist...«

Tomek sagte nichts. Wartete darauf, dass er die Worte richtig aus seinem Mund bekam.

»Sie ist... sie ist tot. Angelica? Und Sie... Sie sind sich sicher, dass sie es ist?«

Tomek nickte.

»Und... Sie wollen mit mir sprechen... aber Sie haben bereits mit meinem Vater gesprochen. Und Sie wollen mit mir sprechen...«

»Wir sprechen bereits miteinander«, antwortete Tomek und fügte hinzu: »Irgendwie.«

»Richtig. Ja... ja, tun wir. Aber, was... was...?«

Tomek spürte, dass der Mann Schwierigkeiten mit der letzten Frage haben würde, also beschloss er, ihm zu helfen. »Worüber ich mit Ihnen sprechen möchte? Einfach. Ich möchte alles über Ihre Beziehung wissen. Wann haben Sie sie zuletzt gesehen? Wie oft haben Sie sie gesehen? Wo waren Sie am Freitagabend? Solche Dinge.«

Coles Gesicht blieb ausdruckslos, sein Mund noch immer offen. Allerdings war der Speichelfaden nun gerissen und in seinen Mund zurückgekehrt. »Könnte ich bitte etwas zu trinken haben?« fragte der Mann.

»Etwas zu trinken?«

»Wasser. Ich brauche Wasser.«

Tomek drehte sich im Stuhl und schaute durch die Fenster im Raum, suchte nach einem Wasserspender. Als er keinen sehen konnte, stieg er aus dem Stuhl, verließ den Raum und fragte den nächsten Kollegen.

»Wasser?« fragte der Mann verwirrt, als hätte er noch nie davon gehört.

»Ja. Die Flüssigkeit. Wir brauchen etwas davon da drin.«

Der Mann neigte sich in seinem Sitz nach vorne, um Cole anzusehen. »Ich dachte, er würde es für Sie holen.«

Tomek drehte sich um, um den Mann anzusehen, der immer noch dasaß und ins Nichts starrte. »Er ist gerade in einem *tiefgründigen* Denkprozess dort drinnen. Ich habe angeboten zu helfen, während er einige Dinge verarbeitet.«

Einen Moment später hatte er zwei Becher Wasser in der Hand und kehrte in den Raum zurück. Er stellte einen vor Cole ab und kehrte zu seinem Platz zurück. Der Mann nahm ihn auf und führte ihn langsam an seine Lippen.

»Alles in Ordnung?«

»Ja«, flüsterte Cole. Die Intonation in seiner Stimme widersprach seiner Wortwahl.

»Ausgezeichnet. Lassen Sie uns mit Ihrer Beziehung zu Angelica beginnen, sollen wir? Wann haben Sie beide angefangen, sich zu treffen?«

»Vor etwa zwei Jahren, ungefähr.«

»Und wie lange waren Sie zusammen?«

»Etwa sechs Monate.«

»Wer hat Schluss gemacht?«

»Ich.«

»Warum?«

»Es... ich, ich, ich war an nichts Langfristigem interessiert.«

»Und sie war damit einverstanden?«

Schließlich schloss Cole seinen Mund und schluckte. Als er sprach, konnte er Tomeks Blick nicht erwidern, und er starrte weiterhin an die Wand hinter ihm, als wäre er ein Schläferagent, der gerade durch eine Schlüsselphrase aktiviert worden war.

»Sie hat das Gleiche empfunden«, erklärte er.

»Was ist danach passiert? Warum war sie letzte Woche bei Ihnen? Haben Sie beide versucht, Ihre Beziehung wiederzubeleben?«

»Sex.«

Cole sagte es so abrupt, dass Tomek dachte, der Mann würde ihm einen Antrag machen.

»Entschuldigung?«

»Sex. Es ist...« Er brach ab, schloss seine Augen und schüttelte seinen Kopf. Als er sie wieder öffnete, traf er Tomeks Blick zum ersten Mal. »Es war nur Sex. Seit den letzten vier oder fünf Monaten oder so. Sie... sie hat mir Ende des Sommers eine DM geschickt, als sie von ihrer Saison zurückkam, so um Oktober, und wir schlafen seitdem miteinander, so eine Art Freundschaft mit Vorzügen.«

Tomek war der Begriff bekannt, genauso wie er mit dem Begriff Netflix und Chill vertraut war, der weder Netflix noch das Entspannen beinhaltete.

»Wann haben Sie sie zuletzt gesehen? Als Ihre Mutter und Ihr Vater ausgingen, oder später?«

Cole pausierte kurz. »Das war das letzte Mal, ja. Wir sollten uns neulich Abend treffen, aber sie hat abgesagt, weil sie sagte, sie ginge auf eine Party.«

»Wissen Sie, welche und wo?«

Cole schüttelte den Kopf, sein makelloses Haar widersetzte sich der Bewegung.

»Und was haben Sie vor drei Nächten gemacht?«

»Welche Nacht war das? Freitag? Ich... ich war mit denen da draußen unterwegs.« Er zeigte auf das Team außerhalb des Fensters. »Wir waren im Pub.«

»In welchem?«

»Paul Pry. Wir sind nach der Arbeit auf ein paar Drinks gegangen. Eine Art Tradition am Freitag. Wir bleiben normalerweise bis spät, und bereuen es dann am nächsten Tag.«

Tomek machte sich eine gedankliche Notiz.

»Apropos Reue«, sagte er, »es ist auch zu unserer Kenntnis gelangt, dass Angelica schwanger war. Sie wussten nicht zufällig davon, oder?«

Cole kratzte sich am Hinterkopf. »Sie hatte es mir erzählt, ja. Ich wusste es. Aber... sie wusste nicht, von wem es war. Sie wusste nicht, ob es von mir oder von jemand anderem war.«

»Wissen Sie, wer sonst es gewesen sein könnte?«

Er zuckte mit den Schultern. »Sie hat es nicht näher erläutert, und ich war zu verblüfft, um zu fragen. Ich habe einfach angenommen, dass es meins war. Sie wäre um Weihnachten, Neujahr herum schwanger geworden, und zu diesem Zeitpunkt war sie etwa viermal bei mir. Sie war einsam. Hat dieses saisonale Depressions-Ding, außerdem glaube ich, sie hatte gerade erfahren, dass sie nicht für diesen Sommer übernommen wurde.«

»Sie wurde nicht übernommen?«, wiederholte Tomek.

»Ja. Sie war wirklich aufgebracht darüber. Ich glaube, sie war am Boden zerstört. Sie sagte, sie bräuchte einfach jemanden, der ihr Gesellschaft leistet.«

»Haben Sie Verhütung benutzt?«

Cole nickte inbrünstig, als ob das selbstverständlich wäre. »Jedes Mal. Gehe nie irgendwohin ohne ein Kondom. Habe immer eines in meiner Brieftasche, nur für den Fall.«

Nur für den Fall. Tomek schnaubte innerlich. Dann nahm er einen Schluck Wasser. »Wie haben Sie die Neuigkeit aufgenommen? Was war Ihre Reaktion?«

»Ich... Zuerst geriet ich in Panik. Ich wollte nicht, dass sie es behält. Ich wollte nichts damit zu tun haben. Ich war nicht bereit für so etwas. Aber dann, nach ein paar Tagen, habe ich mich schließlich damit abgefunden und ihr gesagt, dass ich da sein würde, um sie zu unterstützen. Wir mussten nicht zusammenbleiben oder so, aber ich wollte einfach ein Teil im Leben des Kindes sein. Jetzt... jetzt schätze ich, wird das nicht mehr möglich sein.«

Sehr lobenswert, dachte Tomek. Es erinnerte ihn an seine eigene Situation, wo Kasia vor seiner Türschwelle abgesetzt worden war, nachdem ihre Mutter wegen Drogenhandels verhaftet worden war. Er hatte keine Wahl gehabt, aber Cole schon, und er hatte das Anständige getan, indem er sich für die Zukunft des Babys eingesetzt hatte, auch wenn es nicht sein eigenes war. Es war nur schade, dass es so geendet hatte.

Tomek streckte eine Hand aus. Cole beäugte sie misstrauisch, dann schüttelte er sie. Sie hielten Blickkontakt, schweigend, beide Männer verstanden die stillen Ausdrücke auf ihren Gesichtern.

»Danke für Ihre Zeit«, sagte er, als er gehen wollte.

Tomeks Hand war am Türgriff, als Cole ihn bat zu warten.

»Haben Sie mit Shawn gesprochen?«

Tomek ließ seinen Griff los.

»Shawn?«

»Ja. Shawn Wilkins. Ein Typ, der seit ich mich erinnern kann, in Angelica vernarrt ist. Stalkt sie, kommentiert ihre Posts, sendet ihr

Sachen. Hat es manchmal übertrieben. Ich glaube, sie musste irgendwann eine einstweilige Verfügung gegen ihn erwirken.«

»Shawn Wilkins – ist das sein Name?«

»Ja. Weiß aber nicht viel mehr über ihn. Aber wenn Sie nach ihrem Mörder suchen, dann könnte er ein guter Anfang sein.«

KAPITEL
FÜNFUNDZWANZIG

Tomek hätte gerne Nachforschungen über Shawn Wilkins angestellt, aber auf der Fahrt zurück zum Einsatzraum hatte er einen Anruf von Victoria erhalten, die ihn in ihr Büro bestellte. Am Telefon war sie knapp und direkt gewesen – ganz wie immer – aber in ihrer Stimme hatte eine gewisse Dringlichkeit mitgeschwungen, die er noch nie zuvor gehört hatte. Und sobald Tomek ihr kleines Büro im zweiten Stock betrat, wusste er auch warum. Nick Cleaves wartete dort auf ihn, an ihrer Seite stehend. Der Chief Inspector lehnte an der Wand, die Arme verschränkt, den Kopf gesenkt, als wäre er Mitglied einer Gang aus den 1950ern oder eine Figur aus *West Side Story*, bereit, in Gesang und Tanz auszubrechen.

Keiner der beiden wirkte erfreut, ihn zu sehen.

»Nehmen Sie bitte Platz, Tomek«, sagte Victoria und zeigte auf den Stuhl, als könnte er ihn nicht selbst vor sich sehen.

Als er sich in den Sitz sinken ließ, wurde er dreißig Jahre in die Vergangenheit zurückversetzt. Zwei Monate waren seit dem Tod seines Bruders vergangen, und er war ins Büro des Schulleiters zitiert worden, weil er den Naturwissenschaftsunterricht geschwänzt hatte, sein mit Abstand unbeliebtestes Fach. Einer der Lehrer hatte ihn beim Umherstreifen durch die Flure erwischt, wie er mit den Fingern an der Wand entlangstrich und mit seinen Schuhen über den Boden schlurfte.

Er war zu einer Woche Isolationsunterricht verurteilt worden, aus dem er später mit Hilfe einiger seiner mutigen Mitgefangenen, die für Ablenkung sorgten, entkommen war – eine Aktion, die ihm das Risiko weiterer Isolation oder sogar des Schulverweises eingebracht hatte. Tomek war nach Michałs Tod ein unartiges Kind gewesen. Es fiel ihm schwer, sich zu konzentrieren, und er hatte jegliches Interesse an seiner Ausbildung verloren. Was ihn jedoch am meisten überrascht hatte, war, dass er das Schulgelände nicht verlassen hatte. Wenn er hätte schwänzen wollen, den Unterricht verpassen und die Freiheit des Herumlaufens in Leigh-on-Sea genießen, während alle anderen in der Schule saßen, hätte er das tun können. Stattdessen war er auf dem Schulgelände geblieben, rannte durch die Korridore. *Hoffte* darauf, erwischt zu werden. Schrie nach Aufmerksamkeit, flehte um Hilfe. Und als er damals auf dem Stuhl des Direktors gesessen hatte, hatte er ein Gefühl der Erleichterung verspürt. Es hatte funktioniert. Die Bestrafung war ein Teil davon. Aber jetzt, während er da saß und Nicks bedrohlichen Blick aushielt, fühlte er das genaue Gegenteil, erfüllt von Sorge und einem festen Knoten in seinem Magen.

»Willkommen zu Ihrem ersten Meeting als SIO«, sagte Nick, als er sich von der Wand abstieß. »Hier beginnt der Spaß.«

Etwas sagte Tomek, dass das nicht stimmte. Der Knoten zog sich fester.

»Der übliche Ablauf ist, dass ich Victoria die Fragen stelle, und sie hat alle Antworten. Manchmal weiß sie, dass das Meeting stattfindet, manchmal nicht, aber ich erwarte trotzdem, dass sie die Antworten kennt. Verstehen Sie, was ich meine?«

Dies war ein völlig anderer Nick als der, den Tomek in den letzten dreizehn Jahren gekannt und mit dem er zu tun gehabt hatte. Sicher, er hatte in der Vergangenheit schon konfrontative Besprechungen mit dem Chief Inspector gehabt, aber nichts wie dieses. Das war auf einem ganz anderen Niveau als alles, woran er jemals gewöhnt gewesen war. Und jetzt bekam er einen Eindruck davon, wie es für Victoria gewesen sein musste, seit sie angefangen hatte; sein Respekt für sie wuchs um einige Grade.

»Ich verstehe, was Sie meinen, ja«, antwortete Tomek.

»Ausgezeichnet, denn wenn Sie irgendwann Inspektor werden, ist das der Standard, an dem wir Sie messen werden. Verstehen Sie das?«

Tomek schluckte schwer und senkte den Kopf.

»Hervorragend. Victoria, er gehört Ihnen.«

Nick kehrte zur Wand zurück und verschränkte wieder die Arme. Victoria räusperte sich, schaltete den Computer aus und blickte auf einige Notizen vor ihr.

»Was gibt es Neues bei Operation Butterfly?«

Tomek berichtete ihnen, angefangen bei den Gesprächen, die er mit Angelicas Familie geführt hatte, über die Obduktion bis hin zu seinem Treffen mit Cole Thompson vor weniger als einer Stunde. Sie verrieten nichts durch ihre Gesichtsausdrücke, nickten nur leicht, während er sprach.

Bisher lief es gut. Das hoffte er zumindest.

Dann sank Victorias Tonfall um einige Stufen. »Wie weit sind Sie mit Ihren Budgetschätzungen?«, fragte sie.

»Budgetschätzungen?«

»Ja. Wie viel von dem Geld, das für diese Ermittlung bereitgestellt wurde, haben Sie den jeweiligen Ausgaben zugeordnet?«

Tomeks Gesicht war noch nie schneller eingesunken. Er öffnete seinen Mund, aber er fiel wieder zu.

»Wie teuer schätzen Sie die forensischen Analysen ein? Erwarten Sie, über oder unter dem Budget zu liegen?«

Mehr Öffnen und Schließen.

»Erwarten Sie viele Überstunden? Ich habe bemerkt, dass das Team gestern bis spät gearbeitet hat, einschließlich Ihnen selbst. Wurde das mit dem Personal abgesprochen?«

Tomek öffnete und schloss seine Augen, in der Hoffnung, dass die Antworten vor ihm erscheinen würden. Aber das taten sie nicht. Stattdessen blickte er auf zwei zutiefst unbeeindruckte Vorgesetzte, deren Enttäuschung mit jeder unbeantworteten Frage wuchs.

Für ein paar Momente sagte er nichts. Tatsächlich war er sich nicht einmal sicher, ob er überhaupt atmete. Die Zeit schien sich zu verlangsamen, und die Welt kam zu einem allmählichen, stetigen Halt. Das Geräusch quietschender Bremsen hallte in seinem Schädel wider.

Ein schweres Gewicht legte sich auf seine Brust, und er spürte, wie sein Puls schneller wurde.

»Ich... ich weiß es nicht«, sagte er, seine Stimme gebrochen, kaum mehr als ein Flüstern.

»Was wissen Sie nicht?«

»Nichts... nichts davon«, sagte er. »Weder Chey noch Rachel haben mich wegen Überstundenanträgen angesprochen.«

»Sie arbeiten also umsonst?«

»Ich...« Er versuchte, sich an das letzte Mal zu erinnern, als Nick mit ihm über Überstunden gesprochen hatte und wie das Gespräch verlaufen war. Ihm fiel nichts ein. »Nein. Ich... ich werde dafür sorgen, dass sie bezahlt werden, aber...«

»Aber was? Wie viel wird uns das kosten?«

Tomek sagte nichts und starrte Victoria weiterhin verständnislos an. Jetzt verstand er, wie sich Cole Thompson gefühlt haben musste: verloren, leer, ohne jeden zusammenhängenden Gedanken.

»Ich weiß es nicht.«

»Und was ist mit den Kosten für die Forensik? Welche Tests haben Sie bisher durchgeführt?«

»Die... die...«

Komm schon, das weißt du!

»Wir haben... wir haben...«

Verdammt, denk nach!

»Angelicas Körper«, sagte er stotternd. »Wir haben Blut zur Analyse geschickt. Wir... wir wollen sehen, was in ihrem Blut ist. Und... wir untersuchen Fingerabdrücke an der Kirchentür, und...« Da war noch etwas anderes, etwas Wichtiges, aber es war ihm völlig entfallen.

»Was müssen Sie sonst noch analysieren?«

»Was sonst noch?«

»Ja. Was denken Sie, basierend auf Ihren jüngsten Ermittlungen, was Sie sonst noch einschicken müssen?«

Tomek schüttelte nur den Kopf. Instinktiv, aus Muskelgedächtnis. Das Beste, was ihm einfiel.

Victoria seufzte und schaute auf das Blatt Papier vor ihr, die Liste der Dinge, mit denen sie ihn noch grillen wollte.

»Weiter - die Arbeitseinstellung Ihres Teams. Wie würden Sie sie bisher einschätzen? Irgendwelche Engpässe? Irgendwelche Bedenken?«

Tomek hatte keine, war aber unfähig, das in einer zusammenhängenden Antwort zu formulieren.

»Denn mir ist aufgefallen, dass Chey nicht sein volles Gewicht in die Waagschale wirft«, fuhr sie fort. »Während Sie heute Morgen unterwegs waren, habe ich ihn mehrmals mit seinem Handy erwischt. Und wenn man sich den Aktionsbericht in HOLMES ansieht, ist klar, dass er noch viele Aufgaben zu erledigen hat. Was sagen Sie dazu? Geben Sie ihm freie Hand oder ist es schlechtes Management Ihrerseits?«

Plötzlich überkam Tomek etwas. Der Angriff auf *seinen* Charakter störte ihn nicht so sehr; es war der auf Cheys Charakter, der ihm endlich zur Besinnung brachte.

»Das stimmt nicht. Er hat eine Menge Arbeit für mich geleistet.«

»Wie zum Beispiel?«

»Sie können über mich sagen, was Sie wollen, aber sagen Sie nichts über mein Team. Wenn sie nicht nach Ihren Standards arbeiten, dann liegt das an mir. Das hat nichts mit ihm, Rachel oder sonst jemandem zu tun. Das ist meine Verantwortung als Leiter, als SIO.«

Victoria presste die Lippen zusammen und neigte den Kopf zur Seite, eine kurze Geste der Anerkennung. »Nun gut, aber denken Sie daran, dass Scheiße immer bergab rollt, Tomek, und manchmal gibt es keine Möglichkeit, sie aufzuhalten.«

Tomek stimmte nicht zu, entschied sich jedoch, nichts zu sagen.

»Haben Sie noch etwas hinzuzufügen?«, fragte Nick vom hinteren Teil des Raumes.

Er schüttelte den Kopf.

»Ausgezeichnet.« Nick stieß sich wieder von der Wand ab. »Es ist uns zu Ohren gekommen, dass wir viele Anfragen von Abigail vom *Southend Echo* erhalten. Es gibt viel Lärm in den sozialen Medien über die Ereignisse bei Operation Butterfly, und dennoch haben wir keine Erklärungen veröffentlicht. Haben Sie bereits eine Medienstrategie mit Anna besprochen?«

Du konntest verdammt noch mal nicht warten, oder, Abi?

»Ich… Nein, nein, wir haben noch nichts besprochen. Ich werde… ich werde mit Abigail darüber sprechen.«

»Sie müssen zuerst mit Anna sprechen«, sagte Victoria. »Sie können nicht derjenige sein, der die Kluft zwischen Annas Arbeit und Abigails überbrückt. So funktioniert das nicht.«

»Ich weiß, aber-«

»Stellen Sie die persönlichen Beziehungen beiseite und konzentrieren Sie sich darauf, was gut für die Familie und was gut für die Ermittlungen ist.«

Der Druck auf Tomeks Brust stieg. Er bekam gerade ordentlich den Hintern versohlt. Er wusste, dass er aus diesem Meeting nicht mit einem Goldstern oder Ähnlichem herauskommen würde. Es ging direkt in die Isolation für ihn. Und diesmal verspürte er nichts von der Erleichterung, die er vor all den Jahren gefühlt hatte. Da war kein Hilferuf, der beantwortet worden war. Kein Hunger nach Aufmerksamkeit, der gestillt werden musste. Tatsächlich war es das Gegenteil. Er wollte raus; er wollte weg von alledem, weg vom Rampenlicht. Am Strand von Leigh-on-Sea entlangwandern, während der Rest seiner Kollegen im Unterricht saß.

»Zum Schluss«, fuhr Nick fort, »bevor wir Sie für den Abend gehen lassen: Was ist Ihre aktuelle Hypothese?«

Direkt auf den Punkt.

Der leere Ausdruck kehrte auf Tomeks Gesicht zurück. Sein Verstand wurde leer.

»In welche Richtung führen Sie die Ermittlungen, und warum denken Sie das?«, beharrte Nick.

Sein Mund fiel auf, aber noch immer kam nichts heraus.

Nick fuhr fort: »Wurde Angelica Whitaker von jemandem ermordet, den sie kannte, oder war dies ein zufälliger Mord?«

KAPITEL
SECHSUNDZWANZIG

Tomek war nicht darauf vorbereitet gewesen, die Frage in Victorias Büro zu beantworten. Noch nicht. Obwohl die Chancen rein rechnerisch bei fünfzig-fünfzig standen und die Entscheidung in seinem Kopf fast sicher war, beunruhigte ihn die Tragweite einer falschen Entscheidung. Wenn er die falsche Wahl träfe und sie es erst nach einer Woche, zwei oder drei Wochen bemerkten, würde es unweigerlich ein Riesenchaos und eine gewaltige Menge Arbeit geben, um zurückzuverfolgen, neu zu bearbeiten und sich neu zu orientieren. Sie müssten fast wieder von vorne anfangen, sich neu formieren, sich neu versammeln. Und er war nicht bereit, bei seinem ersten Fall so sehr zu versagen. Er war nicht bereit, sich jetzt festzulegen. Nicht bei einem solchen Fall. Daher lastete die Entscheidung schwer auf seinen Schultern, und er spürte den Druck. Obwohl er zu einer der beiden Optionen tendierte – dass Angelica ihren Mörder gekannt hatte – wollte er seinen Geist so offen wie möglich halten.

Mehrere Stunden später, nach einem Nachmittag, der schnell mit Budgets, Prognosen und dem vorgetäuschten Lesen der täglichen Berichte des Teams angefüllt war, steckte Tomek den Schlüssel ins Schloss und drehte ihn um. Es war kurz nach 18 Uhr, einer der früheren Feierabende seit langem, und er fand Kasia in der Küche, wie sie ein Backblech aus dem Ofen nahm.

»Was steht heute auf dem Speiseplan?«, fragte er.

»Chicken Nuggets und Pommes.«

Natürlich.

»Klingt köstlich.«

»Ja.«

Tomek hängte seinen Rucksack an die Rückseite der Haustür, warf seine Schlüssel in eine kleine Schachtel in einer Kommode und ging zum Esstisch. In der Küche kippte Kasia das Backblech zur Seite und begann, ihr Essen auf ihren Teller zu schütten. Gerade als er einen Kommentar abgeben wollte, bemerkte er etwas auf dem Tisch. Ein weiterer Umschlag, das Logo von HMP Wakefield oben rechts aufgestempelt. Tomeks Name in kaum leserlicher Handschrift gekritzelt.

Ein weiterer Brief von Nathan.

»Hey, ich dachte daran, am Wochenende Yasmin zu besuchen, aber-«, begann Kasia, aber Tomek ignorierte sie.

Er grunzte etwas, nicht ganz sicher was, und ging dann in sein Schlafzimmer. Er schloss die Tür sanft hinter sich, konnte seinen Blick nicht von dem Dokument nehmen. Er wog es in seinen Händen und überlegte, ob es schwerer oder leichter war als das letzte. Schwerer. Definitiv schwerer. Er hob es an seine Nase, schnupperte und wartete, ob seine Sinne irgendetwas Verdächtiges auf dem Umschlag entdeckten. Nichts.

Als er zum ersten Mal einen Brief erhalten hatte, war er von Angst und Schrecken gepackt gewesen, eine Übelkeitswelle hatte seinen Körper durchzogen, als er ihn las. Der zweite Brief war ähnlich gewesen. Aber jetzt, bei diesem, fühlte er seltsamerweise einen Hauch Aufregung, eine Gier zu wissen, was darin stand. Als wäre er wieder zwölf und erhielte seinen ersten Brief von seinem Brieffreund aus Afrika.

Er setzte sich auf die Bettkante, blendete alle Geräusche aus (er konnte hören, wie Kasias Messer und Gabel auf dem Teller klimperten) und drehte den Umschlag um. Diesmal war die Rückseite mit Klebeband versiegelt. Vielleicht fühlte er sich deshalb schwerer an. Oder es war etwas drin... etwas, das Nathan eingeschlossen hatte und das er Tomek zeigen wollte.

Tomek steckte seinen Daumen in die Falte, riss den Umschlag auf und ließ ihn zu Boden fallen. Der Brief war wie üblich – ein einzelnes A4-Blatt, das dreifach gefaltet worden war. Nur waren an der Rückseite zwei Papiervierecke angeheftet, zerrissene, unordentliche Ränder. Die Neugier überwältigte ihn, und er sah sie zuerst an: auf ihnen standen zwei verschiedene Handynummern, je eine auf jeder Seite. Nach einem schnellen Blick auf den Brief, den er neulich gelesen hatte, war eine davon dieselbe Handynummer, die Nathan angegeben hatte. Tomek ignorierte die Nummern und öffnete die Seite mit dem Gefühl eines Teenagers, der zum ersten Mal einen Liebesbrief liest.

Liebster Tomek,

ich habe in letzta zeit keine einzige antwort von dir erhalten und ich mache mir langsam sorgen, dass die briefe verloren gehen. ich hofe wirklich, dass du sie erheltst. Deshalb habe ich beschlossen, sie häufiger zu schreiben, damit du eine höere chance hast, sie zu erhalten. Gürtel und Hosenträger, nannte es einer der wächter neulich.

Jedenfalls, ich wollte dich wissen lassen, dass ich nachdenklich war und dir mitteilen wollte, dass ich mich nie für das entschuldigt habe, was ich deinem bruder angetan habe. Es tut mir leid, aus tiefstem herzen und ich hofe, du kannst mir verzeihen. Als ich ihm das antat, passierten viele dinge in meinem leben. Willst du sie hören?

Meine mutter und mein vater haben mich geschlagen. Es wird dich vielleicht nicht überraschen, aber diese bastarde haben mich jeden tag zehn jahre lang verprügelt, von meinem fünften bis zu meinem fünfzehnten lebensjahr. Egal was ich tat, es war immer etwas falsch. Und sie mochten es besonders nicht, wenn ich widersprach. Meine mutter war am schlimmsten. Der alkohol und die drogen ließen sie ausrasten, und vater war zu schwach, um sich und mich zu verteidigen, also machte er auch mit. Was ich deinem bruder angetan habe, war eine vergeltung, ich wusste nicht, was über mich kam, und ich hatte all diese wut und frustration, die sich an deinem bruder entlud. Deshalb habe ich ihm das angetan. Er hat es nicht verdient, aber ich habe es auch nicht verdient, als meine mutter meinen arm in der tür brach, als sie mich in den kühlschrank schubste, als sie mich ohrfeigte und mich zwang, mich auszuziehen und die hände hochzuhalten und mich schlug und auf meinen schwanz schlug und mir abscheuliche dinge sagte. Keiner von uns hat verdient, was uns passiert ist, und was meine mutter und meinen vater betrifft, wer weiß, wo sie sind. ICH HOFFE, SIE SIND VERDAMMT NOCHMAL TOT.

Ich habe das noch nie jemandem erzählt, also hoffe ich, dass du es geheim halten kannst, Tomek. Ich vertraue dir, kumpel. Es kann unser kleines geheimnis sein.

Ich habe jetzt fast keinen platz mehr, und ich drehe die seite nicht gern um, weil es unordentlich aussieht und verwirrend wird, also muss ich dir ein andermal wieder schreiben. Ich habe zwei handynummern an dieses blatt geheftet, damit du mich anrufen kannst. Ich war mir nicht sicher, ob die andere verloren gegangen ist, und wenn die wächter sie wegnehmen, habe ich eine ersatznummer. Verstehst du das?

Ich kann es kaum erwarten, deine stimme zu hören.

Grüße an die familie,

Nathan

Tomek starrte auf die Worte auf der Seite, auf die harten Kritzel, wo Nathan einen Fehler gemacht und sich korrigiert hatte (obwohl es keinen Unterschied für die nachfolgende Rechtschreibung machte, da er die gleichen Fehler wieder machte). Er bewunderte den Mann für seinen Versuch, für all das, was er geschrieben hatte. Es konnte nicht leicht für ihn gewesen sein, so aufzuwachsen, verlassen, missbraucht, emotional und körperlich vernachlässigt. Es machte jetzt Sinn, dass er nicht die Ressourcen oder die Fürsorge und Aufmerksamkeit gehabt hatte, die nötig gewesen wären, um seine Lese- und Schreibfähigkeiten zu entwickeln. Abgesehen vom bloßen Überleben in diesem Haushalt gab es nichts anderes, woran er hätte denken können.

Als Tomek da saß und die Sätze in seinem Kopf hin und her wendete, spürte er, wie ein Stich von Schuld und Reue die Aufregung und Neugier überwältigte, die er vor dem Lesen des Briefes empfunden hatte. Er wusste nicht warum, aber plötzlich fühlte er eine Verbundenheit mit dem Mann, der seinen Bruder getötet hatte. Vielleicht lag es daran, dass er wusste, wie es war, von seiner Familie verstoßen zu werden – es war bei weitem nicht auf dem gleichen Niveau wie das, was Nathan erlebt hatte, aber nach dem Tod seines Bruders hatten seine Eltern ihn vernachlässigt, aufgehört, ihn zu lieben, sie hatten ihn allein gelassen, um das Trauma des Todes seines Bruders zu verarbeiten und zu bewältigen.

In dieser Hinsicht waren er und Nathan Burrows sich sehr ähnlich.

Tomek drehte die Seite um und riss die angehefteten Quadrate ab. Er schaute auf die Nummern und überlegte, ob er sie in sein Adressbuch aufnehmen sollte. Schließlich legte er sie mit dem gefalteten Brief hinten in seinen Kleiderschrank zu den anderen. Wenn er Nathan anrufen wollte – eine reale Möglichkeit, die er jetzt in Betracht zog –, würde er wissen, wo er sie finden konnte.

Gerade als Tomek den Kleiderschrank schloss, klingelte es an der Tür der Wohnung. Abigail. Sie übernachtete bei ihm. Die vierte Nacht in Folge. Er überlegte, ob sie bald das Gespräch über einen dauerhaften Einzug führen müssten.

Als er seine Schlafzimmertür öffnete, sah er Kasia draußen herumschleichen, erstarrt, die Füße auf dem Boden, gefangen in dem Moment zwischen dem Laufen zur Haustür oder in ihr Schlafzimmer.

»Was glaubst du, was du da tust?«

»Nichts.«

»Hast du gelauscht?«

»Nein.«

»Was machst du dann vor meinem Zimmer?«

»Ich kam, um etwas zu fragen.«

Lüge.

»Was?«

»Ähm…« Kasia konnte nicht antworten.

Die Türklingel ertönte erneut. Diesmal länger. Tomeks Frustration begann zu brodeln.

»Entschuldigung? Was wolltest du mich fragen?«

»Ähm… Ich… Ich fragte mich…«

»Ja?«

Noch ein Klingeln.

»Kann ich am Wochenende Yas treffen?«

»Yas?«

»Ja. Sie will nach Lakeside. Und ich brauche... neue Unterwäsche, und...«

Noch ein Klingeln.

»Verdammt nochmal! Ich komme!«

Tomek ignorierte Kasia, drehte sich auf der Stelle und raste zur Haustür. Er schlug seine Hand auf den Griff und riss sie auf. Dort, auf der anderen Seite, stand Abigail, mit einem ungeduldigen und verärgerten Blick im Gesicht. Ihre Haare waren unordentlich, und in ihrer Hand trug sie eine Laptoptasche voller Dokumente.

»Konntest du nicht verdammt nochmal warten?«, schnauzte er.

»Guten Abend auch dir. Sollen wir das noch mal versuchen?«

Tomek riss sich zusammen. »Tut mir leid. Das meinte ich nicht so. Ich hatte nur... einen stressigen Tag.«

»Erzähl mir davon. Ist es sicher, hereinzukommen, oder muss ich noch einmal klopfen?«

Tomek trat zur Seite und ließ sie durch. Als er die Haustür schloss, knallte Kasia ihre Schlafzimmertür zu, das Geräusch hallte durch die ganze Wohnung. Sie schlug sie so hart zu, dass er glaubte, das Holz splittern zu hören.

»Ist alles in Ordnung?«, fragte Abigail, Vorsicht in ihrer Stimme. »Zu was bin ich nach Hause gekommen?«

Tomek gefiel das nicht.

Nach Hause gekommen.

Als ob es jetzt auch ihr Zuhause wäre. Als ob sie es sich einfach aufgezwungen hätte, ohne ihn zu konsultieren oder zu fragen, wie er sich dabei fühlte. Das gefiel ihm überhaupt nicht.

»Mir war nicht klar, dass dies dein Zuhause ist«, sagte er kalt.

»Okay... Ich spüre, dass hinter diesem Kommentar etwas mehr steckt als das Offensichtliche. Ich meinte es nicht so. Es tut mir leid, wenn ich-«

Tomek kehrte ihr den Rücken zu und ging in Richtung Küche. Dort begann er, das Abendessen zuzubereiten. Spaghetti Bolognese. Einfach, ein Grundnahrungsmittel. Und eines seiner Lieblingsgerichte zum Kochen. Er verbrachte die nächsten zwanzig Minuten damit, die Zwiebel zu hacken, das Fleisch umzurühren, die Nudeln zu kochen, während

Abigail ihm von ihrem Tag erzählte. Darüber, dass nichts los war. Wie es seit Tagen nichts zu berichten gab. Und mit jedem Kommentar hatte sie einen Seitenhieb auf ihn gemacht, ihn angestupst, ihn gefragt, warum er und das Team ihnen keine Informationen über die Leiche gegeben hatten, die in der Kirche gefunden worden war.

»Ich meine, gib mir einen Happen, Tomek«, sagte sie. »Wir ernähren uns von Resten, und die gehen uns langsam aus.«

»Ich weiß.«

Er war nicht in der Stimmung, sich jetzt mit ihr auseinanderzusetzen. Eigentlich war er nicht in der Stimmung, sich mit irgendjemandem oder irgendetwas auseinanderzusetzen. Nicht nach dem Nachmittag, den er hatte. Nicht nach dem Brief, der seine Schaltkreise völlig durcheinander gebracht hatte.

»Hast du gehört, was ich gerade gesagt habe?«

Tomek rührte weiter in dem Fleisch und starrte in die Sauce.

»Tomek!«

»Ja.«

»Du hörst mir nicht zu.«

»Doch, tue ich.«

»Was habe ich gerade gesagt?«

»Dass du hungrig bist.«

»Nach einer verdammten Story, ja. Aber das ist nicht das, was ich meinte. Ich brauche wirklich, dass dein Team mir hier etwas gibt. Wir haben so viele verdammte E-Mails und Fragen über das Mädchen in der Kirche geschickt, aber niemand antwortet.«

»Könntest du bitte aufhören?«

Tomek nahm den Holzlöffel aus dem Topf und schlug ihn auf die Arbeitsplatte. Sauce spritzte auf die gefliese Wand und den nahen Toaster und Wasserkocher.

»Könntest du einfach für eine verdammte Sekunde aufhören?«

Der Ausbruch war plötzlich und erschreckte sogar ihn selbst. Es war das erste Mal, dass er jemals so reagiert oder sich so verhalten hatte, und er mochte den Mann nicht, zu dem er gerade geworden war.

»Wo... woher kam *das*?« Abigails Stimme war eine Kombination aus sauer und verletzt. Obwohl er spürte, dass er gleich so viel zurückbekommen würde, wie er gegeben hatte. »Sprich nicht so mit mir. Alles, was ich getan habe, war, eine verdammte Frage zu stellen. Du bist derjenige, der mir nicht zuhört, also steig nicht auf dein verdammtes hohes Ross und gib mir das alles, okay? Du sollst ein Erwachsener sein, und du sollst der SIO einer Mordermittlung sein. Wie verdammt-«

»Sollst der SIO sein?« erwiderte er. »*Sollst* sein? Was *soll* das bedeuten?«

»Du bist derjenige, der die Verantwortung für diese Ermittlung trägt. Du entscheidest, was passiert und was nicht. Warum dauert es bei euch so lange, uns die Informationen zu geben?« Abigails Augen weiteten sich und ihre Lippen teilten sich, als ihr die Erkenntnis dämmerte. »Hast du ihnen gesagt, dass sie es nicht tun sollen, ist es das? Hast du uns Informationen vorenthalten? Warum würdest du so etwas tun? Du weißt, wie viel mir das bedeutet. Ich kann nicht glauben, dass du so etwas tun würdest. Wir sollen eine Partnerschaft sein, ein Team. Das ist mein Traum, und du ruinierst ihn. Ich habe schon ewig auf diesen Moment gewartet, und du hast alles für mich vermasselt. Heute haben wir über ein riesiges Loch am Strand von Southend berichtet, von dem ein lokaler Weltraumfotograf und Enthusiast dachte, es sei ein Meteorit, der aus dem Weltraum gelandet sei. Stellte sich heraus, es waren nur ein paar verdammte Typen mit einer riesigen Schaufel und viel Zeit. Siehst du! Ich kann nicht den ganzen Tag zu diesem Scheiß zurückkehren. Ich bin besser als das. Ich habe Ambitionen.«

Sie hob ihre Hand in die Luft und kletterte dann eine imaginäre Leiter hinauf. Aber Tomek achtete nicht darauf. Alles, woran er denken konnte, war dieses Loch.

»Wie...«, begann er und drehte sich langsam zu ihr. »Wie... wie groß war es?«

Abigails Wangen wurden rot. Die Linien auf ihrer Stirn vervielfachten sich und ihre Krähenfüße vertieften sich. Ihre Pupillen verengten sich, und ihre Nasenlöcher blähten sich auf. Alles, was übrig blieb, war die Heftigkeit, die aus ihrem Mund kam.

»Fick dich«, spuckte sie. »Fick dich und fick diesen Ort. Ich bin weg hier. Auf Wiedersehen!«

KAPITEL
SIEBENUNDZWANZIG

Die Welt hat sich rot gefärbt. Ein tiefes, dunkles Rot, das sich anfühlt, als wäre überall Blut auf meinen Augen. Mein Blut. Michałs Blut. Angelicas Blut.

Während ich renne, sehe ich die Kinder, die vor dem Kiosk herumhängen. Einer lehnt an den Lenkstangen, während ein anderer etwas in die Höhe hält. Ich glaube, es ist ein verdammter Spaten, aber ich kann es nicht genau erkennen. Es hat einen Griff und alles, und es glänzt im Licht des Ladens, also sieht es fast sicher wie ein Spaten aus. Aber bevor ich weiter darüber nachdenken kann, komme ich am Magnet-Küchenladen vorbei. Und diesmal sehe ich Abigail auf dem Parkplatz stehen, neben dem Mann, den ich schon so oft gesehen habe, so viele Male, aber dem ich nie wirklich Aufmerksamkeit geschenkt habe. Außer, dass es nicht Abigail ist. Zumindest glaube ich das nicht.

Sie trägt Abigails Kleidung, ja, aber ihr Gesicht ist verschwommen und es ist weiß, die Farbe eines Bettlakens. Und hinter ihr ist ein rotes Auto. Aber als ich noch einmal hinschaue, erkenne ich, dass es kein rotes Auto ist. Es ist ein Paar Flügel. Engelsflügel. Blutige Engelsflügel.

Und dann wechselt das Bild.

Ich bin auf dem Feld. Der Wind hat aufgefrischt, und es fängt leicht an zu nieseln, sanft regnet es Blut. Selbst die Dunkelheit des Parks hat sich rot verfärbt, getränkt mit Tod.

Ich ducke mich unter dem Geländer hindurch und sprinte durch den Schlamm. Dort, über Michał stehend, ist Nathan Burrows. Er trägt eine graue Jogginghose und ein fleckiges graues Sweatshirt. Er ist unrasiert, und sein Haar ist lang und leicht zerzaust. Seine Zähne neigen sich zur Seite und seine Augenbrauen treffen sich in der Mitte. Ich sehe ein Monster vor mir, das allein dasteht, die Schultern nach vorne gerollt, die Beine schulterbreit auseinander, die Arme an den Seiten, mich anstarrend, fast herausfordernd, wartend, dass ich den ersten Zug mache.

Und das tue ich. Ich bin der Erste, der blinzelt. Buchstäblich.

Aber als ich meine Augen wieder öffne, hat sich Nathan in einen fünfzehnjährigen Jungen verwandelt. Er trägt denselben blauen Lonsdale-Trainingsanzug und die schwarzen Turnschuhe, die er trug, als er Michał tötete. Nur stehen jetzt zwei Personen hinter ihm. Ein Mann und eine Frau, auf beiden Seiten. Seine Mutter und sein Vater. Sie tragen legere Kleidung. Das Haar seiner Mutter ist zu einem Pferdeschwanz gebunden, der zur Seite zu hängen scheint, als ob jemand anders daran in einem Streit gezogen hätte. Auf der anderen Seite steht Nathans Vater genauso wie er, mit den Schultern, mit den Armen. Der einzige Unterschied zwischen ihnen ist der zurückweichende Haaransatz und der dickere Bauch. Abgesehen davon sind sie fast wie aus dem Gesicht geschnitten.

Die drei starren mich an.

Und dann winkt Nathan mit seiner Hand zu mir, fast so, als würde er mich rufen, mich herbeiwinken.

Und dann wechselt das Bild.

Ich fahre im Auto, dem Polizeiauto, mit Papa an meiner Seite. Das Geräusch der Scheibenwischer, die von einer Seite zur anderen schlagen, ist das einzige Geräusch im Auto. Das und der Klang des Regens. Wir fahren, fahren, fahren. Ich habe keine Ahnung, wo wir sind; ich weiß nur, dass wir zur Polizeiwache fahren. Als wir dort ankommen, öffnet der Polizist die Tür für mich und führt mich in das Gebäude. Die Lichter sind so hell, dass ich nichts sehen kann. Alles, was ich weiß, ist, dass der Mann mich führt, dass ich ihm folgen muss. Schließlich, nach ein paar Minuten des Sprechens mit Leuten, des Hörens von Stimmen und Namen, die ich nicht erkenne, werde ich in einen kleinen Raum geführt. Er ist gut beleuchtet, es gibt ein schönes Sofa und einen Fernseher, der irgendeine banale Sendung zeigt, der ich keine Aufmerksamkeit schenke. Es ist darauf ausgelegt, mich zu beruhigen, aber ich kann mich nicht darauf konzentrieren. Alles, was ich sehen kann, ist Michałs Blut an meinen Händen, vermischt mit dem Schmutz unter meinen Fingernägeln. Es ist an den Wänden. Es ist im Stoff der Möbel. Es ist überall. Ich bitte darum, auf die Toilette zu gehen, um meine Hände zu waschen, aber nichts passiert, niemand antwortet. Ich beginne zu panikieren, meine Brust hebt und senkt sich, hebt und senkt sich, bis mein Kopf leicht und schwindelig ist. Ich bewege mich zurück zum Sofa, um mich zu setzen, greife nach der Wasserflasche darauf, und gerade als ich den Deckel abschraube, öffnet sich die Tür. Dort steht, in Polizeiuniform gekleidet, meine Mutter. Ihre funkelnden rosa Nägel klammern sich an den Türgriff.

»Wir sind jetzt bereit für dich, Tomek«, sagt sie, bevor sie mein Leben für immer verändert.

KAPITEL
ACHTUNDZWANZIG

Die Atmosphäre im Auto war unangenehm und frostig. Keiner von beiden hatte an diesem Morgen mehr als das Notwendigste gesagt: »Guten Morgen«, »Fertig zum Losfahren um acht?« und »Dein Mittagessen ist in deiner Tasche«.

Tomek hatte so viel, was er sagen wollte, vor allem eine riesige Entschuldigung, aber er wusste nicht, wie er es ausdrücken sollte. Es war nichts, was er jemals zuvor hatte tun müssen. Er war nicht daran gewöhnt, sich zu entschuldigen. In der Vergangenheit, wenn er mit einem Mädchen Schluss gemacht oder ihnen gesagt hatte, dass der Morgen nach der Nacht davor das Ende ihrer Beziehung bedeutete, hatte er es immer mit einem Schulterzucken und Augenrollen abgetan, ohne Rücksicht auf die Gefühle des anderen. Sie waren für eine Nacht in seinem Leben, vielleicht zwei, aber nur eine Nacht. Außer bei Kasia – sie war für den Rest seines Lebens in seinem Leben, und sie war kein One-Night-Stand. Sie war seine Tochter. Und das war ein völlig anderes Spiel.

Bisher hatte Kasia auf der Fahrt zur Schule ihre Kopfhörer aufgesetzt und ihn völlig ignoriert. Er hatte versucht, ab und zu einen Blick in ihre Richtung zu werfen, aber sie war so vertieft in ihr Handy und ihre Musik, dass sie ihn nicht bemerkte – oder wenn doch, ließ sie es sich nicht im Geringsten anmerken. Er wusste nicht, woher sie ihr Pokerface hatte, aber er fand es nicht gut.

Nach zwanzig Minuten hielt er schließlich vor ihrer Schule an. Na ja, nicht direkt vor der Schule; sie wollte, dass er weiter unten an der Straße parkte, damit keiner ihrer Freunde sah, wie sie abgesetzt wurde, vermutlich weil sie sonst als eine Art sozialer Außenseiter angesehen werden könnte. Für einen kurzen Moment bewegte sich Kasia nicht. Ein Teil von ihm dachte, sie bereite sich vielleicht darauf vor, etwas zu sagen, aber als nichts kam, als sie in den Fußraum griff, um ihre Tasche zu holen, sie fest an ihre Brust drückte und die Autotür öffnete, zog Tomek sie am Arm zurück ins Auto.

»Können wir über gestern Abend reden?«

Langsam zog Kasia die Kopfhörer aus den Ohren. Sie hielt ihren Blick auf ihn gerichtet. An ihrem Gesichtsausdruck war deutlich zu erkennen, dass sie gespannt auf seine Entschuldigung wartete und dass sie verletzt war.

»Es tut mir leid«, sagte er direkt und auf den Punkt. »Es tut mir leid, dass ich dich angefahren und ignoriert habe. Ich... Es ist keine Entschuldigung, aber ich hatte gestern einen anstrengenden Tag, und ich hätte das nicht mit nach Hause bringen sollen. Ich hätte es an der Tür lassen sollen, und dafür entschuldige ich mich. Ich...« Er atmete tief ein und schaute auf das Armaturenbrett. »Ich habe gestern Abend einen weiteren Brief bekommen, ja, und danke, dass du ihn nicht geöffnet hast. Ich musste ihn einfach allein in meinem Zimmer lesen, weil sie... sie mir viel zu verarbeiten geben.« Er schnüffelte laut, während er überlegte, was er als Nächstes sagen sollte. »Ich habe kein Problem damit, dass du am Wochenende deine Freundin besuchst. Das hätte ich gleich sagen sollen, aber ich hatte viel im Kopf. Nochmal, keine Entschuldigung, ich weiß. Ich stehe dazu und es tut mir leid. Wenn du eine Mitfahrgelegenheit brauchst oder möchtest, dass ich dich aus Lakeside abhole, dann sag einfach Bescheid und ich bin da, okay?«

Kasias Gesichtsausdruck blieb unverändert. Sie steckte die Kopfhörer aus ihrem Handy und begann, das Kabel um ihre Hand zu wickeln. »Mir tut es auch leid«, sagte sie mit schwacher Stimme.

»Wofür? Du hast keinen Grund, dich zu entschuldigen.«

»Dafür, dass ich vor deinem Zimmer geschnüffelt habe.«

»Ach ja. Das...«

»Ich hätte das auch nicht tun sollen. Ich war neugierig. Das ist... das ist auch keine Entschuldigung. Ich weiß.«

Dann tat sie etwas, das ihn völlig überraschte. Sie ballte ihre Faust, legte sie in die Mitte ihrer Brust und rieb mit der Faust ein paar Mal in einem Kreis.

»Was war das?«

»›Entschuldigung‹ in Gebärdensprache. Ein Mädchen in meiner Klasse ist gehörlos und benutzt es immer, wenn sie die Frage nicht versteht.«

Tomek legte seine Faust auf seine Brust und machte die gleiche Bewegung.

»Entschuldigung«, sagte er.

»Entschuldigung«, wiederholte Kasia. Dann verharrte sie auf ihrem Sitz, noch etwas beschäftigte sie. »Hast du dich schon bei Abigail entschuldigt?«

»Nein.«

»Wirst du es tun?«

»Ich weiß nicht.«

»Ich habe gehört, was gestern Abend passiert ist. Es klang schlimm...«

»Ja.«

»Wirst du mit ihr darüber reden?«

Irgendwann müsste er das. Das wäre das Erwachsene. Es gab jetzt kein Verstecken mehr, nicht wenn sie in der Beziehung schon so weit gegangen waren, dass er nicht mehr kalte Füße bekommen und aussteigen konnte. Nein, er müsste noch eine Weile dabeibleiben, bevor so etwas passieren könnte.

»Ich bin sicher, ihr werdet das hinbekommen«, sagte Kasia, obwohl er an ihrer Stimme erkennen konnte, dass sie es nicht so meinte.

»Sie hat in ein paar Wochen Geburtstag«, sagte er.

»Was... was hat das mit irgendwas zu tun?«

Er zuckte mit den Schultern und starrte aus dem Fenster. »Ich weiß nicht.« Dann fiel sein Blick auf das Armaturenbrett. Es war 8:35 Uhr. »Du solltest besser gehen. Du willst doch keine weitere Verspätungsnotiz von Miss Holloway bekommen.«

Ihre Augen blitzten ängstlich auf.

»Du hast das gesehen?«

»Ist schon okay«, sagte er zu ihr. »Ich habe es neulich auf deinem Zeugnis gesehen – tut mir leid, ich habe in deiner Tasche geschnüffelt – aber nichts dazu gesagt. Also bekommst du dieses Mal einen Freifahrtschein. Aber sorge dafür, dass es nicht wieder passiert.«

Kasia antwortete, indem sie einen Kreis auf ihre Brust rieb. Tomek erwiderte es auf die gleiche Weise.

Eine Sekunde später war sie aus dem Auto, ging die Straße hinauf, trug einen Rucksack, der zwei Größen zu groß für sie war, und tippte auf ihrem Handy. Tomek drehte sich um, um die anderen Kinder zu beobachten, die dasselbe taten. Klone, Kopien voneinander: Köpfe gesenkt, Kopfhörer drin, ihre gesamte Welt in einem schwarzen Spiegel eingeschlossen, statt in der Welt um sie herum. Sogar diejenigen in Gruppen hörten Musik mit einem Kopfhörer im Ohr, während sie vorgaben, in der realen Welt zu kommunizieren.

Tomek war so konzentriert auf die Kinder aus Kasias Schule, dass er fast das Vibrieren seines Handys übersehen hätte. Er griff in seine Tasche und zog das Gerät heraus. Es war sein Vater, Perry.

»Alles in Ordnung, Papa?«, fragte er, als er den Anruf auf Lautsprecher stellte und von der Straßenseite wegfuhr.

»Alles ist in Ordnung.«

»Bist du sicher? Ungewöhnlich für dich, so früh anzurufen. Kämpfst du um diese Zeit nicht normalerweise noch damit, aus dem Bett zu kommen?«

»Du kannst spotten, aber dieser Arthritis-Kram wird *dich* eines Tages auch erwischen, mein Sohn. Also werd nicht zu übermütig. Außerdem habe ich schon Frühstück gemacht, die Küche geputzt, das Erdgeschoss gestaubsaugt, den Wasserhahn im Badezimmer repariert und eine Ladung Wäsche in die Maschine gesteckt. Und jetzt hat deine Mutter mich in die Garage geschickt, weil die Lampe auf ihrem Nachttisch kaputt ist und sofort repariert werden muss, sonst kann sie heute Abend ihre Bücher nicht im Bett lesen.«

»Autsch.«

»Heirate bloß nicht. Es nimmt kein Ende.«

Tomek lachte, als er sich darauf konzentrierte, an einer Kreuzung abzubiegen.

»Wie geht's allen?«, fuhr Perry fort. »Kasia? Die Arbeit?«

Tomek gab ihm die Kurzfassung vom Vorabend und ließ dabei die Details über den Brief von Nathan und das Gespräch mit seinem Bruder weg.

»Autsch«, antwortete Perry.

»Ja.«

»Willst du darüber reden?«

»Nein. Ist schon okay.«

»Alles klar. Na gut...«

Das war alles, was zu diesem Thema gesagt werden musste. Sie hatten es wie Männer gehandhabt, ohne wirklich etwas zu sagen, und jetzt war es Zeit, weiterzumachen. Zum Glück hatte Perry noch etwas anderes auf dem Herzen.

»Wenn ich dich schon am Telefon habe«, sagte er und senkte seine Stimme, sodass sie kaum mehr als ein Flüstern war. »Da gibt es etwas, das ich dich schon länger fragen wollte.«

Im Hintergrund rasselte es mit Werkzeug und Metall klapperte, vermutlich, damit seine Mutter nichts mithören konnte.

»Okay...«, antwortete Tomek.

»Es geht um Nathan.«

Tomek zögerte. Hatte Dawid mit ihm gesprochen?

»Okay...«

»Als du ihn vor ein paar Monaten besucht hast, hast du gesagt, dass er dir erzählt hat, er hätte allein gehandelt.«

»Ja. Das stimmt.«

Als Perry sich bemühte, die Worte herauszubringen, nahm das Geräusch von bewegtem Werkzeug allmählich zu.

»Und ich habe mich gefragt... Ich habe mich gefragt, ob du, weißt du, ob du ihm geglaubt hast?«

»Ob ich ihm geglaubt habe?«

»Ja. Glaubst du, dass diese zweite Person noch da draußen ist, oder denkst du... denkst du, er hat wirklich allein gehandelt?«

Tomek fragte sich, worauf sein Vater hinauswollte und was ihn dazu gebracht hatte, das nach mehreren Wochen zur Sprache zu bringen. Tomek hatte seiner Familie von seinem Besuch bei Nathan Burrows im HMP Wakefield ein paar Wochen zuvor erzählt, und sein Vater hatte damals keine Bedenken geäußert. Tatsächlich hatte er sich auf die Seite von Tomeks Mutter gestellt, und schließlich hatten sie als Familie beschlossen, es ruhen zu lassen. Nach dreißig Jahren ständiger Suche nach Abschluss hatten sie entschieden, dass Nathan Burrows allein gehandelt hatte, dass niemand sonst bei ihm gewesen war und dass Tomek es sich eingebildet hatte. All dieser Druck, all diese Lasten waren von ihrem Leben genommen worden und sie waren enger zusammengerückt. Aber jetzt hatte Perry endlich seine Bedenken geäußert, fernab der Ohren seiner Mutter.

»Was hat das alles ausgelöst, Papa?«, fragte Tomek.

»Ich habe nachgedacht«, sagte er. »Das ist alles. Ich habe mich nur gefragt, ob du deine Meinung geändert hast.«

»Ich...« Tomek zögerte. Er wusste nicht, was er sagen sollte. Er wusste nicht, was Perry von ihm erwartete. Er atmete tief ein, hielt die Luft an und ließ sie dann langsam aus seinen Lippen entweichen. »Ich glaube ihm nicht«, sagte er unsicher. »Ich denke... ich denke, Charlie ist immer noch da draußen, ja.«

»Und all das Zeug neulich beim Abendessen? Das war zum Wohle deiner Mutter?«

Tomek murmelte etwas, unfähig zu antworten.

»Gut. Bleib dabei. Sie geht es viel besser, seit du gesagt hast, was du gesagt hast. Sie ist glücklicher, sie ist anders. Ich habe sie seit fast dreißig Jahren nicht mehr so gesehen. Sie ist eine völlig andere Frau.«

»Sie lässt dich aber immer noch für sie putzen und Sachen reparieren.«

»Sie lässt mich immer noch für sie putzen und Sachen reparieren, ja. Aber glaub mir, es ist das glücklichste, was sie je war. Und ich möchte nicht, dass sich daran im Moment etwas ändert. Also... also erzähl deiner Mutter nichts davon, okay? Sag ihr nichts, und ich werde es auch nicht tun. Unser kleines Geheimnis.«

Es gab nichts *Kleines* daran. Nicht, wenn es um Michał ging. Nicht, wenn es Nathan Burrows betraf.

»Ich wusste, dass du uns an diesem Abend etwas verschwiegen hast«, fuhr Perry fort. Das Geräusch von Bewegung und Metall, das auf Metall schlägt, kehrte zurück. »Ich konnte in deinem Gesicht sehen, dass du es immer noch glaubst. Und ich möchte nur, dass du weißt, dass ich dir auch glaube. Ich wusste, dass es nicht in deiner Natur liegt, diese Sache so leicht loszulassen. Du kämpfst seit dreißig Jahren damit, und ich weiß, dass du den Bastard auch die nächsten dreißig Jahre jagen wirst, bis zum Ende. Ich weiß, dass du das Richtige für unsere Familie tun wirst, Sohn. Ich weiß, dass du ihn finden wirst, denn er ist irgendwo da draußen. Ich kann es spüren. Ich weiß es, du weißt es. Und ich weiß, dass du es in dir hast, ihn zu finden. Kämpf weiter, Kleiner.«

Ein Kloß schwoll in Tomeks Hals an. Ein Schulterklopfen, eine Bestätigung, ein anerkennendes Nicken. Das erste Mal, dass sein Vater ihm sagte, dass er stolz war, dass er an ihn glaubte. Dreißig Jahre zu spät, aber es war trotzdem da. Und als Tomek einen Moment darüber nachdachte, wurde ihm klar, was diese kleine Rede war: sein Vater, der um Hilfe bat, der Tomek bat, Michałs zweiten Mörder zu finden, weil auch er all diese Jahre die gleiche Last getragen hatte, nur auf eine andere Weise, versteckt vor dem Rest der Familie. Und jetzt machte er Tomek unmissverständlich klar, was getan werden musste, und dass er bei jedem Schritt an seiner Seite sein würde.

KAPITEL
NEUNUNDZWANZIG

Shawn Wilkins zu finden, den Mann, der wegen Stalkings von Angelica Whitaker verurteilt worden war, hätte eine schnelle Suche sein sollen, ein kurzer Blick ins Register. Aber es war alles andere als das gewesen. Seine gemeldete Adresse war bei seinen Eltern gewesen, aber als Oscar und Rachel dort aufgetaucht waren, um ihn zum Verhör abzuholen, erfuhren sie, dass er ausgezogen war. Das einzige Problem war, dass seine Eltern Schwätzer waren und beide zwei Stunden lang beschäftigt hielten, bevor sie ihnen schließlich die benötigten Informationen gaben.

Während er wartete, hatte Chey die letzten zwanzig Minuten damit verbracht, Tomek all die Beweise aufzulisten, die sie gegen Wilkins hatten. Mehrere Fälle, in denen er mitten in der Nacht vor Angelica Whitakers Haus gestanden hatte, manchmal in seinem Auto sitzend, sie durch das Fenster bei eingeschaltetem Licht beobachtend, ihr mitten auf der Straße nachts und am helllichten Tag folgend, unangemeldet bei Whitakers, dem Juweliergeschäft, auftauchend, vortäuschend, etwas zu kaufen (und das sogar einmal tatsächlich tun, um es ihr dann als Geschenk zu geben), ständiges Schreiben über soziale Medien und per SMS, häufig unter Verwendung gefälschter Konten und neuer Handynummern, um sie zu erreichen, und ständiges Kommentieren all ihrer Social-Media-Beiträge mit Phrasen wie »Mein wunderschöner

Engel« und »Mein Engel hat seine Flügel zurück«, als ob sie Freund und Freundin wären. Das einzige Problem war, dass Tomek nichts davon zuhörte. Seine Gedanken waren hunderte Kilometer entfernt in Wakefield, streunten vor dem Gefängnis herum und blickten zu den Eisenstäben vor den grauen und trüben Fenstern des Gebäudes hinauf. Dann wanderten seine Gedanken zu dem Feld auf dem Spielplatz, auf dem sein Bruder gestorben war – dem Spielplatz, der immer noch da war, aber dreißig Jahre später völlig anders aussah. Diesmal stellte er sich die Bank mit Michałs Namen darauf vor. Er hatte nicht auf dieser Bank gesessen, geschweige denn sie seit Jahren gesehen. Und jetzt war sie da, kristallklar vor seinem geistigen Auge.

»Sarge?«

Die Stimme ging bei einem Ohr hinein und beim anderen wieder hinaus.

»Sarge, bist du da?«

Tomek stand mit dem Rücken zu Chey und starrte aus dem Fenster, das auf den Parkplatz blickte. Er nahm die Spiegelung des Mannes im Glas nur vage wahr. Aber als Chey sich hinter ihm bewegte, war es nicht die Spiegelung, die ihn ablenkte, sondern das Auto, das gerade in einen leeren Parkplatz nahe dem Eingang des Gebäudes einbog. Rachel. Schräg geparkt, wie sie in die Lücke geschwungen war. Eine Sekunde später beobachtete er, wie sie aus dem Auto stieg und sich nach hinten bewegte, von wo aus Shawn Wilkins ausstieg. Der Mann war von dort oben am Fenster im zweiten Stock aus gesehen ein kleiner Riese. Er war fast doppelt so groß wie Rachel, mit großen, gebeugten Schultern, die nie zu enden schienen, und einem Gang, der ihn wie einen sanften Riesen wirken ließ. Er wartete geduldig, während Rachel etwas aus dem Kofferraum ihres Autos holte, und folgte ihr dann ein paar Schritte dahinter.

Erst als sie ein paar Meter vom Gebäude entfernt waren, bemerkte Tomek eine Gestalt, die aus einem Auto in der Nähe sprang und über den Parkplatz rannte. Als er bemerkte, was geschah, war es bereits zu spät, und wie eine Rehmutter, die zusehen muss, wie ihr Kitz mitten auf der Straße von einem Auto überfahren wird, fühlte sich Tomek hilflos. Die Gestalt in einem schwarzen Kapuzenpullover überwand die Distanz mit Leichtigkeit, und einen Moment später war sie bei ihnen. Er schwang einen rechten Haken auf Shawn Wilkins und traf ihn sauber, wodurch der kleine Riese zu Boden ging. Aber das reichte dem Angreifer nicht. Er stieß Rachel zur Seite, packte Shawn am Kragen und begann, wiederholt auf sein Gesicht einzuschlagen und ihm in den Magen und die Beine zu treten, während der Mann handlungsunfähig war.

Tomek musste nicht mehr sehen. Er stürmte aus dem Raum und eilte zur Treppe, nahm immer zwei Stufen auf einmal und hielt sich zur Unterstützung an der Wand fest. Unten angelangt, stürmte er durch eine Doppeltür und ins Freie. Als er nach draußen kam, war die Situation bereits von einer Handvoll uniformierter Beamter, die in der Nähe gewesen waren, unter Kontrolle gebracht worden. Es hatte drei von ihnen gebraucht, um den Angreifer zu überwältigen, wobei einer ihn am Hals festhielt, während die anderen beiden auf ihm saßen und begannen, ihm Handschellen anzulegen.

»Lasst mich los!«, schrie der Angreifer.

In der Zwischenzeit kümmerte sich Rachel um Shawn Wilkins. Der Mann saß am Boden, die Beine gespreizt, den Kopf zwischen die Knie gesenkt, während ein Fluss von Blut aus seiner Nase strömte.

Zuerst überprüfte Tomek, ob es Rachel gut ging.

»Alles okay bei dir?«

Sie schaute zu ihm auf, aufgebracht. »Was zum Teufel sollte das? Er kam wie aus dem Nichts!«

»Von da oben aus gesehen nicht.« Tomek zeigte auf das Fenster. »Weißt du, wer das ist?«

Und dann sah Tomek es selbst.

Der Mann wurde mit Hilfe eines vierten uniformierten Beamten auf die Füße gezogen. Die Arme hinter dem Rücken. Schmutz und Kieselsteine klebten in seinem Gesicht.

Ihn anstarrend war Johnny Whitaker, Angelicas Bruder und entschlossener Beschützer.

KAPITEL
DREISSIG

Es hatte über eine Stunde gedauert, um das Blut aus Shawn Wilkins' Nase zu stoppen, zumindest bis zu dem Punkt, an dem er nicht mehr alle zwei Sekunden das in seinen Nasenlöchern steckende Taschentuch ersetzen musste. Die medizinisch ausgebildeten Fachkräfte im Gebäude hatten ihn versorgt, ihn in Ordnung gebracht und in denselben Klamotten, in denen er angegriffen worden war, voller Blutflecken, in den Verhörraum geschickt. Leider gab es keine Ersatzkleidung, und selbst wenn es welche gegeben hätte, bezweifelte Tomek, dass irgendetwas davon gepasst hätte. Rachel begleitete ihn in den Verhörraum. Es war ein freiwilliges Gespräch, sodass Shawn jederzeit gehen durfte, obwohl Tomek vermutete, dass der Mann gegen Johnny Whitaker Anzeige erstatten wollte. Tomek war darauf bedacht, den Mann so lange wie nötig dazubehalten, indem er diesen Teil bis zum Schluss aufbewahrte.

»Shawn Wilkins...«, begann Tomek.

»Ja?«

»Sind Sie das?«

»Ja.«

»Und Sie wohnen am Crescent Drive, stimmt das?«

»Meine Eltern wohnen dort.«

»Aber Sie nicht?«

»Sie wissen, wo ich wohne. Sie haben mich von dort abgeholt.« Shawn zeigte auf Rachel, aber Tomek ignorierte es.

»Wie lange wohnen Sie schon dort?«

Shawn zuckte mit den Schultern. »Zwei, vielleicht drei Jahre.«

»Warum haben Sie dann unsere Aufzeichnungen nicht aktualisiert?«

»Welche Aufzeichnungen?«

»Die einstweilige Verfügung gegen Sie von einer Miss Angelica Whitaker.«

Shawn legte seine riesigen Hände flach auf den Tisch und zog sie langsam zurück, während er sich in seinem Sitz zurücklehnte. Es war eine einfache, harmlose Bewegung, und doch spürte Tomek eine bedrohliche Aura dahinter. Der Mann erinnerte ihn an Ed Kemper. »Darum geht's also? Sie haben mich hierher gebracht, weil meine Daten nicht aktuell sind?«

Jetzt war Rachel an der Reihe zu sprechen. »Nein, wir haben Sie hergebracht, weil wir einige Fragen dazu hatten.«

Shawns Gesicht verzog sich zu einer Grimasse. »Sicherlich steht alles in der Akte? Kurz gesagt, ich darf ihr nicht zu nahe kommen.«

»Wie viele Meter genau?«

»Hundert.«

»Das ist wesentlich mehr als ein *paar* Meter«, sagte Tomek. »Was haben Sie getan, um das zu rechtfertigen?«

Tomek kannte die Antwort auf die Frage – Cheys Worte waren vage und leise in seinem Kopf –, aber er wollte, dass Shawn es ihnen genau erklärte.

»Das steht alles in meiner Akte«, antwortete der Mann trotzig.

»Warum erzählen Sie uns nicht, was darin steht?«

»Ich würde lieber nicht altes Terrain wiederholen. Es ist schwierig.«

»Aber bei Weitem nicht so schwierig, wie Sie das Leben für Angelica Whitaker gemacht haben, oder?«

Der Mann mochte den Ton in Tomeks Stimme nicht. Tomek konnte sehen, wie er sich in die Ecke zurückzog, die Haare aufgestellt, die Krallen bereit.

»Worum geht es hier?«, fragte er. »Warum haben Sie mich hierher gebracht? Und warum zum Teufel greift mich draußen jemand an? Ich will Anzeige erstatten.«

Rachel hob eine Hand, um ihn zu besänftigen. »Darüber können wir später sprechen«, begann sie. »Aber zuerst würde ich gerne wissen, wann Sie Angelica zum ersten Mal getroffen haben? Wie haben Sie sich kennengelernt? Es war in einem Flugzeug, richtig?«

Es gab etwas an ihrem Ton, der Sensibilität dahinter, der Ruhe, die selbst Tomek für ihre Fragen empfänglich machte. Sie hatte eine andere Art, mit Menschen umzugehen, und meistens funktionierte es. Besonders wenn sie versuchte, Tomeks Durcheinander zu beseitigen.

»Ich flog zurück von Madrid«, begann Shawn und hielt seinen Blick auf Rachel gerichtet. »Ich war mit ein paar Kumpels unterwegs. Wir waren im Männerurlaub. Ruhig, entspannt, nichts zu wildes. Das muss jetzt ungefähr drei Jahre her sein. Und wir flogen mitten am Morgen zurück. Wir waren alle erledigt und der Rest meiner Kumpels schlief, aber ich konnte nicht. Ich schaute nur die schönste Frau an, die ich je gesehen hatte, Mann. Sie war umwerfend. Du hättest sie sehen sollen. Figur wie ein Model, die atemberaubendsten Augen, Haare schön gemacht, Make-up perfekt. Da war einfach etwas an ihr. Also fing ich an, mit ihr hinten im Flugzeug zu reden, während alle schliefen oder ihre Kopfhörer aufhatten, und wir verstanden uns wirklich gut. Ich warf ein paar Sprüche raus, sie flirtete zurück. Aber dann war's das. Der Flug war zu Ende und sie war weg.«

Während Shawn Wilkins sprach, leuchteten seine Augen und sein Gesicht mit leidenschaftlichem Verlangen und animalischem Hunger auf. Der Ausdruck im Gesicht des Mannes beunruhigte Tomek. Wenn er schon so viel Freude daran hatte, über Angelica *nachzudenken*, wie hatte er sich wohl verhalten, wenn er in ihrer Nähe gewesen war?

»Wie haben Sie Angelica danach aufgespürt?«, fragte Rachel.

»Insta«, antwortete der Mann schnell. »Hab ihren Account auf Insta gefunden. Hat nicht wirklich lange gedauert, ich hatte schon einen Vornamen und konnte den Rest zusammensetzen. Dann hab ich ihr geschrieben. Sie hatte ihren Account nicht auf privat oder so, also hab ich sie einfach angeschrieben. Ich hab mein Glück versucht, und sie hat geantwortet. Überraschenderweise erinnerte sie sich an mich. Ich muss wohl Eindruck auf sie gemacht haben, und dann nahm alles seinen Lauf von dort.« Er beendete den Satz mit einem beiläufigen Achselzucken, als sollten Tomek und Rachel von seinem Können beeindruckt sein.

»Wie?«, fragte Rachel, ihr Ton flach, gemessen. Inzwischen hatten Gedanken an Kasia begonnen, in Tomeks Kopf aufzutauchen: wie sie in den kommenden Jahren von dieser Art von Dingen bedroht sein würde; wie manche Männer sich nicht kontrollieren konnten und einen Schritt zu weit gingen; wie vorsichtig sie jeden Tag für den Rest ihres Lebens sein müsste, wenn sich nichts änderte.

Ein weiteres Achselzucken, eine weitere Demonstration des Trotzes. »Weißt du, ich habe ihr einfach ein paar Mal geschrieben. Wir haben über allerlei Zeug gesprochen. Ihre Arbeit, wie sie sich auf das Saisonende freute, weil sie eine Pause brauchte, aber sich nicht darauf freute, weil es bedeutete, dass sie ihre Leidenschaft nicht mehr ausleben konnte. Dann erzählte sie mir, was sie gerne machte, wohin sie gerne ging, was sie abends tat. Also bin ich eines Abends zufällig absichtlich im Memo auf sie gestoßen. Sie war überrascht, mich zu sehen, also nahm ich das als ein gutes Zeichen und folgte ihr dann in einem anderen Taxi nach Hause.«

»Hat sie dich darum gebeten?«

»Nun, nicht *direkt*. Aber ich konnte erkennen, dass sie es wollte, weißt du. Sie hatte mir definitiv die Zeichen gegeben.«

Aus dem Augenwinkel bemerkte Tomek, wie Rachel bei dieser Bemerkung vor Unbehagen zusammenzuckte.

»Und als sie dich abwies, was hast du da gesagt?«, fuhr Rachel fort, ihre Stimme brach leicht.

»Abgewiesen? Sie hat mich nicht abgewiesen. Wir hatten in dieser Nacht Sex.«

Tomek konnte spüren, wie Rachels Lungen die Luft entwich. Enttäuschung sickerte aus beiden heraus, dass Angelica so schnell mit jemandem ins Bett gegangen war, den sie kaum kannte, und mit jemandem, der ihr nach Hause gefolgt war, ohne das Risiko zu erkennen, das er darstellte.

»Aber ich habe sie nicht vergewaltigt oder so. Das steht alles in den Akten. Sie gab zu, dass es einvernehmlich war.«

Aber das war der Moment, in dem die Besessenheit voranschritt, dachte Tomek. Sie stieg auf eine andere Ebene, und dann auf eine weitere Ebene danach. Je mehr sie ihn ignorierte, nachdem sie zur Besinnung gekommen war, je mehr sie ihn zurückstieß, desto hungriger wurde er, desto verzweifelter wurde er nach ihrer Aufmerksamkeit, nach *ihr*. Und was Tomek am meisten beunruhigte, war, dass es keine Reue gab, kein Eingeständnis, dass das, was er getan hatte und die Art, wie er sich verhalten hatte, falsch, unmoralisch, grundsätzlich böse war. Er schien stolz auf sein Verhalten zu sein und freute sich darüber, dass sie über Angelica sprachen.

Vor dem Treffen hatte Chey die Liste der Beweise ausgedruckt, die Angelica bei der Beantragung der einstweiligen Verfügung vorgelegt hatte. Tomek konsultierte sie. Inzwischen war die Darstellung der Fakten durch den Polizisten vollständig von den Informationen übertönt worden, die Shawn Wilkins ihm gegeben hatte.

»Hier steht, dass Sie manchmal unangemeldet bei ihr zu Hause aufgetaucht sind und mehrmals an ihrem Arbeitsplatz?«

Die Augen des Mannes leuchteten auf. »Du hast keine Ahnung, wie oft ich zufällige Flüge zu zufälligen Ländern vom Southend Airport genommen habe, nur in der Hoffnung, dass sie vielleicht in einem von ihnen sein könnte. Die Anzahl der Male, die ich den ganzen Weg hin und wieder zurückgeflogen bin, war wahnsinnig.« Er ließ ein kleines Kichern hören, begeistert von seinen eigenen schönen Erinnerungen an das Erlebnis. »Und als ich herausfand, dass sie mit ihrer Schwägerin zusammenarbeitete, habe ich mir ein absolutes *Vermögen* gespart.«

Tomek stellte es sich jetzt vor; Angelica, die zufrieden im Juweliergeschäft arbeitete, einen Kunden bediente, ihnen den perfekten Ring oder die perfekte Kette zeigte, die sie zu den glücklichsten Menschen auf dem Planeten machen würde, dann ihre Aufmerksamkeit von dem Mann abgelenkt wurde, der gerade hereinkam, sie angrinste, seine hinterhältigen Augen jede ihrer Bewegungen verfolgten, darauf warteten, dass sie fertig wurde, damit er zuschlagen konnte, ohne ihr einen Fluchtweg zu lassen.

»Das glaube ich gerne.« Tomek war angewidert. »Haben Sie etwas dagegen, wenn ich Ihnen ein paar Fragen stelle?«

Shawn erteilte Tomek die Erlaubnis mit seinen enormen Händen.

»Was machen Sie beruflich?«

»Ich arbeite in der Bibliothek in Hadleigh.«

»Wie lange sind Sie schon dort?«

»Zehn Jahre.«

»Was ist Ihr Lieblingsgenre von Büchern?«

»Fantasy. *Game of Thrones*. Diese Art von Sachen.«

»Waren Sie schon mal auf einer dieser Comic-Cons?«

»Ein paar Mal. Warum?«

»Haben Sie sich jemals vorgestellt, dass Angelica eine Figur aus *Game of Thrones* ist?«

»Vielleicht...«

»Haben Sie Angelica jemals einen Engel genannt?«

»Ja.«

»Haben Sie jemals erwähnt, dass sie Flügel hat?«

»Nur, weil ich mich freute zu hören, dass sie für die nächste Saison wieder eingestellt wurde. Es war meine kleine Feier für sie.«

»Sind Sie jemals in ihre Wohnung eingebrochen?«

»Was? Nein!«

»Haben Sie jemals daran gedacht, Angelica zu verletzen?«

Zögern.

»Nein...«

»Haben Sie jemals daran gedacht, *irgendjemanden* zu verletzen?«

»Nein.«

»Haben Sie jemals zuvor jemanden getötet?«

»Was?«

Und damit war es vorbei. Tomek hatte gehofft, dass seine schnelle Fragenrunde mehr Früchte tragen würde, aber nicht bei dieser Gelegenheit.

»Worauf wollen Sie hinaus?«

»Nirgendwo«, log Tomek. Zeit für einen Richtungswechsel. »Wo waren Sie am Freitagabend?«

»Zu Hause.«

»Bei Ihnen zu Hause?«

»Ja.«

»Allein?«

»Ja. Warum? Was ist am Freitagabend passiert?«

»Nichts.«

»Warum stellen Sie mir dann all diese Fragen?«

Tomek zuckte mit den Schultern. »Neugier.«

»Ist ihr etwas zugestoßen?«

»Wem?«, fragte Tomek absichtlich ungenau.

»Angelica! Ist meinem Engel etwas zugestoßen?«

Tomek ließ seinen Verstand den Satz aufnehmen, bevor er antwortete: »Ich bin mir nicht sicher, was Sie meinen.«

Die Aufregung in Shawns Gesicht verwandelte sich schnell in Wut, sein Ausdruck füllte sich mit Gift. Er wandte sich Rachel zu und fragte sie, auf Tomek zeigend: »Was zum Teufel geht hier vor?«

»Ich bin nicht sicher, was Sie meinen, mein Herr.«

Shawn schlug mit der Handfläche auf den Tisch.

»Verarschen Sie mich? Was für ein verdammter Schwachsinn ist das? Ich muss nicht verdammt noch mal hier sitzen und mir das anhören.« Er erhob sich von seinem Stuhl, wartete darauf, dass entweder Tomek oder Rachel ihn aufhalten würden, und als keiner von ihnen das tat, knallte er den Stuhl gegen den Tisch und stürmte zur Tür.

»Wollten Sie nicht über eine Anzeige sprechen?«, rief Tomek.

Shawn hielt inne, erstarrt, mit der Hand um den Griff. Das Heben und Senken seiner Brust war vom Tisch aus sichtbar, der Klang seines Atems lauter als die Klimaanlage.

»Scheiß drauf«, sagte er. »Gegen euch beide sollte ich Anzeige erstatten.«

Und dann stürmte er hinaus und knallte die Tür hinter sich zu.

Als das Geräusch seiner schweren Fußstapfen verklang, drehte sich Tomek zu Rachel und sagte: »Meine Güte, was für ein Temperament.«

KAPITEL
EINUNDDREISSIG

Tomek stieß auf seinem Weg nach draußen mit Rose Whitaker zusammen. Die Besitzerin des Schmuckgeschäfts wirkte aufgebracht und verärgert. Sie klammerte sich an ihre Tasche, die sie fest unter dem Arm gegen ihre Brust drückte, und drehte den Kopf hin und her wie ein Hund in höchster Alarmbereitschaft. Sie stand im Empfangsbereich und wartete nervös darauf, dass jemand auf sie zukam.

»Ich nehme an, Sie sind hier, um mit Ihrem Mann zu sprechen?«, fragte Tomek unbeschwert.

»Ich wäre fast nicht gekommen«, schnauzte sie.

»Nein?«

»Es ist das Letzte, was dieses verdammte Stück Scheiße verdient.«

Tomek spürte, dass noch etwas anderes im Spiel war, etwas jenseits der Unannehmlichkeit, ihr Schmuckgeschäft früher schließen zu müssen, um ihren Mann abzuholen, der dumm genug gewesen war, sich wegen eines Angriffs auf jemanden vor einer Polizeiwache verhaften zu lassen. Falls es so war, entschied sie sich jedoch nicht dafür, es näher zu erläutern.

»Ich bin eigentlich froh, dass Sie hier sind«, fuhr Tomek fort und deutete dann auf einen Korridor. »Ich wollte Sie fragen, ob ich Sie für ein paar Minuten sprechen könnte, um Ihnen einige Fragen über Ihren Mann und Angelica zu stellen?«

Rose verdrehte die Augen. »Kein Problem. Dieser verdammte Idiot kann so lange warten, wie ich es ihm sage.«

Nach diesen Worten folgte sie ihm in einen der Räume für schutzbedürftige Zeugen, die so gestaltet waren, dass sie für diejenigen, die sie am meisten brauchten – Kinder und Opfer von Vergewaltigungen und Traumata – behaglich und wohnlich wirkten. Tomek bedeutete Rose, sich auf das Sofa zu setzen, während er sich auf die Kante eines unbequemen Holzstuhls setzte, der seinen Steißbein sofort schmerzte, als er sich darauf niederließ.

»Etwas zu trinken?«, fragte er.

Sie lehnte mit einem Kopfschütteln ab und stellte dann ihre Handtasche auf das Sofa, wobei sie in einer Umgebung, in der sie sich offensichtlich sicher fühlte, endlich die Kontrolle darüber aufgab.

»Zum ersten Mal auf einer Polizeiwache?«, fragte er.

»Ja.« Sie musterte den Raum mit einer Mischung aus Erstaunen und Besorgnis, als würde sie ihn durch eine erweiterte Realität betrachten. »Entschuldigung, es ist nur... seltsam, wissen Sie. Jagt mir Schauer über den Rücken.«

Tomek lachte leise. »Das ist in Ordnung. Das hören wir oft. Es ist eine ungewohnte und unangenehme Umgebung für neunundneunzig Prozent der Bevölkerung. Ich glaube, Sie wären seltsam, wenn es Ihnen hier *nicht* unheimlich wäre.«

Ein unbehagliches Lachen. »Da haben Sie wahrscheinlich recht.«

Tomek lenkte das Gespräch weiter. Dafür brauchte er weder ein Notizbuch noch die Notiz-App seines Handys. Er wollte die beste verfügbare App nutzen: die zwischen seinen Ohren. Er hoffte nur, dass der Schlafmangel der letzten Tage deren Funktionsweise nicht beeinträchtigt hatte.

»Verzeihen Sie, wenn das aufdringlich ist«, begann er, »aber ich spüre eine gewisse Feindseligkeit zwischen Ihnen und Ihrem Mann.«

Sie schnaubte. »Das können Sie laut sagen. Können Sie glauben, dass dieser Mistkerl mich belogen hat, uns alle belogen hat?«

Tomek sagte nichts. Wartete darauf, dass sie fortfuhr.

»Diese kleine Ratte war nicht in Dublin in der Nacht, als Angelica verschwunden ist«, sagte sie.

Seine Ohren spitzten sich.

»Nein, dieser kleine Scheißkerl hat mit einer anderen verdammten Frau geschlafen. Irgendeine irische Schlampe, die er vor ein paar Monaten auf einer Konferenz kennengelernt hat. Sie haben seitdem eine Affäre. Also jedes Mal, wenn er sagt, er fährt geschäftlich nach Dublin, hat er stattdessen einfach diese Frau gevögelt. Aber diesmal beschlossen sie, die Sache zu ändern. Wissen Sie wie? Dieser armselige Entschuldigung von Mensch buchte ein Airbnb an der Strandpromenade von Southend. Verflucht nochmal *einen* Kilometer von unserem Haus entfernt! Er hat sie nicht nur hinter meinem Rücken gevögelt, sondern er hat es auch direkt unter meiner verdammten Nase getan. Er hätte es genauso gut in unserem eigenen tun können!«

»'In unserem eigenen' was?«, fragte Tomek verwirrt.

»Über dem Laden«, erklärte sie, »gibt es eine Wohnung, die wir kürzlich gekauft haben. Wir planen, sie in ein Airbnb umzuwandeln, einen süßen kleinen Ort, an dem Leute am Broadway übernachten können. Es ist praktisch, weil ich direkt darunter bin, so dass ich die Gäste jederzeit ein- und auschecken kann, ohne den ganzen Aufwand. Wir renovieren es im Moment. Na ja, ich sage *wir*, aber es ist nur ich, die die ganze Arbeit macht. Mein Name steht auf dem Vertrag, mein Name auf der Hypothek. Ich stehe auf, gehe in den Laden, arbeite den ganzen Tag dort, und abends gehe ich nach oben und kümmere mich um die Reinigung, das Verputzen, das Bohren, das Sägen, alles. In der Zwischenzeit vögelt er Miss Kartoffelkopf da drüben.«

Tomek hatte alles gehört, was er dazu wissen musste. Er wollte sie nicht noch mehr aufregen, und er wollte nicht weiter in etwas bohren, was für sie eindeutig eine offene Wunde war (auch wenn der Klatschliebhaber in ihm neugierig war), also verlagerte er den Fokus des Gesprächs auf Angelica und ihren Bruder. Sobald der Fokus auf ihre Schwägerin wechselte, entspannten sich Roses Schultern, ihr Körper entspannte sich, und die Adern an ihren Armen und Schläfen verschwanden schnell.

»Erzählen Sie mir von ihnen als Geschwister«, sagte Tomek. »Ich möchte gerne wissen, wie sie so sind. Verstehen sie sich? Streiten sie sich?«

»Warum?«, fragte sie.

»Weil ich den Eindruck bekommen habe, dass er ein beschützender älterer Bruder war, dass er gerne auf sie aufgepasst hat.«

»Ja. Das könnte man sagen. Er hat immer gerne ein Auge auf sie geworfen, wie es ein großer Bruder eben tut. Aber verstehen Sie mich nicht falsch, sie haben sich auch viel gestritten und gezankt, meist über Unsinn – wie Geschwister es eben tun – aber es gab ein paar Mal, wo er mit ihr ausgerastet ist.«

»Wie zum Beispiel?«

»Als er herausfand, dass sie mit ihrem Ex geschlafen hatte und dass sie ständig Männer zu sich nach Hause eingeladen hatte. Er sagte ihr, sie solle etwas Respekt vor sich selbst haben, sich besser benehmen.« Sie schob eine lose Haarsträhne hinter ihr Ohr und fuhr sich mit der Hand unter der Nase entlang. »Persönlich hatte ich kein Problem damit. Es ist ihr Körper. Sie kann damit machen, was sie will, solange sie vorsichtig ist.«

»Aber das war sie nicht, oder?«

Tomek bezog sich auf ihre Schwangerschaft und fragte sich, ob Rose davon wusste.

»Nun, nein... Nein, ich schätze, das war sie nicht.«

Also wusste sie es doch.

»Wann hat Angelica es Ihnen erzählt?«

»Das musste sie gar nicht. Die Warnsignale waren da. Ich meine, Johnny und ich haben nie versucht, Kinder zu bekommen – Gott sei Dank, nicht nach dem, was er gerade getan hat – aber ich weiß, worauf man achten muss. Sie versuchte, die morgendliche Übelkeit so gut wie möglich zu verbergen, aber schließlich begriff ich, dass etwas nicht stimmte. Ich meine, ich habe in den letzten sechs oder sieben Monaten jeden Tag mit ihr gearbeitet, also konnte sie es nicht verstecken. Sie versuchte, dagegen anzukämpfen, die Arme, es zu leugnen, aber am Ende überredete ich sie, zu ihren Ultraschalluntersuchungen zu gehen. Ich war mehr als bereit, mit ihr zu gehen. Aber sie bat mich, niemandem etwas zu sagen.«

»Johnny war also nicht der Einzige, der in der Ehe Geheimnisse hatte.«

Die Worte waren ihm herausgerutscht, bevor er es merkte. Doch Roses Reaktion war nicht das, was er erwartet hatte.

»Das ist kaum dasselbe«, sagte sie ruhig. »Er hat hinter meinem Rücken mit jemandem geschlafen, während ich auf seine Schwester aufgepasst habe. Das sind völlig unterschiedliche Dinge.«

Tomek nickte. »Sie haben getan, was Sie tun mussten. Wussten Sie, dass sie es auch Roy erzählt hatte?«

Rose nickte. »Sie stand ihrem Vater schon immer viel näher als ihrer Mutter. So scheint es einfach zu funktionieren, oder? Ich meine, ich war meinem nie nahe, aber die beiden waren *wirklich* eng. Und ich habe Roy oft als Vaterfigur betrachtet. Er ist freundlich, rücksichtsvoll. Aber er hat auch ein Temperament. Er ist ausgerastet, als sie es ihm erzählte. Und ich meine *ausgerastet*. Sie fanden Johnny neulich schlimm? Sie hätten ihn sehen sollen.« Sie wandte sich dem grünen Teppich zu, verloren in einem plötzlichen Gedanken. »Ich frage mich, was er Daphne am Ende erzählt hat, was mit der Vase passiert ist.«

Tomek dachte einen Moment an den ehemaligen Flugkapitän. Bei den zwei Gelegenheiten, bei denen Tomek ihn gesehen hatte, wirkte der Mann ausgeglichen und wohlerzogen, nicht wie die aggressive Person, die Rose gerade beschrieben hatte.

»Hat er Daphne jemals geschlagen, oder haben Sie von Missbrauch in ihrer Beziehung gehört?«

Rose presste die Lippen zusammen und schüttelte den Kopf. »Johnny hat es nie erwähnt.«

»Haben Sie ihn jemals in anderen Situationen die Beherrschung verlieren sehen?«

Rose senkte den Blick auf ihren Schoß und begann, an ihren knallrosa Nägeln herumzupicken. Einige Momente vergingen, bevor sie sprach. Tomek gab ihr Zeit und Raum, sich wohlzufühlen.

»Ich würde sagen, er war aggressiv mir gegenüber«, sagte sie. »Nicht *gegen* mich. *Mir gegenüber*. Indirekt. Er schrie und stritt mit Johnny über mich. Als unsere Beziehung anfing, erzählte Johnny ihnen, ich sei nicht sehr gläubig, aber Johnny und Angelica sind es auch nicht, was eine Wahrheit ist, die sie nicht hören wollen, und Roy mochte das nicht, sagte, Johnny müsse mit jemandem vom gleichen Glauben zusammen sein, jemand der die gleichen Werte hat und an die gleichen Dinge glaubt wie sie. Es verursachte viele Streitereien zwischen ihnen, und ich dachte, es gäbe eine Zeit, in der wir vielleicht Schluss machen müssten, so ernst wurde es. Aber durch alles hindurch hatte ich Angelica.« Eine Träne begann sich zu bilden, als Rose an ihre Schwägerin dachte. »Sie war für mich da, als ich neu in der Familie war. Sie half mir, mit meinem neuen Leben, mit meiner neuen Schwiegermutter und meinem neuen Schwiegervater zurechtzukommen. Sie war mein Fels in der Brandung. Jedes Mal, wenn wir zu einer Familienfeier gingen, wo ich niemanden kannte, war sie immer an meiner Seite und erledigte die Aufgabe, die mein Mann hätte erledigen sollen – mich vorzustellen. Stattdessen war er unterwegs, besoff sich mit seinen Cousins und flirtete mit seinen Cousinen zweiten Grades oder wer auch immer zum Teufel sie waren.« Sie fing eine Träne mit dem Finger auf, aber es war nutzlos gegen den heftigen Strom, der ihr Gesicht hinunterlief. Tomek griff nach der Taschentuchbox auf dem Tisch und reichte sie ihr. »In diesen Momenten fühlte ich mich wirklich allein, und als ich meinen Mann am meisten brauchte, war er woanders. Aber ich hatte Angelica an meiner Seite. So war sie. Mitfühlend, liebevoll, herzlich, ohne einen schlechten Knochen im Körper. Es ist einfach... es ist einfach so schade, dass sie durchmachen musste, was sie durchgemacht hat.«

Tomeks Interesse war erneut geweckt. Er lernte mehr von dieser Frau als von ihrer gesamten Familie zusammen.

»Warum habe ich das Gefühl, dass Sie von etwas anderem sprechen als von ihrem Mord?«

Rose begann, mit dem Taschentuch zwischen ihren Fingern zu spielen. »Sie wissen es noch nicht?«

»Sie müssen mich aufklären.«

»Sie war depressiv«, sagte sie und machte dann eine kurze Pause. »Ich weiß, dass dieses Wort oft herumgeworfen wird, aber ihre war saisonal. Es war wirklich schlimm während der Winter – jeden Winter. Wenn der Sommer und ihr Traumjob als Flugbegleiterin für das Jahr vorbei waren, wurde sie wirklich niedergeschlagen. An manchen Tagen war es ein Kampf, sie dazu zu bringen, zur Arbeit zu kommen. Manche Wochen ging sie ständig aus zum Trinken, manchmal allein in den Club, und schlief mit vielen Männern. Ich weiß nicht, was es war oder was es auslöste, aber sie schrie massiv um Hilfe, und niemand schien etwas dagegen zu unternehmen. Keiner von uns war darauf vorbereitet, damit umzugehen, mich eingeschlossen. Ich hasste es zu sehen, wie sie sich das antat. Der Alkohol, die Drogen-«

»Drogen?«

»Kokain, Gras. Nie etwas anderes. Aber niemand sonst wusste davon. Aus irgendeinem Grund erzählte sie mir immer, was sie genommen hatte.« Sie zuckte mit den Schultern. »Ich weiß nicht, ich denke, sie sah in mir immer eine ältere Schwester, zu der sie aufschauen und der sie vertrauen konnte. Ich wünschte nur, ich hätte etwas getan, um sie zu beschützen.«

»Sie sollten sich nicht die Schuld geben.«

»Vermutlich.«

Tomek lehnte sich vor, stützte seine Ellbogen auf die Knie und lächelte sie herzlich an. »Wie lange geht das schon so?«

»Ein paar Jahre«, antwortete Rose. »Vier, vielleicht fünf. Aber Daphne und Roy wollen nichts davon wissen. Sie leben in der Verleugnung. Es wurde im Laufe der Jahre immer schlimmer, aber diesen Winter wurde es überraschenderweise viel besser. Sie kam pünktlich. Sie war glücklicher. Sie war wieder sie selbst, verstehen Sie?«

»Haben Sie eine Ahnung, warum?«

Rose nahm sich einen Moment Zeit, bevor sie antwortete. »Ich habe viel darüber nachgedacht, seit sie gestorben ist, und ich erinnere mich an dieses eine Mal, als sie mir von einem Typen erzählte, den sie einmal auf einem Flug kennengelernt hatte. Exzentrischer Millionärstyp, der sie während des Fluges in einen speziellen, für Erwachsene bestimmten Club eingeladen hatte. Ich... ich glaube, sie ist einmal hingegangen, aber ich weiß nicht, ob sie je zurückkam. Jedenfalls war es, als wäre sie seitdem wieder zu ihren alten Gewohnheiten zurückgekehrt.«

Tomek spürte, wie sein Puls schneller wurde.

»Ich muss Sie bitten, mir alles zu erzählen, was Sie über diesen Mann und diesen Club für Erwachsene wissen.«

KAPITEL
ZWEIUNDDREISSIG

Inzwischen ist mein geliebter Engel seit einer halben Stunde bewusstlos. Die Chemikalien, die ihr jemand anderes verabreicht haben muss, haben ihre Wirkung entfaltet. Ihr Puls hat sich beruhigt, das Blut fließt langsamer durch ihren Körper. Sie sieht ruhig aus, entspannt, friedlich. Engelgleich.

Und jetzt ist es Zeit, die nächste Phase des Abends einzuleiten.

Ich bin kein Chirurg, aber ich denke, ich habe eine ruhige Hand – ruhig genug, um so wenig Schaden wie möglich anzurichten. Auf dem Boden liegt der Plastikschlauch, in Kreisen aufgerollt wie eine Schlange. An einem Ende befindet sich die Nadel, die wie eine Zunge aus dem Schlauch herausragt. Am anderen Ende ist ein großer Plastikbeutel. Ich greife nach der Nadel und rolle Angelicas Körper auf eine Seite. Die Bewegungen müssen vorsichtig sein, zärtlich, behutsam. Sie ist zart, eine von Gott, vom besten Bildhauer der Welt aus Marmor gemeißelte Statue. Ihr Körper und ihre Seele müssen entsprechend behandelt werden. Nichts darf schiefgehen.

Als sie in Position ist, halte ich ihr Bein fest und steche die Nadel in ihre Kniekehle. Die Nadel durchdringt die Haut mühelos. Ein wenig Blut tritt aus, aber ich fange es mit einem Tuch auf. Nach einigen Sekunden, in denen ich den Beutel am Schlauch zusammendrücke und ein Vakuum erzeuge, beginnt das Blut hindurchzufließen, gleichmäßig, stetig, anmutig. *Innerhalb einer Stunde wird der Beutel gefüllt sein, und ihr Körper wird nichts mehr haben, um zu überleben. Ich lege eine Hand auf ihr Handgelenk und fühle nach dem Puls. Er ist gleichmäßig und ruhig, wie der Blutfluss aus ihrem Bein. Sie ahnt nichts, ist völlig ahnungslos. Ich könnte mir nicht vorstellen, dies zu tun, wenn sie wach wäre oder wenn sie vorher gestorben wäre. Das wäre nicht richtig gewesen. Stattdessen ist es besser für sie, auf diese Weise zu gehen.*

Ich sitze neben ihr, kauere an ihrem Bauch und halte ihre Hand. Ich drücke den Beutel ab und zu noch ein paar Mal zusammen, um den Prozess zu beschleunigen, aber ich bin zufrieden damit, dass es so lange dauert, wie es eben dauert. Ich will an ihrer Seite sein. Ich muss *an ihrer Seite sein, über sie wachen, sie beschützen, den Körper reinigen, ihn ein letztes Mal in mich aufnehmen.*

Allmählich, während das Blut langsam ihren Körper verlässt, wird ihr Puls schwächer, die Knochen an ihren Hüften und Rippen treten deutlicher hervor. Das Leben wird ihr buchstäblich ausgesaugt, wie die Luft aus einer Luftmatratze entweicht, und während das Letzte aus ihr herausgezogen wird, beobachte ich sie aufmerksam, den Finger an ihrem Handgelenk, und fühle ihren Puls.

Schwächer. Noch schwächer.

Der Abstand zwischen jedem Schlag ihres Herzens wird immer größer.

Bis das Heben und Senken ihrer Brust flach wird, fast unsichtbar, doch in dem Moment, in dem sie stirbt, kann ich es spüren. Der Puls hört plötzlich auf, der Atem stockt, ihre Brust erstarrt, und einen Moment später fällt ihr Körper in sich zusammen, während ihre Seele ihren Körper verlässt und in das nächste Leben reist.

Endlich ist sie tot.

KAPITEL
DREIUNDDREISSIG

Rose Whitaker wusste wenig über den Erwachsenenclub, von dem Angelica ihr erzählt hatte. Ihre Schwägerin war mit den Details zurückhaltend gewesen, sowohl vor als auch nach der Veranstaltung, und alles, was Rose mit Sicherheit wusste, war, dass es sich um eine Veranstaltung mit Einladung handelte, ein prestigeträchtiger Ort, an dem sich Leute trafen, vermutlich zum geselligen Trinken mit vielleicht einer dunkleren, schmutzigen Seite. Tomek hoffte, dass es sich nicht um den Southend Seven handelte, einen lokalen Herrenclub im Herzen von Southend, der früher von der politischen Elite der Stadt betrieben wurde. Jetzt verlassen und geschlossen, war er einst die Heimat eines kleinen Menschenhändlerrings gewesen. Tomeks erste Gedanken waren zu diesem Schluss gesprungen, dass Angelica irgendwie darin verwickelt worden war, aber er verwarf es schnell, sobald Rose bestätigt hatte, dass es irgendwo außerhalb von Southend lag, irgendwo in der Landschaft von Essex.

Inzwischen hatte Tomek nach dem Treffen mit Rose Oscar und ein Team von Tatortermittlern und uniformierten Polizisten geschickt, um in Angelicas Wohnung nach der Einladung zu suchen. Es war ein gedrucktes Dokument, hatte Rose gesagt, nicht größer als A5, mit Angelicas Namen in einer geschwungenen, handschriftlichen Schrift, dem Datum der Veranstaltung und den Kontaktdaten des Veranstalters auf der Rückseite. Jetzt, da sie eine kurze Beschreibung dessen hatten, wonach sie suchten, hoffte man, etwas zu finden, das bei der ursprünglichen Durchsuchung von Angelicas Wohnung möglicherweise übersehen worden war. Trotz der detaillierten Beschreibung und trotz der Anzahl der Personen, die danach suchten, waren Oscar und das Team jedoch erfolglos geblieben, und nach einer sechsstündigen Suche, die sie bis in die frühen Morgenstunden geführt hatte, hatten sie aufgegeben. Es war nirgendwo zu finden.

Tomek hatte die ganze Nacht wach gelegen und Gedanken in seinem Kopf gewälzt. Gedanken an den Fall und an den Streit mit Abigail. Es war mehr als vierundzwanzig Stunden seit ihrer Auseinandersetzung vergangen und er hatte nichts von ihr gehört. Keine SMS, kein Anruf. Sie hatte ihm nicht einmal ein lustiges Meme oder Video auf WhatsApp geschickt, was in der heutigen Welt für manche ein Sakrileg war. Er hatte den Streit mehrmals in seinem Kopf durchgespielt, ihn in verschiedenen Szenarien durchgespielt und sich vorgestellt, wie es anders hätte laufen können, wenn er lauter geschrien oder mit bestimmten Erwiderungen reagiert hätte (Nachsicht war in solchen Situationen eine wunderbare Sache), und am Ende hatte er entschieden, dass er sich für nichts entschuldigen musste. Sicher, er hatte überreagiert, ihr ins Gesicht geschrien, sie angegriffen. Aber sie hatte ihn über die Kante geschubst, war zu weit gegangen und hatte die Grenze überschritten. Ganz zu schweigen davon, dass sie seine Integrität beleidigt und seine Fähigkeiten in seiner Rolle in Frage gestellt hatte. Seine erste Leitung einer Ermittlung, und sie hatte ihn herabgesetzt. Zusätzlich zu dem früheren Verhör, das er von Victoria und Nick erhalten hatte, hatte er für einen kurzen Moment in Frage gestellt, ob er der Aufgabe gewachsen war, ob er hatte, was nötig war.

Er kämpfte weiterhin mit seinen Gedanken, seinem lähmenden, schwächenden Gefühl des Zweifels, dem gleichen, das Angelica am Ende jeder Saison gefühlt hatte (»Warum behalten sie mich nicht?«, »Bin ich gut genug, um das ganze Jahr zu bleiben?«, »Werden sie mich zurücknehmen?«), als er am nächsten Morgen Whitaker's Jewellers betrat. Rose hatte ihn vor neun Uhr angerufen, als er gerade auf dem Weg zur Arbeit war, und ihm mitgeteilt, dass sie die Einladung in einer von Angelicas Jacken gefunden hatte, die sie im Personalraum gelassen hatte. Tomek war mehr als glücklich gewesen, umzukehren und vorbeizuschauen, um nachzusehen.

Die Vorderseite des Ladens bestand vollständig aus deckenhohen Fenstern, die Reihen von zarten und kunstvollen Diamant- und Edelsteinschmuck zeigten, die ordentlich auf weichen Samtdisplays saßen. Ringe, Halsketten, Ohrringe. Einige der hübschesten und kompliziertesten Designs, die Tomek je gesehen hatte. Und wenn er dachte, dass das Äußere spektakulär war, erwartete ihn eine Überraschung, als er eintrat. Sobald er durch die Tür trat, bekam er das Gefühl, dass dies ein sicherer Ort war, ein einladender Ort für Menschen – verwirrte Freunde und Ehemänner, die völlig überfordert waren –, um nach Verlobungsringen oder großzügigen Geschenken zu suchen, ohne die Bedrohung durch einen provisionsbesessenen Zombie, der sie zu einem Kauf drängte. Dies war Roses Lebensblut, und er spürte, dass sie wissen würde, wann sie die Grenze einhalten und wann sie sie leicht überschreiten sollte.

Die Mitte des Ladens wurde von einer großen Glasvitrine dominiert. Darin hingen Dutzende von Ohrringen verschiedener Formen, Größen und Karat von stilvollen Zweigen, umgeben von einem Bett aus Blättern und Ästen. Zu seiner Rechten, entlang der Wand, befand sich eine ähnliche Vitrine, nur dass sie mit Sand und verschiedenen Muscheln und Steinen bestreut war, die am Strand aufgesammelt worden waren. Zu seiner Linken befand sich eine große hölzerne Segelyacht im Maßstab namens *The Rose*, die in der Mitte der Vitrine stand. Halsketten und Armbänder, einschließlich ihrer Anhänger und Preisschilder, hingen von den Masten und anderen Teilen des Bootes. Im hinteren Teil des Ladens, hinter einer Kasse sitzend, befand sich Rose. Sie stieg von ihrem Sitz und umrundete den Tisch.

»Jede Auslage ist eine Darstellung von Leigh-on-Sea und darüber hinaus«, sagte sie und ging auf die Vitrine zu Tomeks Rechten zu. »Unsere schöne kleine Fischereigeschichte«, fuhr sie fort. »Eine Hommage an die Fische und Austern, die dort gezüchtet werden. Die Diamanten und Edelsteine in dieser hier sind gelb, um den Sand darzustellen.« Sie gesellte sich in der Mitte des Raumes zu ihm, bewegte sich langsam, elegant, fast verführerisch. »Diese hier repräsentiert Belfairs, einen meiner Lieblingswälder. Manchmal gingen Johnny und ich im Sommer dort spazieren.« Sie zeigte auf die Smaragde, und nachdem ihr Moment der Besinnung vorbei war, ging sie zur Segelyacht. »Johnny hat mir diese gekauft, als ich den Laden zum ersten Mal eröffnete. Sagte, es sei ein Glücksbringer. Schade, dass es keine echte war. Das wäre schön gewesen. Trotzdem, das Zweitbeste, schätze ich.«

»Es ist die Geste, die zählt«, antwortete Tomek. »Obwohl ich glaube, dass dir eine fehlt...«

»Eine was?«

»Eine Auslage.«

»Oh?«

»Wo ist der Schlamm? Du kannst keine Auslage haben, die Leigh gewidmet ist, ohne eine zu haben, die eine Scheißladung Schlamm enthält.«

Die Mundwinkel hoben sich. »Du liest meine Gedanken«, sagte sie und zeigte auf eine Ecke der Wand zu Tomeks Rechten. Er hatte es nicht bemerkt, aber hinter einer Betonsäule versteckt war eine weitere Vitrine, kleiner, mit brauner Farbe auf dem Boden und Holzpfählen, die daraus hervorragten.

»Soll das der Pier sein?«

»Ich weiß, das ist geschummelt. Southend... nicht ganz Leigh-on-Sea. Aber diese ist für die Touristen.«

»Hast du viele?«

»Mehr, als du denkst.«

»Hoffentlich keine aus Dublin.« Die Worte verließen seinen Mund, bevor er sie fangen konnte. Seine Hand flog zu seinem Mund, dann senkte er sie. »Es tut mir so leid, ich-«

»Sie sollte besser hoffen, dass sie nicht versehentlich hier hereinkommt«, erwiderte Rose und überraschte Tomek. »Ich habe scharfe Werkzeuge im Hinterzimmer. Und Maschinen. Könnte ihre Finger unter einen meiner Schleifer halten und ihr dann mit dem verdammten Stift von einem dieser Ohrringe das Auge ausstechen.« Sie nahm einen von der nächsten Auslage und stach, die Zähne zusammenbeißend, wiederholt mit dem winzigen Stift auf ihren unsichtbaren Gegner ein.

Tomek kicherte, erleichtert, dass sie die lustige Seite daran sah.

»Ich würde sagen, das ist das Mindeste, was sie verdient«, sagte er, ohne zu wissen warum. Er wusste nicht warum, aber er fühlte sich zu Rose hingezogen. Eine Anziehung, die er nicht fühlen sollte, die sich falsch anfühlte. Aber vielleicht war das der Grund, warum er sich so fühlte; weil er wusste, dass er nicht konnte, weil er wusste, dass er nicht sollte, dass es tabu war. Sie war attraktiv, intelligent und hatte ihr eigenes Geschäft. Sie war respektabel, erfolgreich, ehrgeizig, fleißig, und er bewunderte das an ihr. Aber als er so an sie dachte, wie es wäre, sie zu küssen, kam ihm ein Bild von Abigail in den Kopf, und er wandte seine Aufmerksamkeit schnell der Waldvitrine in der Mitte des Raumes zu. Grün, Abigails Lieblingsfarbe.

»Brauchst du immer noch etwas für deine Freundin?« fragte Rose.

Tomek machte einen Doppelblick, plötzlich schüchtern. »Oh, das? Nein... nein, ich glaube nicht.«

»Oh?«

»Ja.«

»Probleme im Paradies?«

»Irgendwie schon. Obwohl es nicht ganz dasselbe ist wie in deiner Situation. Ich denke, die Leute würden es eine schwierige Phase nennen.«

»Ich wollte gerade sagen, wenn du dir Steckstifte zum Stechen ausleihen musst, weißt du, wo du mich findest.«

Tomek *wusste*, wo er sie finden konnte. Und nach dem flirtenden Grinsen auf ihrem Gesicht war sie mehr als glücklich, dass er wieder vorbeikommen würde, und noch einmal, und vielleicht ein viertes Mal.

Eine peinliche Stille kam zwischen ihnen auf. Tomek vergaß kurz, wozu er da war, und erst als ein Kunde durch die Tür kam, sprangen sie beide auf. Rose sagte dem Kunden, dass sie gleich bei ihm sein würde, dann bedeutete sie Tomek, ihr ins Hinterbüro zu folgen. Der Raum war nicht größer als ein kleines Badezimmer. Der größte Teil des Platzes wurde von mehreren Mänteln eingenommen, die an einem Haken hingen, und ein paar Paar Schuhen, die auf dem Boden übereinander gestapelt waren. Rose griff in eine hellgrüne Jacke an einem der Haken und holte eine kleine weiße Karte heraus. Als sie sie ihm reichte, sagte sie: »Du musst mich wissen lassen, wie es ist, wenn du dort hingehst. Seit sie mir davon erzählt hat, hat es meine Neugier geweckt.«

Tomek nickte. Er dankte ihr und überließ sie dann dem Kunden. Als sie wegging und den Mann ansprach, der gerade eingetreten war, begutachtete Tomek das Dokument. Es war kleiner als A5, aus dickem, teurem Karton. In der Mitte stand, handgeschrieben in schwarzer Kalligraphie, Angelicas Name. Darunter standen die Worte: »...ist herzlich eingeladen zu einer Nacht des Schäkerns und der Ausschweifung mit anderen teuflischen Debütantinnen.« Oben auf der Karte war ein Bild einer Maskerade-Ballmaske mit einem kleinen Emblem in einem Auge. Unten stand die Adresse.

Melback Manor, Burnham-on-Crouch.

Mit dem Namen des Besitzers und der Kontaktnummer auf der Rückseite.

KAPITEL
VIERUNDDREISSIG

Der Mann, nach dem sie suchten, hieß Micky Tatton. Die Frau am Empfangstresen des weitläufigen Landguts hatte ihnen gesagt, er würde in ein paar Minuten herunterkommen. In dieser Zeit stellten Tomek und Rachel ihr einige Fragen über den Ort, wobei sie vorgaben, ein Paar zu sein, das dort seine Hochzeit feiern wollte. Melback Manor, erklärte sie, wurde vor über fünfhundert Jahren von den Tudors erbaut und befand sich seit fast zweihundert Jahren im Besitz der Familie Tatton. Seit der Öffnung für die Öffentlichkeit Anfang der zweitausender Jahre hatte sich das Herrenhaus mit angrenzendem Cottage zu einem Favoriten für angehende Frischvermählte entwickelt, mit über tausend Hochzeiten in zwanzig Jahren. Sie öffneten vierzig Wochen im Jahr, mit den restlichen zwölf geschlossen für Wartung und Renovierung.

Als potenzieller Kunde fiel Tomek dieses kleine Detail auf, also fragte er mehr über das Anwesen und was repariert werden müsste.

»Das Cottage auf der Südseite ist der neueste Teil des Anwesens, aber leider derjenige, der am meisten Arbeit benötigt«, erklärte sie. »Wir haben viele Gäste, die bei uns übernachten, wie Sie sich sicher vorstellen können, und all diese Bewegung in und aus den Zimmern bedeutet, dass immer etwas unter Abnutzung leidet. Aber zum Glück sind unsere Teams immer zur Hand, um alles zu reparieren oder zu ersetzen, sollten

Sie es benötigen. Wir haben mehrere Pakete, jedes einzigartig auf Sie zugeschnitten, abhängig von Ihrem Preisrahmen und Ihren Anforderungen. Ich kann einen unserer Mitarbeiter bitten, Sie durch die Angebote zu führen, wenn Sie möchten?«

Gott sei Dank erschien ein Mann in einem Türrahmen aus Holz, bevor Tomek antworten und sich noch tiefer in den Bau der Lügen begeben konnte.

»Herr Tatton!«, sagte sie, als sie um den Tresen herumging und eine Hand auf seinen Arm legte.

Der Mann kam abrupt zum Stehen, und trotz des offensichtlichen Unmuts über die Unterbrechung trug er ein angenehmes, freundliches, wenn auch etwas gezwungenes Lächeln. Er war Mitte fünfzig und trug einen hellblauen Anzug mit passender Krawatte. Sein Haar war dick, wellig und stilvoll nach hinten gekämmt. Sein Kiefer war markant und attraktiv, und er hatte einen unordentlichen Bart, der sein Gesicht umrahmte. Er sah aus, als käme er irgendwo aus Mayfair oder Westminster, mit einem silbernen Stock, der so tief in seinem Arsch steckte, dass man ihn in seinem Mund sehen konnte, jedes Mal wenn er sprach - aber was erwartete man sonst von jemandem, der das zwei Jahrhunderte alte Vermögen seiner Familie geerbt hatte?

»Guten Tag«, sagte er mit tiefer Bariton-Stimme, höflich und förmlich. »Wie kann ich Ihnen helfen? Sind Sie Gäste oder möchten Sie eines unserer Pakete buchen?«

»Keins von beidem«, antwortete Tomek.

»Noch nicht«, fügte Rachel mit einem kleinen Seitenblick zu Tomek hinzu.

Micky kicherte nervös. »Nun, was auch immer es ist, ich bin sicher, wir können Ihnen entgegenkommen.«

»Fantastisch, genau das wollten wir hören.« Tomek griff in seine Tasche und holte die Einladung hervor, wobei er Angelicas Namen mit seinem Finger verdeckte.

Sobald der Mann erkannte, worum es sich handelte, fiel sein Mund auf, und er begann zu stammeln. Er stand da und betrachtete Tomek und Rachel aufmerksam. Tomek konnte die Verwirrung in seinem Gesicht sehen, während er versuchte herauszufinden, ob er sie erkannte.

»Ich verstehe«, sagte er schnell. »Warum folgen Sie mir nicht? Mein Büro ist momentan besetzt, ein Geschäftstreffen, wirklich langweilige Sachen, aber ich bin sicher, wir können irgendwo einen Raum finden, um die Dinge weiter zu besprechen. Warum gehen und reden wir nicht?«

Tomek und Rachel willigten ein. Er führte sie durch eine große offene Tür in einen kleinen Sitzbereich, durch eine weitere Tür in einen größeren Raum, der mit genügend Sofas und Stühlen ausgestattet war, damit sie es sich bequem machen konnten. In der Ecke stand ein Flügel mit heruntergelassenem Deckel, geschlossen und ungeliebt. Der Raum und in gewissem Maße das gesamte Gebäude rochen nach alten, hundertjährigen Möbeln, die schon längst restauriert werden müssten, nach Holzbalken, die über die Jahrhunderte so viel Feuchtigkeit aufgesaugt hatten, dass sie zu faulen begannen, und nach dicken Staubschichten, die sich in den Ecken und Ritzen der Wände und Decken gebildet hatten. Manche hätten es rustikal genannt, original, Teil der Identität des Ortes. Tomek nannte es abgestanden und reinigungsbedürftig. Was angesichts der Tatsache, dass der Ort zwölf Wochen im Jahr für Renovierungszwecke geschlossen war, die Frage aufwarf, womit sie all diese Zeit verbrachten?

»Wir haben gerade eine Hochzeit«, erklärte Micky Tatton, »daher kann ich Sie nicht durch die Gärten führen. Aber je nachdem, ob wir Glück haben, können Sie vielleicht das Cottage sehen.« Micky hielt an, hob einen Finger, damit sie warteten, und überprüfte dann die nahen Korridore. Als die Luft rein war, schloss er die Tür und kam zurück. »Verzeihen Sie, ich erkenne Ihre Gesichter nicht, aber das würde ich auch nicht, oder?«

Tomek wusste nicht, worauf er sich bezog, beschloss aber, ihn zu verstehen.

»Nein. Nein, würden Sie nicht.«

Micky lehnte sich vor und hielt seine Stimme leise. »Ich spreche nicht... normalerweise nicht über Die Nächte in der Öffentlichkeit, besonders nicht in einem so offenen Raum, aber... ich denke, ich kann eine Ausnahme machen. Haben Sie... haben Sie sich bei einer der Nächte von Eden kennengelernt?«

Tomek und Rachel warfen sich einen Blick zu. Wie weit würden sie den Betrug treiben? Am Ende kam Micky ihnen zuvor.

»Nun, ich hätte nie gedacht, dass ich den Tag erleben würde«, fuhr er fort und sprang zu seinem eigenen Schluss. »Zwei meiner Begleiter treffen sich und verlieben sich, kommen, um nach Hochzeitsorten zu fragen – ausgerechnet *hier*!«

Rachel hakte ihren Arm unter Tomeks ein, aber er schüttelte sie ab.

»Wir sind nicht wegen Hochzeitsorten hier«, sagte er unverblümt. »Wir sind nicht einmal zusammen.«

»Aber die...?«

»Die Einladung, ja. Sie gehört Angelica Whitaker.« Er zeigte sie Micky noch einmal, diesmal den Namen enthüllend.

Micky inspizierte sie, wobei Angst in sein Augenweiss kroch. Er machte einen kleinen Schritt zurück. »Wer sind Sie?«

»Wir sind von der Polizei«, sagte Tomek mit einem Blitzen seiner Dienstmarke und einem frechen Lächeln. »Wir wollten Ihnen ein paar Fragen stellen über-«

»Nein. Keine Polizei. Ich habe nie ein Gesetz gebrochen und habe es auch nicht vor. Alles ist legal, sauber und einvernehmlich. Ich lasse jeden eine Verschwiegenheitserklärung unterschreiben, also gibt es keine Chance, dass so etwas passiert.«

»Was für eine Sache?«, drängte Rachel.

Er konnte nicht antworten.

»Sie wissen nicht, warum wir hier sind, weil Sie uns nicht erklären lassen haben«, fuhr sie fort. »Wenn Sie meinen Kollegen hätten ausreden lassen, hätten Sie vielleicht verstanden, warum wir gekommen sind.«

Micky schaute Tomek erwartungsvoll an. »Nun?« In seiner Stimme lag jetzt Dringlichkeit. Er war bestrebt, dies so schnell wie möglich hinter sich zu bringen.

»Erzählen Sie uns erst mehr über den Ort«, erwiderte Tomek.

»Wie was?«

»Wie viele Räume Sie haben. Wie viele Gäste Sie unterbringen können. Über *Sie*. Ihre Geschichte.«

»Inwiefern ist das relevant?«

Tomek zuckte mit den Schultern. Es war nicht relevant. Er wollte den Mann nur ein bisschen länger schwitzen lassen, die Paranoia verlängern. Nach einigen Minuten Erklärung über die Tudor-Merkmale des Gebäudes hatte Micky alles wiederholt, was die Rezeptionistin ihnen gesagt hatte, fast wortgetreu. Dann erklärte er, dass er das Land nach dem Tod seines Vaters geerbt hatte, und in dem Bestreben, sich von der aristokratischen Form zu befreien, die seine Eltern für ihn bestimmt hatten, hatte er die unternehmerische Entscheidung getroffen, das Herrenhaus für die Öffentlichkeit als Hochzeitsort zu öffnen und es als erfolgreiches und prominentes Unternehmen an der Küste von Essex zu betreiben.

»Werden Sie mir jetzt sagen, worum es geht?«, fragte Micky, sobald er fertig war.

»Es geht um Angelica Whitaker. Erkennen Sie diesen Namen?«

Der Mann senkte seinen Kopf ein wenig. »Ja.«

»Woher kennen Sie sie?«

In diesem Moment betrat eine Gruppe von vier Hochzeitsgästen, betrunkener als ein Teenager an seinem achtzehnten Geburtstag, den Raum und unterbrach sie. Micky erklärte, dass sie ein privates Treffen hätten, und bat die Gäste, sich einen anderen Ort für ihr Gespräch zu suchen. Es dauerte einige Momente, bis die Worte in ihren vom Alkohol vernebelten Köpfen ankamen, aber als sie es schließlich taten, verließen die Gäste den Raum unzufrieden und murmelten vor sich hin.

»Ich kenne Angelica nicht gut«, erklärte Micky, als er die Tür hinter ihnen schloss. »Ich kenne nur ihren Namen und was sie beruflich macht.«

»Woher?«

»Weil ich sie zuerst auf einem Flug getroffen habe, und das Namensschild auf ihrer Uniform hat es verraten.«

Tomek schätzte den Sarkasmus nicht.

»Erklären Sie dann, wie Sie dazu kamen, ihr das hier zu geben.« Er wedelte mit der Einladung in der Luft.

Micky ging zu einem kleinen Stuhl und setzte sich auf die Kante des Sitzes, während Rachel und Tomek stehen blieben.

»Ich war auf einem Flug«, begann er. »Frankreich nach Southend, glaube ich war es. Ich traf einen unserer Weinlieferanten. Wir kaufen direkt von den Weingütern. Und ich erinnere mich nur daran, sie gesehen zu haben und zu denken, das ist die atemberaubendste Frau, die ich je getroffen habe. Also begann ich, mit ihr zu plaudern. Sie war lustig, lebhaft, energisch, der ganze Rest. Es war gegen Ende des Sommers, also fragte ich sie, was sie danach machen würde, und sie sagte, sie wüsste es nicht. Sagte, dass sie einen Job in einem Juweliergeschäft in Aussicht hatte, auf den sie nicht besonders scharf war. Also dachte ich, ich würde sie zu einer der Nächte von Eden einladen. Um ehrlich zu sein, sah sie aus, als bräuchte sie etwas Aufregung in ihrem Leben, etwas, das sie weiterbringt, etwas, das sie daran erinnert, wie es ist, lebendig zu sein.«

»Ist das, was diese "Nächte von Eden" dann sind? Erinnerungen daran, wie es ist, lebendig zu sein?« Tomek machte keinen Versuch, den Zynismus in seiner Stimme zu verbergen.

»Ich denke schon, ja. Und so denken auch viele unserer Mitglieder.«

Tomek wagte schließlich den Sprung und setzte sich neben Micky auf einen Stuhl. Er war wunderschön gestaltet, sah handgefertigt aus und war perfekt geformt, aber es war ein Biest, darauf zu sitzen. Das Kissen war steinhart, und die Holzlehne des Stuhls bohrte sich in seinen unteren Rücken. Was es noch schlimmer machte, war die Tatsache, dass er wahrscheinlich ein Vermögen gekostet hatte; er konnte sich nicht vorstellen, so viel für etwas so Unbequemes auszugeben, nur um die Ästhetik eines Raumes zu verbessern. Er würde lieber auf dem Boden sitzen.

»Wie funktionieren Ihre "Nächte von Eden"?«, fragte Tomek, als er es sich so gemütlich wie möglich gemacht hatte. »Was passiert bei diesen Dingen?«

»Sie wissen, dass Sie sie nicht ständig in Anführungszeichen setzen müssen«, schnappte Micky. »Es sind echte Veranstaltungen, zu denen echte Menschen kommen.«

»Dann sollten Sie uns ja erzählen können, was bei ihnen passiert«, bemerkte Rachel mit Nachdruck.

Micky schüttelte heftig den Kopf. »Nein. Das ist streng vertraulich.«

Tomek hatte gehofft, dass er das sagen würde. »Sind sie immer noch vertraulich, wenn einer Ihrer Teilnehmer neulich ermordet aufgefunden wurde und Ihr Name und dieser Ort in unseren Ermittlungen aufgetaucht sind?«

Der Mann hatte nichts darauf zu sagen. Er sah sie nur leer an.

»Dachte ich mir. Also warum lassen Sie nicht den Vertraulichkeitsmist und erzählen uns einfach, was wir wissen müssen? Es würde uns allen viel Zeit und Stress sparen. Andernfalls kann meine Kollegin hier Sie wegen Mordverdachts verhaften, und wir können diese Diskussion auf der Wache führen? Es macht uns nichts aus, ob so oder so.«

Schließlich dämmerte Micky die Erkenntnis, dass er keine Wahl hatte. Bevor er fortfuhr, überprüfte er die Flure noch einmal und schloss eine der Türen auf der anderen Seite des Raumes, um sicherzustellen, dass sie ohne Angst vor weiteren Unterbrechungen sprechen konnten.

»Was... was wollen Sie wissen?«, fragte er mit zitternder Stimme.

»Alles. Von Anfang an.«

Micky atmete tief ein, begann nervös mit dem Fuß auf den Boden zu klopfen und atmete langsam aus, wobei er durch den Mund pfiff. Es war klar zu sehen, dass dies gegen alles ging, woran er glaubte, dass es ihn schmerzte, nur daran zu denken, all seine dunklen kleinen Geheimnisse preiszugeben. Aber er hatte keine Wahl. Bevor er seine Rede begann, bereitete Rachel ihren Stift und Notizblock vor.

»Hören Sie«, begann er und setzte bereits den Ton dessen, was er sagen würde. »Sie müssen verstehen, dass dies eine Welt ist, mit der Sie wahrscheinlich nicht vertraut sind, die Sie vielleicht nie verstehen werden. Es ist nichts falsch an dem, was wir tun, nichts Unmoralisches oder Korruptes oder Illegales daran. Es ist nur... anders.«

»Okay... Sie haben Ihren Vorbehalt losgeworden, jetzt können Sie uns alles erzählen.«

Micky schluckte schwer. »Am ersten Wochenende jedes Monats, Freitag bis Samstag, veranstalte ich eine Party. Die Nächte von Eden. Es ist nur nach Einladung. Der Rest des Anwesens ist geschlossen, also keine Hochzeiten, keine Gäste, und alle Teilnehmer müssen in Kostümen kommen.«

»Kostüme?«

»Lassen Sie mich ausreden!«

Tomek hob seine Hände in gespielter Kapitulation. Er musste nicht noch einmal gebeten werden.

»Kostüme können alles sein«, fuhr Micky fort und stieß einen schweren Seufzer aus, »aber es ist wie ein Maskenball, wie die Art, die man früher hatte. Also sind Gesichtsmasken, wie die venezianischen, die man im Fernsehen sieht, erforderlich, um Ihre Identität zu schützen, oder zumindest einige Elemente Ihrer Identität. Einige kommen mit Teufelsmasken, andere mit den generischen Maskenball-Masken. Andere tragen alles, was ihr gesamtes Gesicht bedeckt. Angelica, ich erinnere mich, kommt normalerweise im selben Outfit: ein Engel, komplett mit knappem weißen Kleid, Flügeln an ihrem Rücken, weißer Augenmaske und einem goldenen Heiligenschein über ihrem Kopf. Nach bestem Wissen und Gewissen war sie bei jedem Treffen, seit ich sie erstmals im September eingeladen habe. Sie hat noch keine Veranstaltung verpasst - die meisten tun es nicht, wenn sie erst einmal auf den Geschmack gekommen sind.

Es gibt bestimmte Regeln, denen jeder folgen muss, wenn er teilnehmen möchte. Erstens muss man die Hand der Person küssen, die vor einem angekommen ist, und dann muss man warten, bis die nächste Person ankommt, um seine Hand zu küssen. Es bildet eine Kette, und das Ziel ist, so früh wie möglich anzukommen, damit man nicht der Letzte ist. Diese Person steht normalerweise den ganzen Abend draußen in der Kälte. Sobald die Gäste drinnen sind, müssen sie ein Opfer bringen. Keine Sorge, es ist nichts Morbides oder Blutiges, es ist ein Angebot an mich als ihren Gastgeber. Sie müssen mir etwas von ihnen geben: ein Kleidungsstück, Essen, Trinken, jeden Besitz, den sie haben, den sie bereit sind zu opfern. Danach müssen sie Paddy das Schwein küssen. Auch hier keine Sorge, es ist nichts Anrüchiges. Es ist nicht so, dass man ein echtes küssen muss. Paddy ist eine Taxidermie eines Schweins, das wir einst vor vielen Generationen in der Familie hatten. Es soll unserer Familie in der Vergangenheit Glück gebracht haben, und so hoffe ich, dass es auch all meinen Gästen Glück bringt. Es spielt keine Rolle, wo man ihn küsst oder wie lange, solange die Lippen einen Teil seines Körpers berühren, ist es mir egal.«

Das wurde von Sekunde zu Sekunde seltsamer. Normalerweise hätte Tomek alles, was der Mann sagte, als Blödsinn abgetan, aber aus irgendeinem Grund glaubte er uneingeschränkt jedes Wort, das aus Micky Tattons Mund kam. Er war erstaunt über die seltsamen Rituale, die Micky seine Gäste befolgen ließ, und fragte sich, welche Art von Person bereit wäre, ihnen zuzustimmen. Es war die Art von Dingen, die man in Filmen und Fernsehdramen sieht - die geheimen Partys der hohen Gesellschaft, die politische und soziale Elite, die niederträchtige Handlungen an Tieren begeht, um einen höheren sozialen Status zu erlangen - aber er hätte nie gedacht, dass er im wirklichen Leben darauf stoßen würde.

»Innerhalb der Nächte von Eden«, fuhr Micky fort, »haben wir verschiedene Räume für verschiedene Dinge. Es gibt Musik von einem DJ in einem von ihnen, Bars, wo man Getränke kaufen kann. Die Leute gehen dort nur zum Tanzen hin, ein bisschen schmusen und so. Dann haben wir andere Räume, wo die Leute sich etwas freier vergnügen, und mit weniger Kleidung an, wenn Sie verstehen, was ich meine.«

Tomek wusste genau, was er meinte, aber er konnte dem Mann nicht verzeihen, dass er "schmusen" gesagt hatte. Niemand in seinem Alter sollte solche Dinge sagen. Es ließ ihn zusammenzucken.

»Was passiert in diesen Räumen?«, fragte Rachel, mehr um Mickys Unbehagen zu verdeutlichen als ihre eigene Naivität.

»Wollen Sie, dass ich es buchstabiere?«

Sie stupste mit ihrem Stift auf ihren Notizblock. »Wenn Sie könnten. Ich muss es aufschreiben, und ich könnte auch Hilfe bei der Rechtschreibung gebrauchen.«

Ein langer, schwerer Seufzer verließ Mickys Nase. »In einigen der Räume gibt es... es gibt... es ist eine Orgie, okay? Betten, Sofas, Kissen, Gerätschaften – überall. Musik im Hintergrund. Viel Duft in der Luft. Und die Leute tun einfach... was sie miteinander tun wollen.«

»Hast du das, Rach?«, fragte Tomek.

»*Tun, was sie miteinander tun wollen*«, wiederholte sie, dann schaute sie von ihrem Notizbuch auf. »Hatten Sie je einen Fall, in dem jemand etwas tat, was die andere Person nicht wollte?«

»Sie meinen Vergewaltigung?«

»Oder sexuelle Belästigung. Es gibt viele Formen davon.«

Micky schüttelte seinen Kopf so heftig, dass seine Wangen eine Sekunde später dem Rest seines Gesichts folgten. »Niemals. Nein. Auf gar keinen Fall. Ich habe nie einen solchen Fall gehabt. Wie ich sagte, alles ist einvernehmlich.«

»Aber wenn es passiert wäre, würden Sie es uns sagen?«

»Ja.«

»Das würde Ihre Verschwiegenheitserklärungen überhaupt nicht beeinträchtigen?«

»Ich... ich unterschreibe keine, also bin ich an nichts gebunden.«

»Nur an Ihren eigenen moralischen Kompass«, entgegnete Tomek.

Wenn Micky Tatton den Kommentar als Beleidigung auffasste, zeigte er es nicht.

»Was geschieht noch?«, fragte Rachel.

»Mehr Sex«, antwortete Micky knapp. »Paare, Trios, so viele Leute wie sie wollen, können in einige der privaten Räume gehen und miteinander schlafen. Es gibt Spielzeuge, Gurte, Peitschen, alles was sie wollen. Es wird ihnen alles zur Verfügung gestellt.«

»Schutz?«

»Wir haben Kondome, ja...« Micky zögerte, sein Mund stand offen.

»Warum habe ich das Gefühl, dass ein "aber" kommt?«

»Aber die Hälfte davon wurde angestochen. Es ist eine der Regeln, die wir haben. Es gibt einen Topf davon im Flur, man streckt die Hand hinein, nimmt eines, und...«

»Und hofft auf das Beste?«, beendete Tomek.

Jetzt begann er sich zu fragen, wer der Vater von Angelicas ungeborenem Kind sein könnte.

»Noch etwas?«, fragte Rachel.

Micky schüttelte den Kopf.

»Hat Angelica jemals einen dieser Räume benutzt?«, fragte Tomek.

Der Mann zupfte an seinem Fingernagel. »Ja. Sie erkundete sie alle. Mehr die privaten Räume als den öffentlichen.«

»Wissen Sie mit wem?«

Micky dachte einen Moment darüber nach. »Nein. Nein, ich weiß nicht, wer er ist.«

»Warum nicht?«

»Weil er eine Eselsmaske trägt.«

Tomek kicherte. »Eine Eselsmaske?«

»Ja, eine Eselsmaske.«

»Und Sie können sein Gesicht nicht sehen?«

»Nein. Das ist ein Teil des Sinns. Bei den Nächten von Eden kann man sein, wer man will. Man hat keine Grenzen, nur die, die man sich selbst setzt. Man hat vollkommene und absolute Freiheit und Kontrolle, zu tun, was man will, und zu sein, wer man will. Man kann sich wirklich gehen lassen. Die Masken verbergen das Individuum, so dass keine Chance besteht, in der realen Welt erwischt oder bemerkt zu werden. Ihr besonderer Liebhaber hat sich entschieden, eine Eselsmaske zu tragen, genauso wie sie sich entschieden hat, eine Engelsmaske zu tragen.«

Also hatte sie mit einem Esel geschlafen.

»Wir müssen mit ihm sprechen«, sagte Tomek zu Micky. »Sie müssen ihn kontaktieren und ihn mit uns in Verbindung bringen.«

Micky Tatton gefiel das nicht.

»Ich habe seine Nummer nicht. Die einzige Möglichkeit, herauszufinden, wer er ist, wäre, wenn Sie selbst zu einer der Nächte von Eden kämen.«

Jetzt war Tomek an der Reihe, etwas nicht zu mögen. Aber als er sich zu Rachel drehte, erkannte er, dass sie nicht die gleiche Meinung teilte. Ihre Augen leuchteten bei der Aussicht, an einer dieser Veranstaltungen teilzunehmen, die Dekadenz und Ausschweifung in Fleisch und Blut zu sehen. Sie sah aus, als ob es etwas war, das sie bizarrerweise erregte, dass es vielleicht auf ihrer Bucket-List stand.

»Dieses Wochenende ist eines«, fügte Micky hinzu, als ob er das Angebot versüßen wollte.

»Großartig«, antwortete Rachel. »Nennen Sie uns eine Zeit und wir sehen uns dort.«

»Denken Sie nur daran, pünktlich zu sein, wenn nicht sogar ein bisschen früher. Wir möchten nicht, dass Sie draußen warten und all den Spaß verpassen.«

»Nein, das möchten wir definitiv nicht«, entgegnete Tomek.

»Oh«, fügte Micky hinzu, »und vergessen Sie Ihre Kostüme nicht.«

KAPITEL
FÜNFUNDDREISSIG

Die letzten zwei Tage der Woche vergingen wie im Flug. Das Team war so ausgelastet, dass Tomek kaum Zeit hatte, über die Aktivität am Freitagabend nachzudenken. Er begann seine Arbeit um sieben, ließ Kasia allein zur Schule gehen, und abends kam er nicht vor acht oder neun nach Hause, wo eine Fertigmahlzeit in der Mikrowelle auf ihn wartete und eine Tochter, die sich in ihrem Zimmer eingeschlossen hatte, sodass Fernseher und Sofa nur für ihn blieben. Er hatte nichts geschaut; er verbrachte seine Abende damit, an dem Fall zu arbeiten, die Notizen des Teams für den Tag durchzugehen und sich um all die administrativen Kopfschmerzen und nervigen Aspekte der Inspektorrolle zu kümmern, die man ihm übertragen hatte. All das hatte dazu geführt, dass keine Zeit blieb, damit Abigail vorbeikommen konnte. Weder nachmittags noch abends. Er konnte sich nicht erinnern, wann sie das letzte Mal Nachrichten ausgetauscht hatten. Und wenn, dann war es nur kurz gewesen, Smalltalk, fast platonisch. Tomek wusste, was das in der heutigen, ständig vernetzten Gesellschaft bedeutete: dass ihre Tage als Paar gezählt waren. Dass ihre Beziehung allmählich zu Ende ging. Und zu denken, dass es nur wenige Wochen, nachdem er sie seiner Mutter vorgestellt hatte, passiert war. Dass seine Mutter sie gemocht und gut von ihr gesprochen hatte, und dennoch hatte er es nicht durchhalten können. War grundsätzlich etwas mit ihm falsch? Oder war er einfach unfähig zu lieben? Mit dieser Frage hatte er nachts allein im Bett gerungen. Am Ende hatte er entschieden, dass er der Liebe nicht würdig war, dass er ein Idiot war, ein unreifer, kindischer Idiot, der immer etwas Gutes wegwarf. Ein kindischer Idiot, der bei den ersten Anzeichen von Problemen immer Angst bekam, denn in den letzten Tagen waren ihm häufig Gedanken an Rose Whitaker in den Sinn gekommen. Ihr Lächeln, ihr Kleidungsstil, ihre Manierismen. Die Art, wie sie sich beherrschte. Mehrmals hatte er dem Drang widerstanden, einfach beim Juwelier reinzuschauen, nur um ein unnötiges Gespräch zu führen, nur um ihr Gesicht zu sehen. Er hatte es nur deshalb nicht getan, weil er, soweit er wusste, immer noch mit Abigail zusammen war, und es wäre der schlimmste Verrat gewesen. Das hatte sie nicht verdient. Diesen Fehler hatte er in der Vergangenheit gemacht, und er war nicht bereit, ihn zu wiederholen.

Aber im Moment konnte Tomek nur an die Zahlen, die Budgets, die Fakten und Figuren denken, die er sich für dieses Meeting eingeprägt hatte. Es stand die ganze Woche im Kalender. Das letzte am Freitag. Und so hatte er viel Zeit gehabt, sich vorzubereiten. Was bedeutete, dass die Erwartungen an ihn noch höher waren.

Tomek wartete vor Nicks Büro und lauschte auf den Ruf. Als er kam, legte er nervös eine Hand auf den Türgriff und trat ein. Mit einem der falschesten Lächeln, die er je zustande gebracht hatte, nickte er Nick und Victoria zu und setzte sich ihnen gegenüber.

»Danke fürs Kommen«, begann Nick. Er warf einen kurzen Blick auf die Uhrzeit auf seinem Computermonitor und fügte hinzu: »Und sogar ein paar Minuten zu früh. Der alte Tomek hätte das andersherum gemacht. Ich bin beeindruckt.«

»Gott segne moderne Technologie und Alarmsysteme«, antwortete Tomek. »Ich stelle mir vor, dass ihr früher warten musstet, bis Sonne und Monde sich kreuzten, um zu wissen, wie spät es war, oder?«

»Fast«, antwortete Nick. »Es waren Sonne, Mond und Ur-an-anus – Entschuldigung, ich meine, du bist ein Arschloch.«

Tomek schoss mit dem Finger auf den Mann und begleitete es mit einem kleinen Zwinkern. »Touché.«

Bevor sie ihren leicht unreifen Schlagabtausch fortsetzen konnten, unterbrach Victoria sie mit einem Räuspern. Sie warf jedem einen strafenden Blick zu, wie eine missbilligende Mutter, und sagte: »Haben Sie alles vorbereitet, worum wir gebeten haben?«

»Das werden wir nur auf eine Art herausfinden.«

»Gut. Dann geben Sie uns den neuesten Stand.«

Direkt an die Kehle. Keine Umschweife.

Zeit, jetzt unterzugehen oder zu schwimmen, Kumpel.

»Diese Woche haben Rachel und ich mit einem Mann namens Micky Tatton gesprochen, dem Besitzer von Melback Manor und dem Organisator von The Nights of-«

»Ah, ja. Ich habe davon von Chey gehört«, unterbrach Nick. »Der Ort mit den kleinen Sex-Partys.«

»*Großen* Sex-Partys, wenn das, was man uns erzählt hat, stimmt.«

»Ich höre auch, du hast eine Einladung ergattert.«

»Aus dienstlichen Gründen-«

»Ich würde nicht sagen, dass das für Überstunden zählt, oder Victoria?«

Die Inspektorin gab ein spöttisches Grinsen von sich. »Absolut nicht.«

»Genau mein Gedanke. Klingt, als gäbe es dort mehr Spaß als Faktensuche.«

»Sir...«

Nick hob eine Hand, um ihn zu stoppen. »Denk nur daran, dich zu benehmen, Tomek. Du repräsentierst die Polizei, wenn du zu dieser... Orgie gehst.«

Tomek öffnete den Mund, um gegen die Entscheidung zu kämpfen, erkannte aber schnell die Niederlage.

»Wie ich sagte, wir gehen heute Abend zu einer der Nights of Eden. Unser Ziel ist es, mit jemandem zu sprechen, den wir 'The Donkey Man' genannt haben. Wir wissen nicht, wie er aussieht oder sonst etwas über ihn, außer dass er zu diesen Veranstaltungen geht und eine Eselsmaske trägt. Hoffentlich ist er nicht bestückt wie einer. Wir hoffen herauszufinden, was er uns über seine sexuellen Begegnungen mit Angelica erzählen kann.«

»Perversling«, sagte Nick beiläufig. Dann fügte er ernster hinzu:

»Und du glaubst, diese Person könnte etwas mit Angelicas Mord zu tun haben?«

Tomek zögerte. »Wir halten uns alle Optionen offen. Soweit wir feststellen konnten, war Angelica Whitaker mit Sex nicht fremd, was die Sache mit ihrer Schwangerschaft etwas verwirrt. Aber aus unseren Gesprächen mit Cole Thompson, einem ihrer aktuellen Sexualpartner, ging hervor, dass sie immer darauf bestand, dass er ein Kondom trug. Wir können nur annehmen, dass diese Regel auch für die zufälligen Personen galt, die sie bei Nachtausflügen aufriss. Die einzige Ausnahme ist bei The Nights of Eden. Laut dem Besitzer sind die Hälfte der Kondome durchstochen, die andere Hälfte nicht, also ist es gut möglich, dass The Donkey Man der Vater von Angelicas ungeborenem Kind ist, und es besteht durchaus die Möglichkeit, dass sie es ihm in der Nacht, in der sie starb, erzählt hat, und er sie tötete.«

Nick nickte nachdenklich. Tomek glaubte, einen Hauch von Stolz im Gesichtsausdruck des Hauptkommissars zu erkennen. »Verstanden. Weiter.«

Tomek tat wie ihm geheißen. »Außerdem hat das Team diese Woche den Rest von Angelicas Freunden und Kollegen befragt. Sie haben über dreißig Zeugenaussagen aufgenommen und verschiedene Alibis überprüft mit dem Ziel, am Wochenende und Anfang nächster Woche mehr zu machen. Die Jugendlichen, die die Leiche entdeckt haben, haben sich gemeldet und uns detaillierte Berichte darüber gegeben, was sie getan haben und was sie gesehen haben. Die armen Schweine haben den Schreck ihres Lebens bekommen. Hoffentlich werden sie zweimal nachdenken, bevor sie wieder einbrechen. Die Analyse des Vorhängeschlosses, das aufgebrochen wurde, um in die Kirche zu gelangen, ist zurückgekommen, und bis wir den Bolzenschneider finden, der dafür verwendet wurde, gibt es von dort nicht viel zu verfolgen. Die Blutanalyse kam ebenfalls zurück: Sie fanden Rohypnol in ihrem Blutkreislauf, und so denken wir, dass Adam Egglington, der Typ, mit dem sie in der Nacht, in der sie starb, im Club tanzte, erfolgreich etwas in ihr Getränk getan hat. Was Angelicas Kleidung und Telefon betrifft, sind sie immer noch nirgends zu finden. Bei jeder Gelegenheit suchen wir mit den notwendigen Durchsuchungsbefehlen danach in den Häusern der

Verdächtigen. Wir haben mehrere Runden forensischer Analysen an einigen der Haare und Spurenfasern durchgeführt, die am Tatort gefunden wurden, aber bisher ist nichts mit einem gewissen Erfolgsgrad zurückgekommen. Die Haare, die entdeckt wurden, stammten, wie festgestellt wurde, vom Pinsel, der für die Engelsflügel verwendet wurde. Ich dränge immer noch auf mehr forensische Analysen der Teile, die am Tatort aufgesammelt wurden.«

»Warum?« schnappte Victoria.

»Weil ich denke, dass dort etwas sein muss. Der Mörder muss eine Spur hinterlassen haben.«

»Und was ist mit dem Budget? Sie haben nicht mehr viel zum Spielen, und kontinuierliche Runden forensischer Untersuchungen werden ein ziemlich großes Loch in ein ziemlich kleines Budget reißen.«

Tomek zuckte mit den Schultern und fuhr dann mit seiner Erklärung fort. »Außerdem hat Chey in der Zwischenzeit die Überwachungsaufnahmen rund um die Park Road Methodist Church untersucht. Mehrere Nachbarn haben sich mit Aufnahmen ihrer Heimsicherheitssysteme vom Abend, an dem Angelica ermordet wurde, gemeldet, aber bisher ist nichts Konkretes aufgetaucht. Wir gehen davon aus, dass sie zwischen zwei und vier Uhr morgens getötet und dann kurze Zeit später bei der Kirche abgesetzt wurde. Wir denken, dass der Mörder es mit dem Malen der Flügel vielleicht knapp geschafft hat, bevor es hell wurde und die Leute für den Arbeitstag aufwachten, aber dennoch konnte er hinein- und unbemerkt wieder hinausschlüpfen. Zusätzlich zu all dem hat Chey Aufnahmen in der Umgebung und entlang der Hauptstraßen zu dieser Zeit überprüft. Glücklicherweise war es früh am Morgen, sodass wir hoffen, ein oder zwei Autos zu finden, die auf denselben Straßen unterwegs waren und der Reise von Angelicas Haus zum Tatort folgten. Aber bisher ist nichts dabei herausgekommen.«

Victoria öffnete ihren Mund, um zu sprechen, aber Tomek schnitt ihr das Wort ab.

»Außerdem hat Chey tief in Angelicas Social-Media-Konten eingetaucht, sich alle Namen derer notiert, die auf ihre Posts kommentierten, und alle, die ihr online Nachrichten schrieben, über alle ihre Konten hinweg. Wir haben auch ein Tinder- und ein Hinge-Konto gefunden, die wir zu durchsuchen begonnen haben. Sie hat in den letzten Monaten mit vielen Männern gesprochen, aber bisher schreit uns keiner von ihnen an. Aber wenn sich etwas ändert, wird Chey es als Erster wissen.«

»Chey war beschäftigt«, bemerkte Victoria knapp. Nach ihren letzten Kommentaren über den Beamten hatte Tomek es persönlich genommen und beschlossen, sein Teammitglied so viel wie möglich zu verteidigen. Jetzt hatte sie kein Bein mehr, auf dem sie stehen konnte, wenn sie einen weiteren Angriff auf den jungen Detektiv starten wollte.

»Nicht geschäftiger als sonst.«

Tomek bemerkte das Kichern, das Nicks Lippen entwischte. Er fing es ein, bevor es weiter entkommen konnte, indem er fragte: »Habt ihr irgendwelche Verdächtigen?«

»Ein paar.«

»Wer?«

Tomek ratterte sie herunter: Shawn Wilkins, der Stalker, der bei mehreren Gelegenheiten zu weit gegangen war; Cole Thompson, der Freund mit Vorzügen und mögliche Vater ihres Kindes, dessen Alibi nach ein Uhr morgens endete; Micky Tatton und The Donkey Man. Tomek hatte andere Verdächtige, die in seinem Kopf herumschwirrten, aber er beschloss, diese vorerst für sich zu behalten. Sie basierten ausschließlich auf Intuition und einem Gefühl tief in seinem Bauch. Er wies darauf hin, dass er, wenn sie DNA am Tatort finden könnten, in der Lage wäre, ihre Frage definitiver zu beantworten.

»Und für den Fall, dass Sie keine DNA finden, was dann?« sagte Victoria. »Sie brauchen einen Backup-Plan. Erklären Sie mir, was Ihrer Meinung nach mit ihr passiert ist. Was ist Ihre Hypothese?«

Tomek rutschte auf seinem Stuhl herum. Er hatte sich darauf vorbereitet, es geübt. »Angelica Whitaker ging mit ihren Freunden aus. Insgesamt vier. Sie waren im Memo in Southend, wo sie mit Adam Egglington tanzte. Um ein Uhr fünfzehn gingen sie und ihre Freunde nach Hause. Sie wurde als Erste um ein Uhr achtundzwanzig abgesetzt, dann, etwas weniger als fünfundzwanzig Minuten später, wurde sie in einem Auto abgeholt. Etwa zur gleichen Zeit wurde ihr Telefon ausgeschaltet. Wir wissen nicht warum. Entweder wurde es manuell gemacht oder der Akku war leer. Wir haben uns an ihren Anbieter gewandt, um die Anrufprotokolle oder letzten Nachrichten zu erhalten, die sie gesendet hat, aber sie haben keine Informationen für uns darüber, mit wem sie in Kontakt stand. Wir glauben, sie könnte WhatsApp benutzt haben, weil es keine Aufzeichnungen über Nachrichten gibt, die auf ihren Social-Media-Konten gesendet wurden. Und um die Sache zu verkomplizieren, hat sie keinen Laptop, nur ein iPad ohne die App darauf, also gibt es für uns keine Möglichkeit, uns in ihr WhatsApp-Konto einzuloggen, ohne Zugang zu ihrem Telefon zu haben. Jedenfalls wurde sie kurz nachdem sie abgeholt wurde, irgendwohin gebracht, getötet, vergewaltigt, rasiert, gereinigt, ausgeblutet und dann zur Kirche transportiert, wo ihr Blut benutzt wurde, um Engelsflügel hinter ihr zu malen.«

Nick und Victoria nickten höflich und machten sich Notizen in ihren Büchern, während er sprach.

»Was für eine Person hat das getan? Haben Sie dafür schon eine Antwort? Glauben Sie, es war zufällig oder jemand, den sie kannte?«

Diese spezielle Frage hatte ihn seit ihrem ersten Treffen am meisten beschäftigt. Von allen hatte er diese aus allen erdenklichen Blickwinkeln auseinandergenommen, und er war jetzt bereit, seinen Anspruch auf eine Wahl mit einem ziemlich hohen Grad an Sicherheit zu erheben.

»Ich denke, es ist jemand, der Angelica kannte. Jemand, der sie sehr gut kannte, intim. Jemand, der sie *vergötterte*. Sie haben sich so viel Zeit genommen, ihren Körper zu reinigen und vorzubereiten, dass dies sorgfältig durchdacht war. Sie hätten einen Ort gebraucht, um es ruhig und ohne Gefahr der Unterbrechung zu tun, und entscheidend ist, sie hätten wissen müssen, dass sie dort getauft wurde. Ich glaube nicht, dass wir dieses Detail übersehen sollten. Aber seien Sie versichert, dass wir alle Möglichkeiten untersuchen und rund um die Uhr daran arbeiten, herauszufinden, wer das getan hat.«

»Ausgezeichnet. Danke dafür«, antwortete Victoria flach. Tomek war überrascht, wie schroff sie war. Vielleicht war er naiv gewesen zu denken, sie würde sein Ego streicheln und ihm für die bisher gut geleistete Arbeit auf die Schulter klopfen.

»Wie sieht es mit den Budgets aus?« fragte sie und kam auf ihre frühere Frage zurück.

Er teilte es ihr mit.

»Sehr gut«, sagte sie. »Ich denke, das ist alles von mir. Nick, irgendwelche Fragen?«

Der Hauptkommissar schüttelte den Kopf, also schleppte Tomek sich aus dem Stuhl und ging aus dem Raum. Als er die Tür hinter sich schloss, sah er Chey, der aus der Küche kam, einen Becher Tee in der Hand. Sobald er Blickkontakt mit Tomek herstellte, explodierte ein kindisches Grinsen auf seinem Gesicht.

»Was ist los?« fragte Tomek, plötzlich fühlte er sich niedergeschlagen und besiegt.

»Freust du dich auf deine Sex-Party heute Abend?«

»Ich gehe nicht dorthin, um Sex zu haben, Chey.«

»Nicht heute Abend, wirst du nicht. Aber das heißt nicht, dass du nächsten Monat nicht auf *persönlicher* Basis hingehen könntest.«

Tomek hatte das nicht in Betracht gezogen. Vielleicht würde er das tun.

»Achte nur darauf, dass du dasselbe Kostüm trägst, damit die Leute dich erkennen.«

»Was hast du gesagt?«

»Dein Kostüm. Achte darauf, dass du dasselbe trägst, damit die Leute wissen, wer du bist.« Chey starrte in Tomeks Augen, und nach einigen Augenblicken sagte er: »Du *hast* ein Kostüm für heute Abend, oder?«

Er schüttelte den Kopf.

»Scheiße! Das habe ich völlig vergessen. Könntest du mir eins besorgen?«

»Auf keinen Fall. Keine Chance.«

Tomek griff in seine Tasche und holte seine Brieftasche heraus. Er zog einen Haufen Scheine hervor. »Hier sind fünfzig Pfund«, sagte er.

»Wie alt bist du? Wer hat heutzutage Bargeld? Es ist alles auf deinem Handy oder kontaktlos.«

Tomek ignorierte den Kommentar. »Nimm es zum nächsten

Kostümverleih und hol mir eins. Bitte. Ich habe keine Zeit, vor dem Treffen rauszugehen.«

Chey betrachtete das Geld in Tomeks Händen. Anfangs war er skeptisch, zögerlich, aber dann setzte schnell Aufregung ein. Er schnappte sich das Geld von Tomek und sagte: »Ich darf das Wechselgeld behalten?«

»In Ordnung.«

»Fantastisch! Überlass das mir. Ich werde dir das beste Outfit überhaupt besorgen.«

Und damit schnappte sich der junge Mann seinen Mantel und seine Autoschlüssel und eilte aus dem Raum. Erst als die langsame Tür zum Einsatzraum endlich zufiel, wurde Tomek klar, dass er gerade fünfzig Pfund und die Anweisung, ein Faschingskostüm zu finden, der schlimmstmöglichen Person gegeben hatte: einem unreifen Fünfundzwanzigjährigen. Es war, als würde man einem Baby eine Schusswaffe geben.

Keine gute Idee.

Bevor er zu lange darüber nachdenken konnte, begann sein Telefon in seiner Tasche zu vibrieren. Er zog es heraus und sah, wer anrief: Abigail.

Das erste Mal seit fast einer Woche.

Stark von ihr, dachte er, den ersten Schritt zu machen. Er bewunderte und respektierte das.

»Hey«, antwortete er.

»Hey.« Ihre Stimme war unbeholfen, kalt.

»Alles okay bei dir?« fragte er.

»Ja. Bei dir?«

»Nicht schlecht. Beschäftigt.«

»Dasselbe.«

»Ja.«

»Also...«, begann sie. »Hast du... ich dachte, was machst du heute Abend? Ich dachte, vielleicht könnte ich zu dir kommen, wir könnten ein Chili oder Fajitas kochen, etwas im Fernsehen schauen und vielleicht über das reden, was passiert ist...«

Das Zögern und die Angst in ihrer Stimme waren greifbar, als würde sie an jedem seiner Worte hängen, und mit jeder Sekunde, die verging, jeder Sekunde, in der er nicht antwortete, wurde ihr Griff allmählich schwächer und schwächer.

»Abs...«, begann er. »Ich würde das liebend gerne, aber...«

»Schon gut. Ich verstehe.«

»Ich habe etwas Berufliches. Ansonsten würde ich...«

»Ja. Nein, ich verstehe das. Ich...« Sie schniefte den Knoten in ihrer Kehle zurück. »Vielleicht ein andermal.«

»Ja. Vielleicht ein andermal.«

KAPITEL
SECHSUNDDREISSIG

Tomek hatte noch nie in seinem Leben jemanden so sehr verletzen wollen, wie er Chey für das, was er getan hatte, verletzen wollte. Das Team, von dem zu dieser Zeit nur noch wenige übrig waren – glücklicherweise – war in schallendes Gelächter ausgebrochen, sobald sie das Outfit gesehen hatten, das der junge Polizist für Tomek ausgesucht hatte. Der kleine Mistkerl hatte es ihm auch noch im allerletzten Moment gegeben und Tomek damit keine andere Wahl gelassen, als es zu tragen. Er hatte in seinem Leben viele dumme Dinge getan, die meisten davon in seinen frühen Zwanzigern, als er jung, naiv und furchtlos gewesen war und es ihn nicht gekümmert hatte, was andere über ihn dachten. Aber jetzt, mit über vierzig Jahren, hatte er sich noch nie so unsicher gefühlt wie in dem Moment, als er den Wagen auf das weitläufige Anwesen von Melback Manor fuhr. Das Knirschen des Kieses unter den Reifen war das zweitlauteste Geräusch im Auto – nach Rachels unerträglichem Gekicher.

»Entweder du hörst auf oder ich drehe das Ding um und fahre nach Hause«, sagte er zu ihr.

»Jawohl, Sir, Entschuldigung, Sir«, antwortete Rachel, bevor sie wieder in einen Lachanfall ausbrach.

Aber bevor Tomek erwidern oder auch nur daran denken konnte, das Fahrzeug umzudrehen, näherte sich ihnen ein Mann in einem maßgeschneiderten Anzug und einer Volto-Maske, die Hände hinter dem Rücken. Er wartete geduldig, bis Tomek das Fenster herunterfuhr.

»Ihre Schlüssel, Sir«, sagte der Mann mit einem aufgesetzten, leichten italienischen Akzent.

»Es gibt einen beschissenen Parkservice?«

»Ja, Sir. Sie können Ihre Schlüssel am Ende des Abends abholen.«

Tomek seufzte. »Lass mich raten, ich muss sie am Boden eines Fischglases finden, oder?«

»Ja, Sir.«

»Großartig.«

Der Mann öffnete die Autotür für Tomek und trat einen Schritt zurück, wobei er seine Arme höflich hinter dem Rücken hielt. Tomek hatte keine andere Wahl. Er mochte die Vorstellung nicht, sein Auto mitten auf einem Landgut zu lassen, ohne sofortigen Zugang zu seinen Schlüsseln, aber ihm wurde schnell klar, dass er sich ganz und gar auf das Erlebnis einlassen musste, ob es ihm gefiel oder nicht. Widerwillig stieg er aus dem Auto, reichte dem Mann die Schlüssel und beobachtete, wie dieser in die Dunkelheit um die Ecke des Anwesens fuhr.

»Du bekommst es zurück«, sagte Rachel, als sie zu ihm trat. »Gleich nachdem er eine Spritztour damit gemacht hat.«

»Witzig.«

»Hoffentlich hast du etwas Kleingeld für ein Trinkgeld.«

Tomek sah an sich herunter und deutete auf sein Outfit. »Wo zum Teufel soll ich denn Kleingeld aufbewahren?«

»An keinem Ort, den ich kennen möchte.«

Rachel ging an ihm vorbei und machte sich auf den Weg zum Eingang. Vor der Eingangstür standen zwei metallene Flammenheizstrahler, die die Gäste beim Hereinkommen wärmen sollten; große, perfekt gepflegte Sträucher waren an den Steinsäulen platziert, und auf der Steinveranda stand ein Stuhl bereit. Eine Frau saß bereits dort, auf der Kante balancierend und sich eifrig nach vorne lehnend. Sie trug ein schwarzes Traueroutfit, mit einem breiten Sinamay-Hutuntersatz und einem Fascinator auf dem Kopf, ihr Gesicht war von einem schwarzen Spitzenschleier bedeckt, der ihre Gesichtszüge sorgfältig verzerrte. Die Aufregung der Frau wuchs, als sie sich näherten.

Es war kurz nach sieben Uhr abends. Die Nights of Eden hatten um halb sieben begonnen, und bereits jetzt durchdrang der Klang von Plaudereien, Gesprächen, Gelächter und Musik – zusammen mit einigen anderen Geräuschen, die Tomek bewusst zu ignorieren versuchte – die Luft.

»Wie lange wartest du schon?«, fragte Rachel die Frau.

»Das ist eine unbekannte Stimme«, antwortete sie verführerisch. »Ich erkenne sie nicht. Das erste Mal?«

Tomek gefiel nicht, wie sie ihn in seinem Kostüm musterte.

»Ist das so offensichtlich?«, fragte Rachel.

»Das ist nichts Schlechtes. Wir mögen frisches Fleisch. Besonders dich...« Die Frau nickte zu Tomeks Schritt, zu der Beule in seiner Hose, die durch den Schnitt seines Outfits verursacht wurde, der die Dinge zusammenquetschte und anhob und sich dabei unglaublich unbequem anfühlte und es aussehen ließ, als hätte er sich ein paar Socken dort hineingestopft. Als Tomek nichts sagte, fügte die Frau hinzu: »Na, wirst du mir nicht die Hand küssen?«

Tomek schaute zu Rachel. Rachel schaute zurück. Die Zeit war gekommen. Der erste Teil des Rituals. Sie mussten eine Entscheidung treffen. Wer würde der Erste sein?

»Ich mache das nicht«, sagte Tomek zu Rachel.

»Würdest du lieber meine Hand küssen?«

»Das könnte seltsam werden. Aber so oder so, einer von uns muss dem anderen-«

»Wie wäre es, wenn ich es für euch beide einfacher mache?« Die Frau schlenderte auf Tomek zu und streckte ihre Hand aus, wackelte mit den Fingern vor seinem Gesicht. Für einen langen Moment betrachtete Tomek ihre Nägel. Sie waren feuerrot, mit kleinen Glitzerteilchen an den Spitzen und makellos, als ob sie erst vor wenigen Stunden gemacht worden wären.

Tomek schloss die Augen, nahm die eisige Hand der Frau, hielt sie in seiner und küsste sie dann.

»So«, sagte sie und ließ sie sanft sinken, »das war doch gar nicht so schwer, oder? Mehr davon gibt's drinnen.«

»Scheiße«, flüsterte er, als die Frau ihm zuzwinkerte, ihnen den

Rücken zuwandte und nach drinnen ging, ihr langes schwarzes Kleid ihr hinterher den Flur hinunter folgte.

Tomek und Rachel sahen einander ungläubig an. Alles, was Micky ihnen erzählt hatte – das Küssritual, das Warteritual, der Dresscode – war alles wahr gewesen. Ein Teil von Tomek, ein riesiger Teil, hatte gehofft, dass es alles ein Schwindel war, irgendein ausgeklügelter Witz, den Micky Tatton auf ihre Kosten machen würde, aber das war es nicht. Dies war für eine Reihe von Menschen sehr real, Menschen, die um ihn herumliefen, auf der Straße, im Supermarkt, Menschen, die nach außen hin unschuldig aussahen, aber hinter verschlossenen Türen ein geheimes, dekadentes, schlüpfriges Leben führten.

»Was ist los?«, fragte Rachel. »Du siehst unglücklich aus.«

»Natürlich bin ich unglücklich, Rach. Ich trage ein verdammtes amerikanisches Polizistenoutfit, das mindestens zwei Nummern zu klein ist. Die arschlosen Chaps reiben an meinem Hintern *und* meinem Schritt, die beide fast komplett zu sehen wären, wenn ich nicht die Shorts drunter angezogen hätte. Das Oberteil ist so eng, dass ich kaum atmen kann, und ich bin ziemlich sicher, dass die Knöpfe so konstruiert sind, dass sie mit einem einzigen Zug abgehen, was mich vermuten lässt, dass dies die Art von Sachen ist, die ein männlicher Stripper tragen würde. Ich trage eine verdammte Polizeimütze, aber eine Räubergesichtsmaske, was die Botschaft völlig verwirrt. Ich kann durch die verdammten Schlitze kaum sehen, ich habe ein Paar Plastikhandschellen, die sich in meine verdammte Hüfte bohren, und zu allem Überfluss muss ich *das* mit mir herumtragen.«

Tomek schwenkte den überdimensionalen Polizeiknüppel, der zum Outfit gehörte. Er war mindestens sechzig Zentimeter lang und an seiner dicksten Stelle fast fünf Zentimeter dick. Es war nicht nur lästig, ihn zu tragen, sondern er war auch ernsthaft schwer, und an der Seite stand, in Gold geprägt, »Du warst unartig«.

»Ich werde ihn morgen umbringen, wenn ich ihn sehe«, zischte Tomek. »Ich werde ihn verdammt noch mal umbringen.«

»Er hat eine Gelegenheit gesehen und sie genutzt. Du kannst ihm das nicht vorwerfen. Du hättest dasselbe getan.«

Tomek hätte das natürlich getan, natürlich hätte er das. Tatsächlich hätte er wahrscheinlich etwas Schlimmeres getan, viel Schlimmeres. Aber Rachel musste das nicht wissen. Für sie war es in Ordnung. Sie war für ihr eigenes Outfit verantwortlich gewesen und sah respektabel aus in einem schwarz-rosa Jockey-Kostüm, komplett mit kniehohen Lederstiefeln, einer Peitsche, einer Kappe und einer Brille über den Augen. Sie trug es gut, und es stand ihr.

»Jetzt muss ich *deine* Hand küssen«, sagte sie.

»Nein, musst du nicht, ich glaube, wir können-«

Tomek wollte sagen, dass sie damit durchkommen könnten, dass niemand zusehen würde. Aber Rachel gab ihm keine Chance, den Satz zu beenden. Stattdessen stürzte sie sich auf ihn, packte seine Hand und küsste sie auf den Handrücken. Ihre Lippen waren feucht, klebrig vom Lipgloss, der im Feuerschein glänzte.

Als Tomek seine Hand zurückzog, sagte er: »Na, das war seltsam.« Dann begann er, die Hautstelle zu reiben, die sie gerade geküsst hatte.

»Ich bin nicht ansteckend, Tomek.«

»Ich weiß. Es ist nur... Du genießt das richtig, oder?«

Sie zuckte mit den Schultern. »Ich brauchte in letzter Zeit etwas Aufregung in meinem Leben.«

»Heb dir das für den Besuch nächsten Monat auf. Du kannst alleine kommen. Heute Abend haben wir einen Job zu erledigen.«

»Jawohl, Sir, Entschuldigung, Sir. War ich unartig, Sir?«, scherzte sie spielerisch.

»Verpiss dich«, sagte er zu ihr und drehte sich dann langsam zum Eingang um, zur Musik, zum Sex.

»Hast du Angst?«

»Nein«, sagte er. »Ich habe nur absolut keine verdammte Ahnung, was mich erwartet, wenn ich durch diese Tür gehe.«

Sie klopfte ihm auf den Rücken. »Bewahr dir einen offenen Geist. Denk daran, es gibt viel von diesem Zeug, das in der Welt passiert. Mehr als wir wahrscheinlich wissen. Am Ende wirst du deinen Horizont erweitert haben. Und, hey, vielleicht wirst du ein oder zwei Dinge gelernt haben.«

Tomek drehte sich zu ihr um. »Du bist krank, weißt du das?«

Sie schubste ihn in den Rücken. »Los, geh rein und schau dich um.

Ich warte auf meinen Ritter in schimmernder Rüstung, der kommt und mir die Hand küsst.«

»Ich hoffe, es ist ein runzeliger alter Mann ohne Zähne«, sagte er zu ihr.

Damit drehte er ihr den Rücken zu und atmete, bevor er die Schwelle ins Unbekannte überschritt, tief ein. Er hielt den Atem lange an, bis er nicht mehr konnte, dann ließ er ihn langsam durch die Nasenlöcher entweichen. Die Anspannung in seinen Schultern und im oberen Rücken ließ allmählich nach.

Dann ging er mit einem langen Schritt durch die Haustür.

Der Eingang des Gebäudes, durch den er erst vor wenigen Tagen gegangen war, schien in der Dunkelheit ein neues Leben anzunehmen. Kerzen schmückten die Oberflächen, flackerten in der sanften Märzbrise und verströmten eine Fülle von Düften, die die Luft mit einem weichen, subtilen Aroma füllten. Die Wände und Möbel vibrierten durch die Schwingungen der tiefen Bässe, die tief im Gebäude spielten. Tomek streckte eine Hand zur Wand aus und spürte, wie es durch seine Haut, seinen Arm und in seine Brust pulsierte.

Dumf. Dumf. Dumf.

Es sei denn, es war sein pochender Herzschlag, der seinen Brustkorb durchbrach.

Nach ein paar Schritten kam er zum nächsten Ritual. Es war hinter einem lila Samtvorhang verborgen, eine große Glasschale, die eine Sammlung von Gegenständen enthielt. Bisher hatten die Gäste bereits ein Paket Schinken, ein Maßband, eine Glühbirne, Unterwäsche, eine einzelne Socke, einen Mini-USB, einen Bleistift und eine Proteinpulverschaufel unter vielen anderen zufälligen Haushaltsgegenständen geopfert. Tomek war überrascht, wie viele Menschen bereits drinnen waren. Er griff in die kleine Brusttasche seines Outfits und holte sein Opfer heraus: einen Flaschenöffner. Einen kaputten, den er in der Küche im Büro gefunden hatte. Er legte ihn in die Schale, wischte sich dann die Hände am Oberteil ab, bevor er durch einen weiteren Vorhang ging. Dort, auf einem kleinen Bartisch sitzend, war das ausgestopfte Schwein.

»Verdammt noch mal«, sagte er, als er das arme Tier anstarrte. Bilder von vor ein paar Wochen blitzten in seinem Kopf auf. Er war in der Mitte eines Schweinegeheges auf einem Bauernhof gefangen gewesen, umgeben von sieben riesigen Bestien, während sie einen menschlichen Körper gefressen hatten. Tomek hatte versucht, ihn zu retten, war aber selbst dem Tod nahe gekommen. Er hatte seitdem weder an Speck noch an rotes Fleisch gedacht, und jetzt starrte ihn eine Erinnerung an diese Nacht ins Gesicht. Um es noch schlimmer zu machen, jetzt musste er es küssen.

Bevor er das tat, inspizierte er den kleinen Teil des Raumes. Da bemerkte er die Sicherheitskamera in der Ecke der Decke, die auf ihn gerichtet war, ein rotes Licht blinkte in der schwarzen Kuppel. Der kranke Perverse, dachte Tomek, beobachtet uns, während wir diesen Mist machen. Widerwillig, da ihm bewusst war, dass er immer noch keine Wahl hatte, beugte sich Tomek vor und küsste das Tier auf den Rücken. Seine Haut und das Fell waren rau an seiner Haut, und er war sicher, dass ein Haar zwischen seinen Lippen stecken blieb.

Er nahm sich einen Moment Zeit, um sich zu sammeln und auf das vorzubereiten, was hinter dem nächsten Vorhang lag. Inzwischen war der beruhigende, tröstliche Geruch der Kerzen verschwunden und durch den Geruch von Dekadenz, Schweiß und Parfüm ersetzt worden.

»Scheiß drauf. Hier geht's los.«

Zögernd schob er den Samtvorhang mit einer Hand beiseite und trat hindurch. Auf der anderen Seite verstärkte sich der Klang der Musik um das Zehnfache. Es war, als würde man ein anderes Gebäude betreten, hämmernde, pulsierende Klänge. Er betrat mitten einen Flur. Ein kleines Schild direkt vor ihm bot zwei Optionen: »Der Raum« nach links und »Die Räume« nach rechts. Tomek brauchte nicht mehr zu wissen, um zu verstehen, welches was war. Aber bevor er eine Entscheidung treffen konnte, erregte ein großes Gemälde, das über dem Schild an der Wand hing, seine Aufmerksamkeit.

»Es heißt *Der Garten der Lüste*.«

Die Stimme überraschte ihn. Er drehte sich um und sah Rachel hinter sich, die aus dem Vorhang hervorkam.

»Wie bist du so schnell durchgekommen?«

»Jemand hat mir geholfen.«

»Keine Dame in schimmernder Rüstung?«

Sie schüttelte den Kopf, enttäuscht. »Nur irgendein Kerl in einem Verkehrshütchenkostüm.«

Tomek unterdrückte das Kichern und wandte sich dann dem Gemälde an der Wand zu. »Du bist ein Kunstfan?«

»Nein. Ich *weiß* nur darüber Bescheid, das ist alles. So wie *du* vielleicht weißt, wie man Toiletten repariert, *weiß ich* etwas über Kunst.«

»Sexistisch. Du hättest annehmen können, dass ich etwas über Gartenarbeit weiß oder darüber, wie man Make-up macht.«

»Wer ist jetzt sexistisch?«

Tomek stieß sie leicht an der Schulter an und zeigte dann auf das Gemälde. »Los, weiter. *Der Garten der Lüste...*«

»Von einem Typen namens Hieronymus Bosch im sechzehnten Jahrhundert. Es wird Triptychon genannt, was bedeutet, dass es in drei Abschnitte aufgeteilt ist. Für dieses stellt jeder Abschnitt einen anderen Schritt näher zur Hölle dar. Links ist der Garten Eden, wo alles rein und sauber ist. Dann hast du den *Garten der Lüste*, wo alle nackt sind und scheinbar miteinander vögeln, umgeben von einer Menge Obst, und rechts hast du seine Darstellung der Hölle, wo die Dinge einfach ein bisschen seltsam werden.«

»Es ist alles ein bisschen seltsam.«

»Es gibt viele Gelehrtendiskussionen darüber, ob die mittlere Tafel eine moralische Warnung oder eine Darstellung des verlorenen Paradieses ist.« Die Stimme war ein tiefer Bariton. Vertraut. Dann erschien eine Gestalt in einem Bürgermeistergewand, komplett mit Ketten und einem Umhang über den Schultern. Auf seinem Kopf trug er einen italienischen Renaissance-Hut mit einer Arlecchino-Gesichtsmaske über den Augen. Tomek erkannte ihn sofort. »Persönlich denke ich, es ist letzteres, eine Reflexion des Paradieses, des Vergnügens, des freien Geistes, der Fähigkeit, Dinge ohne Vergeltung zu tun. Es war die Inspiration hinter den Nights of Eden, und ich bin sehr stolz darauf, dieses Gemälde hier zu haben. Es fängt immer die Blicke unserer Neulinge ein, die staunend nach oben schauen und die gleichen Fragen stellen.«

»Und was hatte sie zu sagen?«

»Sie fand es auch entzückend.« Micky Tatton stellte sich vor sie und blockierte Tomeks Blick auf das bizarre, aber gleichermaßen fesselnde Gemälde. »Habt ihr gefunden, wonach ihr gesucht habt?«

»Wir sind gerade erst angekommen«, antwortete Rachel mit zu viel Aufregung in der Stimme für Tomeks Geschmack.

»Ausgezeichnet, dann habt ihr den ganzen Abend Zeit, euch mit unseren Aktivitäten vertraut zu machen. Bitte, fühlt euch frei, euch hier gehen zu lassen. Es gibt keine Verurteilung, und alle unsere Mitarbeiter sind verpflichtet, eine Verschwiegenheitsverpflichtung zu unterschreiben. Niemand außer den Personen, die ihr heute Abend seht, wird wissen, was hier stattfindet.«

»Müssen wir keine unterschreiben?«

Micky schüttelte den Kopf. »In Anbetracht eurer Rollen denke ich nicht, dass das nötig sein wird.« Als er wegging, hielt er an und machte eine halbe Drehung. »Oh, und übrigens, ich mag das Outfit. Ich kann sehen, dass du bei vielen unserer Gäste ein Favorit sein wirst.«

Tomek spürte, wie sich ein Knoten in seinem Magen zusammenzog und Blut in seinen Penis schoss. Es war alles sehr verwirrend.

Einen Moment später war Micky Tatton verschwunden. Nachdem das aus dem Weg geräumt war, konnten sie beginnen. Das einzige Problem war, einen Raum zu wählen. Links oder rechts. Am Ende, nach einer kurzen Auseinandersetzung, entschieden sie sich für Der Raum. Links. Tomek hatte sich bereits vorgestellt, was sie erwartete, aber es war nicht annähernd die Realität. Tomek hatte noch nie in seinem Leben so viel nackte Haut und Genitalien – und beunruhigender, *Schinken* – gesehen. Der Raum, den sie gerade betreten hatten, war der Hochzeitssaal, in dem Jungvermählte die glücklichsten Tage ihres Lebens genießen sollten. Aber statt zweier Paare, die Hand in Hand am Kopfende des Raumes standen, war er mit zwei Dutzend Personen gefüllt, die gerade miteinander vögelten und sich gegenseitig penetrierten. Es gab ein halbes Dutzend weiche Samtsofas, drei Wasserbetten und ein paar Sitzsäcke und Sessel. Die Lichter waren gedimmt, und es gab keine einzige Kerze in Sicht – vermutlich aus Sicherheitsgründen. Vor ihnen waren Körper ineinander verschlungen, Paare, Dreiergruppen, Vierergruppen beim Sex, auf den Betten balancierend, über den Sesseln, an der Wand. Es gab keinen einzigen freien Platz mehr. Es war, als würde man eine Szene aus *Game of Thrones* betrachten. Tomek wusste nicht, wohin er schauen sollte, und für einen langen Moment stand er vollkommen still, unfähig, seinen Blick von einem Mann in den Mittvierzigern abzuwenden, der hinter einem anderen Mann stand, der über die Armlehne eines Sofas gebeugt war. Währenddessen standen am Rande des Raumes Männer mit Erektionen und masturbierten zu den Szenen. Die Gesichter aller im Raum waren bedeckt. Die Gesichtsmasken reichten von einer Zorro-Maske über eine Skimaske bis hin zu einer Papiertüte, die an den Augen und am Mund aufgeschnitten worden war. Aber egal wohin er schaute, als er endlich in der Lage war, seinen Blick von der homosexuellen Handlung, die direkt vor ihm stattfand, abzuwenden, konnte er niemanden mit einer Eselsmaske sehen.

»Jesus Christus...«, flüsterte er.

»Hey, Hübscher«, sagte eine Stimme neben ihm. Die Gestalt – eine Frau, definitiv eine Frau, nackt, mit einer medizinischen Gesichtsmaske und einem Kriegszeit-Krankenschwesterhut mit einem großen Roten Kreuz darauf – begann, ihn an der Schulter zu berühren und machte sich ihren Weg seinen Arm hinunter. Eine Sekunde später kam sie an seinem Knüppel an und inspizierte ihn. »War ich ein unartiges Mädchen? Vielleicht solltest du mich in einem der kleineren Räume bestrafen. Würdest du das mögen?«

»Ach, verdammt.«

Tomek fühlte sich sehr schnell überfordert. Er hatte eine extrem attraktive Frau direkt vor sich, und alles, woran er denken konnte, waren die Männer, die masturbierten, sich selbst berührten, während sie zuschauten.

»Rachel... Hilfe...«

Sofort trat Rachel vor ihn und küsste die Frau, hart und voll auf die Lippen. »Er ist im Moment vergeben, Schätzchen«, sagte sie, als sie sich zurückzog, »aber vielleicht, wenn ich mit ihm fertig bin, wie wäre es, wenn du und ich etwas Spaß zusammen haben?«

Die Frau sah sichtlich enttäuscht aus, als sie hörte, dass Tomek vom Markt genommen war, aber erfreut über die Aussicht, später Zeit mit

Rachel zu verbringen, obwohl das nicht passieren würde. Leise schlüpfte die Frau weg, und Tomek dankte Rachel, dass sie zu seiner Rettung gekommen war.

Zu ihrer Linken war ein kleiner Durchgang, der zu einer Bar führte. Sie bahnten sich einen Weg durch den Eingang und bestellten jeder ein alkoholfreies Getränk: Coca Cola für Tomek, Limonade für Rachel. Neben ihnen, auf einem nahegelegenen Sofa, nahmen zwei Männer Kokainlinien von den Bäuchen des jeweils anderen, als wäre es ein Shot Wodka und sie wären auf irgendeiner Partyinsel im Mittelmeer. Einer von ihnen schnüffelte hart und sah zu Tomek auf, seine Nase und sein Mund mit weißem Pulver bedeckt. »Lust, mitzumachen?«

Tomek wich vor der Bemerkung des Mannes zurück und beobachtete, wie er für ein paar Sekunden seine Nase rieb, bevor er antwortete. »Nichts für uns, danke. Woher habt ihr das?«

»BYOD. Bring deine eigenen Drogen mit«, antwortete der Mann, dann wandte er sich wieder seinem Kokain zu, diesmal nahm er eine Linie von den Arschbacken des anderen Mannes.

»Schätze, das macht es nicht illegal«, flüsterte Rachel in sein Ohr.

»Selbst wenn es illegal wäre, könnten wir sie wahrscheinlich nicht verhaften. Stell dir die Menge an nacktem Fleisch vor, die hier rausrennen würde, wenn wir das täten. Wir müssten alles auf der Wache desinfizieren, und selbst dann glaube ich nicht, dass wir es jemals sauber bekommen würden.«

»Solange niemand einen Schmutzprotest macht«, fügte Rachel hinzu.

Nachdem sie ihre Getränke erhalten hatten, kehrten sie zur Orgie zurück. Innerhalb von Sekunden nach ihrer Rückkehr näherte sich ihnen ein Mann, komplett nackt, mit einer Pilotenmütze und einer getönten Skibrille über den Augen. Er war übergewichtig, mit unglaublich behaarten Armen und der Brust eines Bären.

»Alles klar, Schätzchen?«, sagte er zu Rachel. »Erkenne dich nicht wieder.«

Sobald Tomek erkannte, dass er nicht das Ziel war, trat er einen Schritt zurück und nippte leise an seinem Getränk.

»Tomek...«, sagte Rachel und streckte eine Hand nach ihm aus. »Tomek...«

»Ich weiß nicht, mit wem du sprichst.«

»Ist das dein erstes Mal hier, Schätzchen?«, beharrte der Mann.

»Ich bin mit ihm zusammen«, sagte Rachel, packte Tomek und zog ihn herüber.

»Nein, sind wir nicht.«

»*Doch*, sind wir.«

»Das ist in Ordnung«, sagte der Mann. »Du kannst mich so oft wie du willst wie ein Pferd reiten, ich werde trotzdem nicht beißen.«

»Nein, danke«, bestand Rachel. Dann fügte sie höflich hinzu: »Vielleicht ein andermal.«

Widerwillig schlurfte der Mann davon, mit hängenden Schultern, sichtlich verärgert über die Ablehnung. Sobald er außer Hörweite war, zog Rachel Tomek auf ihre Augenhöhe herunter.

»Was sollte das? Ich bin zu deiner Rettung gekommen, als *du* sie brauchtest.«

Tomek schüttelte den Kopf. »Ich küsse keinen Mann auf die Lippen.«

»Feigling«, zischte sie.

Aber bevor er antworten konnte, fiel Tomeks Auge auf etwas. Eine Gestalt. Nackt vom Hals abwärts, die nichts als eine Silikon-Eselsmaske über dem Gesicht trug. Verwirrt schlug Tomek Rachel wiederholt auf den Arm, bis er ihre Aufmerksamkeit erlangt hatte.

»Du gehst«, sagte er.

»Warum ich?«

»Weil du ein Mädchen bist, und das letzte Mal, als ich nachgesehen habe, hat er mit Angelica geschlafen, die auch ein Mädchen war.«

»Danke für die Biologiestunde«, sagte sie verärgert, bevor sie ihren Plastikbecher (vermutlich auch aus Sicherheitsgründen) auf die Armlehne des Sofas stellte und sich auf den Weg zum Eselsmann machte. Währenddessen folgte Tomek langsam hinterher, hielt sich zurück und beobachtete aus der Ferne, vorsichtig, um nicht zu nahe zu kommen.

»Hey«, sagte Rachel.

Der Mann sah auf sie herab. »Hey, wie geht's dir?«, antwortete er mit einem weichen französischen Akzent.

»Lust, in einen privaten Raum zu gehen?«

»Sicher.«

Es war so einfach. Frag und du wirst empfangen. Kein Vorspiel, keine Einführungen, nur: »Willst du ficken?« »Ja!« »Ausgezeichnet, komm mit.«

»Macht es dir etwas aus, wenn mein Freund mitkommt?«, fragte sie und zeigte auf Tomek.

»Ähm...«

»Toll.«

Ohne auf eine Antwort zu warten, packte Rachel Tomek am Arm und zerrte ihn aus dem Raum und in den Flur. Als sie sich den Einzelräumen auf der anderen Seite des Herrenhauses näherten, wurde der Klang von Sex lauter und lauter. Frauen und Männer, die aus voller Kehle schrien, Bettköpfe und andere Gegenstände, die gegen die Wände schlugen. Glücklicherweise fanden sie einen leeren Raum am Ende des Flurs, und Tomek schloss die Tür hinter sich. Im Inneren war der Raum ruhig, still. In der Mitte stand ein Himmelbett mit einer Handvoll Sexspielzeugen – Dildos, Peitschen, Steigbügeln, Ketten – auf der Oberfläche ausgelegt. Tomek wollte nicht wissen, ob sie benutzt worden waren oder nicht, wollte nicht in ihre Nähe gehen. Dies war ein einfaches Hotelzimmer, das in einen Sex-Dungeon verwandelt worden war, und er wollte nie wieder in einem Hotel übernachten.

Dann klatschte der Eselsmann in die Hände, was Tomek aus seinen Gedanken riss.

»Also gut. Sollen wir?«

Rachels Stimme wurde autoritär. »Eigentlich nicht. Wir würden lieber nicht, danke. Wir haben uns gefragt, ob wir dir ein paar Fragen über deine kürzliche Beziehung mit Angelica Whitaker stellen können.«

»Was? Wovon sprecht ihr?«

»Angelica Whitaker.«

»Wer seid ihr?«

Rachel griff in ihren BH und holte ihren Dienstausweis hervor.

Der Mann inspizierte ihn, dann schaute er Tomek ungläubig an.

»Dies ist nicht nur ein Kostüm, Kumpel«, sagte Tomek und wedelte heftig.

Dann wurde sich der Eselsmann plötzlich bewusst, dass er nackt war, und bedeckte sich mit seinen Händen. Obwohl es bereits zu spät war. Der Schaden war angerichtet, das Bild – zusammen mit vielen anderen – hatte sich in Tomeks Gedächtnis eingebrannt. »Worum geht es? Kann ich... kann ich etwas anziehen?«

»Nicht nötig«, sagte Rachel. »Ich interessiere mich nicht für all das, und er auch nicht. Wie heißt du?«

Immer noch seine Würde mit den Händen schützend, ließ sich der Mann auf die Kante des Bettes nieder. »Florian. Florian Meunier. Ich...«

»Was kannst du uns über Angelica Whitaker erzählen, Florian?«

Der Mann griff nach dem nächsten Kissen und legte es auf seinen Schoß. »Ich weiß nicht, wer das ist.«

»Doch, das wissen Sie, aber Sie kennen sie wahrscheinlich mehr an ihrem Outfit als an ihrem Namen. Eine Frau, die früher hierher kam, immer als Engel verkleidet. Klingelt es?«

Ein Ausdruck des Erkennens huschte über Florians Gesicht. »Ja, aber ich... ich wusste nicht, dass ihr Name Angelica war.«

»Nun, jetzt weißt du es. Und wir sind auch gekommen, um dir zu sagen, dass sie tot ist.«

»Tot?«

»Ihre Leiche wurde neulich gefunden. Sie war schwanger. Wir verstehen, dass du bei mehreren Gelegenheiten mit ihr geschlafen hast. Stimmt das?«

Florians Blick fiel auf den Langflorteppich auf dem Boden, als er sich in tiefe Gedanken verlor. »Ja. Ja, wir haben miteinander geschlafen.«

»Kannst du uns sagen, wie oft?«

»Vier. Vielleicht fünf Mal.«

»Und du hast die Kondome draußen benutzt? Einige durchstochen, einige nicht.«

»Ja... Ja, aber ich hätte nie gedacht, dass *das* passieren würde.«

»Welcher Teil? Dass sie getötet wird oder dass sie schwanger wird?«, fragte Rachel.

»*Getötet*? Sie haben nie gesagt, dass sie getötet wurde. Sie denken doch nicht... Sie denken doch nicht, dass ich etwas damit zu tun hatte, oder?«

Tomek nahm das als sein Stichwort, einzugreifen. »Das bleibt abzuwarten«, sagte er. »Also hat Angelica dir nie gesagt, dass sie schwanger war, oder dass es deins sein könnte?«

Der Mann sah schockiert aus. »Nein. Nichts.«

»Hast du jemals die Nacht mit jemand anderem verbracht? Hast du sie jemals mit jemand anderem in einen Raum gehen sehen?«

Florian schüttelte den Kopf. »Nur immer mit mir. Aber...« Er zögerte. »Wir hatten auch einmal einen Dreier, aber das... das war mit einer anderen Frau.«

Tomeks Augen fielen auf den Umschnalldildo am Kopfende des Bettes.

»Hast du jemals außerhalb dieser Umgebung mit Angelica gesprochen?«, fragte er.

»Nein.«

»Nie online oder in sozialen Medien mit ihr kommuniziert?«

Ein weiteres Kopfschütteln.

»Wärst du bereit, auf die Wache zu kommen, damit wir das ausführlicher besprechen können?«

»Na... natürlich.«

»Morgen?«

Nach ein paar Sekunden des Nachdenkens antwortete Florian schließlich mit ja und gab Rachel dann seine Kontaktdaten. Kurz bevor sie ihn mit seinen Gedanken allein ließen, im Raum, legte sie eine Hand auf seine Schulter, dankte ihm für seine Zeit und folgte dann Tomek aus dem Raum. Gemeinsam machten sie sich auf den Weg zum Ausgang. Draußen fand Tomek den Parkservice, suchte in der Schüssel nach seinen Autoschlüsseln und wartete dann darauf, dass der Mann das Auto herbrachte.

Der Parkservice kam einen Moment später. Tomek dankte ihm und stieg dann auf den Vordersitz. Als er die Tür hinter sich schloss, wandte er sich an Rachel und sagte: »Wir dürfen niemals ein Wort davon zu irgendjemandem sagen. Einverstanden?«

»Einverstanden.«

KAPITEL
SIEBENUNDDREISSIG

Tomek wünschte sich am nächsten Morgen nichts sehnlicher, als Chey sein selbstgefälliges Lächeln aus dem Gesicht zu wischen. Der Fünfundzwanzigjährige sah aus, als hätte er gerade im Lotto gewonnen. Und um die Sache noch schlimmer zu machen, waren Tomek und Rachel gleichzeitig angekommen, was so aussah, als hätten sie die Nacht zusammen verbracht und würden nun eine polizeiliche Version des Walk of Shame durchführen.

»Also...«, sagte er, lehnte sich in seinem Stuhl zurück und kaute am Ende seines Stifts, sein unerträgliches Grinsen noch immer sichtbar. »Wie war's?«

»Fang bloß nicht damit an«, rief Tomek, als er seine Tasche neben den Schreibtisch fallen ließ. »Du hast verdammt viel zu kriechen.«

»Wieso?«

»*Dieses* Kostüm.«

Chey brach in Gelächter aus, seine Stimme brach mittendrin und hallte durch das Büro. Sie waren die einzigen drei dort, früh an einem Samstagmorgen. Bald würde der Ort sich zu füllen beginnen.

»Habt ihr Fotos gemacht?«, fragte der Polizeimeister.

»Perversling«, entgegnete Rachel, zunächst ernst, dann brach ihr Gesicht auf und die beiden brachen auf Tomeks Kosten in Gelächter aus. »Das war vielleicht eines der lustigsten Dinge, die ich je gesehen habe.«

Tomek zeigte ihnen beiden den Mittelfinger. »Wisst ihr, was noch lustiger ist? Wenn ich euch beide zur Leistungsbeurteilung anmelde. Wer wird dann lachen?«

»Nichts wird lustiger sein als die Erinnerungen, die ich von gestern Nacht habe«, bemerkte Rachel.

Als Chey spürte, dass sie kurz davor waren, alle Klatschgeschichten auszuplaudern, kletterte er aus seinem Stuhl und eilte herüber.

»Du kannst dieses Grinsen aus deinem Gesicht wischen«, sagte Tomek zu ihm. »Wir werden dir nichts erzählen.«

»Komm schon! Wärst du nicht auch ein bisschen neugierig, wenn du an meiner Stelle wärst?«

Ja. Ja, das wäre er.

»Nein«, sagte Tomek, »weil ich etwas Respekt vor den Ermittlungen habe. Wenn ich etwas wissen muss, dann warte ich, bis man es mir sagt.«

Es war eine kalte, steinharte Lüge, und das wussten alle. Als Tomek sich umdrehte, um seinen Computerbildschirm einzuschalten, sah er aus dem Augenwinkel, wie Rachel sich zu Chey hinüberlehnte und hörte sie flüstern: »Ist schon gut, Kumpel. Ich erzähle dir später alles.«

»Einen Scheiß wirst du«, schnauzte Tomek und drehte sich so schnell um, dass ihm schwindelig wurde. »Was willst du wissen? Wir sind angekommen, alle kostümiert, mussten uns gegenseitig die Hand küssen, küssten ein Schwein, holten uns ein paar Drinks, sahen eine Menge Sex, sahen eine Menge Schwänze und Vaginas und sprachen dann mit einem Verdächtigen.«

»Ihr habt einen Verdächtigen gefunden?«

»Natürlich verdammt nochmal haben wir das. Wir sind nicht nur dorthin gegangen, um zu sehen, worum es bei all dem Trubel geht.«

Rachel spottete spielerisch. »Sprich für dich selbst, Sarge.«

Tomek warf ihr einen zweiten Blick zu und drehte sich dann zu Chey um. »Schön. Nun, *ich* ging zu Ermittlungszwecken dorthin. Wenn ich gewusst hätte, dass Rachel aus einem anderen Grund dorthin ging, hätte ich vielleicht dich mitgenommen.«

Das Gesicht des jungen Mannes leuchtete auf.

»Sarge, komm schon, denk mal kurz darüber nach«, flehte Rachel. »Er... fünfundzwanzig Jahre alt... geht *dorthin*. Das wäre, als würde man einen Fuchs in einem Hühnerstall freilassen. Es wäre ein verdammtes Massaker.«

Das eifrige Nicken und Lächeln auf Cheys Gesicht bestätigte Rachels Vergleich.

»In diesem Fall, wenn ich nochmal hingehen muss, gehe ich allein«, sagte er.

Chey und Rachel sahen sich an und zwinkerten einander zu. »Ja, klar, Sarge. Natürlich wirst du das. Wir verstehen schon.«

Tomek seufzte und verdrehte die Augen. »Benehmt euch. Seid nicht so kindisch.« Er war bestrebt, das Gespräch von sich selbst, Rachel und The Nights of Eden wegzulenken, also fragte er: »Wie auch immer, was hast du am Freitagabend gemacht, junger Chey? In den Schlaf geweint, weil du etwas verpasst hast?«

»Nein, eigentlich nicht. Während ihr zwei gestern Abend eure Fantasien auf eurer kleinen Sexparty ausgelebt habt, hatte ich meine eigene kleine Party und scrollte durch Angelicas Instagram.«

Tomek schaute ihn besorgt an. »Das ist genauso seltsam, Kumpel.«

Cheys Gesichtsausdruck fiel in sich zusammen. »Ich weiß. Ich habe gehört, wie es klang. Aber hör mir zu, ich habe etwas gefunden, das interessant sein könnte.«

Tomek wartete darauf, dass der Mann weiter ausführte.

»Ich habe einen Blog gefunden!«, rief er aus. Jetzt war der aufgeregte, welpenähnliche Ausdruck auf sein Gesicht zurückgekehrt, aber aus ganz anderen Gründen. »Er heißt ‚My Little Corner Of The Internet' - was übrigens auch die URL dafür ist. Es ist einer dieser Blogspot-Dinger aus den frühen Zweitausendern, wo es buchstäblich nur Text und ein paar Bilder gibt. Nichts Ausgefallenes.«

»Wie hast du ihn gefunden?«, fragte Tomek, der begierig war, von vorne zu beginnen, bevor Chey sich in seiner eigenen Begeisterung verlor.

»Er war ganz unten in ihrem Reise-Instagram-Account«, antwortete er. »Ich habe endlich den Boden ihres Feeds erreicht, nachdem ich tagelang jeden Beitrag durchgegangen bin. Ihr allererster. Es war ein kleines Selfie mit einer Bildunterschrift darüber, dass die Leute zu ihrem Blog gehen sollten, wo sie ausführlichere Informationen über ihre Reisen posten würde.«

»Und das war das einzige Mal, dass sie den Link gepostet hat?«

Chey zuckte mit den Schultern. »Ich schätze, sie dachte, dass die Leute ihn sehen und sich daran erinnern würden. Das war vor ein paar Jahren, bevor sie mit all den Algorithmen herumgespielt haben und die organische Reichweite viel besser war als heutzutage.«

Algorithmen. Organische Reichweite. Wörter, die er kürzlich gezwungenermaßen gelernt hatte, aber immer noch keine Ahnung hatte, was zur Hölle sie alle bedeuteten.

»Hast du einige der Blogbeiträge gelesen?«

»Angefangen, ja. Aber es gibt eine Menge. Das Ding geht bis ins Jahr 2016 zurück, genau wie ihr Insta, aber es gibt über zweitausend Beiträge dort. Einen für jeden Tag, manchmal mehr. Ich glaube, sie hat ihn ursprünglich für ihre Reisetagebücher genutzt, aber als sie merkte, dass niemand ihn fand, begann sie, ihn als ihr Tagebuch zu benutzen.«

Tomeks Ohren spitzten sich.

»Wann war der letzte Beitrag?«

»Am Tag, als sie starb.«

Tomek wedelte mit dem Finger in Richtung von Cheys Computermonitor. »Hast du ihn auf deinem Bildschirm?«

»Du kannst ihn auf deinem bekommen, Opa. Er ist im Internet. Jeder kann ihn ansehen.«

Bastard, dachte Tomek. Das war die Art von Dingen, die er zu Nick gesagt hätte. Tatsächlich hatte er wahrscheinlich genau das irgendwann zum Hauptkommissar gesagt. Und jetzt hatte er den Mantel an Chey weitergegeben. Er war beeindruckt.

»Na dann, Klugscheißer. Zeig's mir.«

Innerhalb einer Sekunde hatte der Polizeimeister Tomeks Portal geladen, einen Webbrowser geöffnet und Angelicas Little Corner of the Internet gefunden. Die Homepage war einfach. Das Logo ihrer Website befand sich oben auf dem Bildschirm und sah aus, als hätte sie es in WordArt eingetippt und in ein Bild umgewandelt. Rechts war ein Foto von Angelica im Bikini, mit einer Sonnenbrille so groß wie eine Schnorchelmaske, die ihr Gesicht bedeckte, ein Strand und Palmen hinter ihr. Darunter befand sich eine chronologische Liste aller Blogbeiträge über die Jahre, von 2016 bis heute. Auf der linken Seite der Seite war der neueste Beitrag, datiert auf den Tag ihres Todes. Der Zeitstempel sagte, dass er ein paar Stunden bevor sie sich mit ihren Freunden getroffen hatte, gepostet worden war.

Tomek lehnte sich näher heran und kniff die Augen zusammen. Er hatte in letzter Zeit bemerkt, dass seine Augen mit zunehmendem Alter zu versagen begannen, ein wenig mehr verschwommen als früher, aber er hatte nichts dagegen unternommen. Er wurde noch nicht blind, also warum sich Sorgen machen?

Mit fast geschlossenen Augen begann er zu lesen:

Hallo Liebes,

Ein weiterer Arbeitstag erledigt. Fühle mich heute besser mit mir selbst. Habe heute Abend einen großen Ausflug mit den Mädels, auf den ich mich absolut nicht erwarten kann. Ich muss mich in ein paar Stunden fertig machen, also werde ich diesen Eintrag schön kurz halten. Sollte ein lustiger Abend werden. Es fühlt sich an, als wären wir ewig nicht mehr zusammen ausgegangen. Ein richtiger Mädelabend. Und zu denken, dass es der letzte vor Beginn der Saison sein wird, worauf ich mich total freue. Kann es kaum erwarten, all die Instas der Mädels in den kommenden Wochen umwerfend und lit aussehen zu sehen. Es wird eine tolle Verabschiedung sein, und ich habe das Gefühl, dass wir mit einem Knall enden werden!

Jedenfalls, das ist alles, wofür ich Zeit habe, Liebes. Bis zum nächsten Mal.

»Wer ist *Liebes*?« fragte Tomek.

»Warum, das bist du, Sarge«, spottete Rachel.

Tomek warf ihr einen unbeeindruckten Blick zu. »Du weißt, dass ich das nicht meinte. Mit wem glaubt ihr spricht sie?«

»Mit sich selbst vielleicht? Als Referenz, falls sie es später noch einmal liest?«

Tomek überlegte, wandte sich an Chey und fragte: »Kannst du sie alle ausdrucken?«

»Ausdrucken?«

»Ja. Du weißt schon, schwarze und weiße Tinte auf Papier.«

»Aber warum? Das wird so viel Abfall verursachen.«

»Die Gründe sind zweierlei, junger Chey.« Tomek hob zwei Finger in Richtung des Polizeimeisters, und zwar nicht in der netten Richtung. »Erstens, damit wir sie im Team teilen und lesen können, um den Prozess zu beschleunigen. Zweitens, um uns vorzubereiten, falls etwas mit der Domain passiert und wir alle Beweise verlieren.«

Ein verblüffter Blick schlich sich über Cheys Gesicht.

»Genau«, antwortete Tomek selbstgefällig. »Ich weiß über Domains Bescheid. Und das erinnert mich an den dritten Grund.« Tomek zeigte Chey seinen Mittelfinger. »Weil ich es dir gesagt habe. Jetzt müssen Rachel und ich gehen. Wir haben ein Treffen mit jemandem von gestern Abend vorzubereiten.«

»Sie kommen für Runde zwei zurück?«

Tomek griff in seinen Rucksack, nahm das Kostüm heraus, das Chey für ihn gekauft hatte, und warf es dem Mann in den Schoß.

»Du schuldest mir fünfzig Pfund dafür. Ich will mein Geld zurück.«

»Ich glaube nicht, dass sie Dinge zurücknehmen, die getragen wurden, Sarge«, sagte Chey und betrachtete das Outfit mit seinen wachsamen Augen.

»Wer hat etwas von Zurückgeben gesagt?«

KAPITEL
ACHTUNDDREISSIG

Tomek hatte Schwierigkeiten, den Mann richtig anzusehen. Obwohl Florian gut gekleidet war in einem schicken weißen Hemd mit dünnem Baumwollpullover und einer marineblauen Chinohose (die Franzosen wussten einfach, wie man gut aussieht, nicht wahr?), war das einzige Bild, das Tomek von dem Mann hatte, sein leicht gebräunter nackter Körper, mit einem großen Penis, der zwischen seinen Beinen baumelte, und einer Latex-Eselmaske über seinem Kopf.

»Wann hast du gestern Abend Schluss gemacht?«, fragte Tomek, verzweifelt bemüht, die Stille zu füllen.

Florian war schlank gebaut, mit wenig Muskeln und Fett an seinem Körper. Er sah aus, als wäre er in einem früheren Leben athletisch gewesen, hatte das aber vielleicht bei seiner Suche nach dekadenteren Vergnügungen aufgegeben. Seine Schultern waren hochgezogen, und seine Gestalt schien hinter dem Tisch zu schrumpfen.

»Ich bin kurz nach Ihnen beiden gegangen. Das ist ungewöhnlich früh für mich, da ich manchmal in einem der Zimmer im Hotel übernachte, aber ich beschloss, nach Hause zu gehen. Ich konnte an nichts anderes denken als an das, was Sie mir erzählt haben.«

Der Mann war sichtlich erschüttert und verstört durch die Nachricht von Angelicas Tod. Tomek fragte sich, wie viel davon echt war und wie viel schauspielerei.

»Wann enden diese Veranstaltungen normalerweise?«, fragte Rachel.

»Um drei Uhr morgens. Manchmal vier, wenn viele Leute da sind. Im Grunde, bis die Leute müde werden und in den Zimmern schlafen gehen.«

Rachel öffnete ihr Notizbuch auf einer neuen Seite. »Wann haben Sie Angelica Whitaker zum ersten Mal getroffen? Können Sie sich an das Datum erinnern?«

Der Mann schüttelte den Kopf. »Ich glaube, es war das erste Mal, dass sie bei 'The Nights of Eden' dabei war.«

Tomek hasste diesen Namen. Es klang wie eine Art Kult.

»Ich denke, es war im September«, fügte er hinzu.

»Und wie habt ihr euch kennengelernt?«

»Sie wartete draußen, als ich ankam, aber bevor ich ihre Hand küsste, sprach ich ein wenig mit ihr. Ich erkannte sie nicht, verstehen Sie, also wollte ich sie etwas besser kennenlernen, sie beruhigen. Sie gefiel mir. Ihr Körper war schön, Make-up, Haare. Sie sah sehr hübsch aus. Aber sie wollte mir ihren Namen nicht verraten. Am Ende nannte ich sie meinen Engel. Dann fand ich sie im Raum. Zuerst wusste sie nicht, was sie tun oder mit wem sie sprechen sollte, aber...« Er leckte sich über die Lippen. »Aber da sie schon mit mir gesprochen hatte, fühlte sie sich, könnte man sagen, wohler.«

»Ihr habt euch ein Zimmer zusammen genommen?«

Tomek erinnerte sich, wie einfach es für Rachel gewesen war, eine Nacht mit Florian zu bekommen.

»Ja. Ich... Ich...« Er begann, sich am Hinterkopf zu kratzen und zog sich immer mehr in sich selbst zurück. »Ich, könnte man sagen, ich nahm ihre Jungfräulichkeit. Es war ihr erstes Mal dort, und es war ihr erstes Mal mit-«

»Wir verstehen schon«, unterbrach Tomek und hob die Hand, damit der Mann aufhörte. »Was ist passiert, nachdem ihr 'zusammen gewesen' seid?«

»Sie ging in die eine Richtung, ich in die andere.«

Rachel schrieb intensiv, ihre Schrift wurde allmählich immer weniger ordentlich und lesbar, während sie versuchte mitzuhalten.

»Wann haben Sie sie als nächstes gesehen?«, fragte sie.

»Beim nächsten Treffen, einen Monat später.«

Rachel wartete, bis sie alles aufgeschrieben hatte, bevor sie fortfuhr. Jetzt waren sie in ihrem Tempo. »Und ihr beide habt wieder die Nacht zusammen verbracht?«

»Ja. Wir haben viele Nächte zusammen verbracht. Jedes Mal haben wir natürlich Schutz benutzt.«

»Natürlich.«

»Aber... nach dem, was Sie gestern Abend gesagt haben, ich... ich möchte wissen, ob das Baby von mir ist. Ist es möglich, einen DNA-Test zu machen, um das herauszufinden?«

Rachel öffnete den Mund, um zu sprechen, aber Tomek kam ihr zuvor. »Wozu? Das Baby ist tot. Das würde nichts bringen.«

Florian stieß mit dem Finger an seine Schläfe. »Für meinen eigenen Seelenfrieden.«

Tomek sagte dem Mann, dass das nicht möglich wäre. »Es war weniger als drei Monate alt, soweit ich weiß. Wir werden den Vater vielleicht nie kennen. Es tut mir leid.«

Der Mann senkte den Kopf und blickte tief in seinen Schoß. Beide gaben ihm einen Moment, um sich und seine Gedanken zu sammeln.

»Sie war eine der schönsten Frauen, die ich je gesehen habe«, erklärte Florian und sprach zu seinen Knien. »Sie war wie ein Gemälde aus der Renaissance. Sie war wie die Mona Lisa.«

»Sind Sie ein Kunstfan oder haben Sie nur ein beiläufiges Interesse?«

»Ich bin Künstler.« Bei diesen Worten hob Florian seinen Kopf mit einem Hauch von Stolz, der sich in der Trauer und Verzweiflung verlor.

»Was malen Sie?«

»Alles Mögliche. Meine Umgebung. Landschaften. Menschen.«

»Haben Sie jemals eines von Angelica gemacht?«

Der Mann nickte langsam. Dann, ohne etwas zu sagen, griff er in seine Tasche, entsperrte sein Handy und scrollte durch seine Fotogalerie. Ein paar Sekunden später fand er das Foto, nach dem er suchte, und schob das Telefon über den Tisch. Tomek nahm das Gerät und hielt es zwischen ihnen. Auf dem Bildschirm war eine Nahaufnahme eines Engels, der auf der Bettkante saß, halb nackt. Die Frau auf dem Gemälde war unverkennbar Angelica, mit dem langen schwarzen Haar, den dunklen Augen, der schlanken Figur, dem Kiefer, den Wangen, der Nase. Es war unheimlich genau.

»Wie haben Sie das gemacht?«, fragte er.

»Aus dem Gedächtnis. Nach unserer ersten Nacht zusammen konnte ich sie nicht aus dem Kopf bekommen. Ich hatte ein so klares Bild von ihr, dass ich sie auf die Leinwand bringen musste. Es war der einzige Weg, sie aus meinen Gedanken zu bekommen.«

Es war deutlich zu erkennen, dass Florian von Angelica fasziniert gewesen war und es möglicherweise immer noch war. Besessen von ihr auf die gleiche Weise, wie es alle Männer in ihrem Leben zu sein schienen. Von Micky Tatton, der ein Gespräch mit ihr an Bord eines europäischen Fluges begonnen hatte, bis hin zu Shawn Wilkins, der jeden wachen (und schlafenden) Moment ihres Lebens mochte und überwachte, bis hin zu Sammy Mercer, der immer noch glaubte, es gäbe einen Funken Hoffnung, dass sie wieder zusammenkommen könnten. Sie wurde angebetet, geliebt, bewundert und in einigen Fällen begehrt. Und am Ende hatte es zu ihrem Tod geführt.

»Haben Sie jemals die Gelegenheit gehabt, es ihr zu zeigen?«, fragte Rachel.

Florian schüttelte den Kopf. »Ich habe es versucht. Ich habe es an ihre Handynummer geschickt, aber ich glaube, sie muss mir eine falsche gegeben haben, denn sie hat nie geantwortet. Und ich konnte es ihr nicht persönlich zeigen, weil keine Handys erlaubt sind, also hat sie es nie gesehen.«

Und jetzt würde sie es nie sehen.

KAPITEL
NEUNUNDDREISSIG

Tomek starrte das Bild auf seinem Computerbildschirm schon seit fast einer halben Stunde an. Mit jedem Scrollen der Maus und jedem Tippen auf die Pfeiltasten entdeckte er etwas Neues, ein neues Detail, eine neue Bedeutungsebene. Er war nie besonders kunstbegeistert gewesen – er hielt das alles für Quatsch und glaubte, dass Künstler einfach malten, was sie wollten, und dass keine versteckte Bedeutung hinter der Entscheidung des Künstlers steckte, einen bestimmten Pinselstrich oder eine bestimmte Farbe statt einer anderen zu verwenden – aber es gab etwas an diesem speziellen Bild, das ein Interesse in ihm geweckt hatte, ein Interesse, von dem er nicht wusste, dass er es hatte. Die nackten Körper, die überdimensionierten Früchte, die seltsamen und ungewöhnlichen Tiere, der Abstieg in Verderbtheit und Hölle. Es faszinierte ihn, und trotz sich selbst fühlte er sich ein wenig inspiriert. Vielleicht könnte er etwas Ähnliches versuchen, etwas Einzigartiges, das Sünde und Lust darstellt. Aber dann erinnerte er sich daran, dass er kaum einen Strichmännchen zeichnen konnte, also war ein vollendetes Kunstwerk wie *Der Garten der Lüste* weit jenseits seiner Fähigkeiten. Trotzdem war es schön zu träumen, zu denken, er hätte es in sich.

Als er zur rechten Seite des Triptychons scrollte, der dunklen und dämonischen Darstellung der Hölle, begann Tomeks Handy auf dem Tisch zu vibrieren. Das plötzliche Geräusch und die Bewegung ließen ihn zusammenzucken. Zum Glück war niemand in der Nähe, der es sehen konnte. Er griff nach dem Gerät und warf einen Blick auf die Anrufer-ID. Sofort wich die gesamte Inspiration, das Staunen und die Kreativität, die durch das Gemälde hervorgerufen worden waren, aus ihm heraus.

Es war Abigail. Möglicherweise rief sie an, um ihn zu fragen, ob er vorbeikommen wolle, oder um mit ihm über die vergangene Nacht zu streiten. Oder vielleicht, und das war viel unwahrscheinlicher, rief sie wegen der Arbeit an und wegen Informationen, die er für sie haben könnte. *Nur ein Weg, das herauszufinden.* Er schob sich vom Tisch weg, biss in den sauren Apfel, huschte in ein kleines Büro und nahm den Anruf entgegen.

»Alles klar bei dir?«, fragte er vorsichtig.

»Ja. Bei dir?«

»Ja. Nicht schlecht.«

»Gut.«

Tomek wartete darauf, dass sie sprach. Keiner von ihnen wollte der Erste sein. Keiner wusste, was er sagen sollte. Gerade als Tomek den Mund öffnete, unterbrach Abigail ihn.

»Komm runter«, sagte sie.

»Wie bitte?«

»Komm runter. Ich will mit dir sprechen.«

Tomek sah sich panisch im Raum um, als ob seine Freundin plötzlich wie ein Geist hinter einer Wand auftauchen könnte.

»Wovon redest du?«

»Ich bin draußen. Auf dem Parkplatz. Komm runter.«

Tomek hastete um den Tisch herum, seine Knie stießen gegen Stuhl- und Tischbeine, während er zum Fenster eilte. Da war sie, ihr knallroter SEAT parkte in der Ecke des Parkplatzes. Er atmete tief ein, während er sie beobachtete. Er hatte keine Wahl.

»Ich bin in einer Minute unten.«

———

Die Temperatur im Auto war kälter als die Luft draußen. Der Motor war ausgeschaltet, was bedeutete, dass sie nicht vorhatte, schnell wegzufahren, und um Tomek diesen Punkt wirklich klar zu machen, als er einstieg, bemerkte er, dass die Autoschlüssel auf ihrem Schoß lagen. Ein zusätzlicher Schritt, bevor sie in einem Zustand von Wut oder Frustration davonfahren konnte.

Er erwartete das Schlimmste.

Abigails Haar war mit Hilfe eines Haarbandes aus ihrem Gesicht gezogen. Sie trug einen Blazer und elegante Hosen mit einem schlichten weißen Hemd. Kiefernholz und Ocker strömten aus ihrem Körper und füllten schnell seine Nasenlöcher. Ihr Make-up war sorgsam aufgetragen, dennoch konnte es den tief unbeeindruckten und gereizten Ausdruck in ihrem Gesicht und ihren Augen nicht verbergen.

Tomek sagte nichts, als er die Tür schloss und den Raum mit Stille füllte.

Es dauerte nicht lange.

»Wie war es gestern Abend?«, fragte sie.

Er spürte sofort den anklagenden Ton in ihrer Stimme.

»Gestern Abend?«

»Ja. Mit deiner Freundin.«

Rachel. Die Nächte von Eden. Verdammt. Aber wie konnte sie das möglicherweise wissen?

»Woher weißt-?«, begann Tomek, aber sie unterbrach ihn.

»Ich habe euch beide zusammen weggehen sehen.«

»Was meinst du damit, du hast uns gesehen?« Tomek nahm sich einen Moment zum Nachdenken. Er war zu Rachels Wohnung gefahren, bereits in seinem Kostüm, hatte auf sie gewartet und sie dann beide nach Melback Manor gefahren. Was bedeutete: »Du bist mir gefolgt?«

»Ich habe alles gesehen«, antwortete Abigail, und ihre Worte waren mit Gift getränkt. »Wie du deine neue Freundin abholst, sie zu diesem Landhaus bringst. Ihr beiden saht verdammt bescheuert aus. Was habt ihr da gemacht, seid ihr zusammen zu einer Kostümparty gegangen, hm? Wie lange geht das schon so?«

Tomek wusste nicht, ob er lachen oder schreien sollte. Er befand sich in einem Zustand von Ungläubigkeit und Wut zugleich. Ungläubigkeit, weil sie dachte, dass er und Rachel zusammen waren, und Wut, weil sie ihm gefolgt war – ihn regelrecht *gestalkt* hatte. Er wusste nicht, wo er anfangen sollte. Schließlich sagte er nichts und starrte sie nur ausdruckslos an.

Was nichts dazu beitrug, die Situation zu beruhigen.

»Wie lange trefft ihr euch schon? Ihr seid bestimmt total süß, nicht wahr, wie ihr zusammen zu eurer kleinen Kostümsache geht? Du bist sicher in Panik geraten, als ich dich gestern Abend sehen wollte. Wie oft hast du mich wegen ihr abblitzen lassen? Hast du dich an diesem Mittwoch mit ihr getroffen, als ich zu dir kommen wollte, aber du meintest, du müsstest für Kasia dringend ein paar Sachen aus dem Laden holen? Oder was ist mit dem Wochenende, als ich sagte, du könntest vorbeikommen, aber du meintest, du hättest Rugby und würdest dann mit Sean und Warren in den Pub gehen? Hast du stattdessen mit ihr gevögelt?«

Tomek war verloren. Er konnte sich nicht einmal an diese beiden Vorfälle erinnern. Sie lagen schon so lange zurück. Aber das war kein Problem für Abigail. Sie hatte das Gedächtnis eines Mensa-Mitglieds.

»Hast du das alles in einem Tagebuch aufgeschrieben oder so?«, fragte Tomek.

»Beantworte die Frage«, schnauzte sie.

»Nein.«

»Also stimmt es?«

»Nein.«

»Dann warum antwortest du mir nicht?«

»Weil du dich verdammt bescheuert benimmst.«

»Was habt ihr gestern Nacht in diesem Hotel gemacht?«

»Arbeit.«

»Ja, klar. Ist es das, was du es nennst? Ist das ein kleiner Spitzname, den ihr beide dafür habt?«

Tomek wandte sich von ihr ab, sein Blick fiel auf das Armaturenbrett. Für einen Moment schaltete er ab, während sie weiter auf ihn einredete, in sein Ohr schrie, und die Worte wurden allmählich dumpf und gedämpft. Erst als sie ihm auf den Arm schlug, kam er wieder zu sich.

»Hörst du mir überhaupt zu?«, schrie sie. »Ich versuche hier, ein Gespräch mit dir zu führen.«

»Nein, tust du nicht. Du schreist mich an, und jetzt schlägst du mich auch noch. Du beschuldigst mich außerdem für Scheiße, die ich nicht getan habe, für etwas, das du dir in den Kopf gesetzt hast, das nicht einmal real ist. Zwischen Rachel und mir läuft nichts, und das wird auch nie der Fall sein. Wir haben gestern Nacht beruflich etwas gemacht, und das ist alles, was du wissen musst.«

Tomek legte seine Hand auf den Türgriff. Sie hielt ihn mit einem starken, schraubstockartigen Griff zurück.

»Wo glaubst du, gehst du hin?«

Er konnte fast den Dampf sehen, der aus ihren Ohren kam.

»Zurück zur Arbeit. Und ich denke, du solltest dasselbe tun.« Er öffnete die Tür und drehte sich dann noch einmal zu ihr. »Ich denke auch, wir brauchen eine Auszeit, eine Pause oder so, schätze ich. Ich spreche später mit dir. Ich muss zurück zu meinen Mordermittlungen.«

KAPITEL VIERZIG

Tomek brauchte über eine Stunde, um sich zu beruhigen und seinen Kopf freizubekommen. Abigail hatte nicht nur sein Vertrauen gebrochen und zerstört, sondern auch ihr wahres Gesicht gezeigt. Sie war dazu übergegangen, ihm zu folgen und seine Bewegungen nachzuverfolgen, als wäre er ein verlorenes Haustier. Er wusste nicht, ob er jemanden wie sie in seinem Leben dulden konnte, jemanden, dem er ständig erklären musste, wo er war und mit wem. Das Leben wurde so ziemlich deprimierend, und er hatte wichtigere Dinge, um die er sich sorgen musste. Kurz nach seiner Rückkehr in den Einsatzraum war Tomek zufällig auf Sean gestoßen, einen seiner engsten Freunde bei der Polizei. In letzter Zeit hatten sie sich voneinander entfernt, aber das hatte sie nicht davon abgehalten, Freunde zu sein, zumindest tief unter der Oberfläche. Und es hatte Sean sicherlich nicht davon abgehalten, den verstörten und schmerzerfüllten Blick auf Tomeks Gesicht zu bemerken. Und so hatten die beiden ein kleines Büro gefunden, wo Tomek alles rausgelassen hatte, wie früher, wie sie es schon so oft getan hatten, ihr Leben miteinander geteilt, sich auf gegenseitigen Rat und Beistand gestützt hatten. Dann hatte Sean ihm klar gemacht, woran er ihn zu Beginn seiner Beziehung mit Abigail erinnert hatte: dass ihre Beziehung transaktional gewesen war, aufgebaut darauf, dass sie sich gegenseitig den Rücken kratzten, um voranzukommen, bis sie schließlich in die Beziehung hineingerutscht waren. Irgendwie hatten beide bekommen, was sie wollten: jeweils einen neuen Job. Aber für ihre Beziehung funktionierte das nicht. Und Tomek gab zu, dass Sean Recht hatte. Dass er Abigail in der Vergangenheit für Informationen benutzt hatte und umgekehrt, und dass es jetzt nicht gesund, nicht nachhaltig war. Ein Teil von ihm hatte es damals gewusst, aber ein noch größerer Teil hatte keine Lust gehabt, etwas dagegen zu unternehmen. Und jetzt war er hier, jetzt waren sie hier, sahen dem Ende der Beziehung entgegen. Tomek hätte sich verlassen, traurig darüber fühlen sollen, aber er fühlte gar nichts. Vielleicht war es der Stoizismus in ihm, die Tatsache, dass er in den dreißig Jahren seit dem Tod seines Bruders nichts gefühlt hatte, das emotionale Leid und die Qualen, die er durchgemacht hatte, spielten immer noch mit ihm, selbst Jahre später. Vielleicht würde er irgendwann *etwas* fühlen. Vielleicht. Aber im Moment hatte er ein Meeting, zu dem er gehen musste, und er würde es nicht wegen jemandem verpassen, den er erst seit ein paar Monaten intim kannte.

Er fand Chey, Rachel und Oscar im Einsatzraum sitzend, leise miteinander diskutierend. Tomek schloss die Tür hinter sich und ging zum Kopf des Tisches, wo er einen Whiteboard-Marker nahm. Er entfernte die Kappe und fand eine freie Stelle auf der nächsten Tafel.

»Also gut, ihr Haufen Halunken«, begann er. »Lasst uns unsere Köpfe um diesen Scheiß wickeln. Kombinieren wir unsere Gedanken und lassen sie sich zu einem verknoten und verbiegen.«

»Geht es Ihnen gut, Chef?«, fragte Chey.

Tomek ignorierte die Frage.

»Unsere Gehirne müssen ran an die Buletten, und wir müssen uns klarwerden über das, was wir wissen und was nicht. Oscar!« Tomek brüllte den Namen des Mannes, der den kleinen Raum füllte. Er richtete den Stift auf den Polizisten und sagte dann: »Was hast du mir zu sagen?«

Oscar sah seine Kollegen nach Führung und Hilfe an, aber keiner von ihnen hatte eine Ahnung, also zuckten sie mit den Schultern und überließen ihn sich selbst.

»Worüber, Chef?«

Tomek schüttelte frustriert den Kopf und begann dann, auf dem Whiteboard zu kritzeln. Wenn sie ihm nicht helfen wollten, dann musste er es eben selbst machen. Er begann, indem er Angelicas Namen in die Mitte der Tafel schrieb, dann schuf er darum herum ein Spinnennetz aus Wörtern: *Make-up, Vergewaltigung, Reinigung, Kirche, Engelsflügel, Auto*. Sobald er fertig war, knallte er die Kappe zu, trat ein paar Schritte zurück und starrte auf die Tafel, sagte nichts, verlor sich in seinen Gedanken. Dreißig Sekunden vergingen, eine Minute. Aber eigentlich nahm er nichts wirklich auf. Zumindest nicht ganz, nicht bewusst. Seine Gedanken waren woanders, dachten an Abigail, an ihre gemeinsame Zeit, obwohl er wusste, dass er das nicht sollte, obwohl er sich gerade selbst überzeugt hatte, dass sie ihm egal war.

Tomek konnte hören, wie das Team miteinander flüsterte.

»Chef...?« Es war Chey, der am mutigsten war zu sprechen. »Chef, geht es Ihnen gut? Sie... Sie haben seit ungefähr einer Minute nichts gesagt.«

»Eigentlich waren es zwei«, fügte Oscar hinzu.

»Da ist The Captain!«, rief Tomek aus. »Es ist eine Weile her. Ich habe es vermisst, deine kleine Stimme aufpoppen zu hören. 'Eigentlich!', 'Eigentlich!', 'Eigentlich!'«

Mit jeder Wiederholung von Oscars Lieblingsphrase wurde Tomek in seinen Handgesten immer alberner und kindischer. Bevor er eine weitere machen konnte, sprang Rachel von ihrem Sitz auf und stellte sich vor ihn.

»Was machst du da?«, flüsterte sie laut.

»Was?«

»Du benimmst dich wie ein Arsch. Warum legst du dich so mit Oscar an?«

Und dann kam er zu sich. Er blinzelte stark, schüttelte den Kopf, drehte sich zu Oscar um. Der Mann, der normalerweise kerzengerade mit perfekter Haltung saß, saß jetzt zusammengesunken auf seinem Platz, den Kopf nach vorne geneigt.

Plötzlich überkam Tomek Schuld wie Wellen in einem Sturm, die ihn immer wieder in den Magen prügelten. Er litt, auch wenn er es sich selbst nicht eingestehen wollte, und er hatte es an Oscar ausgelassen. Das war weder fair gegenüber Oscar, noch fair gegenüber den anderen im Raum.

»Tut mir leid«, flüsterte er zu Rachel.

»Nicht bei mir solltest du dich entschuldigen.«

Als Rachel zu ihrem Platz zurückkehrte, entschuldigte sich Tomek aufrichtig bei The Captain.

»Ist schon in Ordnung, Chef. Ich weiß, wie ich manchmal sein kann.«

Jetzt riss die Schuld seinen Magen auf.

»Hör nicht auf«, sagte Tomek. »Ich liebe es, wenn du Leute korrigierst. Weniger, wenn ich es bin. Aber ich denke, das macht dich zu dem, was du bist. Hör nicht damit auf, meinetwegen.«

»Hatte ich auch nicht vor, eigentlich«, antwortete der Mann mit einem warmen Lächeln.

Tomek schoss Oscar eine Fingerkanone zu. »Das ist mein Captain, oh mein Captain.«

»Eigentlich heißt es 'O Captain! My-'«

»Übertreib es nicht«, sagte Tomek bestimmt, gab dem Mann ein Augenzwinkern, bevor er seine Aufmerksamkeit wieder auf das Whiteboard richtete. Bevor er wieder begann, atmete er tief ein. »Angelica Whitaker«, sagte er. »Ihr Mörder. Das Profil ihres Mörders. Ich möchte, dass wir etwas Zeit damit verbringen, herauszufinden, *wer* dahinterstecken könnte. Aber zuerst, gibt es irgendwelche Neuigkeiten zur DNA-Analyse?«

Er blickte in eine Runde leerer Gesichter.

»Nichts Konkretes bisher, Chef«, antwortete Oscar.

»Okay. Drückt weiter auf den Knopf. Da muss doch was dabei sein.« Tomek richtete seine Aufmerksamkeit dann wieder auf das Whiteboard. Er stubste auf die Worte auf der Tafel. Erst als er sie anschaute, bemerkte er, wie unleserlich sie waren. Ignorierend, wie schlimm sie aussahen, zeigte er auf das Wort *Vergewaltigung*.

»Das hilft uns, es einzugrenzen«, sagte er. »Wir suchen nach einem Mann.«

»Richtig«, erwiderte Chey, leicht zögernd.

»Und welche Männer gab es in Angelicas Leben?«

Chey zählte die Namen auf. Von ihrem Bruder und Vater bis hin zu

Shawn Wilkins, ihrem Stalker, und Cole Thompson. Von Sammy Mercer bis zu Florian Meunier.

»Schön. Weiter. Die Reinigung.« Tomek tippte wiederholt mit dem Stift gegen sein Kinn. »Der Mörder hat *lange* Zeit mit ihrem Körper verbracht, ihn gereinigt, rasiert, was auch immer er sonst noch mit ihm gemacht hat. Das ist jemand, der besonnen und kontrolliert ist, jemand, der Angelica so sehr liebt, dass er alle kleinen Makel, die kleinen Unvollkommenheiten ausbügeln wollte.« Er drehte sich zum Raum. »Wer passt da ins Bild?«

Kurze Pause.

Rachel ergriff das Wort. »Shawn Wilkins ist die offensichtliche Wahl.«

»Gut. Und warum?«

»Weil er die Frau nicht in Ruhe gelassen hat, seit er sie zum ersten Mal getroffen hat.«

»Okay. Und nicht Florian?«

Rachel neigte den Kopf zur Seite, als wäre sie verwirrt. Aber dann begannen die Zahnräder in ihrem Gehirn sich zu drehen, und sie überlegte neu. »Ich meine, er ist schmächtig und klein und ein bisschen schüchtern – sogar sehr schüchtern. Aber ich glaube nicht... Er sieht nicht so aus, als hätte er es in sich.«

»Es sind immer die, von denen man es am wenigsten erwartet«, sagte Tomek zu ihr und fügte hinzu, »nur so zum Nachdenken. Außerdem malt unser Freund, der Esel, auch gerne. Ich habe mir einige seiner Arbeiten auf seiner Website angesehen, und sie sind sehr gut, sehr realistisch. Ganz zu schweigen davon, dass er Erfahrung mit dem Malen von Engelsflügeln hat.«

Tomek bewegte sich zum Whiteboard und kreiste die Worte »Reinigung« und »Engelsflügel« ein, dann zog er zwei Linien zu Florians Namen. Die andere Linie, die er zog, verband »Reinigung« mit Shawn Wilkins.

»Weiß sonst noch jemand, wie man malt?«, fragte Tomek.

»Ich meine, ich habe mal einen Wald gezeichnet, als ich in der Schule war«, antwortete Chey. »Habe dafür eine Drei bei meinem

Schulabschluss bekommen, aber das ist schon alles, was meine Fähigkeiten angeht.«

»Brillant, herzlichen Glückwunsch. Ich bin sicher, deine Eltern waren stolz. Aber das meinte ich nicht. Lass mich das umformulieren: Weiß einer unserer *Verdächtigen*, wie man malt?«

»Das haben wir sie nicht gefragt«, antwortete Oscar.

»Dann macht euch eine Notiz, das mit ihnen zu klären. Und bezieht Micky Tatton auch in diese Fragen ein; er ist ein Kunstfan, könnte also auch etwas über Malerei wissen.«

Als Nächstes auf der Liste stand die Kirche.

»Angelicas Mutter sagte, dass Angelica in der Park Road Church getauft wurde. Ich denke, das ist mehr als ein Zufall«, erklärte Tomek und fügte Johnny und Roy Whitakers Namen zur Tafel hinzu. »Aus offensichtlichen Gründen sind sie die einzigen Personen, die das wissen könnten.«

»Shawn Wilkins könnte es auch wissen, Chef«, fügte Rachel hinzu.

»Möglich. Aber wie?«

Sie zuckte mit den Schultern.

»Der einzige Weg wäre, wenn sie die Information irgendwo online gepostet oder es mit einem ihrer Exfreunde besprochen hat. Chey? Irgendwas in den sozialen Medien?«

Der junge Polizist schüttelte den Kopf.

»Was ist mit dem Blog? Wie kommst du mit dem Ausdrucken voran?«

»Das wird mich die ganze Woche kosten, aber wir kommen voran.«

Tomek nickte nachdenklich. Er ließ seinen Blick durch den Raum schweifen und sah die Ausdrücke auf den Gesichtern seiner Kollegen. Da war eine Mischung aus Verwirrung und Aufregung. Das Gefühl, dass sie nah dran waren. Dass eine der Personen an der Tafel für die Ermordung von Angelica Whitaker verantwortlich war. Tomek war schon oft in der gleichen Situation gewesen, hatte sich die Beweise angesehen, die Zeugenaussagen und die Liste der möglichen Verdächtigen, und sich auf seine Intuition verlassen, diesen kleinen Knoten in seinem Magen, der ihn in die richtige Richtung führen sollte. Bevor er etwas anderes tun konnte, öffnete sich die Tür, und DC Anna Kaczmarek trat ein. Ihr

Körper erstarrte, als sie bemerkte, dass sie gerade unterbrochen hatte. Tomek bat sie herein, und sie nahm Platz.

»Entschuldigung...«, sagte sie, als sie zwei dicke Ordner auf den Tisch legte. »Aber ich habe ein Update.«

Tomeks Augen weiteten sich. »Erzähl weiter.«

»Es geht um Johnny Whitaker.«

Tomek presste die Lippen zusammen und verschränkte die Arme.

»Wenn man vom Teufel spricht. Du hältst uns jetzt alle auf die Folter, Anna.«

»Ich habe gerade von seinen Eltern erfahren, dass er nicht in Dublin war, wie er behauptet hat«, erklärte die Familienverbindungsbeamtin.

»Ja, das stimmt, er war bei der Frau, mit der er eine Affäre hat«, erläuterte Tomek, ohne die Enttäuschung in seiner Stimme zu verbergen.

»Falsch.«

»Falsch?«

»Seit achtzehn Monaten tritt Johnny Whitaker im Cool Cats and Kittens Drag-Club in Southend auf. Er nennt sich Johnny Bra-vo und tritt dort jeden Monat auf, komplett in Drag-Kostüm, mit Make-up und Stiefeletten mit hohen Absätzen – das volle Programm. Rose hat sein Kostüm und sein Make-up neulich in seinem Kleiderschrank gefunden. Als ich sie besuchte, erzählte sie mir, dass er es nicht geleugnet hatte, als sie ihn damit konfrontierte. Er hat uns angelogen, und er hat seine Familie über die Frau aus Dublin angelogen, obwohl ich wohl hinzufügen sollte, dass er mit irischem Akzent auftritt. Warum, bin ich mir nicht sicher. Ich habe nicht gefragt. Aber es gab keine andere Frau, weil *er* die andere Frau *ist*.«

Tomek hielt einen Moment inne, um nachzudenken. Er wusste nicht viel über diese Welt, aber was er wusste, von ein paar gestohlenen Blicken auf den Fernsehbildschirm, während Kasia *RuPaul's Drag Race* geschaut hatte, war, dass Drag-Künstler außergewöhnlich gut im Schminken waren, und zumindest nach der Meinung seiner Tochter besser als die meisten Frauen.

Tomeks Augen fielen auf das letzte Wort an der Tafel.

Make-up.

Der Mörder war jemand, der wusste, wie man professionell die

Chemikalien auftrug, die so viele Männer auf der ganzen Welt besser verwirren und verblüffen konnten als eine Frau. Was ihre Verdächtigenliste drastisch eingrenzte.

»Was hat er zur Tatzeit gemacht?«, fragte er.

»Ich habe mit dem Veranstaltungsort gesprochen, und sie haben bestätigt, dass Johnny seine Show um ein Uhr morgens beendet hat«, antwortete Anna.

Mehr als genug Zeit für ihn, zurückzukommen und seine kleine Schwester abzuholen.

Mehr als genug Zeit, um sie zu töten und ihren Körper zu reinigen.

Schließlich, wenn er die Polizei zweimal belogen hatte, was konnte er dann noch alles gelogen haben?

KAPITEL
EINUNDVIERZIG

Tomek bemerkte als Erstes den Kaminsims. Das frühere unbezahlbare Schmuckstück, das leider bei Johnny Whitakers Wutanfall zu Bruch gegangen war, wurde inzwischen durch ein anderes unbezahlbares Schmuckstück ersetzt, als hätten Roy und Daphne eine Plastikkiste voll davon in der Garage stehen. Eins raus, eins rein. Kosten spielten keine Rolle. Der aktuelle Ersatz war ein menschlicher Schädel, der aus Stein gemeißelt worden war. Die Markierungen und Vertiefungen in der Stirn und den Augen, tief und markant, deuteten darauf hin, dass er aus irgendwo in Südamerika stammte. Tomek hob ihn auf. Schwer, gewichtig, definitiv schwer genug, um ernsthaften Schaden anzurichten.

»Den haben wir im Sommer '89 aus Peru mitgebracht«, sagte Daphne, als sie neben ihm stehen blieb. In ihren Händen hielt sie eine Tasse Tee für ihn. »Wir waren noch nicht lange zusammen, und es war unser erster Urlaub. Wir wollten irgendwohin, wo keiner von uns je zuvor gewesen war. Es war wunderschön. Das werde ich nie vergessen.« Sie nahm den steinernen Kopf von Tomek und hielt ihn ins Licht. »Der stammt aus einem Tempel mitten in Peru. Es heißt, er gehörte den Chavin, einer längst untergegangenen Zivilisation aus der Zeit um 1000 vor Christus. Es war die erste große Kultur des Landes, aber man weiß sehr wenig über sie. Ich habe dieses kleine Ding einfach auf dem Boden liegend gefunden.«

»Einfach auf dem Boden liegend?« Tomek war skeptisch.

»Ja.«

Dass dieses geschichtsträchtige Stück jahrtausendelang unberührt herumgelegen hatte und die erste Person, die darüber gestolpert war, eine Flugbegleiterin von British Airways im Urlaub mit ihrem Freund gewesen sein sollte, war etwas unglaubwürdig.

»Es lag also einfach da, und Sie haben beschlossen, es mitzunehmen?«

»Nun...«

»Sie haben es nicht in einem Souvenirladen gefunden?«

»Naja, nein...«

»Aha.«

Und Tomek hatte gedacht, es sei eine Replik aus China, nicht ein gestohlenes Artefakt. War das die Art und Weise, wie sie den Rest ihrer Besitztümer in ihrem Haus erworben hatten? Plündern und Stehlen wie ein Paar private Kolonialherren? Er wusste es nicht. Aber er war stark versucht, das peruanische Nationalmuseum anzurufen, falls es so etwas gab, und ein Verbrechen zu melden. Bevor Daphne ihre Handlungen weiter rechtfertigen konnte, betrat ihr Ehemann den Raum. Er war aufgeregt, seine Hände flatterten in der Luft, und er trug eine dunkelblaue Hose und einen dünnen Pullover. Eine Brille saß auf seinem Kopf, und er war mit Farbspritzern übersät.

»Entschuldigung«, sagte er atemlos. »Ich habe gerade an meinem Flugzeug gearbeitet.«

Tomek schüttelte ihm die Hand.

»Hoffentlich ist das kein Euphemismus.«

»Wie bitte? Oh. *Das*. Guter Witz. Nein, ich habe gerade die letzten Handgriffe an meinem Modellflughafen gemacht. Ich arbeite momentan an einer Boeing 787-8.«

»Das hält ihn ruhig«, kommentierte Daphne mit einem Hauch von Verachtung in ihrer Stimme. »Manchmal ist er stundenlang da drin eingesperrt.«

»Verstehe«, antwortete Tomek.

»Ich habe Terminals und alles Mögliche. Alle Gepäckwagen, Feuerwehrautos, Sicherheitsfahrzeuge, die Schlepper, sogar die kleinen Figuren am Boden, die mit den Anzeigetafeln winken. Es hält mich beschäftigt.«

»Wie funktioniert das?«, fragte Tomek. »Kauft man die einfach fertig oder muss man sie anmalen, wie bei Warhammer?«

»Das ist persönliche Vorliebe. Aber ich male sie lieber selbst an. Zuerst muss man sie in eine Lösung tauchen, damit die Aufkleber einfach abgehen. Dann wartet man, bis es trocken ist, und *voilà*! Die Leinwand ist bereit, um zu beginnen.«

»Schön«, sagte Tomek, obwohl er kein Interesse an so etwas hatte. Nicht weil er es für dumm oder kindisch hielt, sondern weil er keine Zeit hatte, sich dafür zu interessieren, während es für Roy eine lebenslange Leidenschaft gewesen war, ein Hobby, das sich zu einer lukrativen Karriere entwickelt hatte, und jetzt im Ruhestand hatte er einen anderen Auslass für seine Liebe zur Luftfahrt gefunden. »Wie lange machen Sie das schon?«

»Zwanzig Jahre. Der Flughafen hat sich in dieser Zeit allmählich verändert – Gebäude kamen und gingen, das Layout wurde geändert, die Menschen sind in der Sonne geschmolzen – aber die Leidenschaft ist geblieben.«

Tomek schenkte dem Mann ein schmales Lächeln, forderte ihn auf, sich in seinem eigenen Haus zu setzen, und setzte sich dann zu Anna auf das Sofa. Sie hatte geduldig und schweigend gewartet und ihrem Gespräch vom bequemen Sessel aus gelauscht.

»Schön, dich wiederzusehen, Anna«, bemerkte Daphne, als ihre Mundwinkel zu einem warmen Lächeln zuckten.

»Überrascht, dass Sie mich noch nicht satt haben«, erwiderte die Polizistin.

»Niemals.«

Tomek glaubte ihr. Anna war eine der Besten, außergewöhnlich gut in ihrem Job. Und obwohl sie nicht immer da war, um gute Nachrichten zu überbringen, konnte sie den Schmerz, die Verletzung, das Leid nach dem Tod eines geliebten Menschen auf eine fürsorgliche und mitfühlende Weise lindern. Sie war ihre Sicherheitsdecke, ihr Unterstützungssystem. Und Tomek fragte sich, wie das Ehepaar danach zurechtkommen würde, wenn diese Unterstützung wegfiele.

»Es tut uns leid, Ihren Nachmittag zu stören«, begann Tomek, »aber wir würden gerne mit Ihrem Sohn sprechen.«

Daphne und Roy tauschten Blicke aus. »Wir... wir glauben, er ist im Pub«, antwortete Daphne. »Um ehrlich zu sein, wissen wir eigentlich nicht, wo er ist.«

Tomek verengte die Augen.

»Nach all dem Schlamassel, der mit ihm und Rose ans Licht gekommen ist, haben wir ihn eingeladen, hier zu bleiben, aber...«

»Aber er hat eigentlich überhaupt nicht hier übernachtet«, beendete Roy. »Er sagte, er ginge in den Pub, das war in der ersten Nacht bei uns, und seitdem ist er nicht nach Hause gekommen.«

»Haben Sie mit ihm gesprochen?«, fragte Tomek.

»Oh ja. Daphne hat ihn ununterbrochen angerufen, um sicherzustellen, dass er noch am Leben ist.«

»Und?«

»Er lebt«, antwortete die Frau leise. »Nur sehr, sehr betrunken.«

»Hatte er jemals zuvor Probleme mit Alkohol?«

Mann und Frau sahen sich wieder an. Tomek durchschaute das sofort. »Er hat früher viel getrunken, als er jünger war«, antwortete Daphne. »In seinen frühen Zwanzigern, wissen Sie. Besinnungslos betrunken. Bis zu dem Punkt, wo er im Schlaf erbrach. Aber wir haben es mit Gottes Hilfe geschafft, ihn aus dieser Phase seines Lebens herauszuholen, nicht wahr, Liebling?«

»Ja«, antwortete Roy. »Damals war er ein anderer Mensch. Er war nicht unser Sohn. Wir haben ihn kaum erkannt, also haben wir ihn in die Kirche gebracht und ihn einen kalten Entzug machen lassen.«

Offensichtlich war der Entzug nicht kalt genug.

»Wie heißt der Pub, in dem er angeblich war?«, fragte Tomek.

»The Prince Albert«, antwortete Roy.

»Unglücklicher Name für einen Pub, aber ich denke, das macht Sinn, angesichts der Umstände.«

»Was soll das heißen?«, fragte Roy mit anklagendem Ton.

Tomek zögerte und hielt inne, bevor er den Mund öffnete. Dann blickte er zu Anna, die kaum merklich den Kopf schüttelte.

»Verzeihen Sie mir. Sie wissen es nicht, oder?«

»Was wissen wir nicht?«

»Über Ihren Sohn.«

»Was ist mit ihm?«

Tomek lehnte sich auf dem Sofa zurück und überließ Anna die Erklärung. Die Nachricht würde besser von ihr kommen. Sie war viel taktvoller, wenn es um solche Dinge ging.

»Sagt Ihnen der Name Johnny Bra-vo etwas?«

»Sie meinen den Kinderzeichentrick?«

»Nicht ganz. Es ist der Name einer Drag-Show.«

»Einer *Drag*-Show...?«, wiederholte Daphne, als ihr schnell die Erkenntnis dämmerte.

Ihr Mann brauchte ein paar Sekunden, um aufzuholen, und als er es tat, sprang er von seinem Sitz auf.

»Drag? Wollen Sie damit sagen, dass mein Sohn schwul ist?«

»Nicht unbedingt«, unterbrach Tomek. »Vielleicht genießt er es einfach, sich als Frau zu verkleiden.«

»Ja, aber das bedeutet, dass er verdammt noch mal schwul ist. Mein Sohn, Johnny, schwul!«

Gerade als Tomek antworten wollte, begann Roy, auf und ab zu gehen und den Kopf zu schütteln. Dann machte er eine plötzliche Bewegung in Richtung der Terrassentüren und blickte in den Garten hinaus, die Arme hinter dem Rücken. Tomeks erster Eindruck war, dass er mehr über seinen Sohn, der sich als Frau verkleidete, aufgebracht war als über den Tod seiner Tochter.

»Das glaube ich verdammt nochmal nicht«, sagte er. »Wie lange geht das schon so?«

»Ich denke, das ist ein Gespräch, das Sie mit Ihrem Sohn führen müssen. Gleich nachdem wir mit ihm fertig sind, heißt das.«

Ohne Vorwarnung schlug Roy gegen das Glas. Einmal, zweimal, dreimal, hämmerte er mit der Faust gegen das Fenster. Dann drehte er sich um, schnappte sich den Chavin-Steinkopf und schleuderte ihn gegen das Glas. Der Kopf prallte vom Doppelglas ab, das leicht riss, und fiel dann zu Boden, wo er in viele Stücke zerbrach.

»Was ist los mit dieser verdammten Familie und verdammten Geheimnissen?«, brüllte Roy.

Ja, in der Tat, dachte Tomek, als er hineilte, um den Mann zu beruhigen. Was ist los mit Ihrer Familie und Geheimnissen?

KAPITEL
ZWEIUNDVIERZIG

Alles, was nötig gewesen war, um Roy Whitaker zu beruhigen, war ein einziger Klaps auf die Wange von seiner Frau. Als hätte sie den Teufel und die Wut aus ihm herausgeschlagen. Kurz darauf war er wieder normal geworden. Da sie nichts mehr hinzuzufügen oder zu erfahren hatten, verließen Tomek und Anna die beiden, um ihnen Zeit zu geben, die neuesten Informationen über ihren Sohn zu verarbeiten. Aber zuerst mussten sie noch einen Zwischenstopp einlegen: einen kurzen Abstecher zum The Prince Albert. Der Pub war Anfang des zwanzigsten Jahrhunderts erbaut worden und ähnelte dem Shakespeare Globe mit seinen weißen Wänden, Holzbalken und dem Reetdach. Im Inneren war der Pub genauso altertümlich. Die Möbel waren aus Holz und sahen aus, als würden sie in der gleichen Geschwindigkeit Splitter verteilen, wie die Bar Bier ausschenkte. Die Decke war zu niedrig, und die Holzbalken boten Tomek die Chance, einen Hindernisparcours zu versuchen, den er noch nie zuvor ausprobiert hatte. Ein dicker, klebriger, muffiger Geruch hing in der Luft, und das war alles einer einzigen Person zu verdanken: dem Mann, der in der Ecke saß, in einen Stuhl gelümmelt, den Kopf nach vorne, in die Brust gedrückt, mit Speichel, der aus seinem Mund hing, und einem halbvollen Glas Bier, das am Rand eines Untersetzes balancierte. Wenn da nicht das stetige Heben und Senken seiner Brust gewesen wäre, hätte Tomek angenommen, der Mann sei tot.

»Keine Sorge«, rief der Barkeeper, ein Typ in den Zwanzigern mit den ersten Anzeichen eines Vokuhilas, von der anderen Seite der Bar. »Ich geb ihm jede Stunde einen Schubs, nur um sicherzugehen, dass er nicht abgekratzt ist oder so.«

Tomek schaute auf das Bierglas. »Wie viele hat er getrunken?«

Achselzuckend antwortete der Barkeeper: »Seit ich heute hier bin, würde ich sagen, vielleicht so ungefähr drei.«

»Und insgesamt?«

Ein weiteres Achselzucken. »Bin nicht so lange hier wie er.«

»Großartig. Denkst du nicht, dass du vielleicht aufhören solltest, ihm zu servieren?«

Der junge Mann hob seine Arme in gespielter Kapitulation, sprach sich selbst von aller Schuld und Verantwortung frei. »Ich mach nur, was mir gesagt wird. Und wenn er ein Bier will, dann zapf ich ihm eins. Solange er zahlen kann, ist das für uns kein Problem.«

»Seine Leber hätte dazu vielleicht was zu sagen.«

Tomek reichte das Glas an Anna weiter und sagte ihr, sie solle es zur Bar bringen. Während sie dort war, lehnte sie sich über den Tresen zum Barkeeper und flüsterte ihm leise ins Ohr. Zweifellos eine Warnung. Tomek zog einen Stuhl unter dem Tisch hervor, und als er sich setzte, stupste er Johnny Whitakers Arm an. Der Körper des Mannes vibrierte und zitterte durch den Angriff, aber er bewegte sich nicht. Als nächstes schlug Tomek ihm zweimal auf die Wangen. Immer noch nichts. Komatös, bewusstlos. Erst als Tomek ein Glas Wasser von der Bar verlangte und es über ihn schüttete, kam er endlich zu sich.

»Wablugargh«, nuschelte Johnny.

»Johnny, kannst du mich hören?«

»Verfik disch.«

»Ich glaube, er versucht, dir zu sagen, du sollst dich verpissen«, sagte Anna, als sie zu ihm stieß.

»Das ist eine Sprache, die ich sprechen kann.«

Tomek lehnte sich vor und schlug ihm weiter leicht auf die Wangen, abwechselnd jedes Mal, wenn Johnny seinen Kopf zur anderen Seite drehte. Fast eine Minute später öffneten sich Johnnys Augenlider und offenbarten ein Paar Augen in der Farbe der Engelsflügel seiner Schwester. Der Mann sah aus, als hätte er einen fünftägigen Saufgelage hinter sich und wäre noch nicht einmal über das Schlimmste hinweg. Sein Haar war zerzaust und fettig, und seine Haut war ebenso ölig und klamm, Alkohol und Schuld drangen durch seine Poren. Sein Atem war so stark, dass Tomek seinen eigenen anhalten musste, während er darauf wartete, dass der Mann klar im Kopf wurde, und ein dünner Schnodderfluss war seine Nase hinunter und in seinen Mund gelaufen. Der Mann war in einem desolaten Zustand und brauchte dringend Ausnüchterung.

Anna reichte Tomek ein Glas Wasser. Tomek nahm es von ihr und hielt es an Johnnys Lippen. Aber es war sinnlos. Sein Gesicht war so schlaff, dass es unmöglich war, seine Lippen weit genug zu öffnen, damit der Rand des Glases hindurchpasste, und Tomek hatte keine Lust, sein Betreuer zu werden. Zumindest nicht ohne die Hilfe eines Handschuhs.

»Es ist wie ein Kind füttern«, bemerkte Anna.

»Ein dickes und hässliches.«

»Die sind alle irgendwann dick und hässlich.«

Das war lächerlich. Im Moment existierte Johnny Whitaker einfach nur. Er hatte keine geistigen Fähigkeiten, kein Gefühl dafür, wo er war; er war in keinem Zustand, irgendetwas zu tun, geschweige denn Fragen über die Lügen und Geheimnisse zu beantworten, die seine Ehe und Familie zerrüttet hatten. Er musste ins Krankenhaus. Tomek zog sein Handy heraus und rief einen Krankenwagen. Er traf über zwanzig Minuten später ein, nachdem er Schwierigkeiten hatte, durch die engen Landstraßen und den kleinen, fast unbrauchbaren Pub-Parkplatz zu navigieren. Ein paar Minuten nach seiner Ankunft war Johnny Whitaker im Heck des Wagens und auf dem Weg ins Broomfield Hospital in Chelmsford. Tomek und Anna blieben bei ihm auf Schritt und Tritt, als wären sie seine Angehörigen, besorgt um sein Wohlbefinden, obwohl Tomek kein Mitleid mit dem Mann hatte; der Schmerz und das Leid, das er gerade durchmachte, hatte er sich alles selbst zugefügt.

Nach fast zwei Stunden im Krankenhausbett, an einen Tropf angeschlossen, nachdem er die Zeit und Ressourcen des NHS verschwendet hatte, war Johnny Whitaker endlich bereit, einige Fragen zu beantworten.

Sobald Tomek grünes Licht bekam, verlor er keine Zeit, die Aufmerksamkeit des Mannes zu erlangen.

»Johnny, mein Guter!«, brüllte er absichtlich. Der Mann zuckte zusammen und wich im Bett zurück bei dem plötzlichen Lärm in den Ohren. »Wie fühlst du dich? Besser?«

»Warum... warum schreist du?«, sagte der Mann, während er gegen die noch leicht verwaschene Sprache ankämpfte.

»Ich wollte nur sichergehen, dass du mich hören kannst, Kumpel. Du warst verdammt fertig in der Kneipe.«

»Die... die Kneipe?«

»Du erinnerst dich nicht mal daran, in der Kneipe gewesen zu sein?«

Der Mann schüttelte seinen Kopf so langsam, dass es fast wie ein Faultier wirkte.

»Oh je, du hast wohl eine Weile getrunken, nicht wahr? An was kannst du dich aus den letzten Tagen erinnern?«

Johnnys Blick wanderte allmählich von Tomek zur Decke, langsam, fast roboterhaft, als ob seine Knöpfe ausgeschaltet worden wären. Oder er hatte eine Fehlfunktion.

»Ich nur... Rose... Ich erinnere mich-«

»An einen Streit mit Rose? Erzähl uns davon.«

»Du... du weißt es schon?«

Tomek klopfte dem Mann herablassend auf den Oberschenkel. »Ja, ich weiß es. Aber ich möchte deine Version der Ereignisse hören. Was hast du dazu zu sagen?«

Irgendwo, irgendwo tief in Johnnys Gehirn schalteten sich die Schalter wieder ein und die Zahnräder begannen wieder zu arbeiten, denn er hob langsam seinen Blick wieder zu Tomek, seine Augen dieses Mal etwas klarer, fokussierter.

»Sie ist ein Miststück«, spuckte er aus.

Tomek legte eine Hand auf seine Brusttasche. »Willst du das zu Protokoll geben oder...?«

»Sie ist ein Miststück.«

»Und warum ist das so, Johnny?«

»Weil... weil sie es ist. Ich schwöre bei Gott, das nächste Mal, wenn ich sie sehe...«

»Das nächste Mal, wenn du sie siehst, was?«

»Nichts. Sie ist ein Miststück.«

Tomek konnte erkennen, dass dies ein noch längerer Prozess werden würde, als er erwartet hatte.

»Und warum sollte das so sein, Johnny? Wie hat sie herausgefunden, dass du seit achtzehn Monaten heimlich als Drag-Künstler in Southend auftrittst? Was denkst du, wie sie sich gefühlt hat? Denn mir scheint, *du* warst derjenige, der sie belogen hat. Nicht andersherum. Macht das nicht *dich* zum Mistkerl, Johnny?«

Der Mann murmelte etwas Unverständliches.

»Wie hast du reagiert, als sie dich damit konfrontiert hat, Johnny? Hast du Rose geschlagen, Johnny?«

Der Mann schüttelte den Kopf.

»Was wäre passiert, wenn es umgekehrt gewesen wäre? Was wäre passiert, wenn du herausgefunden hättest, dass sie eine Affäre hatte oder dass sie sich als Mann verkleidet? Hättest du sie dann geschlagen, Johnny?«

Wieder ein Kopfschütteln.

»Wer wusste sonst noch davon, Johnny? Wer wusste sonst noch, dass du deine ganze Familie belogen hast, dich selbst belogen hast? Angelica? Wusste sie davon?«

Tomek bemerkte ein Zucken in den Augen, eine Bewegung der Gesichtsmuskeln. Es war nur minimal, aber Tomeks hochtrainiertem Auge auffällig.

»Sie wusste es, nicht wahr? Sie hat es herausgefunden, nicht wahr? Wie?«

»Ihre... ihre Freundin«, begann der Mann. »Sie haben eingeladen... ich bin aufgetreten...«

»Also hat sie dich gesehen. Sie hat dich gesehen, und plötzlich war dein Geheimnis gelüftet. Was hast du getan, als sie dich damit konfrontiert hat?«

Der Mann wurde wieder nicht ansprechbar, sein Körper neigte sich zur Seite wie bei einem Schlaganfallpatienten.

»Bist du ihr gegenüber wütend geworden, Johnny? Hast du sie getötet, weil sie gedroht hat, Rose von deinem großen Geheimnis zu erzählen? Ist das passiert?«

Der Mann hob einen Arm und begann, ihn in Richtung Tomek zu schwingen, aber die Bewegung war so langsam, dass Tomek genug Zeit gehabt hätte, den Raum zu verlassen, einen kleinen Becher Wasser zu füllen und zu seinem Platz zurückzukehren, bevor er ihn getroffen hätte. Als dem Mann sein Fehler bewusst wurde – zu versuchen, einen Polizeibeamten zu schlagen, war selbst zu den besten Zeiten keine besonders kluge Idee –, weiteten sich seine Augen und er senkte seine Faust, bevor es zum Kontakt kam.

»Hast du gerade versucht, mich anzugreifen?«

»Nein.«

»Doch, hast du. Ich hab verdammt noch mal gesehen, wie du es getan hast. Ich habe eine Zeugin.« Tomek deutete auf Anna, die auf der anderen Seite des Bettes saß und leise Notizen machte. »Du hast versucht, mich zu schlagen. Das ist eine sehr ernste Sache, besonders gegenüber einem Polizeibeamten. Soll ich dich verhaften?«

Johnny schüttelte den Kopf.

»Ich sollte. Ich sollte *wirklich*. Ich meine, du hast bereits bewiesen, wie gewalttätig du bist. Hast Shawn Wilkins wiederholt ins Gesicht geschlagen. Wer sagt denn, dass du deine Frau nie geschlagen oder deiner Schwester nie wehgetan hast? Sie vielleicht sogar getötet.«

Johnnys Stirn runzelte sich, als sein Gesichtsausdruck sich verhärtete. »Ich... habe... sie... nie... getötet...«

»Das sagst du, aber ich habe Schwierigkeiten, irgendetwas zu glauben, was du mir gerade erzählst. Bisher hat sich alles, was du gesagt hast, als Lüge herausgestellt. Erst warst du beruflich unterwegs, dann hattest du eine Affäre, und jetzt bist du heimlich eine Dragqueen.« Tomek rutschte auf seinem Stuhl nach vorne und lehnte sich vor, legte seine Ellbogen auf die Knie. »Warum bist du nicht ehrlich zu mir, Johnny? Warum fangen wir nicht mit einer einfachen Frage an: Was hast

du gemacht, nachdem du deinen Auftritt im Cool Cats and Kittens in
der Nacht beendet hast, als Angelica ermordet wurde?«

KAPITEL
DREIUNDVIERZIG

Kasia wartete auf ihn, sobald er die Tür öffnete, mit einem besorgten Gesichtsausdruck.

»Ich habe dich vom Fenster aus kommen sehen«, sagte sie zu ihm.

»Okay…«

»Ich wollte dir das geben.«

In ihrer Hand hielt sie einen Umschlag.

Nathan.

»Warum?«, fragte er. »Ich dachte, wir hätten vereinbart, es auf dem Tisch liegenzulassen, nur für den Fall…«

»Ich weiß, aber das ist schon der dritte in weniger als einer Woche.« Sie zuckte mit den Schultern. »Ich weiß nicht. Ich wollte nur sichergehen, dass du ihn bekommst.«

Tomek nahm den Umschlag vorsichtig entgegen und betrachtete ihn, drehte ihn in seinen Händen. Die Ränder des Siegels waren leicht eingerissen. »Hast du versucht, ihn zu öffnen?«, fragte er.

Kasia schüttelte den Kopf.

»Warum schaust du so besorgt?«, fragte er.

»Ich mag es nicht, wie viele wir bekommen«, sagte sie. »Es… es macht mir Unbehagen. Ich… ich habe einen der anderen gelesen, die du bekommen hast.«

Tomek entschied sich, nicht sofort zu reagieren.

Kasia fuhr fort: »Und... und ich wünschte, ich hätte es nicht getan. Aber es war so schwer, ihn nicht zu öffnen. Es tut mir leid, Papa. Ich weiß, ich hätte nicht in deinen Sachen herumwühlen sollen. Ich weiß, es war ein Eingriff in deine Privatsphäre, aber... ich war einfach neugierig.«

Bevor Tomek den Mund aufmachte, um zu antworten, wollte er erst darüber nachdenken. Er war wütend, stinksauer auf sie, weil sie durch seine persönlichen Sachen gegangen war – ausgerechnet durch die Briefe des Mörders seines Bruders. So etwas hätte er von Abigail erwartet, aber nicht von Kasia. Kasia sollte sich nicht für diese Briefe interessieren. Sie sollte sie mit der gleichen flapsigen Gleichgültigkeit behandeln wie eine Grundsteuerbescheinigung oder einen Brief vom Immobilienmakler. Aber das hatte sie nicht. Sie hatte in seinen Sachen gewühlt und sein Vertrauen missbraucht. Zum zweiten Mal.

Andererseits kam nun der rationalere Teil seines Gehirns ins Spiel; sie war neugierig. Sie war erst dreizehn. Unschuldig, jung, naiv. Vielleicht hatte sie es getan, weil sie das Gefühl hatte, ihn nicht danach fragen zu können, oder sie wusste nicht wie, und dies war der einzige Weg für sie gewesen, die Antworten selbst herauszufinden. Das Problem war, dass sie nun die volle Wahrheit kannte, mit all ihren zackigen Kanten und Schnitten, und nicht die abgemilderte, glatte Version, die Tomek ihr gegeben hätte.

»Kash...«, begann er, aber sie unterbrach ihn.

»Woher kennt er meinen Namen?«

Scheiße.

»Hast du es ihm gesagt?«

»Nein«, antwortete Tomek. »Absolut nicht.« Er legte beide Hände auf ihre Schultern, was sie sofort beruhigte. »Ich weiß nicht, woher er deinen Namen kennt. Ich habe versucht, darüber nachzudenken, die Zeit zu durchgehen, als ich ihn gesehen habe, mich zu fragen, ob ich ihm etwas über dich gesagt habe, aber ich bin mir sicher, dass ich das nicht getan habe. Ich weiß nicht, woher er deinen und Abigails Namen kennt. Das ist etwas, dem ich nachgehe.« Dann schlang er seine Arme um sie und zog sie an seine Brust. Es gab nicht viel körperliche Verbindung zwischen ihnen als Vater und Tochter, aber Tomek fand es angemessen. Jetzt brauchte sie Beruhigung, um sich sicher zu fühlen. In der

Vergangenheit war sie Opfer eines persönlichen Angriffs geworden, der sie fast getötet hätte. Es war etwas, mit dem sie jeden Tag lebte, und Tomek wollte sicherstellen, dass es keine Angst oder Sorge gab, der sie sich stellen musste.

»Du bist sicher«, sagte Tomek zu ihr. »Er ist im Gefängnis. Er kann uns nicht verletzen. Er kann mir, dir oder irgendjemandem nichts antun. Okay?«

Kasia sah zu ihm auf, in ihren großen braunen Augen schwammen Angst und Paranoia, mit einem Funken Glauben.

Als sie sich aus der Umarmung lösten, fragte sie: »Bist du wütend?«

Tomek wuschelte ihr durch die Haare. »Nein, natürlich nicht. Ich hätte es dir sagen sollen. Ich hätte offener zu dir sein sollen. Das geht auf meine Kappe. Du hast nichts, wofür du dich entschuldigen musst, okay?«

»Okay«, sagte sie, nicht überzeugt wirkend. »Es tut mir leid, Papa.«

Tomek zog sie für eine weitere Umarmung zu sich heran, drückte sie fest und ließ sie dann los. »Wenn du jemals Fragen zu dem hast, was mit Michał passiert ist und all dem Rest, dann frag einfach, alles klar? Und...« Er atmete tief ein und sammelte sich für den nächsten Teil. »Wenn du jemals etwas Verdächtiges siehst oder etwas, von dem du denkst, dass ich es wissen sollte, lass es mich wissen. Abgemacht?«

»Abgemacht.«

Damit öffnete Tomek den Brief und begann zu lesen.

Liebster Tomek,

Ich hoffe, du wirst sehen, dass meine Rechtschreibung seit dem letzten Mal deutlich verbesert wurde. Einige Leute hier versuchen, mir mit meiner Rechtschreibung zu helfen, aber ich sage ihnen, dass ich gerne selbst lernen möchte. Ich habe alle Zeit der Welt und ich würde gerne wenigstens einmal in meinem Leben etwas für mich selbst tun. Manchmal denke ich über die Dinge nach, die ich getan habe, und was ich vielleicht tun würde, wenn ich deinen Bruder nicht getötet hätte. Machst du das auch? Hast du jemals darüber nachgedacht, was du tun würdest, wenn du aufhören würdest, Polizist zu sein? Ich glaube, ich wäre gerne Maler oder Dekorateur, würde etwas mit meinen Händen machen. Wir haben hier viele Holzarbeits- und Handwerkskurse, um uns zu unterhallten. Das sind einige meiner Lieblingsaktivitäten. Neulich habe ich ein kleines Vogelhaus gebaut. Der Mann, der mir beigebracht hat, wie man das macht, sagte, er sei wirklich beeindruckt und würde es in ein Gartencenter bringen, um zu sehen, ob jemand es kaufen möchte. Wenn das passiert, dann sagte der Mann, kann ich einen Teil des Geldes dafür bekommen. Ich habe ihm gesagt, er soll sicherstellen, dass es in ein Gartencenter in deiner Nähe in Essex kommt, aber ich weiß nicht, ob er das tun wird. Ich genieße meine Hobbys wirklich. Hast du welche? Der Aufseher muss sicherstellen, dass viele Wachen in der Nähe sind, weil wir manchmal Hämmer und andere Werkzeuge haben. Einige der anderen Insassen hier haben versucht, Streit mit ihnen anzufangen, aber ich halte mich fern. Es ist alles sehr albern.

Morgen... Aber vielleicht ist es schon vorbei, wenn du das bekommst, ich glaube nicht, dass die Post hier sehr schnell ist, und vielleicht ist sie auch nicht sehr zuverläsig. Aber jedenfalls kommen sie morgen wieder und diesmal zeigen sie mir, wie man etwas aus Eisen baut. Ich weiß nicht, wie es heißt, aber wenn du interessiert bist, kann ich es an deine Heimatadresse schicken. Die Wachen hier lassen normalerweise keine Dinge dieser Größe raus, aber ich glaube, sie werden für mich eine Ausnahme machen.

Wie auch immer, ich denke an dich.

Nathan

PS - Ich habe noch nichts von dir auf einer meiner Handynummern gehört. Ich habe sie für dich nochmal auf der Rückseite notiert, nur für den Fall. Bitte verliere sie nicht.

PPS - Ich habe Michałs Namen auf den Boden des Vogelhauses geschrieben, das ich gemacht habe, falls du in ein Gartencenter gehen und danach suchen möchtest.

PPPS - Ich habe erst vor kurzem von diesem PS-Zeug erfahren. Cool, nicht wahr!

»Was steht drin?«

Die Stimme klang entfernt, als käme sie von draußen, und riss ihn aus seinen Gedanken.

»Papa, was steht in dem Brief?«

»Unsinn«, sagte er geistesabwesend.

»Was?«

»Unsinn. Er... er redet nur über ein Vogelhaus, das er gebaut hat.«

Ein Vogelhaus mit dem Namen seines Bruders darauf.

Tomek wusste nicht warum, aber alles, woran er denken konnte, war dieses hölzerne Vogelhaus. Es bestand wahrscheinlich aus vier Holzstücken, die zusammengeleimt waren, mit einem großen Kreis, der aus einer der Wände ausgeschnitten war. Es stammte wahrscheinlich aus einem Bausatz: alle Teile kamen in einer Schachtel zusammen und alles, was Nathan tun musste, war, sie mit PVA-Kleber zusammenzukleben. Es war keine Handwerkskunst dabei, keine wirklichen Fähigkeiten erforderlich. Und doch wollte Tomek es haben.

Ich habe Michałs Namen auf den Boden geschrieben.

Tomek reichte ihr den Brief. Sie nahm ihn vorsichtig entgegen und begann zu lesen. Er beobachtete, wie sich ihre Augen von Seite zu Seite bewegten, während sie eine neue Zeile begann, ihre Stirn runzelte sich, ihr Gesicht verzog sich.

»Er hat dir wieder seine Handynummer gegeben?«, sagte sie.

»Er ist sehr darauf bedacht, dass ich sie habe.«

»Hast du ihm geschrieben?«

Tomek sagte ihr, dass er das nicht getan hatte.

»Wirst du es tun?«

Darauf hatte er keine Antwort. Der Gedanke war ihm mehrmals durch den Kopf gegangen. Aber er hatte noch nicht danach gehandelt.

Noch nicht.

Nachdem sie sich noch einmal bei ihm dafür entschuldigt hatte, dass sie in seinen Sachen gewühlt hatte, bereitete Tomek ihnen das Abendessen zu. Ofenpizzen. Peperoni für sich selbst. Schinken und Ananas für sie. Während das Essen kochte, schlich sich Tomek in sein Schlafzimmer. Unter dem Vorwand, seine Arbeitskleidung auszuziehen und etwas Bequemeres anzuziehen, setzte er sich auf das Ende des Bettes und hielt den Brief in einer Hand und sein Handy in der anderen.

Er tippte mit dem Daumen auf den Bildschirm, und es erwachte zum Leben und zeigte sein Hintergrundbild: ein Standardbild der Erde. Die Face-ID-Einstellung erledigte ihre Arbeit und entsperrte das Gerät. Alles, was er jetzt tun musste, war nach oben zu wischen, was er auch tat. Dann bewegte er sich vorsichtig zur Kontakte-App auf seinem Handy und hielt seinen Finger über das kleine Plus in der oberen Ecke des Bildschirms. Hielt ihn dort. Dachte nach, überlegte, wägte ab.

Und dann tat er es.

Er drückte die Taste und fügte beide Handynummern, die Nathan ihm gegeben hatte, zu seinem Adressbuch hinzu. Bevor er etwas damit anfangen konnte, ertönte der Summer vom Ofen und signalisierte, dass die Pizzen fertig waren.

KAPITEL
VIERUNDVIERZIG

Die Vögel sind alles, was ich hören kann. Dutzende, Hunderte, wenn nicht Tausende von ihnen, die ihren Chor singen und miteinander am Himmel kommunizieren. Ich höre sie über den Geräuschen der Autos, des Windes, der Kinder auf der gegenüberliegenden Straßenseite. Ich habe zu viel Angst, um nach oben zu schauen, aber ich stelle mir vor, dass sie alle über mir fliegen und mich beobachten, wie ich zum Park renne. Vielleicht versuchen sie, mit mir zu kommunizieren. Schreien mich an aufzuhören. Schreien mich an, mich zu beeilen. Versuchen mir zu sagen, dass Michał bereits tot ist, dass ich nichts tun kann.

Vielleicht sind es die Stimmen der Toten, denen er bald beitreten wird.

Als ich endlich den Park betrete, verschwinden die Geräusche, überall ist Stille, bis auf das Geräusch eines einzelnen Vogels, der in einen nahegelegenen Baum fliegt. Ich blicke zu ihm hinüber, aber in der Dunkelheit ist er unsichtbar, verschwunden. Und dann schaue ich ein paar Grad nach unten und sehe Nathan Burrows dort stehen. Er ist wieder vierzig Jahre alt, trägt Jeans und einen dünnen burgunderroten Pullover. Er sieht normal aus, als wollte er gerade mit Freunden essen gehen, und nicht, als würde er eine lebenslange Haftstrafe wegen Mordes verbüßen.

Meine erste Reaktion ist, dass er freigelassen wurde, dass er irgendwie jeden meiner Schritte beobachtet hat, aber das ist nicht möglich. Ich weiß, dass es nicht sein kann.

Er steht dort am hinteren Ende des Feldes mit den Händen hinter dem Rücken. Ich bewege mich auf ihn zu und nehme langsam meinen Rucksack ab. Ich lasse ihn auf den Boden fallen, auf Schlamm und Gras. Bis ich ein paar Meter von ihm entfernt zum Stehen komme, liegt mein toter Bruder genau zwischen uns, sein Körper völlig regungslos.

Bevor irgendetwas passiert, schaue ich auf meine Hände. Sie sind groß, muskulös, von Adern durchzogen, mit Haaren bedeckt. Das sind nicht die Hände eines zehnjährigen Jungen; es sind die Hände eines vierzigjährigen Mannes. Meine Hände. Zwei Erwachsene, zwei ausgewachsene Männer, die einen dreißig Jahre alten Tatort wieder besuchen. Es ist das erste Mal, dass wir beiden uns so gegenüberstehen. Ich sollte den Drang verspüren, über Michał zu springen und meine Hände um Nathans Hals zu legen. Ich sollte den Drang verspüren, über den schwer verstümmelten Körper meines toten Bruders zu springen und die Scheiße aus ihm herauszuprügeln, ihn zu Tode zu schlagen. Aber ich kann nicht. Ich kann mich nicht bewegen. Tatsächlich will *ich mich nicht bewegen. Etwas hält mich zurück, etwas blockiert mich.*

Vielleicht Angst.

Vielleicht Trauer, Schuld.

Oder vielleicht ist es Mitgefühl.

Ich weiß es nicht, aber was auch immer es ist, es hält mich völlig still.

Ein paar Momente vergehen so. In Stille, nichts als der Wind, der durch die Bäume raschelt.

Es gibt keine Autos, keine Vögel mehr.

Nur Nathan und ich.

Und dann sagt er zu mir: »Es tut mir leid, dass ich deinen Bruder getötet habe, Tomek. Ich bereue es jeden Tag meines Lebens.«

»Schon gut«, antworte ich, »ich verstehe.«

KAPITEL
FÜNFUNDVIERZIG

Der Brief beschäftigte ihn weiterhin, genau wie alle anderen zuvor. Am folgenden Tag verabredete sich Tomek zu einem frühen Sonntagslauf mit einem alten Schulfreund, Warren Thomas. Die beiden sprachen kaum miteinander, während sie an der Strandpromenade von Southend entlangjogten, direkt gegen den Wind ankämpfend und den frühmorgendlichen Familien und Hundeausführern ausweichend. Es gab nicht viel zu sagen. Stattdessen nutzte Tomek die Zeit, um seinen Kopf freizubekommen, seine Gedanken zu ordnen und den Traum zu verarbeiten.

Es ist okay... ich verstehe.

Was zum Teufel sollte das bedeuten?

Was war los mit ihm? Warum verurteilte er den Mörder seines Bruders nicht? Warum verzieh er ihm praktisch und entschuldigte alles, was er Michał angetan hatte und alles, was er seiner Familie seitdem angetan hatte? Es ergab keinen Sinn und ehrlich gesagt beunruhigte es ihn ein wenig. Er musste entweder Kontakt aufnehmen oder sofort alle Verbindungen kappen. Ersteres war seine bevorzugte Wahl, aber seine Sorge war, dass je länger er dranbleiben würde und je mehr er sich mit Nathan beschäftigte, desto mehr würde der Mann in seinem Kopf bleiben und weiterhin seine Träume heimsuchen. Wenn er es ruhen ließe und den Mann aus seinem Leben ausschlösse (wie genau, war ihm noch nicht klar), dann würde er nie die Antworten auf seine Fragen bekommen, nie den Abschluss, den er brauchte.

Es war ein Teufelskreis, und er wusste nicht, was er tun sollte.

Wie bei den meisten Dingen (Abigail war ein gutes Beispiel) schob er es in den hintersten Winkel seines Verstandes und ließ es dort, bis die Zeit reif wäre. Es war Sonntag. Der Tag der Ruhe. Es konnte noch einen weiteren Tag warten.

Nachdem er sich von Warren verabschiedet hatte, war er durch die Leigh Broadway gefahren und hatte einen freien Parkplatz an der Hauptstraße entdeckt – eine Seltenheit an jedem Tag der Woche, erst recht an einem Sonntag – und schnell eingeparkt. Er schaltete den Motor aus, stieg aus dem Wagen und machte sich auf den Weg zu Whitaker's.

Der Laden war leer, ein ruhiger Tag nach jedem Maßstab, und Rose saß im hinteren Teil des Gebäudes mit ihrer Häkelarbeit auf dem Schoß.

»Störe ich?«, fragte er sarkastisch. »Du siehst beschäftigt aus. Ich kann zu einer ruhigeren Zeit wiederkommen.«

Sobald sie erkannte, dass er es war, verschwand der aufkeimende Ausdruck von Ärger, den seine Bemerkungen ausgelöst hatten, sofort.

»Und du siehst aus, als wärst du gerade im Meer schwimmen gewesen«, konterte sie. »Ich hoffe, du bringst keinen Sand auf meinen Boden.«

Tomek zeigte auf die große Vitrine, die das Modellsegelboot enthielt, das ihr Mann ihr gekauft hatte. »Füg es einfach zu deiner Strandszene hinzu«, entgegnete er.

»Willst du es haben?«, fragte sie und überraschte ihn damit.

»Wie bitte?«

»Das Boot. Willst du es haben?«

»Warum sollte ich?«

Und dann verstand er.

»Ich schätze, du könntest einen anständigen Betrag dafür bekommen«, sagte er.

»Ich will keinen anständigen Betrag. Es ist mir egal, ob es verbrennt oder ob eine Möwe darauf scheißt. Ich will es loswerden.«

»Nur die eine Möwe oder ein ganzer Schwarm? Weil das ist eine Menge Scheiße für nur eine Möwe.«

»Ich glaube nicht, dass es daran mangelt«, sagte sie. »Alles, was ich tun muss, ist, es für ein oder zwei Stunden draußen zu lassen, und es wird entweder geklaut oder von der Tierwelt da draußen vollgeschissen.«

Tomek schüttelte den Kopf, während er zu ihr hinüberging. »Du solltest diese Möwen nicht benutzen, die sind viel zu sensibel. Ich kenne da jemanden.«

»Du kennst jemanden?«

»Ja.«

»Einen Möwen-Typen?«

»Ja. Ich hab 'nen Möwen-Connect.«

Rose ließ ihre Häkelarbeit in ihren Schoß fallen und brach in schallendes Gelächter aus, bis zu dem Punkt, an dem Tomek glaubte, Tränen in ihren Augen zu sehen.

»Wer zum Teufel hat einen ›Möwen-Connect‹?«

»Definitiv nicht ich.« Tomek machte eine Fingergeweste. »Aber ich wette, das ist das erste Mal seit langer Zeit, dass du gelacht hast, stimmt's?«

»Vielleicht«, sagte sie und wurde plötzlich schüchtern.

»Gut. Dann ist meine Aufgabe hier erledigt.«

»Du kannst jetzt eine andere Jungfrau in Not retten.«

Tomek lachte leise. Er genoss den lockeren Flirt. Und zu seiner Überraschung fühlte er sich dieses Mal nicht schuldig deswegen.

»Ich hatte gehofft, ich könnte mit dir über etwas sprechen«, sagte er.

»Das kostet dich was.«

»Davor habe ich Angst.« Er drehte sich auf der Stelle und bewegte sich zu der Auslage in der Mitte des Ladens. Am Fenster zeigte er auf ein silbernes Armband mit zwei grünen Anhängern: ein vierblättriges Kleeblatt und ein kleines Kätzchen, das einen Garnball an seine Brust drückte. »Ich suche das hier«, sagte er.

»Die Dinge mit der Freundin laufen also wieder?«

Tomek warf ihr einen Blick zu, der sagte: »Sei nicht albern«.

»Ich dachte eher an meine Tochter. Sie ist dreizehn, seit ein paar

Monaten bei mir, und ich habe das Gefühl, sie braucht es. Sie hat viel durchgemacht, und ich weiß nicht warum, aber ich finde, das könnte eine nette Geste für sie sein.«

»Es ist eine *wunderbare* Geste für sie. Sie wird begeistert sein.«

Rose zog ein Paar Handschuhe an, steckte einen Schlüssel oben in die Vitrine und holte das Armband heraus. Dann legte sie es auf ein kleines Plüschkissen.

»Bevor wir weitermachen, kriege ich Kumpelrabatt oder zumindest einen Blaulichtrabatt?«

Roses Wangen wurden warm. »Du kannst noch etwas Besseres bekommen. Weil du mich aufgeheitert hast, gebe ich dir Familienrabatt und ziehe fünfzig Prozent ab.«

Tomek war überrascht. »Das könnte ich unmöglich... Das ist zu großzügig.«

Sie berührte ihn spielerisch am Arm, obwohl eine gewisse Absicht dahinter zu spüren war. »Unsinn. Entweder du nimmst es, oder ich verkaufe es dir gar nicht, und dann wird deine Tochter enttäuscht und traurig sein.«

»Schuldgefühle auslösen... Du bist eine ziemlich gute Verkäuferin.«

»So habe ich gelernt, das zu bekommen, was ich will.« Rose bewegte sich zur Kasse und begann, das Armband einzupacken. Zuerst kam der kleine marineblaue Filzbeutel, komplett mit Whitaker's Branding in Silberprägung. Dann wurde eine „Mit Dank"-Visitenkarte obenauf gelegt. Dann transportierte sie die beiden Gegenstände auf ein Bett aus Strohpapier und wickelte es zweimal ein, bevor sie es schließlich in eine Markenpapier-Tüte steckte. Tomek beobachtete, wie sie sich geschickt und elegant zwischen jeder Phase des Prozesses bewegte.

»Das hast du schon mal gemacht.«

»Das ist erst mein zweites Mal. Das Geschäft läuft schlecht.«

Tomek schmunzelte, dann machte er seine Bankkarte bereit.

Ein paar Sekunden später gab sie den Gesamtbetrag ein, und er zahlte. Dann legte sie den Kassenbon in die Tüte und ließ ihre Hand dort, wartend, bis er die Hand ausstreckte und sie berührte.

»Das war nicht der einzige Grund, warum du hergekommen bist, oder?«, fragte sie.

Tomek stotterte.

»Es geht um meinen Mann, nicht wahr?«

»Hast du mit ihm gesprochen?« Tomek streckte die Hand nach dem Geschenk aus. Schließlich gab sie nach und ließ es ihn nehmen.

»Nicht seit ich ihn rausgeworfen habe, nein.«

»Würdest du gerne wissen, wo er ist?«

»Nicht unbedingt. Solange er noch lebt, um die Scheidungspapiere zu unterschreiben, ist es mir egal, wo er ist, was er tut oder wie es ihm geht. Er hat mich sowieso lange genug über all diese Dinge angelogen, er sollte damit klarkommen. Inzwischen ist er ein verdammter Experte darin.«

Tomek blickte zu Boden. »Er liegt im Krankenhaus. Wir haben ihn im Prince Albert gefunden, in der Nähe von Roy und Daphne. Schwer betrunken. Wir dachten schon, wir müssten seinen Magen auspumpen. Er hatte zwar nicht viele nette Dinge über dich zu sagen, aber ich schätze, du hast auch keine netten Dinge über ihn zu sagen. Jedenfalls ist er im Broomfield, falls du Lust auf die Fahrt hättest.«

»Auf keinen Fall. Er kann meinetwegen dort bleiben, denn er kommt mir sicher nicht in die Nähe von hier, dem Haus oder der Wohnung oben. Kannst du glauben, dass er versucht hat, dort zu bleiben, nachdem ich ihn rausgeworfen habe?«

»Doch, das kann ich«, antwortete Tomek, ohne herablassend oder sarkastisch klingen zu wollen.

Falls sie davon beleidigt war, zeigte sie es nicht. »Ich habe ihm gesagt, er kann sich verpissen. Mein Name steht auf allen Verträgen. Ich trage das ganze Risiko. Es sind *meine* Immobilien. Er darf nirgendwo in ihre Nähe kommen.«

Tomek erinnerte sich an sein Gespräch mit Johnny Whitaker.

»War er jemals gewalttätig dir gegenüber?«

Rose schüttelte den Kopf.

»Hat er dich jemals emotional missbraucht?«

Wieder ein Kopfschütteln.

»Was ist mit seinem Vater, Roy? Hast du jemals Aggressionen von diesem Mann gesehen?«

Diesmal brauchte Rose länger, um die Frage zu beantworten. Sie dachte darüber nach, ließ die Gedanken in ihrem Kopf kreisen, während sie durch ihre Festplatte suchte.

»Ich meine, er war nie körperlich gewalttätig mir gegenüber, manchmal ein bisschen seltsam und aggressiv, aber ich habe nur von einem Vorfall mit ihm und Daphne gehört. Johnny hat mir erzählt, dass es mal vorkam, als sie im Urlaub waren und er ihr ins Gesicht geschlagen hat, während die Kinder im Schwimmbad waren. Johnny war nicht sicher, ob er es gesehen hatte oder nicht. Alles, was er sah, war seine Mutter, die sich das Gesicht hielt. Aber er hat damals nichts gesagt. Ich glaube, er war so zehn, elf, also wusste er wahrscheinlich nicht, was er tun sollte.«

Tomek verlagerte sein Gewicht von einem Fuß auf den anderen.

»Und das war das einzige Mal?«

Sie zuckte mit den Schultern. »Das er mir erzählt hat. Heißt nicht, dass es nicht passiert ist, wenn sie nicht da waren.«

Tomek dachte an seine Besuche im Haus der Familie Whitaker zurück; ob er etwas Verdächtiges gesehen hatte. Die Dynamik zwischen Roy und Daphne hatte mehrmals gewechselt. Manchmal hatte Daphne das Sagen, kümmerte sich um Roy, und dann war es wieder umgekehrt. Es gab keine offensichtliche Machtdynamik oder bedrohlichen Untertöne, die er hätte wahrnehmen können. Dennoch machte er sich eine geistige Notiz, Anna darauf anzusprechen. Sie hatte mehr Zeit mit der Familie verbracht; vielleicht hatte sie etwas gesehen oder bemerkt.

Gerade als Tomek gehen wollte, fügte Rose hinzu: »Er ist nie handgreiflich geworden mir gegenüber, aber...«

Tomek gab ihr so viel Zeit wie sie brauchte, um fortzufahren. Bei so etwas konnte man nicht drängen.

»Er... er hat mich einmal angemacht, was ich ziemlich seltsam fand.« Sie atmete tief ein, als ob sie sich darauf vorbereitete, die Erinnerung noch einmal zu durchleben. »Wir waren auf einer Familienhochzeit – irgendeine entfernte Sache mit einem Cousin zweiten Grades, sechsmal entfernt oder so. Ich kannte niemanden und Johnny auch nicht, aber er meinte, er wolle hingehen, weil er Hochzeiten liebt und sie immer ein guter Vorwand sind, um Spaß zu haben und so besoffen zu werden wie man will. Das war zu der Zeit, als er die schlimmste Phase seiner Trinkprobleme durchmachte.«

»Daphne und Roy haben mir davon erzählt«, unterbrach Tomek. »Sie meinten, dass sie ihn vor Gott gesetzt und ihn von einem Tag auf den anderen vom Alkohol entwöhnt hätten.«

Rose schnaubte. »Das wollten sie glauben, aber es hat nicht lange angehalten. Versteh mich nicht falsch, Johnny hat immer noch getrunken, aber er trank nicht mehr so viel. Und immer wenn wir zu seinen Eltern zum Essen oder zu einer Veranstaltung gingen, war er einfach sehr gut darin, es zu verstecken und dafür zu sorgen, dass er nicht erwischt wurde – zusammen mit allem anderen, wie es scheint.« Rose verdrehte die Augen und fuhr mit ihrer Geschichte fort. »Jedenfalls war Johnny etwa zwei Stunden nach Beginn dieser Hochzeit bereits auf der Tanzfläche, tanzte, redete mit jedem und allem, was ihm die Zeit gönnte; ich glaube, ich habe ihn einmal mit einer Pflanze reden sehen. Aber während Johnny tanzte, kam Roy zu mir rüber, setzte sich direkt neben mich und legte seinen Arm um meinen Rücken. Zuerst dachte ich, okay, er ist rübergekommen, um etwas zu sagen, aber als er seinen Arm nicht wegnahm, wurde ich beunruhigt. Dann begann er, meinen Arm zu streicheln und meine Schulter zu drücken. Ich fühlte mich super unwohl und als ob ich nicht um Hilfe rufen könnte. Niemand sonst war in der Nähe, der mich hätte retten können: Angelica und Daphne waren auch auf der Tanzfläche und schwangen sich gegenseitig herum. Und dann lehnte er sich an mein Ohr und grunzte.«

»Grunzte?«

»Ja. So ein sexuelles Grunzen.«

»Hat er etwas gesagt?«

Sie nickte.

»Ja. Er nannte mich einen Engel, weil ich mich so gut um Johnny kümmere, wie ich es getan hatte, und ging dann weg. Ich meine, er war auch ziemlich betrunken, aber... keine Ahnung, es fühlte sich einfach seltsam an, weißt du?«

»Ja«, sagte Tomek. »Ich weiß.«

KAPITEL
SECHSUNDVIERZIG

Er hatte keine Ahnung, was im Fernsehen lief. Irgendein Mist, den Kasia eingeschaltet hatte, weil sie, wie sie ihm erzählt hatte, einen Haufen Hausaufgaben auf ihrem Laptop zu erledigen hatte und sich anscheinend nicht konzentrieren konnte, ohne etwas im Hintergrund laufen zu haben. Ihr jugendlicher Geist mochte die Stille nicht, und ihre Aufmerksamkeitsspanne war durch die ständige Dopaminflut von ihrem Handy so schlecht geworden, dass sie sich nicht länger als ein paar Minuten auf eine Sache konzentrieren konnte, was bedeutete, dass Tomek gezwungen war, es ebenfalls zu ertragen.

Er hatte versucht, sich mit Besorgungen und Aufgaben beschäftigt zu halten, aber sein Kopf und sein Körper waren erschöpft. Seine Beine schmerzten vom Laufen und sein Kopf tat weh von den Informationen, die Rose ihm gegeben hatte. Während er dasaß und auf den Bildschirm starrte, wälzte er Gedanken über Johnny und Rose Whitaker in seinem Kopf. Über den Pool, über die Hochzeitszeremonie. Über Roy Whitaker, den angesehenen und hoch dekorierten Piloten, der eine Frau angegriffen und bei einer anderen die Grenze überschritten hatte.

»Papa, kann ich bitte ein Glas Cola haben?«

Kasia saß mit überkreuzten Beinen auf dem Sofa, ihr Laptop ruhte auf ihren Knien. An ihrem Handgelenk baumelte das neue Armband, für das sie Tomek hundertmal gedankt hatte. Es klimperte bei jeder

Bewegung ihres Handgelenks und schlug gegen die Seite des Laptops, was Tomek sofort bereuen ließ, es gekauft zu haben.

»Du weißt, wo der Kühlschrank ist«, sagte er zu ihr.

Sie funkelte ihn an. »Ich bin beschäftigt.«

»Ich auch.«

»Ich muss Mathe-Hausaufgaben machen!«

»Und ich auch. Wie zum Beispiel ausrechnen, wie viel mich die Versicherung deines Armbands kostet, falls du es jemals verlierst.«

Ihr Gesichtsausdruck fiel in sich zusammen. »Sehr witzig. Kann ich jetzt bitte eine Cola haben? Du kannst dir auch eine holen, wenn du willst.«

»Soll ich mir das verdammte Getränk auch gleich selbst machen, oder was?«, sagte er, während er sich vom Sofa erhob.

»Fluchen!«, rief sie.

Tomek stöhnte und griff in seine Tasche, fand etwas Kleingeld und ließ es in ein Glas fallen. In den letzten Wochen hatten die beiden ein Schimpfwortglas eingeführt. Es war hauptsächlich für Tomek, der manchmal wenig Kontrolle über seinen Mund hatte, aber es gab auch einige Gelegenheiten, bei denen Kasia gezwungen war, in ihre Taschen (die eigentlich *seine* Taschen waren) zu greifen und etwas Geld (das eigentlich *sein* Geld war) zum Fonds beizutragen. Am Ende, wenn es voll war, würden sie es zweifellos für eine Pizza oder Chinesisch zum Mitnehmen ausgeben, was eher eine Belohnung als eine Strafe war und den Sinn des Schimpfwortglases von vornherein zu negieren schien. Aber keiner von ihnen beschwerte sich.

Als Tomek den Kühlschrank öffnete und nach der Dose mit dem kohlensäurehaltigen Getränk griff, spürte er, wie sein Handy vibrierte. Er überprüfte die Anrufer-ID, bevor er ranging.

»Wem verdanke ich das Vergnügen?«, fragte er.

»Das ganze Vergnügen gehört diesmal dir, Kumpel«, antwortete Nick lautstark.

»Oh.«

»Denn ich werde kein Vergnügen an dem haben, was ich dir jetzt sagen muss, Kleiner.«

Tomek warf einen Blick auf Kasia, die ihn erwartungsvoll ansah. Er holte eine Dose Cola aus dem Kühlschrank und reichte sie ihr, bevor er zurück in die Küche ging, wo es ruhiger und privater war.

»Schieß los«, sagte er zu Nick.

»Ich wollte dir einen Hinweis geben«, fuhr der Hauptkommissar fort. »Damit du es von jemandem erfährst, den du kennst, bevor es allgemein bekannt wird. Ab morgen wird Victoria die Leitung der Operation Butterfly übernehmen. Du wirst weiterhin eine stellvertretende SIO-Rolle haben, aber sie wird den Rest des Teams zur Unterstützung bei den Ermittlungen hinzuziehen. Sie hat ihre Bedenken geäußert, wie lange die Dinge dauern und wie viel vom Budget unnötigerweise für Überstunden und Forensik ausgegeben wurde. Sie befürchtet, dass alles verschwendet und ineffektiv verwaltet wurde, und in diesem Fall habe ich ihr zugestimmt. Tut mir leid, es ist eine Scheiße, dir das an einem Sonntag zu sagen, aber solche Dinge passieren eben, Kumpel. Es ist nichts Persönliches. Wir tun nur das Beste für die Ermittlungen.«

Die er geleitet hatte. Die er von Anfang an geführt hatte. Es war unmöglich, es nicht persönlich zu nehmen. Er fühlte sich verraten, hintergangen. Der Boden war ihm unter den Füßen weggezogen worden, und er war so hart auf den Hintern gefallen, dass er Nick nicht gehört hatte, wie er das Gespräch beendete. Erst als er den Ton in seinem Ohr hörte, kam er schließlich zu sich.

»Ist alles in Ordnung?«, fragte Kasia vorsichtig aus dem Wohnzimmer.

Tomeks Blick fiel auf das Schimpfwortglas.

»Ja«, log er. »Alles... alles ist in Ordnung. Komm, mach weiter mit deinen Hausaufgaben. Aber bitte erwarte nicht, dass ich dir bei irgendetwas davon helfe, denn Algebra war eines meiner am wenigsten geliebten Fächer.«

KAPITEL
SIEBENUNDVIERZIG

Tomek bemerkte als Erstes, sobald er am nächsten Morgen das Büro betrat, wie sich alle Augen auf ihn richteten. Aus irgendeinem Grund war er einer der Letzten, und so hatte er das Vergnügen, sich mit den vorwurfsvollen und unangenehmen Blicken des Teams auseinanderzusetzen, die auf ihn gerichtet waren, während er zu seinem Schreibtisch ging. Er konnte auch ihre Gedanken spüren, die seinen Schädel durchbohrten. Mitleid, eine große Portion Mitleid, gemischt mit einer extra Portion Schuldgefühlen.

Tomek brauchte das nicht. Er war nicht in der Stimmung dafür. Und er war ganz sicher nicht in der Stimmung für ein Gespräch mit Victoria.

Das Gespräch mit Victoria.

Aber er hatte keine Wahl; eine Minute später kam sie aus ihrem Büro und rief ihn zu sich. Mit dem Gefühl eines Kindes, das gerade vom Direktor aus dem Unterricht geholt worden war, machte sich Tomek auf den Weg zu ihrem Büro, nur gab es diesmal kein Spotten von seinen Klassenkameraden.

»Guten Morgen, Tomek«, sagte Victoria und hielt ihm die Tür auf.

Tomek brummte ein Hallo.

»Bitte, nimm Platz.«

Er tat wie geheißen.

»Ich weiß, es ist früh am Montagmorgen, aber es gibt etwas, das ich dir sagen muss-«

»Ich weiß«, antwortete er. »Nick hat es mir erzählt.«

»Verstehe«, sagte sie ruhig. Wenn sie von dem Verrat enttäuscht und verärgert war, ließ sie es sich nicht anmerken. Tatsächlich lag in ihrer Stimme eine Resignation, die darauf hindeutete, dass sie gewusst hatte, dass Nick derjenige sein würde, der die Nachricht zuerst überbringen würde. »Und hat Nick erklärt, warum?«

Tomek presste die Lippen zusammen, versprach sich, nichts zu sagen, und nickte dann.

»Ich verstehe. Und... hat er den Teil mit Abigail erwähnt?«

Tomek neigte den Kopf zur Seite. »Abigail?«

Seufzend verdrehte Victoria die Augen und murmelte: »Natürlich hat er das nicht, der Feigling.«

»Was hat Abigail mit all dem zu tun?«

»Sie hat neulich angerufen«, erklärte Victoria, »und mit Martin gesprochen. Sie bat ihn um Details zum Fall, und in einem Zustand, den man nur als leichte verdammte Panik beschreiben kann, gab er ihr einige Informationen.«

»Martin hat das getan?«

Victoria hob beschwichtigend die Hand. »Keine Sorge. Die Sache wird behandelt. Ich kümmere mich darum.«

Er ballte die Faust auf seinem Knie und grub seine Nägel in seinen Oberschenkel. »Was hat er ihr erzählt?«

»Die Information über die Engelsflügel und den Fundort von Angelica Whitakers Leiche. Außerdem, dass sie wenige Minuten nach ihrer Ablieferung zu Hause entführt wurde.«

»So viel?«

»Ich fürchte ja. Und...« Sie holte scharf Luft. »Er könnte auch ausgeplaudert haben, dass sie... wie soll ich sagen? Dass sie in der Vergangenheit viele Sexualpartner hatte.«

»Großartig.«

»Einige der Kommentare zu den Social-Media-Beiträgen des *Southend Echo* waren, gelinde gesagt, enttäuschend.«

»Vergewaltigungs-Sympathisanten mittleren Alters, die irgendwie behaupten, sie hätte es verdient?«

Sie senkte ihren Blick. »Ich fürchte ja.«

Tomek ließ einen langen, tiefen Atemzug entweichen. »Wann ist das passiert?«

»Samstag«, antwortete sie.

Nach The Nights of Eden. Nach dem Streit.

»Und Martin?«

Sie schnaubte und schüttelte den Kopf. »Wie gesagt, ich kümmere mich darum.«

Und damit war die Sache erledigt. Es gab nichts mehr, was er tun konnte. Nichts mehr hinzuzufügen. Abigail, diese gehässige Schlampe, hatte ihn umgangen, war ihm in den Rücken gefallen und hatte einem offensichtlich unfähigen und unerfahrenen DC, der nichts mit der Ermittlung zu tun hatte, aufgelauert und er hatte ihr alles erzählt, was er gehört hatte, und alles, was sie wissen wollte. *Diese berechnende, hinterhältige...*

Victoria klatschte in die Hände und riss ihn aus seinen Gedanken. »Wie Nick erklärt hat, werde ich von nun an alles beaufsichtigen, also wirst du an mich berichten. Im Großen und Ganzen wie bisher seit meinem Eintritt, nur ist es jetzt-«

»Ich bin zurück zu meinem früheren Jobtitel.«

»So in etwa.«

Tomek verließ verärgert den Raum und ging direkt in die kleine Küchenecke im hinteren Teil des Büros. Dort steuerte er die Kaffeemaschine an. Als die Maschine zum Leben erwachte, lehnte er sich an die Arbeitsplatte und starrte in den Abfluss des nahegelegenen Spülbeckens. Eine Sekunde später begann sein Handy zu vibrieren.

Ein Teil von ihm hoffte, dass es Abigail sein würde, damit er einen verbalen Angriff auf sie starten und ihre Beziehung offiziell beenden könnte, weil sie seine Beteiligung an der Operation Butterfly reduziert hatte. Ein Teil von ihm wollte ausflippen und es ihr heimzahlen. Aber enttäuschenderweise war sie es nicht. Es war eine Nummer, die er nicht kannte.

Zögerlich nahm er das Gespräch an und hielt das Telefon an sein Ohr. »DS Tomek Bowen am Apparat.«

»Detective, Sie sind es!«

Der französische Akzent verriet ihn sofort.

»Guten Morgen, Florian. Ist alles in Ordnung?«

»So gut wie möglich. Ich konnte das ganze Wochenende über nicht aufhören, über alles nachzudenken.«

»Manchmal kann es eine Weile dauern, bis man das verarbeitet hat.«

»Wie ich bereits sagte, ich habe nachgedacht«, fuhr der Mann fort, als ob er Tomek überhaupt nicht zuhörte.

»Ach ja?«

»Und ich habe mich an das erinnert, was Sie sagten, dass ich anrufen soll, wenn ich glaube, dass etwas wichtig sein könnte.«

»Okay...«

»Und ich habe das ganze Wochenende darüber nachgedacht, und ich hoffe, Sie verzeihen mir, dass ich es nicht früher erwähnt habe. Ich dachte nicht, dass es wichtig ist, aber jetzt denke ich schon...«

»Jederzeit, Florian«, sagte Tomek und schaute auf seine Uhr.

»Richtig. Natürlich. Verzeihen Sie mir. Ich war seit Jahren nicht mehr so nervös.«

Tomek stellte sich den Künstler vor, wie er in seinem Atelier umherlief, umgeben von einem Dutzend weiterer Gemälde von Angelica an den Wänden.

»Es geht um Angelica...«, fuhr der Mann fort.

»Ja, das habe ich verstanden.«

»Bei mehr als einer Gelegenheit haben sie und ich... wir... wir haben den Abend mit einer anderen Frau verbracht. Wir drei, in einem der Zimmer. Und... und ich bin ziemlich sicher, dass sie allein mit derselben Frau geschlafen hat. Ich weiß nicht, ob das wichtig ist, aber... ich dachte, ich lasse es Sie wissen.«

KAPITEL
ACHTUNDVIERZIG

Tomek fand es tatsächlich wichtig. Er fand es sogar äußerst wichtig. Nachdem er schließlich das Telefonat mit Florian beendet hatte, wanderten seine Gedanken sofort zu Angelicas Tatort, zu ihrem Körper, der mit dem Gesicht nach oben auf dem Boden lag. Das Make-up, die Rasur, die Sorgfalt und Aufmerksamkeit – die fast *weibliche* Sorgfalt und Aufmerksamkeit –, die in die Reinigung und Konservierung ihres Körpers im Tod geflossen war. Und dann hatte ihn sein Verstand in eines der Zimmer transportiert. Mit Florian, mit Rachel, mit dem Himmelbett in der Mitte des Raumes und den Sexspielzeugen, die darauf lagen.

Der Dildo.

Die ganze Zeit hatten sie angenommen, dass sie von einem Mann vergewaltigt worden war. Einem Mann, der ein Kondom getragen und hinterher aufgeräumt hatte. Aber was, wenn es gar keinen Penis gegeben hatte? Was, wenn es stattdessen ein dreißig Zentimeter langer Gummidildo gewesen war, wie der, den er auf dem Bett gesehen hatte?

Das war nicht unmöglich.

Nach seinem Gespräch mit Florian hatte Tomek Rachel und Chey losgeschickt, um mit Angelicas engsten Freundinnen, Xanthia, Elodie und Zoë, zu sprechen. Wenn Angelicas Bisexualität über das Erkunden und Experimentieren in den Zimmern des Melback Manors hinausging, wollte Tomek davon wissen. Wenn sie andere weibliche Sexualpartner hatte, von denen sie und ihre Familie nichts wussten, müssten sie diese ausfindig machen und befragen, denn Tomek war überzeugt, dass es hier eine Spur gab. Eine schwache, fast unmerkliche, aber dennoch eine Spur (und nach seiner vorherigen Rede an Victoria darüber, dass er jeden Stein umgedreht und jeder Spur nachgegangen sei, wollte er nicht, dass diese eine ihn in den Arsch biss). Um sich einen Vorsprung zu verschaffen, war Tomek unterdessen auf dem Weg zum Herrenhaus. In seiner Begleitung war Oscar, der einzige andere Beamte, dem er derzeit völlig vertraute, und eines der letzten verbliebenen Mitglieder seines ursprünglichen Teams. Bisher hatte keiner von ihnen etwas gesagt, keiner wollte den Elefanten in der Kabine ansprechen, aber Tomek machte das nichts aus. Manchmal genoss er die Stille, das Vakuum einer langen Fahrt. Es half ihm, seine Gedanken neu zu ordnen. Und als er dreißig Minuten später vor dem Melback Manor hielt, hatte er nur einen Gedanken im Kopf: Micky Tatton.

Nachdem er das Auto langsam auf dem Parkplatz auf der anderen Seite des Gebäudes zum Stehen gebracht hatte, wurde Tomek an jenen Freitagabend zurückversetzt. Wie anders der Ort bei Tageslicht aussah, jetzt, da er in seinem Kopf mit Verdorbenheit und anzüglichem Verhalten behaftet war. Er konnte das Gebäude nicht mehr auf dieselbe Weise betrachten, ebenso wenig wie die Angestellten, die Dinge gesehen hatten, über die sie zum Schweigen verpflichtet worden waren. Sie alle trugen ein Geheimnis mit sich, und er fragte sich, wie viele weitere sie haben mochten.

Und insbesondere, wie viele weitere Micky Tatton haben mochte.

Tomek und Oscar fanden den Besitzer draußen auf dem Grundstück des Herrenhauses. Er stand in einem Holzpavillon, der sich inmitten eines kleinen Sees im Süden des Anwesens befand, und unterhielt sich angeregt mit einem Mitarbeiter. Der Pavillon war mondhell gestrichen, mit sechs hölzernen Streben, die ihn im Wasser stützten. Kleine Laternen zierten den Steg, und Ranken aus künstlichen Blumen waren um die Säulen des Pavillons gewickelt. Im Wasser schwammen Seerosenblätter und herabgefallene Blätter auf der Oberfläche, die sich sanft in der Brise bewegten. Die Uferlinie war von einem Arboretum aus Eichen, Ulmen und Birken umgeben, deren Blätter sprossen, während die Samen des Frühlings zu wachsen begannen. Rechts sandte ein großes Wasserspiel Schwaden von Wasserdampf in die Luft. Tomek fand das Geräusch beruhigend. Es erinnerte ihn an einen Wasserbrunnen, den sie in seiner Kindheit hatten; wie er als Teenager im Sommer im Garten lag, die Sonne seinen Körper verbrannte und das sanfte Rauschen des Wassers vom Brunnen neben seinem Kopf hörte, als wäre er mitten im indonesischen Regenwald.

Als sie sich näherten, bemerkte Micky Tatton, der Hotelbesitzer, sie, flüsterte dem Mitarbeiter etwas zu und schickte ihn dann weg. Die weibliche Angestellte vermied ihren Blick, als sie auf dem schmalen Steg an ihnen vorbeischlich.

»Sergeant«, sagte Micky. »Welch angenehme Überraschung.«

Er streckte Tomek die Hand entgegen. Tomek nahm sie und trat dann für Oscar beiseite.

»Wen haben wir hier?«, fragte Micky.

»DC Perez.«

»Eine Freude«, antwortete Tatton.

»Heute keine Hochzeiten?«, fragte Tomek.

»Nicht an einem Montag. Niemand möchte montags heiraten, selbst wenn es erheblich günstiger ist.«

»Ich nehme an, Sie haben immer noch viel zu reinigen.«

Mickys Gesicht verzog sich unbehaglich. »Es gibt immer viel zu reinigen. Selbst die wohlerzogensten Gäste machen mehr Unordnung, als ihnen bewusst ist.«

»Ich kann mir nur vorstellen, wie viel Unordnung die am schlechtesten erzogenen Gäste machen«, erwiderte Tomek. Aus dem Augenwinkel bemerkte er, wie sich Oscars Gesicht in höflicher Verwirrung verzerrte.

Bevor er antwortete, drehte sich Micky zum Wasser und deutete auf die Bäume. »Wunderschön, nicht wahr? Das ist mein Lieblingsteil des gesamten Anwesens. Sicher, einige der ursprünglichen Merkmale sind noch von seiner Entstehung hier – wie die Schornsteine, die Türen und einige der Fenster – und es gibt die Tunnel und einige der Hauptschlafzimmer. Aber hier draußen... hier draußen fühlt man sich von allem isoliert. Hier erschaffen wir Erinnerungen für Menschen, und indem ich hier stehe, fühle ich mich irgendwie als Teil davon.«

Also war er nicht nur Teil der sexuellen Abwegigkeit der Leute, sondern versuchte auch, sich in die glücklichsten Erinnerungen seiner Kunden einzumischen. Der Mann war ein Kontrollfreak.

Er fuhr fort: »Manchmal komme ich hierher für etwas stille Reflexion. Und auch für etwas Geisterjagd!«

»Geisterjagd?«, fragte Tomek und konnte den Zynismus in seiner Stimme nicht verbergen.

»Wenn Sie an so etwas glauben, natürlich. Ich tue es, aber nicht viele stimmen zu. Außerdem macht es den Kindern Spaß, hält sie bei Laune.«

»Welcher Geist?«, fragte Tomek und beschloss, dem Mann entgegenzukommen.

»Es heißt, dass die Frau meines Urururururgroßvaters hier vor ein paar hundert Jahren Selbstmord begangen hat. Der Legende nach war sie nicht so glücklich über die Ehe und sah damals keinen anderen Ausweg, also tötete sie sich selbst. Aber die Geschichte besagt, dass ihr die Grundstücke so gut gefielen, dass sie beschloss zu bleiben, und ich glaube, sie wollte sich auch etwas rächen, denn ihr Geist wurde mehrmals gesehen. Ich habe sie einmal gesehen, aber ich weiß, dass sie öfter da war. Manchmal kann ich ihre Präsenz im Raum spüren.«

»War sie am Wochenende da?«, fragte Tomek. »Kann mir nicht vorstellen, dass sie mit dem, was sie gesehen hat, zu glücklich gewesen wäre.«

Oscars Gesicht verzerrte sich noch mehr.

»Das werden wir vielleicht nie erfahren. Es ist ja nicht so, dass ich in jedem der Zimmer Überwachungskameras installiert hätte...« Micky räusperte sich. »Jedenfalls, meine Herren, ich schweife ab. Ich nehme an, Sie sind hergekommen, um mir einige weitere Fragen über Angelica zu stellen?«

»Ja«, sagte Oscar. »Uns ist zu Ohren gekommen, dass sie die Nacht mit einer Frau verbracht hat, während sie hier war. Können Sie sich erinnern, mit wem?«

Micky lehnte sich zur Seite und spähte um Tomek herum, um zu sehen, ob jemand in der Nähe war. Als er sich vergewissert hatte, dass niemand in Hörweite war, antwortete Micky: »Das ist nicht ungewöhnlich. Unsere Gäste verbringen die Nacht mit wem auch immer sie begehren.«

»Ja, aber es gab eine bestimmte weibliche Besucherin, mit der Angelica die Nacht allein verbracht hat, und zwar mehr als einmal.«

Micky verschränkte die Arme vor der Brust. »Das hat Ihnen Florian erzählt, oder?«

»Florian?«, wiederholte Tomek, und die Alarmglocken schrillten. »Ich dachte, Sie kennen seinen Namen nicht?«

Der Mann stotterte. »Ich...«

»Wie viel mehr wissen Sie über ihn? Kann ich Ihr Handy sehen?«

Die Hand des Mannes flog unwillkürlich zu seiner Brusttasche. »Nein. Auf keinen Fall.«

»Warum nicht? Was haben Sie zu verbergen?«

»Sie können nicht verlangen, mein Handy zu sehen.«

»Doch, kann ich. Ich nehme es nicht mit Gewalt. Ich erlaube Ihnen, mir Ihr Handy freiwillig zu überlassen. Wenn Sie mir die Erlaubnis geben, ist daran nichts falsch. Allerdings wird die Tatsache, dass Sie nicht wollen, dass ich es habe, mich nur denken lassen, dass Sie etwas verbergen. Was, angesichts der Tatsache, dass Sie uns bezüglich des Namens des Eselmannes angelogen haben-«

»Eselmann?«, unterbrach Oscar, dessen Neugier die Oberhand gewann.

»Ich erkläre es später«, sagte Tomek zu ihm und wandte sich schnell wieder an Micky. »Die Tatsache, dass Sie mich darüber angelogen haben, dass Sie nicht wissen, wer Florian ist, lässt mich denken, dass Sie tatsächlich noch mehr zu verbergen haben. Jetzt werde ich noch einmal fragen, und diesmal mache ich es Ihnen leichter: Kennen Sie die Frau, auf die Florian sich bezieht?«

Der Mann zögerte, auf seinem Gesicht spielte sich ein Kampf ab. Es war deutlich zu erkennen, dass er die Antwort kannte, sie aber nicht preisgeben wollte.

»Ich möchte nur hinzufügen, dass die Nichtpreisgabe dieser Information, wenn später ans Licht kommt, dass Sie wussten, wonach wir suchen, bedeutet, dass Sie eine Ermittlung behindern, was zu einer Gefängnisstrafe führen könnte«, fügte Oscar hinzu.

Das funktionierte immer.

»Gut«, sagte der Mann verärgert, griff dann in seine Tasche und reichte Tomek sein Handy. »Ihr Name ist Emilia Solveig. Sie besitzt ihren eigenen Friseur und Schönheitssalon in Southend. Sie kommt seit etwa einem Jahr zu The Nights of Eden. Ich habe sie zum ersten Mal eingeladen, nachdem ich ihr in ihrem Salon begegnet war. Es war spät, und ich brauchte einen Haarschnitt. Sie war der einzige geöffnete Laden.«

»Und Sie haben einfach angefangen, mit einer völlig Fremden über verrückte Sexpartys und Orgien zu sprechen?«, sagte Tomek absichtlich laut. Seine Stimme hallte über das Wasser, wurde aber schnell vom rauschenden Springbrunnen übertönt.

»Psst! Sagen Sie es nicht so laut. Nicht jeder weiß, was hier vor sich geht.« Micky seufzte schwer. »Sie... sie war an einem schwierigen Punkt, verstehen Sie. Ich bin sicher, sie wird Ihnen alles darüber erzählen, wenn Sie sie treffen.«

KAPITEL
NEUNUNDVIERZIG

Emilia Solveig war zweiunddreißig Jahre alt, mit langen blonden Haaren, die zu perfekten, engen Locken gedreht waren. Ihr Gesicht war mit Make-up bedeckt, aber es war fachmännisch aufgetragen, so als würde sie jeden Morgen gut zwei Stunden damit verbringen und mehrere Jahre ihres Lebens damit, es professionell zu erlernen. Sie war gerade dabei, einem Kunden die Haare zu schneiden, als Tomek und Oscar ihren Salon betraten. Im Inneren des Salons herrschte ein wahrer Lärm: wummernde Bässe im Hintergrund, laut blasende Föhne, plätscherndes Wasser aus einer Duschbrause und lautes Geplauder, kombiniert mit dem Geräusch schneidender Scheren und reißender Alufolie. Tomek hatte keine Ahnung, was hier vor sich ging. Er war einfache Kurzhaarschnitte gewohnt, kurz an den Seiten mit ein wenig Schnitt oben, aber dies war industriell auf einem ganz anderen Niveau. Insgesamt gab es vier Kunden, jeder wurde von einem Mitarbeiter betreut, alle in verschiedenen Stadien des Haarschneideprozesses.

Emilia, am anderen Ende der Stuhlreihe, bemerkte sie im Spiegel und drehte sich zu Tomek um.

»Alles in Ordnung, meine Herren?«, fragte sie. »Nur mit Termin, Jungs. Wir nehmen keine Laufkundschaft an.«

»Aber bei Micky Tatton haben Sie eine Ausnahme gemacht«, sagte Tomek.

Daraufhin hielt Emilia inne, legte ihre Schere auf den Tresen und bewegte sich vorsichtig auf Tomek zu. Als sie näher kam, studierte Tomek ihr Gesicht und versuchte herauszufinden, ob er sie am Freitagabend gesehen hatte, ob er sie ohne Kostüm erkannte.

»Warum sagen Sie diesen Namen hier?«, fragte sie mit leiser Stimme. »Wer sind Sie?«

»Die Polizei«, flüsterte Tomek. Er behielt seinen Dienstausweis in der Tasche, damit keiner ihrer Kunden oder Kollegen ihn sehen konnte. »Wir würden Ihnen gerne ein paar Fragen über eine Freundin von Ihnen stellen.«

»Eine Freundin? Wen?«

»Angelica.«

Emilias Gesicht erstarrte. Ihre Lippen öffneten sich und ihr Ausdruck verschwand hinter einer Wand tiefer Gedanken.

»Angelica? Sie... was ist passiert?«

»Könnten wir irgendwo unter vier Augen sprechen?«

Emilia drehte sich um. »Es gibt hier keinen Ort. Ich...«

Tomek gab ihr die Möglichkeit, mit ihrem Kunden fertig zu werden. In der Zwischenzeit setzten er und Oscar sich gerne hin. Tomek beobachtete den Prozess mit Erstaunen. Das Schneiden, das Waschen, das Shampoonieren, die Alufolie, das Färben. All das, um die Haare schöner aussehen zu lassen. Tomek machte sich nie viele Gedanken über seine eigenen. Einfach kurz halten, ab und zu etwas Gel auftragen, den Rest der Natur und dem Wind überlassen. Ihm wurde klar, dass er es viel einfacher hatte. Ganz zu schweigen von günstiger. Er hatte beim Preis für einen kompletten Haarschnitt für Kasia geschluckt, als sie ihn darum gebeten hatte. Über zweihundert Pfund für einen kompletten Schnitt, Färben und den Rest, was auch immer das beinhaltete. Für diesen Preis, scherzte er, müsste er dafür eine Hypothek aufnehmen. Am Ende hatte er eine Packung Färbemittel aus dem Supermarkt für einen Bruchteil des Preises gekauft und sie beaufsichtigt, während sie es selbst machte. Darüber hinaus war ihm das alles ein Rätsel.

Zwanzig Minuten später war Emilia Solveig bereit. Sie nahm ihren Mantel von der Wand hinter dem Tresen und hielt ihnen die Tür auf.

»Ich brauche dringend einen Kaffee«, sagte sie, als sie den Salon verließen. »Obwohl ich für das hier wohl etwas Stärkeres brauche.«

Tomek widersprach ihr nicht. Glücklicherweise war das Café, zu dem sie sie führte, gleich nebenan, und nach ein paar Minuten Wartezeit fanden sie eine kleine Bank in einem nahegelegenen Park.

»Zunächst einmal«, begann Tomek, »danke, dass Sie sich die Zeit nehmen, mit uns zu sprechen. Wir wissen zu schätzen, dass das alles etwas überraschend kommt, und Sie haben wahrscheinlich viele Fragen. Hoffentlich können wir einige davon für Sie beantworten, aber wir hoffen, dass Sie alle unsere beantworten können.«

»Natürlich«, antwortete sie mit schwacher Stimme.

»Letzte Woche wurde Angelica Whitaker, eine Frau, die Sie unserer Meinung nach gut kennen, ermordet.«

»Ermordet?«

»Ja, ermordet. Woher kennen Sie Angelica?«

»Sie...« Emilia nippte langsam an ihrem Getränk und nahm sich Zeit, alles zu verarbeiten. »Wir haben uns im Herrenhaus getroffen, bei einer der Nächte.«

»Können Sie sich erinnern, wann?«

»Ich glaube, es war ihr erstes Mal. Irgendwann im September, vielleicht. Ich... wir sind uns an der Bar über den Weg gelaufen. Sie schien nervös, ein bisschen schockiert von allem. Ich versuchte, mit ihr zu reden, aber sie war nicht sehr aufgeschlossen. Ich glaube, sie war ein bisschen überfordert.«

»Aber Sie beide kamen sich bei den folgenden Treffen näher?«

Emilia senkte den Kopf. »Beim zweiten Mal bin ich ihr wieder über den Weg gelaufen – sie trug immer das gleiche Outfit, also wusste ich, dass sie es war – und dann haben wir die Nacht zusammen mit einem Mann verbracht, der als Esel verkleidet war.«

Florian.

Bisher stimmte alles überein; bevor sie mit ihr gesprochen hatten, hatte Micky Tatton das Grundgerüst dessen erklärt, was er über Emilias und Angelicas sich entwickelnde Beziehung gesehen, mitbekommen oder gehört hatte. Jetzt war es an Emilia, dem Skelett Fleisch zu verleihen.

»Wir drei haben die Nacht zusammen verbracht. Ich glaube... ich glaube, es war ihr erstes Mal mit einer Frau, ich bin mir nicht sicher. Aber es hat ihr gefallen. Wir waren sanft zu ihr. Vorsichtig.«

Gerade als Tomek den Mund öffnete, um eine Frage zu stellen, rauschte ein Teenager auf einem Fahrrad an ihnen vorbei und spielte Musik aus einem Lautsprecher, der hinten an seinem Fahrrad befestigt war.

»Haben Sie beide jemals die Nacht allein miteinander verbracht?«, fragte er.

»Zweimal«, sagte sie. »Es war... Wie viele Details wollen Sie?«

»So viele, wie Sie bereit sind zu teilen«, antwortete Tomek und machte sich innerlich bereit.

»Es war magisch«, antwortete sie. »Einer der besten Sex, den ich je mit einer Frau hatte. Ich weiß nicht, was es war, aber Angelica war irgendwie anders. Erfahrener, talentierter, experimentierfreudiger. Sie war völlig anders als beim ersten Mal, als ich sie traf, und das alles innerhalb weniger Besuche. Ich weiß nicht, ob das bedeutete, dass sie mit jemand anderem experimentierte oder was, aber...« Sie nahm noch einen Schluck Kaffee, während ihre Stimme abklang. »Danach saßen wir zusammen und redeten, wissen Sie? Lernten uns auf einer tieferen, persönlichen Ebene kennen. Sie war... sie war etwas Besonderes, wissen Sie? Ich weiß, es klingt albern, wenn man bedenkt, wie wir uns kennengelernt haben und alles, aber...«

»Sie haben Gefühle für sie entwickelt?«, sagte Tomek, der bereits ahnte, worauf das hinauslief.

»Ja. Sie war einfach... so charismatisch, wissen Sie? Sie hat mich einfach verstanden, mich auf einer tieferen Ebene verstanden. Wie gesagt, ich weiß nicht, ob es der Alkohol oder die Drogen waren, aber für mich wurde es einfach tiefgründiger.« Ein langer, schwerer Seufzer entfuhr ihren Lippen, und ihr Blick fiel auf ihre Füße. »Aber für sie nicht«, fuhr sie fort. »Ich habe ihre Nummer bekommen und versucht, mich ein paar Mal außerhalb der Nächte mit ihr zu treffen, aber es hat einfach... es hat einfach nicht funktioniert. Sie war immer zu beschäftigt, und ich führte diesen Laden hier. Sie hat mich ein paar Mal geghostet. Aber ich habe mich immer darauf gefreut, sie wiederzusehen, die Nacht mit ihr im Herrenhaus zu verbringen, wissen Sie?« Sie zögerte, nahm noch einen Schluck. »Und dann sah ich sie mit einer anderen Frau, einer Frau in schwarzem Overall und mit Schweißermaske. Ich kenne ihren Namen nicht und weiß nicht, wie sie unter ihrem Kostüm aussah, aber sie und Angelica wurden unzertrennlich. Ich habe danach keine Nacht mehr mit ihr verbracht. Sie war weg, hatte sich der nächsten Sache zugewandt.«

Tomek wusste nicht, was er sagen sollte. Es war nicht wirklich etwas, worüber man jemanden tröstete. Und selbst wenn es das wäre, hätte er keine Ahnung, wie er reagieren sollte. Und nach dem verwirrten und ratlosen Gesichtsausdruck von Oscar zu urteilen, ging es ihm genauso.

»Wie hat Sie das fühlen lassen?«, fragte Tomek schließlich, während die Zahnräder in seinem Gehirn sich zu drehen begannen. »Wütend? Verärgert?«

»Betrogen«, antwortete Emilia.

»Haben Sie sie geliebt?«

»Ich... ich glaube schon. Auch wenn es albern klingt, das zu sagen.«

»Nicht wenn es das ist, was Sie gefühlt haben«, bemerkte Tomek. Er beschloss, den Kurs zu ändern. »Wie lange machen Sie schon Haare und Make-up?«

»Mein ganzes Leben lang. Es war das Einzige, worin ich in der Schule je gut war, also habe ich meine Qualifikationen gemacht und führe meinen Salon jetzt seit ungefähr fünf Jahren. Davor habe ich Haare und Make-up für einige Fernsehsendungen bei BBC und ITV gemacht.«

»Schön«, sagte Tomek. »Sie müssen viel Geduld dafür haben. Ich höre, manchmal kann es Stunden dauern, Haare und Make-up zu machen.«

Sie zuckte mit den Schultern und nickte. »Kann es. Aber wenn man weiß, was man tut, kann man diese Zeit erheblich verkürzen.«

Jetzt war es Tomeks Reihe zu nicken und einen Schluck aus seinem Getränk zu nehmen. Für einen langen Moment sagte niemand etwas. Tomek beobachtete eine Gruppe von Müttern, die ihre Kinderwagen über das Feld schoben. Eine von ihnen ließ einen Hund von der Leine und schleuderte mit Hilfe einer Schleuder einen Ball fünfzig Meter über das Gras. Der Hund sprang über das Feld, um ihn zu fangen, nahm ihn schließlich ins Maul, bevor er zu seinem Besitzer zurücklief.

»Wir müssen fragen«, begann Oscar und brach die Stille. »Was haben Sie letzten Freitag gemacht? Nicht den gerade vergangenen, sondern den davor.«

Emilia begann, mit dem Becher in ihren Händen zu spielen und sich zu sammeln. Dreißig Sekunden später beantwortete sie die Frage.

»Ich war mit meinen Freunden unterwegs. Wir waren in der Memo-Bar in Southend. Ich sah Angelica an der Bar, wie sie mit einigen Typen tanzte, aber ich glaube nicht, dass sie mich erkannt hat. Ich wollte rübergehen, um mit ihr zu sprechen, aber um ehrlich zu sein, zu diesem Zeitpunkt war ich fertig mit ihr. Ich wollte nichts mehr mit ihr zu tun haben.«

Interessant, dachte Tomek. Vielleicht war Emilia so fertig mit ihr, so aufgebracht und von Angelicas Handlungen verraten, dass sie reagiert und sie getötet hatte.

KAPITEL
FÜNFZIG

Tomek hatte in seinem Leben nur selten echte Besorgnis verspürt. Wie damals, als er dem Mörder seines Bruders gegenüberstand, oder als er über einer Eisenbahnbrücke baumelte. Aber nichts davon kam der Besorgnis nahe, die er empfand, als er das Gesicht von DC Chey Carter sah, der ins Büro zurückkehrte. Das Grinsen auf dem Gesicht des Konstablers war breit, hämisch, unheimlich. Und schlimmer noch, in seinen Augen lag etwas Dämonisches, als wäre er von etwas besessen und Tomek sein nächstes Opfer.

»Oh Gott«, sagte Tomek. »Was hast du angestellt? Entweder hast du es richtig vermasselt oder du bringst mir gleich die beste Nachricht aller Zeiten.«

Chey sagte nichts. Stattdessen bedeutete er Tomek, ihm in einen kleinen Raum zu folgen. In seinen Armen trug der Konstabeler seinen Laptop. Als er die Tür hinter ihnen schloss, sagte Tomek: »Du reichst doch nicht etwa deine Kündigung ein?«

»Was, und jede Chance verlieren, dein bester Freund zu werden? Das glaube ich kaum, Sarge. So leicht wirst du mich nicht los.«

»Genauso wenig wie dieses verdammte Grinsen«, erwiderte Tomek. »Hör auf damit. Es macht mir Angst.«

Auf Befehl verschwand das Grinsen aus dem Gesicht des Konstablers.

»Besser so?«

»Besser. Viel, viel, viel besser. Grinse nie wieder so. Du wirst noch verhaftet.«

»Ich wäre mehr als glücklich, wenn du mich verhaften würdest, Sarge. Und nach den Geschichten, die ich vom Wochenende höre, wärst du vielleicht ganz froh darüber.«

Tomek hielt den Atem an. »Was zum Teufel soll das heißen? Welche Geschichten hast du gehört? Was hat Rachel dir erzählt?«

Er wusste, dass es eine schlechte Idee war, die beiden zusammenzubringen. Man konnte ihnen nicht trauen. Rachel – sie war das Problem. Sie hatte den Freitagabend viel zu sehr genossen. Er wusste, dass sie jedem im Team erzählen würde, was sie gesehen hatten, und er war dumm gewesen zu glauben, dass sie es trotz ihrer Vereinbarung geheim halten könnten.

»Nichts Pikantes, Sir. Nur dass du ziemlich viel Aufmerksamkeit auf dich gezogen hast«, antwortete Chey.

Tomek blähte seine Brust auf und versuchte, seine Verlegenheit zu verbergen. »Ich habe mich ganz gut geschlagen, danke.«

»Rach auch. Allerdings nicht die Art von Aufmerksamkeit, nach der sie gesucht hat, wenn man ihrer Erzählung glauben darf.«

»Wir waren streng dienstlich dort, Chey. Es ist nichts passiert.«

Der Konstabeler stellte seinen Laptop auf den Tisch in der Mitte des Raumes und klappte den Deckel hoch. »Glaubst du, du könntest mir eine Einladung zu so einer Veranstaltung besorgen?«

Tomek antwortete nicht.

»Auch streng beruflich natürlich.«

»Du Schlampe«, erwiderte er kichernd. »Der Veranstalter war nicht besonders begeistert von unserer Anwesenheit. Ich kann mir nicht vorstellen, dass er besonders begeistert sein wird, wenn wir anfangen, uns zu vermehren und jeden Monat verschiedene Leute auftauchen.«

Chey verdrehte die Augen. »Spielverderber.« Dann richtete der junge Mann seine Aufmerksamkeit auf seinen Laptop, und während er sich anmeldete, erklärte er: »Wir haben noch einmal mit Angelicas Freunden gesprochen, wie gewünscht. Und eine von ihnen, Xanthia heißt sie, nun, sie hat uns ein bisschen mehr gegeben, als wir erhofft hatten.«

»Richtig.«

Chey beendete, was er am Computer tat, und sah zu Tomek auf. »Es stellt sich heraus, dass Xanthia und Angelica eine kleine Affäre hatten«, erklärte er. »So eine betrunkene One-Night-Stand-Sache.«

»Ja, das habe ich verstanden.«

»Aber es war eher eine Two-, Three-Night-Stand-Sache. Sie hatten ein paar Nächte miteinander verbracht, nachdem sie als Gruppe etwas trinken waren. Es war immer nach einer Partynacht, und sie erwähnten es nie gegenüber anderen.«

»Es war ihr kleines Geheimnis«, sagte Tomek, und sein Verstand arbeitete auf Hochtouren. Könnte dies die andere Person sein, auf die Emilia Solveig sich bezogen hatte? Der Schweißer?

»Es war mehr als ein Geheimnis«, fuhr Chey fort. »Für Angelica, wie man mir sagte, ist es nie passiert. Sie leugnete es immer, wenn Xanthia versuchte, es zur Sprache zu bringen, aber wenn sie später zusammen betrunken wurden, passierten Dinge. Und am nächsten Tag konnte Angelica sich an nichts erinnern.«

Die Zahnräder begannen jetzt schneller zu rotieren.

»Könnte Xanthia Angelica unter Drogen gesetzt haben, damit sie sich nicht erinnert?«

Chey überlegte einen Moment. »Ich... daran hatte ich nicht gedacht. Aber wir können dem nachgehen. Ich meine, sie arbeitet in einer Apotheke, also könnte sie wissen, wie man an solche Dinge herankommt.« Erkenntnis blitzte über Cheys Gesicht, und Tomek konnte sehen, wie der junge Mann sich eine mentale Notiz machte, einen Referenzrahmen für sein Lernen später in seiner Laufbahn. Endlich hatte Tomek dem Konstabeler etwas Weisheit vermittelt.

»War das alles? Ist das der Grund für dein Grinsen, oder gab es noch etwas anderes?«

Das Grinsen kehrte zurück. Tomek war nicht in der Lage, dem Mann in die Augen zu sehen.

»Etwas anderes«, antwortete Chey.

Auf den Laptop deutend sagte Tomek: »Los, zeig es mir. Dein Gesicht erinnert mich an einige der Typen vom Freitagabend, die am Rand des Raumes standen und sich selbst befriedigten.«

Das schien das Grinsen zu vertreiben; Chey drückte die Eingabetaste auf seiner Tastatur und drehte, nachdem der Bildschirm aufgeleuchtet war, das Gerät zu ihm hin. Auf dem Bildschirm war Angelica Whitakers Blog zu sehen. »Meine kleine Ecke im Internet« prangte oben auf der Seite, mit einem kleinen Bild eines Strandes rechts daneben. Darunter befand sich ein Artikel, der zwei Wochen zuvor datiert war, mit dem Titel: »Wo wäre ich ohne dich?«

Tomek übernahm die Kontrolle über den Laptop und scrollte die Seite hinunter, wobei seine Augen den gesamten Beitrag überflogen.

»Hast du die Kurzfassung, oder soll ich alles lesen?«

»Weder noch, Sarge«, sagte Chey und nahm den Laptop zurück. »Ich möchte, dass du zuhörst.«

Überrascht und ein wenig beleidigt lehnte sich Tomek in seinem Stuhl zurück, legte ein Bein über das andere Knie und wartete geduldig auf die Erklärung.

»Du hast mich gebeten, alle Blogbeiträge auszudrucken, ja?«

»Ja.«

»Was ich getan habe. Und ich habe sie an jedes Teammitglied verteilt, damit sie anfangen können, sie zu lesen, richtig?«

»Richtig.«

»Aber als ich von meinem Treffen mit Xanthia zurückkam, stellte ich fest, dass es ein kleines Problem mit dem Druck gab. Eigentlich war es ein verdammt großes Problem–«

»Was war das Problem?«

»...aber ich habe es behoben, und–«

»Was war das Problem, Chey?«, beharrte Tomek.

Der Mann seufzte, wandte sich dem Bildschirm zu und scrollte zum unteren Ende der Webseite. Als er das Gerät herumdrehte, bemerkte Tomek den Fehler. Am Ende des Blogbeitrags befand sich ein Bereich für Kommentare. Ein Ort, an dem zufällige Fremde oder enge Freunde und Familienmitglieder ihre Gedanken zu dem äußern konnten, was sie von Angelicas Kleiner Ecke im Internet gelesen hatten.

»Das wurde beim Drucken der Blogbeiträge weggelassen.«

»Also haben unsere Leute einen Haufen Scheiße gelesen, im Grunde genommen?«

Chey zuckte mit den Schultern. »Nicht ganz. Es gibt einige wichtige Sachen darin, aber der wirklich saftige Teil ist das hier.« Der Konstabeler tippte so hart auf den Bildschirm, dass das Gerät fast nach hinten kippte. Er zeigte auf den Kommentar am Ende der Webseite.

»*So stolz auf alles, was du überwunden hast, mein Engel. Du hast deine Flügel zurück. Denke immer an dich.*«

Cheys Augen weiteten sich vor Freude.

»Mein Engel...«, fuhr Tomek fort, seine Gedanken schossen in eine Tangente. »Mein Engel...«

»Und es gibt noch viel mehr davon, die alle ähnliche Dinge sagen. Manchmal antwortet Angelica, manchmal nicht.«

Tomek kam endlich zu sich. »Sie kommuniziert mit der Person?«

Chey nickte.

»Heißt das, sie weiß, wer es ist?«

Ein Achselzucken. »Möglicherweise. Es gibt keine Möglichkeit, das festzustellen. Wir können sie ja nicht fragen.«

Tomek dachte einen Moment darüber nach und ließ seine Gedanken in seinem Kopf durchsickern. Dann deutete er auf das letzte Wort im Kommentar.

»Können wir herausfinden, woher die Nachrichten kommen?«

Das Lächeln kehrte auf Cheys Gesicht zurück. »Ich hatte gehofft, dass du das fragst. Ich habe die Beiträge der letzten paar Monate durchgesehen und etwa fünfzehn verschiedene Kommentare gefunden, die alle dasselbe sagen, also habe ich es an die Digitalabteilung geschickt, und sie konnten die IP-Adresse zurückverfolgen.«

Tomek spürte, wie er sich unwillkürlich nach vorne lehnte.

»Und?«

Gerade als Chey antworten wollte, öffnete sich die Tür. Rachel trat ein. Sie verharrte im Türrahmen.

Chey machte trotzdem weiter. »Die Beiträge kamen von einem öffentlichen Computer in der Bibliothek von Hadleigh.«

Tomek konnte seine Aufregung kaum unterdrücken. Jetzt war er an der Reihe, ein unheimliches Lächeln zu tragen. »Gute Arbeit, Kumpel. Du erinnerst mich immer mehr an einen jungen Tomek Bowen.«

»Verdammt noch mal«, sagte Rachel, die immer noch im Türrahmen stand. »Das ist das Letzte, was die Welt braucht.«

KAPITEL
EINUNDFÜNFZIG

In der Zeit, die die uniformierten Beamten brauchten, um Shawn Wilkins in der Bibliothek von Hadleigh zu finden und herzubringen, hatten Tomek und das Team nur die letzten acht Monate der Blogbeiträge von Angelicas Little Corner of the Internet durchsuchen und analysieren können. Insgesamt fanden sie über hundert Kommentare von ihrem mysteriösen Kommentator, alle mit demselben Wortlaut: »My angel's got her wings back.« Genau die Worte, die Shawn Wilkins unter ihren Instagram-Beiträgen gepostet hatte. Chey hatte die Kommentare sogar in eine Online-Software eingeben können, die sie in eine Wortwolke verwandelte: eine visuelle Darstellung der Häufigkeit, mit der jedes Wort auftauchte. Je größer das Wort, desto öfter wurde es verwendet. Wenig überraschend standen »my« und »angel« ganz oben auf der Liste und dominierten den größten Teil der Wortwolke. Tomek hatte diese Software noch nie gesehen und war anfangs skeptisch bezüglich ihres Zwecks gewesen, aber nachdem er die Ergebnisse gesehen hatte, beschloss er, sie auszudrucken und mit in den Vernehmungsraum zu nehmen.

Seit Tomek ihn zuletzt gesehen hatte, waren Shawn Wilkins' Haare unordentlich und ungepflegt geworden, als hätte er sie die ganze Woche nicht gewaschen. Im Vernehmungsraum lümmelte er auf dem Stuhl, lehnte an der Wand, die Schläfe gegen die Oberfläche gelehnt. Seine Augen waren blutunterlaufen, ein dünner Stoppelbart hatte begonnen, sich auf seinem Kiefer zu bilden, und die Spuren seiner Begegnung mit Johnny Whitaker neulich waren immer noch auf seiner Nase sichtbar.

»Guten Tag«, sagte Tomek, als er eintrat und einen Ordner auf den Tisch fallen ließ.

Der Mann grunzte zur Antwort und vermied Blickkontakt.

Tomek zog den Stuhl unter dem Tisch hervor und schlug ein Bein über das andere. Selbstvertrauen brodelte unter seiner Oberfläche, und er konnte das Grinsen auf seinem Gesicht nicht unterdrücken.

»Wie geht es Ihnen heute, Shawn?«, fragte er mit einem aufgeregten Unterton.

»Warum bin ich hier?«

»Wir haben nur noch einige Fragen an Sie.«

»Warum musstet ihr herkommen und mich hierher bringen?«, fragte er wie ein bockiger Teenager klingend. »Jetzt wird jeder bei der Arbeit wissen, dass ich zu diesem Scheiß befragt werde.«

Das klang nach einem Shawn-Problem, nichts, was ihn etwas anging.

»Ich hoffe, Sie haben keine Szene gemacht«, sagte Tomek. »Sonst würde das die Spekulationen nur noch verstärken.«

Shawn rümpfte die Nase und verzog das Gesicht. »Sie haben mir immer noch nicht gesagt, warum ich hier bin.«

»Alles zu seiner Zeit«, antwortete Tomek und tippte auf den Ordner auf dem Tisch. »Alles zu seiner Zeit.« Tomek zog den Ordner langsam zu sich heran und öffnete ihn auf seinem Knie, außerhalb von Shawns Blickfeld. Dann sah er sich die erste Seite an. Dort, vor ihm, lag die Startseite von Angelicas Blog. Tomek nahm sie aus dem Ordner und schob sie über den Tisch. »Erkennen Sie das, Shawn?«

Shawn warf einen kurzen Blick auf das Blatt. »Ja.«

»Was ist das bitte?«

»Angelicas Blog.«

»Und woher wissen Sie davon?«

»Weil ich ihn schon mal gesehen habe.«

»Wie oft würden Sie sagen, haben Sie ihn gesehen?«

Ein Schulterzucken. Gleichgültig, abweisend, als wäre er gerade gefragt worden, ob er die nächste Runde Getränke holen wolle – nur wenn er unbedingt müsste.

»Wenn Sie eine Zahl nennen müssten«, beharrte Tomek. »Wie oft? Ein Dutzend? Fünfzig? Hundert?«

»Keine Ahnung.«

»Dann ist es also sicher anzunehmen, dass Sie ihn oft gesehen haben?«

»Vielleicht.«

»Und wie sind Sie auf diese kleine Ecke des Internets gestoßen, Shawn? Hat Angelica Ihnen den Link direkt geschickt, oder haben Sie ihn auf andere Weise gefunden?«

Shawn seufzte tief, schwer. So tief, dass Tomek den Lufthauch an seinen Knöcheln spürte.

»Ich habe ihn in einem ihrer Instagram-Posts gesehen«, gab der Stalker zu. »Daran ist nichts falsch. Wenn sie ihn privat halten wollte, hätte sie das tun können. Wenn sie nicht wollte, dass Leute ihn finden, dann hätte sie ihn nicht online stellen sollen. Sie ist diejenige, die ihn veröffentlicht hat. Es ist nicht so, als hätte ich danach gesucht.«

»Und damit haben Sie absolut recht«, sagte Tomek.

»Was?«, murmelte Shawn verblüfft.

»Ich stimme zu. Es ist eine Website, und Websites sind dazu da, gefunden zu werden. Genau wie Social-Media-Seiten. Ich habe kein Problem damit, dass Sie sie ansehen, aber womit ich ein Problem habe und worüber ich ein bisschen mehr Klarheit haben möchte, ist, ob Sie jemals etwas in den Kommentaren gepostet haben? Nach dem, was ich verstehe, hatte diese Website nicht viel Traffic. War dies also eine weitere Ihrer Methoden, um Angelica zu erreichen, ihr mitzuteilen, dass Sie sie beobachten, ihr Leben im Auge behalten?«

»Nein!« Die Stimme des Mannes füllte den kleinen Raum.

Tomek hörte nicht zu. Stattdessen nahm er das nächste Blatt aus dem Ordner und legte es auf den Tisch. »Dies ist einer der Kommentare, die wir gesehen haben: ›Wishing I was inside you right now, my angel.‹ Gepostet um dreizehn Uhr zweiunddreißig am dreiundzwanzigsten

Januar. Ziemlich groteskes Zeug für eine Mittagspause, würden Sie nicht zustimmen?« Er zog ein weiteres Blatt heraus, las es und legte es auf das erste. »Dieser hier ist etwas zahmer: ›You are the most precious thing in the world to me, my angel.‹ Auch ungefähr zur gleichen Zeit gepostet. Und dann gibt es diesen hier. Und diesen. Und diesen.«

Und so ging es weiter, jedes Mal legte Tomek einen Ausdruck auf den letzten, bis er zur letzten Seite kam – der Wortwolke.

»Sie haben Angelica früher einen Engel genannt, nicht wahr? Das ist hier ein ziemlich häufiger Ausdruck«, sagte er und deutete auf die Wortwolke. »Ich habe gesehen, dass Sie dasselbe in ihren Instagram-Posts und in ihren Direktnachrichten gepostet haben. Das war ein besonderer Ausdruck von Ihnen, oder?«

»Viele Leute haben sie so genannt.«

»Woher wissen Sie das?«

Shawn antwortete nicht.

»Erkennen Sie irgendeinen dieser Kommentare?«, fragte Tomek, während er die Blätter auf dem Tisch auffächerte.

»Nein«, antwortete der Mann knapp.

»Sind Sie sicher?«

»Ja.« Er beugte sich in seinem Sitz nach vorne. »Ich habe die noch nie in meinem Leben gesehen.«

»Sind Sie sicher? Finden Sie es nicht interessant, dass alle Kommentare zu einer ähnlichen Zeit gepostet wurden? Um welche Zeit haben Sie normalerweise Mittagspause, wenn Sie arbeiten?«

»So gegen eins.«

»Interessant. Und wie lange sagten Sie, arbeiten Sie schon in der Bibliothek?«

»Ein paar Jahre.«

»Noch interessanter.«

Tomek sagte dreißig Sekunden lang nichts. Er wartete darauf, dass Shawn auf seinen letzten Kommentar ansprang, aber als das nicht geschah, fügte er hinzu: »Möchten Sie wissen, warum?«

»Nein.«

»Nun, ich werde es Ihnen trotzdem sagen. Sehen Sie, wir haben die

IP-Adresse für diese Kommentare zurückverfolgt, und raten Sie mal, von wo aus sie gepostet wurden.«

Shawn sagte nichts. Entweder war er unglaublich begriffsstutzig und kannte die Antwort nicht, oder er wusste tatsächlich die Antwort und hatte zu viel Angst, es zuzugeben.

Tomek zog ein weiteres Blatt heraus. Darauf war ein Ausdruck von Google Maps Street View. Er ließ das Dokument aus dem Ordner gleiten und legte es behutsam hin, bevor er mit dem Fingernagel in die Mitte der Seite tippte.

»Genau hier«, sagte er. »Kommt Ihnen das bekannt vor?«

Shawn musste das Dokument nicht sehen, um zu wissen, worauf Tomek sich bezog.

»Haben Sie dazu etwas zu sagen?«, fragte Tomek.

»Ich habe diese Kommentare nicht gepostet. Die waren nicht von mir.«

»Sie arbeiten in der Bibliothek. Sie sind der Einzige mit einer Verbindung zu Angelica. Sie sind der Einzige, der ihr auf jeder erdenklichen Plattform nachgestellt hat, und als sie Sie auf den anderen blockierte und eine einstweilige Verfügung gegen Sie erwirkte, dachten Sie, Sie würden sie auf ihrem Blog, ihrer kleinen Ecke des Internets, belästigen. Klingt das ungefähr richtig?«

Shawn schlug mit der Faust gegen die Wand. »Ich habe diese verdammten Kommentare nicht gepostet!«

»Wie können Sie das beweisen?«

Das Gesicht des Mannes verzerrte sich vor Wut.

»Gibt es Überwachungskameras in der Bibliothek, die wir uns ansehen könnten?«

»Natürlich nicht. Es ist eine verdammte Bibliothek. Kaum genug Geld, um uns über Wasser zu halten. Außerdem will niemand verdammte Bücher klauen.«

»Also keine Überwachungskameras?«

»Nein, schon gut? Nein, wir haben keine verdammten Überwachungskameras.« Noch ein Schlag gegen die Wand. »Aber ich habe diese Kommentare nicht gepostet, und ich hatte nichts mit Angelicas Mord zu tun. Denn wenn ich es getan hätte, hätten Sie meine DNA an ihr gefunden, aber das haben Sie nicht, oder? Sie haben nicht einen einzigen handfesten Beweis, der auf mich hindeutet. Also, wenn das alles ist, was Sie haben, dann würde ich gerne zu meiner Arbeit zurückkehren, und kommen Sie nie wieder an meinen Arbeitsplatz. Haben Sie mich verstanden?«

»Oder was?«, fragte Tomek, als Shawn den Stuhl hinter sich warf und sich über ihn türmte. »Sie bringen mich auch um?«

KAPITEL
ZWEIUNDFÜNFZIG

Das Verhör mit Shawn Wilkins hatte zu nichts geführt. Tomek hatte nicht das Ergebnis bekommen, auf das er gehofft hatte – ein Geständnis irgendeiner Art – und am Ende hatte Shawn gedroht, eine offizielle Beschwerde beim Unabhängigen Büro für Polizeiliche Kontrolle einzulegen, wegen Tomeks Verhalten und dem, was Shawn als »Belästigung« bezeichnet hatte. Nachdem Rachel ihn davon überzeugt hatte, indem sie sein Ego (und seinen Arm) ein wenig streichelte, war Shawn wütend aus der Dienststelle gestürmt und zur Bibliothek zurückgekehrt.

Als er an seinen Schreibtisch zurückkam, fand Tomek Oscar auf seinem Stuhl vor. Der Polizist war in ein tiefes Gespräch mit Anna verwickelt und diskutierte das Verhalten des Stalkers. Als er ankam, erklärte Oscar, dass die uniformierten Beamten, die zur Bibliothek geschickt worden waren, um das Gebäude zu durchsuchen, bestätigt hatten, dass keine Videoaufzeichnungen länger als achtundvierzig Stunden aufbewahrt wurden und dass es keine Möglichkeit gäbe herauszufinden, wer auf den Computer zugegriffen und was er sich angesehen hatte. Es schien also, dass es keine greifbaren, physischen Beweise gab, die zur Anklage von Shawn Wilkins verwendet werden konnten. So war es von Anfang an gewesen. Nichts Konkretes. Der

Mörder hatte bei der Tötung Angelicas und der Säuberung des Tatorts eine so vorbildliche Arbeit geleistet, ohne eine Spur zu hinterlassen, dass Tomek und das Team im Dunkeln tappten.

Tomek trug noch immer die Last der Ermittlungen auf seinen Schultern. Obwohl der Fall offiziell an Victoria übergeben worden war, betrachtete er ihn noch immer als seinen eigenen. Er hatte damit begonnen, und jetzt wollte er ihn auch abschließen. Das einzige Problem war die Belastung, die es für seinen Körper darstellte. Er hatte nicht richtig gegessen. Er hatte einige Abendessen und Mittagessen ausgelassen, weil er ohne Pausen durcharbeiten wollte. Er hatte auch nicht richtig geschlafen, sein Geist zeigte ihm jedes Mal Bilder von Angelicas Engelsflügeln, wenn er die Augen schloss, und als er sich an diesem Tag vor dem Verlassen im Badezimmerspiegel betrachtete, erkannte er zum ersten Mal die Auswirkung, die es auf sein Haar und seinen Bart hatte. Was einst ein makelloses, fast pechschwarzes Haupt vollen Haares und ein dunkler, auffälliger Bart gewesen war, war jetzt von einigen grauen Haaren durchsetzt. Eine Katastrophe.

Auf dem Heimweg hielt er im Supermarkt an und kaufte etwas Haar- und Bartfarbe. Damit war sein Abend verplant – nachdem Kasia natürlich zu Bett gegangen war. Er würde den Spott und die Beleidigungen nicht ertragen können, die er zweifellos erhalten würde, wenn sie ihn sähe. Er, ein vierzigjähriger Mann, der seinen Bart und seine Haare färbt? Was war nur aus der Welt geworden? Sie würde es ihren Freunden erzählen, und dann würden sie es wiederum ihren anderen Freunden erzählen, und schließlich würde sein Geheimnis allen Eltern und Lehrern bekannt sein.

Aber seine Abendpläne wurden durch die Gestalt bedroht, die vor seinem Haus stand, einen langen, dünnen Mantel trug und eine Zigarette in der Hand hielt.

»Wann hat *das* angefangen?«, fragte Tomek und zeigte auf den Tabakstängel.

Abigail blies eine große Rauchwolke in die Luft. »Ungefähr zu der Zeit, als ich erfuhr, dass ich Chefredakteurin werden würde. Beförderungen sind nicht alles, was man sich verspricht.«

Das kannst du laut sagen.

»Was machst du hier, Abigail?«

»Mit vollem Namen, he? So ist das also?«

»Beantworte die Frage.«

Sie nahm noch einen langen Zug von der Zigarette und ließ den Rauch aus ihrem Mund entweichen, während sie sprach. »Ich wollte dich sehen. Ich hatte gehofft, wir könnten uns unterhalten.«

»Nicht dort drinnen«, sagte er und deutete auf das Wohnzimmerfenster im ersten Stock. »Nicht nach dem letzten Mal.«

»Verständlich. Wo dann?«

Tomek hob seine Hand, ließ die Autoschlüssel rasseln und entriegelte das Auto. Hinter ihm blinkten die orangefarbenen Lichter auf und ein kleiner *Piep*-Ton erklang. Sekunden später saßen sie drinnen.

»Ich habe versucht, dich anzurufen«, sagte sie und schloss die Tür hinter sich.

»Ach ja?«

Er wusste, dass sie es getan hatte. Er hatte die unzähligen Telefonanrufe gesehen und sie ignoriert – zumindest einige. Die anderen waren eingetroffen, während er in Befragungen oder im Außendienst war.

»Ich war beschäftigt«, sagte er.

»Ist es das, wie es jetzt sein wird?«, fragte sie mit einem anklagenden Unterton. »Ich rufe an und du ghostest mich? Ich rufe an und du tust so, als würde ich nicht existieren?«

»Ich habe gesagt, ich war beschäftigt, nicht, dass ich dich aus meinem Gedächtnis gelöscht habe.«

»So fühlt es sich aber an«, sagte sie und wurde allmählich immer wütender. Währenddessen blieb Tomeks Stimme kühl und beherrscht. Sie befanden sich in einem begrenzten Raum, und obwohl niemand sie hören konnte, wollte er genügend Platz haben, um sich zu verteidigen, falls die Dinge... körperlich werden sollten.

»Wenn ich mich recht erinnere, war ich derjenige, der Abstand wollte, Abi. Wie sieht Abstand für dich aus und was bedeutet er?« Er holte sein Handy heraus und lud das Anrufprotokoll. »Denn im

Moment sehe ich fünfzehn Anrufe in den letzten drei Tagen und du stehst direkt vor meiner Haustür. Das sieht nicht so aus, als würdest du mir Raum geben.«

Darauf hatte Abigail nichts zu erwidern. Der Geruch von Rauch löste sich von ihrer Kleidung, ihrem Atem und ihrer Haut, und Tomek spürte, wie er in den Stoff seiner Sitze eindrang und das Innere seines Autos befleckte. Er wollte die Sache schnell zu Ende bringen.

»Außerdem«, fuhr er fort, »was soll das, dass du hinter meinem Rücken zu Martin gehst und um Informationen bittest – Informationen, die er nicht berechtigt war zu geben – über *meinen* Fall?«

»Du... du hast um Abstand gebeten. Und... und das war ich, wie ich dir Abstand gegeben habe. Ich wollte dich nicht damit belästigen.«

»Nein, du bist noch einen Schritt weiter gegangen und hast mich bei Victoria und Nick untergraben. Jetzt haben sie Victoria zurückgeholt und mich zum stellvertretenden SIO degradiert. Das ist Einmischung in mein Leben auf einer ganz anderen Ebene.«

»Aber es ist meine Karriere«, sagte sie und klang fast besiegt.

»Und es ist auch meine.«

Sie schaute auf ihren Schoß und begann, mit dem Daumen in ihre Handfläche zu drücken. »Wo gehen wir von hier aus hin?«

»Ich weiß es nicht.«

»Ich meine, in Bezug auf die Arbeit. Ich werde immer noch zu dir kommen müssen, um Informationen zu bekommen, und du wirst immer noch zu mir kommen müssen, um Unterstützung zu bekommen.«

Tomek atmete tief ein, um sich zu sammeln. Er konnte nicht glauben, was er da hörte. Da saß sie, spielte mit ihren Daumen, tat ganz unschuldig und schüchtern, besorgt darüber, wie sich das auf ihre Arbeitsbeziehung auswirken würde, wie es *ihre* Karriere beeinflussen würde.

»Dann lass mich es dir leicht machen, Abigail. Schön und einfach. Du und ich – erledigt. Wir sind vorbei. Keine Übernachtungen mehr, keine Abendessen mehr, kein Sex mehr. Wir sind am Ende. Und was unsere berufliche Beziehung betrifft, ändert sich nichts. Obwohl ich denke, dass wir für die absehbare Zukunft vermeiden sollten, so viel wie möglich miteinander zu arbeiten. Und wenn du jemals wieder unangemeldet bei meinem Haus auftauchst, werde ich dir das Leben sehr schwer machen.« Tomek lehnte sich über das Auto, reichte über ihren Schoß und öffnete die Tür für sie. »Gute Nacht, Abigail«, fuhr er fort. »Genieß deinen Abend.«

KAPITEL
DREIUNDFÜNFZIG

Tomek war noch weitere zwanzig Minuten im Auto geblieben, hatte geatmet, nachgedacht, sein Temperament unter Kontrolle gehalten, bis das Grummeln in seinem Magen so laut und so aggressiv wurde und die Magenschmerzen so unangenehm, dass er gezwungen war, nach oben zu gehen, um nach etwas zu essen zu suchen. Glücklicherweise fand er Kasia dabei, wie sie gerade Bohnen auf Toast zubereitete, und als sie ihn fragte, ob er auch welche möchte, sagte er ihr, dass er dafür sterben könnte. Es gab etwas so herrlich Einfaches an Bohnen auf Toast, das ihn und seinen Magen begeisterte. Vielleicht erinnerte es ihn an seine Kindheit. Oder vielleicht war es das Knuspern des leicht getoasteten Brotes, die Süße der ungesunden Dosis Tomatensoße und das Salzige des darüber gestreuten geschmolzenen Cheddars. Jedenfalls war es eine der besten Mahlzeiten, die er seit langem hatte, weit besser als das Essen, mit dem sie Abigails Beförderung gefeiert hatten.

Tomek dachte immer noch daran, als er am nächsten Morgen das Büro betrat. Tatsächlich hatte er sogar überlegt, dasselbe zum Frühstück zu essen. Das einzige Problem war, dass Tomek, nachdem sein Lieblingscafé Morgana's kürzlich nach einer Untersuchung wegen Menschenhandels geschlossen worden war, auf der Suche nach einem neuen Lokal war, um sich den köstlichen Genuss von fettigem Speck und Doppel-Herzinfarkt-Spezialitäten zu gönnen. Stattdessen wurde er beim Betreten des Büros mit einem deprimierenden Päckchen Quaker Haferflocken in seiner Schreibtischschublade begrüßt, ein Relikt einer historischen Diätphase, die er vor mehreren Jahren durchgemacht hatte. Egal wie oft er versuchte, sich gesund zu ernähren, es funktionierte nie. Das Einzige, was ihn davon abhielt, ernsthaft an Gewicht zuzunehmen, war sein täglicher Lauf entlang der Strandpromenade und die Freizeitsportaktivitäten am Wochenende – obwohl die meisten davon in den letzten Monaten vernachlässigt worden waren.

»Das ist eine traurig aussehende Schüssel Haferbrei«, sagte Chey, als Tomek widerwillig mit der Schüssel, die seine Hände verbrannte, zu seinem Schreibtisch zurückkehrte. »Sieht aus, als hätte ein Hund gerade gekotzt.«

Tomek schaute auf die Schüssel, dann zu Chey, dann wieder zurück auf die Schüssel. »Verdammt nochmal. Warum musstest du das sagen? Jetzt will ich es dir am liebsten über den Kopf kippen.«

Tomek täuschte an, die Schüssel in Cheys Richtung zu schwingen, und der junge Polizist zuckte erschrocken zurück. Als er stolperte, verfing sich sein Fuß an der Seite eines Bürostuhls, und er taumelte rückwärts und fiel zu Boden. Das Büro brach in schallendes Gelächter aus.

»Das wird dich lehren, dich über mein Essen lustig zu machen«, sagte Tomek, während er in die Küche ging und den Inhalt in den Mülleimer kippte.

Einen Moment später kam Oscar hinter ihm herein und stellte sich in den Türrahmen, um andere am Eintreten zu hindern.

»Guten Morgen, Wachtmeister«, sagte er mit vorsichtigem Tonfall.

»Guten Morgen, Hauptkommissar.«

»Hast du schon das Neueste gehört?«

»Dass das Betreten von drei Rissen im Bürgersteig den Rücken meiner Mutter brechen wird? Ja.«

»Nein. Über die DNA.«

Tomek hörte auf mit dem, was er tat, und stellte die Schüssel auf die Küchentheke.

»DNA? Welche DNA?«

Tomek hielt den Atem an.

»Die DNA, die am Tatort von Angelica gefunden wurde.«

Tomeks Augen weiteten sich. Er hielt den Atem an. »Wir haben die Ergebnisse?«

»Sieben Uhr heute Morgen.«

Tomek rückte näher an den Polizisten heran.

»Und?«

»Wir haben eine Übereinstimmung.«

Endlich. Nach all seiner Beharrlichkeit.

Fick dich, Nick. Und fick dich, Victoria.

»Und?«, fragte er. »Wessen ist es? Shawns?«

Oscar schüttelte den Kopf. Ein Grinsen schlich sich auf sein Gesicht.

»Die gefundene DNA gehört Johnny, Wachtmeister. Johnny Whitaker.«

KAPITEL VIERUNDFÜNFZIG

Tomek fuhr mit dem Auto in die Einfahrt von Daphne und Roy Whitaker. Er sprang heraus, bevor das Auto im Parkmodus ganz zum Stillstand gekommen war, knallte die Tür hinter sich zu und rannte über den Vorhof zur Haustür der Whitakers. Er hämmerte mit den Fäusten gegen die Tür. Drei, vier Mal. Keine Antwort.

Er versuchte es erneut, diesmal lehnte er sich zur Seite und drückte sein Gesicht gegen die Wohnzimmerfenster. Keine Bewegung.

Erst das Krankenhaus und jetzt das.

Tomek wusste nicht, wo Johnny Whitaker war, und das Krankenhaus auch nicht. Laut der Bezirkskrankenschwester war Johnny bereits vor mehreren Stunden entlassen worden, ohne Angabe einer Adresse oder Benachrichtigung seiner nächsten Angehörigen, die zufällig seine Eltern waren. Tomek hatte ein Team zusammengestellt und sie angewiesen, The Prince Albert zu besuchen, falls Angelicas Bruder in seine Stammkneipe zurückgekehrt war, aber sie hatten nichts gefunden und waren jetzt auf dem Weg, ihn zu treffen.

Tomek drehte sich zur Haustür und hämmerte wieder mit den Fäusten dagegen. Immer noch nichts.

Gerade als er sich hinhockte und den Briefschlitz öffnete, um hindurchzuschreien, flog die Tür auf. Tomek trat ohne Erlaubnis ein und wartete nicht darauf, dass sein Erscheinen registriert wurde.

»Was zum Teufel?«, schrie Daphne, als sie durch Tomeks plötzliches und energisches Eindringen zurückgedrängt wurde.

»Johnny«, sagte er, fast atemlos. »Wo ist er?«

»Wer?«

»Ihr Sohn.«

Einen Moment lang, einen langen, qualvollen Moment, sagte Daphne nichts, starrte ihn einfach an, als hätte er sie nach der Quadratwurzel aus einer Million gefragt.

»Wo ist Ihr Sohn?«, wiederholte Tomek. »Wir müssen mit ihm sprechen.«

Immer noch nichts. Vielleicht war es der Schock seiner plötzlichen Anwesenheit. Oder vielleicht war es die langsame Erkenntnis dessen, wonach Tomek fragte: dass der einzige Grund, warum Tomek *wieder* nach ihrem Sohn fragte, darin bestand, dass sie etwas gefunden hatten, etwas, das ihn mit dem Tod seiner Schwester in Verbindung brachte.

»Krankenhaus...«, murmelte sie, ihr Geist schien hundert Meilen entfernt zu sein.

»Entlassen. Vor drei Stunden. Jetzt wissen wir nicht, wo wir ihn finden können. Haben Sie ihn gesehen?«

Langsam, in den schwarzen Raum hinter ihm starrend, schüttelte Daphne den Kopf.

»Wo ist Ihr Mann?«

»Draußen. Im Garten.«

Fast wie auf Stichwort erschien Roy Whitaker im Flur, mit einem Paar Gartenhandschuhen und einer hellgrünen Fleeceweste bekleidet.

»Sergeant...«, begann er. »Was machen Sie-?«

»Er will wissen, wo Johnny ist«, antwortete Daphne.

»Johnny? Schon wieder? Warum?«

»Weil wir ihm noch einige Fragen stellen müssen.«

»Worüber?«

Tomek wollte jetzt nicht darauf eingehen, aber er erkannte schnell, dass es der einzige Weg sein würde, den Prozess zu beschleunigen.

»Beweise«, sagte er verständlich, sein Atem hatte sich wieder normalisiert. »Wir haben seine DNA am Tatort von Angelica gefunden. Wir wollen nur wissen, wie sie dorthin gekommen ist.«

Daphnes Hände flogen sofort zu ihrem Mund. Roys Blick der Bestürzung und Besorgnis veränderte sich zu Furcht und Unglauben.

»Johnny... Angelica... Nein... Sicherlich nicht...«

»Sicher«, sagte Tomek.

Und nennen Sie mich nicht Shirley.

»Aber wie? Wann? Warum?«

»Ich weiß es nicht, aber ich hoffe, dass Ihr Sohn mir diese Fragen beantworten kann. Wann haben Sie ihn zuletzt gesehen?«

Roy zog seine Handschuhe aus und legte sie auf eine nahegelegene Oberfläche. »Nicht seit er neulich weggegangen ist. Wie ich Ihnen bereits sagte. Haben Sie ihn in der Kneipe gefunden?«

Tomek nickte und erklärte, dass sie ihn anschließend ins Krankenhaus gebracht hatten.

»Haben Sie es dort versucht?«, fragte Roy.

Verdammt noch mal, sie drehten sich im Kreis.

Tomek bestätigte, dass sie das getan hatten, und fragte dann: »Haben Sie eine Ahnung, wo er sein könnte? Irgendeine Idee?«

Johnnys Eltern schauten sich gegenseitig an, mit weit aufgerissenen Augen und offenen Mündern.

Dann schüttelten beide den Kopf und sagten nein, sie hätten keine Ahnung, wo ihr Sohn sein könnte.

Aber Tomek wusste es. In diesem Moment wusste er genau, wo er ihn finden würde.

KAPITEL
FÜNFUNDFÜNFZIG

»Dieser hier, dieser hier ist einer meiner Lieblinge«, erklärte sie. »Er ist aus meinem Lieblingsstein geschnitten, Saphir.«

»Handgemacht?«

Sie nickte höflich. »Ja. Alles, was Sie hier sehen, ist von mir handgefertigt. Ich habe hinten eine kleine Werkstatt, in der ich meine kleinen Kreationen herstelle.«

Die Frau steckte den Ring an ihren Finger und hielt ihn ins Licht, um ihn einen Moment lang zu bewundern. »Sie sind sehr talentiert.«

»Danke.«

Rose hatte genug gehört. Diese Frau war eine Zeitverschwenderin. Ganz einfach. Interessiert an einer Sache und nur an einer Sache: Roses Zeit zu verschwenden. Im Laufe der Jahre hatte sie ein Gespür entwickelt, eine unheimliche Fähigkeit, den Mist von dem »Ich zahle alles für diesen Mist!« zu unterscheiden, und sie konnte sie normalerweise schon von weitem erkennen. Diese Frau hatte ihr jedoch Anlass gegeben, ihr den Vorteil des Zweifels zu geben. Irgendetwas an ihr hatte Rose dazu gebracht, ihre Instinkte zu hinterfragen. Vielleicht war es die Designerkleidung gewesen, oder das frisch gebleichte blonde Haar, oder der Ehemann, der eindeutig über seiner Gewichtsklasse spielte und bei jedem ihrer Schritte hinter ihr sabberte, aber sobald sie beim Anblick des Preisschildes am Ring die

Zähne gefletscht hatte und angefangen hatte, ihre verdammt schwachsinnigen Fragen zu stellen, hatte Rose beschlossen, dass die Zeit der Frau abgelaufen war. Zeit, zu verschwinden und wiederzukommen, wenn sie sich ihren Schmuck leisten konnten. Sie nahm den Ring von ihr zurück und begann, sie mit Verachtung zu behandeln, um sicherzustellen, dass sie wussten, dass sie sie durchschaut hatte. Nach ein paar weiteren Interaktionen verstanden sie endlich den Wink und machten sich auf den Weg nach draußen. Rose zeigte ihnen den Weg zur Tür.

»Wenn Sie sonst noch etwas brauchen, wissen Sie, wo Sie mich finden können«, sagte Rose hinter einem gezwungenen Grinsen. Das Paar verschwand schnell auf der belebten Hauptstraße und verschmolz mit dem Hintergrund anderer Fußgänger. Als sie die Tür hinter sich schloss, flüsterte sie zu sich selbst: »Verdammte Idioten«, und machte sich auf den Weg zurück zu ihrer Häkelarbeit.

Sie hatte die Engelpuppe, die sie zum Gedenken an Angelica angefertigt hatte, fertiggestellt und wandte sich nun ihrer nächsten Kreation zu: einem kleinen Polizisten, komplett mit blauem Hut und blauer Uniform, auch wenn das Bild, das sie verwendete, eher wie Postbote Pat als Wachtmeister Plod aussah.

Sie war gerade dabei, ihre Ausrüstung hervorzuholen, als sich die Ladentür öffnete. Bevor sie den Kunden begrüßte, atmete sie tief ein, schaltete das angenehme, kundenorientierte Lächeln ein, das ihr zunehmend schwerer fiel, und drehte sich dann um, um den Neuankömmling anzusehen.

Sie erstarrte.

Dort, im Türrahmen stehend, war ihr Ehemann. Der Mann, von dem sie das Gefühl hatte, ihn kaum zu kennen, mit gebeugten Schultern, hochragend, einschüchternd.

Roses erster Gedanke galt nicht ihrer eigenen Sicherheit, sondern der Sicherheit ihrer Kreationen. Der Mann war ein wandelnder Affe, und nach den blassen, ausgezehrten, leicht gelblichen Wangen in seinem Gesicht - ganz zu schweigen vom Gestank des Alkohols, der aus seinen Poren sickerte - war er immer noch betrunken.

»*Du*«, sagte er.

Sie hätte nicht gedacht, dass es möglich war, ein einsilbiges Wort zu lallen, aber irgendwie fand er einen Weg.

»Was zum Teufel machst du hier?«, erwiderte sie. »Verschwinde aus meinem Laden. Du bist hier nicht willkommen.«

Aber er beachtete die Warnung nicht. Stattdessen schloss er die Tür hinter sich, schlug den Türriegel an seinen Platz und verriegelte dann das Schloss. Die Geräusche hallten durch den Laden wie Gewehrschüsse, die in ihren Ohren widerhallten.

Und dann wurde es still.

Die beiden waren nur durch wenige Meter getrennt. Er, der sie um das Dreifache an Gewicht übertraf. Sie, ohne ein Telefon neben sich oder die Reaktionsschnelligkeit, um sich schneller zu bewegen als er.

Johnny machte den ersten Zug. Trotz seines betrunkenen Zustands überquerte er den Ladenboden fast mit einem einzigen Schritt, stieß dabei gegen die Vitrinen und war augenblicklich bei ihr. Ohne zu zögern packte er ihr Hemd am Kragen, riss sie von ihrem Stuhl weg und schleifte sie an den Haaren aus dem hinteren Teil des Ladens. Rose schrie auf, als brennender Schmerz auf ihrer Kopfhaut aufflammte. Es gab nichts, was sie tun konnte, nichts, woran sie denken konnte, außer Johnnys Hand zu halten, um den brennenden Schmerz zu lindern.

Nach dem Hantieren mit Türgriffen im hinteren Teil des Ladens betraten sie einen kleinen Flur. Die Tür zu ihrer Rechten führte in die Wohnung im Obergeschoss, wo Rose fast jede Nacht der letzten paar Monate verbracht hatte. Und doch hatte sie nur wenig vorzuweisen. Es gab noch keinen Teppich. Der Boden war unordentlich und mit Werkzeugen und Sägemehl bedeckt. Die Wände mussten abgeschliffen werden, Fußleisten angebracht und Putz über die Oberflächen gespachtelt werden. Die Lichter, Heizkörper und Küchengeräte benötigten alle einen Elektriker, ebenso wie die Wandsteckdosen und der Abzug. Das Einzige, was jedoch funktionierte, war das Wasser. Sie hatte reichlich fließendes Wasser, und der fortschrittlichste Raum in der Wohnung war das Badezimmer.

Aber Johnny schien sich nicht darum zu kümmern. Er schien sich um nichts anderes zu kümmern, als Rose zu verletzen.

Sobald die Haustür der Wohnung gegen die angrenzende Wand

knallte, warf er sie auf den Boden und setzte sich breitbeinig auf sie. Sein immenses Gewicht drückte sie nieder und hielt sie dort fest. Er war viel zu stark für sie.

Und dann legte er seine Hände um ihren Hals. Sofort spürte sie, wie Luft aus ihrer Kehle und Lunge entwich. Dann spürte sie, wie ihre Atmung sich verengte, ihre Kehle zerquetscht wurde, ihre Lungen kollabierten.

»Du verdammte Schlampe!«, brüllte Johnny. »Du musstest es ja verdammt noch mal herausfinden, nicht wahr? Du musstest verdammt noch mal mein Leben ruinieren! Ich werde dir das nie verzeihen!«

In seinen Augen lag ein dämonischer Ausdruck. Derselbe, den sie schon einmal gesehen hatte. Als sie zum ersten Mal zusammengekommen waren und Johnny sie vor einem Widerling im Zug beschützt hatte, nach einem Ausflugstag in London. Die Wut und der Zorn waren damals auf jemand anderen gerichtet gewesen, aber sie waren trotzdem da gewesen. Damals hatte sie es törichterweise für Sicherheit gehalten, eine Form des Schutzes. Jetzt erkannte sie, dass dieses gleiche Maß an Schutz sie tötete, ihr schnell das Leben aus dem Leib würgte. Und es gab nichts, was sie dagegen tun konnte.

KAPITEL
SECHSUNDFÜNFZIG

Wenn es eine Sache gab, die Tomek an seiner Heimatstadt Leigh-on-Sea am meisten hasste, dann war es die Parkplatzsuche. Er war sich absolut, zweifelsfrei, hundertprozentig sicher, dass er über einen Tag seines Lebens damit verbracht hatte, einen verdammten Parkplatz zu finden, besonders entlang der Leigh Broadway. Und ausgerechnet heute gab es nichts. Er war fünf Minuten lang hin und her, rauf und runter gefahren, um einen passenden Platz zu finden. Schließlich hatte er seinen Dienstrang ausgenutzt und direkt vor dem Geschäft auf dem Bürgersteig geparkt. Er war im Nu aus dem Auto und eilte zur Eingangstür des Juweliergeschäfts.

Sie war verschlossen.

Bei den zwei Gelegenheiten, bei denen er dort gewesen war, war sie nie verschlossen gewesen. Er prüfte die Uhrzeit – 13:37 Uhr.

Mitten am Nachmittag. Whitaker's hätte geöffnet sein müssen. Die Auslagen in den Schaufenstern waren noch komplett, also wo war Rose?

Tomek klopfte und hämmerte gegen die Tür, aber er wusste, dass es zwecklos war. Dass er zu spät kam. Dass Johnny irgendwo dort drinnen war. Er presste sein Gesicht gegen das Glas, sah aber nichts, nur einen leeren Laden.

Und dann erinnerte er sich an die Wohnung darüber. Tomek streckte den Hals nach oben, in der Hoffnung, die beiden durch das Fenster freundlich miteinander plaudern zu sehen, aber er wusste, dass das keine Möglichkeit war.

Johnny war wütend, sogar rasend. Er hatte schon einmal getötet, und er könnte es durchaus wieder tun.

Hinter Tomek stand eine Gruppe uniformierter Polizisten, die seinen Bewegungen gefolgt waren. Zwei von ihnen hatten gerade neben ihm geparkt und waren dabei, aus ihrem Fahrzeug auszusteigen, als er ihnen befahl, es an der Rückseite des Ladens zu versuchen. In der Zwischenzeit waren zwei weitere Beamte zu Fuß eingetroffen. Einer von ihnen trug einen Rammbock, eine große Ramme, die dafür ausgelegt war, selbst die stärksten Türen zu zerstören. Der Beamte hob ihn hoch in die Luft und ließ mit geübter Hand und einem guten Satz Muskeln die Schwerkraft den Rest erledigen. Die Tür brauchte nur einen Schlag, bevor sie nachgab und zerbrach.

Sofort strömten Tomek und der Rest der Polizisten in den Laden, quetschten sich aneinander vorbei und kämpften um den ersten Eintritt. Das Innere war leer, verlassen. Am hinteren Ende des Raumes bemerkte Tomek eine offene Türöffnung. Er ging direkt darauf zu und kam in einen kleinen Flur, der ihn an seine eigene Wohnung erinnerte – eng, alt und nach Feuchtigkeit riechend. Die Tür zu seiner unmittelbaren Rechten stand offen, und dort, im Flur, hörte er Geräusche von Unbehagen und Kampf.

»Hierher!«, rief er den Polizisten zu.

Tomek ging als Erster. Als Erster wagte er den Sprung und raste die Stufen hinauf. Er nahm sie zwei auf einmal, bis er oben ankam und durch die Tür am oberen Ende der Treppe stürmte.

Da war er, Johnny Whitaker, der rittlings auf seiner Frau saß, sie zu Boden drückte und ihr das Leben aus dem Leib quetschte.

Tomek zögerte nicht. Er näherte sich dem Mann von hinten, legte einen Arm um Johnny Whitakers Hals, fixierte ihn dann mit seinem anderen Arm und begann zu drücken. Hart. Ließ ihn seine eigene Medizin schmecken. Überraschenderweise hielt der Mann länger durch, als Tomek erwartet hatte – zehn statt fünf Sekunden –, bevor er schließlich seinen Griff um Roses Hals löste und zu Boden fiel. Tomek hielt ihn fest, bis der Mann das Bewusstsein verlor und die Muskeln in seinem Oberkörper erschlafften.

KAPITEL
SIEBENUNDFÜNFZIG

Vier Stunden später war Johnny Whitaker endlich bereit, befragt zu werden. Ein schneller Test seiner Blutwerte und ein Blick auf einige Überwachungsaufnahmen hatten gezeigt, dass der Drag-Star seit seiner Entlassung aus dem Krankenhaus in den Pub The Broadway gegangen war, der direkt gegenüber von Roses Juweliergeschäft lag. Dort hatte er sich einen Tisch am Fenster gesucht, fünf Bier bestellt und sie geduldig getrunken, während er abwartete und den Eingang des Ladens im Auge behielt. Als Rose ihren letzten Kunden verabschiedet hatte und Johnny genug Verachtung und Frustration gegenüber seiner Frau aufgebaut hatte, war er über die Straße getorkelt, in den Laden gestolpert und hatte sie beide eingeschlossen.

Den Rest wusste Tomek.

Mit ihm im Vernehmungsraum waren Rachel, Johnny, der schlimmer aussah als beim letzten Mal, als Tomek ihn gesehen hatte, und sein Anwalt, der auf einem einzelnen Stuhl hinten im Raum saß. In den Ecken des Raumes zeichneten Videokameras das Gespräch auf, und ein digitales Aufnahmegerät stand auf dem Tisch an der Wand. Rachel drückte den Ein-Knopf und begann die Aufnahme. Nachdem sie die Formalitäten erledigt hatte, war Tomek an der Reihe, Johnny zu befragen.

»Was haben Sie heute Nachmittag in Whitakers Juweliergeschäft gemacht?«, sagte Tomek und kämpfte gegen ein Gähnen an, das aus dem Nichts kam. Es war ein langer Tag gewesen, und er brauchte nach all dem einen Drink.

»Keine Aussage.«

»Was ist im Laden Ihrer Frau passiert, Johnny?«

»Keine Aussage.«

»Warum haben Sie die Tür abgeschlossen?«

»Keine Aussage.«

»Wie haben Sie Zugang zur Wohnung über dem Laden bekommen?«

»Keine Aussage.«

»Was ist in der Wohnung über dem Laden passiert?«

»Keine Aussage.«

Johnnys Gesicht war entschlossen, zu einem engen Knäuel aus Empörung und Verachtung zusammengezogen. Seine Arme waren vor der Brust verschränkt, und seine Schultern hochgezogen, fast bis zum Hals. Der Mann hatte sich deutlich verändert, seit Tomek ihn zum ersten Mal getroffen hatte. Er war zu einer Hülle geworden, gebrochen. Er sah aus, als hätte er seit Wochen nichts gegessen und sich ausschließlich von Alkohol ernährt.

»Warum haben Sie Ihre Frau gewürgt, Johnny?«

Der Mann zuckte nicht einmal mit der Wimper.

»Keine Aussage.«

Tomek seufzte innerlich. Das würde ein langer Abend werden.

»Wir haben Beweise, dass Sie es getan haben. Mehrere Zeugenaussagen von Polizeibeamten. Ich habe es mit eigenen Augen gesehen. Warum beantworten Sie nicht die Frage? Warum haben Sie versucht, Ihre Frau zu töten?«

Johnny streckte seinen Hals vor und zischte: »Keine Aussage«, dann zog er sich wieder zurück.

»Ist es, weil sie Sie geoutet hat, Ihr Geheimnis entdeckt hat?«

»Keine Aussage.«

Tomek schaute auf seine Notizen, fand das Gespräch, das er mit Johnny im Krankenhausbett geführt hatte.

»Sie sagten neulich zu mir, und ich zitiere: ,Ich schwöre bei Gott, wenn ich sie das nächste Mal sehe...' Was meinten Sie damit, Johnny? Dass Sie sie beim nächsten Mal töten würden? Wollten Sie sie töten, weil Sie denken, dass sie Ihr Leben ruiniert hat?«

Nichts. Der Gesichtsausdruck des Mannes war leer.

»Denn von meiner Warte aus betrachtet, scheint es, als hätten Sie das alles selbst getan.« Tomek ließ sich in den Stuhl sinken und spiegelte Johnnys Haltung. »Sie sind derjenige, der sie all diese Jahre belogen hat. Sie sind derjenige, der Ihre Eltern angelogen hat... Ihre Schwester.« Tomek ließ den letzten Kommentar in der Luft hängen, bevor er fortfuhr. »Erzählen Sie mir von dem Moment, als sie herausfand, dass Sie ein Drag-Queen sind.«

Bevor er antwortete, drehte sich Johnny langsam zu seinem Anwalt um, warf dem Mann einen Blick zu und wandte sich dann wieder Tomek zu. »Sie ging zu einer meiner Shows«, sagte er. »Es war völlig zufällig, ein kompletter Zufall. Sie wusste nicht, dass ich dort sein würde, und ich hatte absolut keine Ahnung, dass sie dort sein würde. Es war... es war ein Schock.«

»Wer hat wen zuerst gesehen?«

»Warum ist das relevant?«

Tomek zuckte mit den Schultern. »Neugier.«

»Sie hat mich gesehen«, antwortete Johnny mit einem Seufzen. Er begann, seine Knöchel mit dem Daumen zu reiben. »Sie kam nach der Show nach hinten, um mich zu finden. Zum Glück ersparte sie mir die Peinlichkeit, mit ihren Freunden hinter die Bühne zu kommen.«

»Was hat sie gesagt?«

Mehr Reiben. Diesmal aggressiver, während er die Ereignisse in seinem Kopf noch einmal durchlebte.

»Ich hätte mehr von ihr erwartet, wissen Sie. Sie war die Jüngere, die Freiere. Diejenige, die es geschafft hatte, dem ganzen Schwachsinn von Mutter und Vater zu entkommen, obwohl sie sie dafür praktisch hassten. Sie hatte nicht die gleichen religiösen Fesseln, die sie mir anzulegen versuchten. Sie musste nicht jeden Sonntag in die Kirche gehen, wie ich. Sie musste mit nichts davon umgehen, und ich dachte, von allen würde sie am verständnisvollsten sein. Aber sie war angewidert von mir. Sagte, was ich tue, sei unmoralisch und unethisch.

Dass sie es Mutter und Vater erzählen würde. Dass sie es Rose erzählen würde.«

In seiner Stimme lag eine Härte, als würde er die Tränen zurückhalten.

»Und hat sie das getan?«

Johnny schüttelte den Kopf.

»Weil Sie dafür gesorgt haben, dass sie es nicht konnte, oder?«

»Nein! Auf keinen Fall.« Der Mann schlug mit der Hand auf den Tisch. Tomek hatte genug Schwachköpfe gesehen, um zu wissen, wann so ein Zug bevorstand, also zuckte er nicht zusammen. »Ich weiß, worauf Sie hinauswollen, aber ich hatte nichts mit dem zu tun, was Angelica passiert ist. Ich habe sie überzeugt, niemandem etwas zu sagen – Geld, bei ihr ging es immer um Geld, und zwar viel davon – aber sie hat es mir immer vorgehalten. Wie Geschwister das eben tun. Sie versprach, nichts zu sagen, und ich glaubte ihr. Ich hatte keinen Grund, sie zu töten.«

Tomek zog ein Blatt Papier heraus und schob es über den Tisch. Neugierig lehnte sich Johnny vor und inspizierte das Dokument. Tomek tippte mit dem Zeigefinger auf das Blatt.

»Das besagt etwas anderes«, erklärte er.

»Was ist das?«

»Das hier ist ein Beweis, der Ihre DNA mit der DNA-Probe in Verbindung bringt, die am Tatort Ihrer Schwester gefunden wurde.«

»*Was?*«

»Welchen Teil brauchen Sie genauer erklärt? Wie lang Ihre Strafe sein könnte, weil-«

»Das ist nicht meine verdammte DNA!«, schrie Johnny. »Das ist nicht meine. Ich wurde reingelegt. Ich wurde-«

»Sie waren also nicht in der Park Road in der Nacht ihres Mordes?«

»Nein!«

»Aber hier steht, dass Sie dort waren...«

»Nein! Ich war nicht dort!«

»Wenn Sie also nicht dort waren, sagen Sie mir, was Sie getan haben?«

Johnny sagte nichts.

»Sie können es mir immer noch nicht sagen, oder? Laut meinen Aufzeichnungen haben Sie im Club gegen ein Uhr morgens Feierabend gemacht. Zu diesem Zeitpunkt war Angelica noch im Memo. Sie wurde erst um halb zwei abgesetzt und ging erst gegen zehn vor zwei. Das hätte Ihnen genügend Zeit gelassen, Cool Cats and Kittens zu verlassen und zu ihrem Haus zu fahren, um sie abzuholen.«

»Ich... ich... ich habe Ihnen doch gesagt, dass ich reingelegt wurde! Das war ich nicht. Ich war nicht dort, das schwöre ich. Ich war...«

Tomek wartete, nickte langsam. »Fahren Sie fort.«

Johnny ließ einen langen, gleichmäßigen Atemzug heraus. »Ich war bei jemandem. Einem Typen. Einem Kunden aus dem Club. Er... wir kamen ins Gespräch, nachdem ich fertig war, und wir gingen zu ihm nach Hause. Er... er hat eine Wohnung an der Strandpromenade in Westcliff. Wir... wir haben die Nacht zusammen verbracht. Sein Name... sein Name ist James Fry. Ich kann Ihnen alle seine Daten geben. Aber... ich schwöre Ihnen, das war ich nicht.«

KAPITEL
ACHTUNDFÜNFZIG

Der Fork and Spoon stank nach verschwitzten Männern und abgestandenem Bier. Der Besitzer Jim, ein alter Freund von Tomek, hatte die Standards seit seinem letzten Besuch schleifen lassen. Die Möbel waren schmutzig und abgenutzt, der Teppich fleckig und ungepflegt, und die Bierauswahl schlecht bestückt. Das einzige Anzeichen von Renovierung und Innovation war der Automat in der Ecke, der ein Licht ausstrahlte, das so hell und hautschädigend wirkte wie die Sonne. Die Maschine sollte eine zusätzliche Einnahmequelle für den Besitzer sein, doch Tomek war sich sicher, dass er dieselbe Packung Salt and Vinegar Walkers seit ihrer ersten Platzierung in derselben Position gesehen hatte, leicht über den Rand hängend. An der Bar saßen Sean, Rachel, Oscar und Chey. Tomek hatte dringend einen Drink gebraucht, und so war der Rest des Teams mitgekommen. Es gab noch keinen Grund zum Feiern, zumindest noch nicht; Johnnys Alibi musste noch überprüft werden, aber es sah gut aus. Sie hatten DNA, die ihn mit dem Tatort verband. Dem konnte er nicht entkommen. Außerdem passte er ins Profil: er wusste alles über Angelica; er kannte die Bedeutung der Kirche; er wusste, dass ihr Spitzname Angel war; er wusste, wie man Make-up aufträgt; er besaß einen Penis, konnte sie also mühelos vergewaltigen. Die einzige Sorge, die Tomek hatte, und sie war rapide gewachsen, seit Johnny mit seinem neuen Alibi aufgetaucht war,

war, dass sein Aggressionsproblem nicht zum Profil des Mörders passte. Johnny hatte bereits bewiesen, dass er aggressiv und gewalttätig war, wie die Blutergüsse am Hals seiner Frau bestätigten, aber es gab keine physischen Beweise an Angelicas Körper. Nichts. Keine Blutergüsse, kein stumpfes Trauma. Nichts, was darauf hindeutete, dass er wild gehandelt hatte. Tomek hatte zugegeben Schwierigkeiten, sich vorzustellen, dass derselbe Mann, den er mit den Händen um den Hals seiner Frau gesehen hatte, seiner Schwester das Blut abzapfen und dann sanft ihren Körper reinigen würde.

Das beunruhigte ihn.

Bevor er weiter darüber nachdenken konnte, kam das Team von der Bar zurück. Sean stellte Tomeks Getränk vor ihm ab und quetschte sich neben ihn auf einen wackligen Stuhl.

»Danke für die Hilfe, Kumpel. Ich schätze wirklich, dass du die Getränke für uns getragen hast«, scherzte Sean.

»Ich habe dieses Team während der Ermittlung lange genug getragen. Es wird Zeit, dass ihr dasselbe tut.«

»Uns getragen?«, erwiderte Anna, während sie einen Schluck von ihrem Gin Tonic nahm. »Du warst nicht derjenige, der seine ganze Zeit mit Roy und Daphne verbracht hat. Noch nie zuvor habe ich ein Paar gesehen, das so distanziert und voneinander getrennt ist. Und meine Eltern sind geschieden.«

Tomek stellte sein Glas auf den Tisch. »So krass, wirklich?«

»Das glaubst du nicht. Ein paar Mal kam ich hin und Daphne hatte keine Ahnung, wo Roy war. Sie sagte, er sei einfach gegangen, ohne etwas zu sagen.«

Die Zahnräder begannen sich zu drehen.

»Macht er das oft?«

»Ja. Ein paar Mal die Woche seit dreißig Jahren, anscheinend. Zu allen möglichen Zeiten.«

»Weiß sie, was er tut oder wohin er geht?«

Anna zuckte mit den Schultern. »Geht hauptsächlich spazieren.«

»Spazieren?«

»Ja, wo man einen Fuß vor den anderen setzt«, unterbrach Chey unter Gelächter.

Tomek zeigte ihm den Mittelfinger und kehrte dann zu seinem Gespräch mit Anna zurück.

»Er geht einfach lange spazieren?«

»Ja«, sagte sie. »Das stand alles in meinen Berichten. Hast du... hast du nicht...?«

Nein, hatte er nicht. Er hatte keine Zeit gefunden, die täglichen Zusammenfassungen des Teams durchzulesen, dank der mentalen Ablenkung, die Abigail in den letzten Tagen verursacht hatte. Das und das Gefühl, völlig überfordert zu sein. Der Aufstieg zum Inspektor war, wie er jetzt erkannte, ein Kulturschock gewesen, den er nicht erwartet hatte. Das Rampenlicht, das auf ihn gerichtet wurde, die mühsame Verwaltungsarbeit, das Gefühl der Beklemmung, das sich mit jedem Tag ohne Erfolg exponentiell in seinem Magen verstärkte. Und zu allem Überfluss kam noch die Zeit hinzu, die ihn davon abhielt, zu Hause und bei Kasia zu sein.

Seine Tochter war eine neue Verantwortung in seinem Leben geworden, und er war sich nicht sicher, ob er bereit für eine weitere war.

»Sind wir sicher, dass dieser Typ kein Stalker oder Serienkiller ist?«, fragte Rachel ernsthaft.

Es dauerte einen Moment, bis Tomek zu sich kam. Er schüttelte den Kopf.

»Nein. Nein, das sind wir nicht.«

Gerade als Rachel den Mund öffnete, um zu antworten, unterbrach Martin.

»Genug von der Arbeit«, sagte er. »Das machen wir den ganzen Tag, jeden Tag.« Er nahm einen ersten Schluck von seinem Bier, stellte es ab und wandte sich dann an Tomek. »Ich habe neulich deine junge Freundin gesehen.«

»Welche war das?«, antwortete Sean. »Es gab über die Jahre ziemlich viele.«

»Die, die für den *Echo* schreibt.«

»Sie ist nicht mehr meine junge Freundin.«

Das Team drehte sich plötzlich zu ihm um, Schock auf ihren Gesichtern.

»Seit wann?«, fragte Rachel.

»Seit neulich. Die Dinge wurden ein bisschen zu... transaktionell, sagen wir mal.«

Rachel legte eine Hand auf seine Schulter. »Sag nichts mehr.«

»Ich wollte mich trotzdem dafür entschuldigen«, fuhr Martin fort, obwohl ihm niemand Aufmerksamkeit schenkte. »Sie hat mich nach Informationen gefragt, und...«

»Ich weiß«, antwortete Tomek.

»Du weißt es? Woher?«

»Weil es einer der Gründe ist, warum Victoria wieder als Inspektorin eingesprungen ist.«

»Scheiße.« Der Ausdruck des Mannes wurde leer, und er starrte in den Raum. »Mein Fehler.«

»Schon gut. Ehrlich gesagt komme ich damit klar. Ein Moment der Erleuchtung, wenn du so willst.« Er nahm noch einen schnellen Schluck von seinem Getränk und war überrascht, wie wenig er bereits übrig hatte. »Aber ich würde mich von Abigail fernhalten, wenn ich du wäre. Sie will nur eines von dir.«

»Seine ärgerlich schönen langen Haare, die besser sind als die jeder Frau, die ich je gesehen habe?«, scherzte Rachel. »Nichts für ungut, Anna.«

»Kein Problem. Ich würde sie alle abrasieren und mir selbst geben, wenn ich könnte.«

»Lustig, dass du das sagst«, begann Martin und räusperte sich. »Denn das Mädchen, mit dem ich ausgehe, will, dass ich es abrasiere.«

»Was!?«, kam das einhellige Echo vom ganzen Tisch.

»Warum will sie das tun?«, fragte Chey.

Doch bevor Martin antworten konnte, schaltete sich Rachel ein und sagte: »Warte mal, warte mal. Es gibt ein paar Punkte, die wir besprechen müssen. Erstens: *Freundin*? Seit wann?«

»Nein. Nicht Freundin. Mädchen, mit dem ich ausgehe.«

»Hör auf mit dem Scheiß. Es ist das Gleiche. Wie lange geht das schon, und warum hast du uns nichts gesagt?«

»Weil... ich schätze, es ist mir einfach nicht in den Sinn gekommen.«

Tomek glaubte zu wissen, warum. Martin war einer der neuesten Zugänge im Team, er war gleichzeitig mit Victoria gekommen, und ein

Teil von ihm hatte sich ausgeschlossen gefühlt, leicht ausgegrenzt vom Team, während er versuchte, sich durch einen Riss in ein bereits eng verbundenes Team zu zwängen. Es war nur natürlich, dass er sich noch nicht wohl genug gefühlt hatte, um intime Details seines Privatlebens mit ihnen zu teilen.

»Du musst es uns sagen«, fuhr Rachel fort. »Wir haben ein Recht darauf, es zu wissen. Wir sind eine Arbeitsfamilie.«

Zum ersten Mal seit langem sah Tomek ein Lächeln auf dem Gesicht des Mannes.

»Erzähl uns alles«, bestand Anna.

»Sie heißt Lauren. Sie arbeitet im digitalen Marketing, lebt in Leigh-on-Sea, und wir haben uns... wir haben uns online kennengelernt.«

»Schön«, sagte Rachel, während sie sich über den Tisch lehnte und liebevoll seinen Arm streichelte. »Ich freue mich für dich. Magst du sie?«

Martin wurde schüchtern, wie ein Schuljunge. »Ich glaube schon.«

»Hast du die Familie kennengelernt?«

»Ja.«

Ein Chor von „Ooohs", stark betont und übertrieben, kam vom ganzen Tisch.

»Muss ernst sein«, sagte Chey.

»Ja, aber ihr Vater ist ein Arschloch.«

»Das liegt daran, dass Väter *Arschlöcher* sind«, sagte Tomek. »Ich bin genauso mit Kasia. Überfürsorglich. Und es ist mein Job, sie und alle anderen zu blamieren, die in ihr Leben treten.«

Gedanken an Roy Whitaker blitzten in seinem Kopf auf.

»Danke für den Rat«, sagte Martin.

»Apropos Ratschläge«, begann Rachel, »was ist mit dieser Haarsache? Warum will sie, dass du es schneidest?«

Martin schaute auf den Tisch und begann, mit seinem Finger einen Kreis auf einem Bierdeckel zu zeichnen, wobei sein Pferdeschwanz zufällig über seine linke Schulter fiel. »Sie mag es einfach nicht. Sagt, es ist zu lang. War nur in den Siebzigern modisch. Meint, ich sollte es abrasieren und für wohltätige Zwecke spenden.«

Das Absinken von Rachels Schultern war sichtbar. Sie legte beide Hände auf Martins und sah ihm in die Augen.

»Weißt du, was ich dazu sage?«

»Was?«

»Es schmerzt mich, das zu sagen, aber ich denke, du solltest es wissen. Das ist es, was Familien tun. Sie sagen uns, wenn die Dinge gut laufen und wenn die Dinge schlecht laufen. Aber fick diese Schlampe. Niemand sollte dich weniger über dich selbst fühlen lassen. Wenn sie es nicht mag, dann kann sie die Tür finden. Du brauchst jemanden, der dich um deinetwillen will. Und nicht nur jemanden, der dich nach seinem eigenen Bild formen will. Nö nö.«

»Fick diese Schlampe«, erwiderte Martin. Er sagte es so leise, so ruhig, dass Tomek ihn fast nicht hörte. »Ja. Weißt du was? Du hast recht. Fick. Diese. Schlampe.« Dann leerte er den Rest seines Bieres, knallte das Glas auf den Tisch und sagte: »Gut. Wer will noch? Nächste Runde geht auf mich. Und ich bin in Stimmung für doppelte.«

KAPITEL
NEUNUNDFÜNFZIG

Tomek schämte sich, wie sehr sein Kopf am nächsten Tag hämmerte. Jetzt wusste er, wie sich Johnny Whitaker in der vergangenen Woche gefühlt hatte, als er seinen Kummer am Ende einer Reihe bodenloser Drinks ertränkte. Tomek hatte sich selbst versprochen, nur für eine Runde – Martins Runde – zu bleiben, aber aus einer wurden zwei, aus zwei drei, und beim fünften Drink war er gezwungen gewesen, nach Hause zu laufen. Kasia hatte ihm fairerweise kein Mitleid geschenkt, als er um die noch anständige Uhrzeit von neun Uhr durch die Tür getorkelt war, und auch nicht, als er am nächsten Morgen verschlafen aus seinem Schlafzimmer kam. Er war nicht mehr einundzwanzig, und er machte niemandem etwas vor, wenn er dachte, er könnte mit Chey und Rachel mithalten, die erheblich jünger waren als er. Der Weg zum Pub-Parkplatz an diesem Morgen fühlte sich wie ein Spießrutenlauf an, jeder Schritt erinnerte ihn an die Kater-Angst, die Qual und das Bedauern. Als er jedoch das Büro betrat, hellte sich seine Stimmung leicht auf, als er erkannte, dass es allen anderen genauso schlecht ging. Rachels Haar hing locker und unordentlich, ihr Make-up war noch unordentlicher. Chey hing in seinem Stuhl, eine große Zwei-Liter-Flasche Wasser unter seinem Kinn, bereit, jederzeit konsumiert zu werden. Martin trug eine Sonnenbrille, und neben Seans Maus lag eine

Packung Paracetamol, die, wie es aussah, vom Rest des Personals geleert worden war.

»Morgen, Team!«, brüllte Tomek absichtlich laut, was von einem Chor von Stöhnen begleitet wurde.

Plötzlich fühlte er sich viel besser. Und alles in allem hatte er wahrscheinlich den geringsten Kater von allen. Vielleicht konnte er doch so tun, als wäre er wieder einundzwanzig.

»Ich hoffe, wir haben alle gut geschlafen, aber wir dürfen nicht selbstgefällig werden. Wir-«

»Tomek«, unterbrach ihn Sean schwach. »Ich mag dich und alles, aber halt verdammt noch mal die Klappe.«

Bevor Tomek antworten konnte, klingelten die Festnetztelefone im Büro. Aus dem Augenwinkel sah er, wie Rachel und Chey ihre Ohren zuhielten und sich von den Telefonen abwandten. Nach einigen Momenten hatte niemand abgenommen, und niemand sah bereit dazu aus.

»Dann nehme ich das wohl, oder?«

Tomek griff nach dem nächstgelegenen Telefon und antwortete.

»Hallo?«

»Hallo«, sagte die Stimme. »Hier ist Sharon. Kann einer von euch runterkommen? Hier ist eine Frau, die mit jemandem über den Fall Angelica Whitaker sprechen möchte.«

»Hat sie gesagt, worum es geht?«

Tomek konnte spüren, wie Sharon den Kopf schüttelte. »Nein, tut mir leid.«

»Kein Problem. Ich komme jetzt runter. Sag ihr, ich bin in zwei Minuten da.«

———

Tomeks erster Gedanke war, dass die Frau, die Angelicas Herz von Xanthia und Emilia Solveig gestohlen hatte, durch die Türen gekommen war – sie hatten die mysteriöse Schweißerin von den The Nights of Eden-Partys bisher nicht finden können – aber es war überhaupt nicht so. Die Frau, die an diesem Morgen die Polizeistation betreten hatte, war in ihren Sechzigern. Sylvie. Klein, zierlich, mit professionell gestyltem, gebleichtem blondem Haar. Sie trug leichtes Make-up im Gesicht und war elegant gekleidet. Sie sah aus, als ob sie in jüngeren Jahren attraktiv gewesen war, und nachdem sie jahrelang auf sich geachtet hatte, sah sie immer noch attraktiv aus.

»Ich hoffe, ich habe Sie bei nichts unterbrochen«, sagte sie.

»Überhaupt nicht«, antwortete Tomek. »Wir helfen immer gern. Weshalb sind Sie hergekommen?«

Tomek hatte eine Schachtel Taschentücher auf den Tisch gestellt, falls das, worüber sie sprechen wollte, roh und schmerzhaft sein würde und eine Vielzahl von Emotionen an die Oberfläche bringen könnte. Sie riss ein Taschentuch aus der Schachtel und begann, damit zu spielen, mehr als eine Form des Trostes denn zum Abwischen irgendwelcher Tränen.

»Ich verstehe, dass eine junge Frau namens Angelica Whitaker letzte Woche ermordet wurde«, sagte sie leise.

»Das ist richtig.«

»Haben Sie schon jemanden verhaftet?«

»Haben wir«, antwortete Tomek nach einer kurzen Pause.

»Ich frage mich, ob Sie mir vielleicht sagen könnten, wen Sie verhaftet haben?«

Tomek nahm sich wieder einen Moment Zeit. Diesmal, um sich davon abzuhalten, versehentlich Johnny Whitakers Namen an eine völlig Fremde weiterzugeben.

»Das kann ich Ihnen nicht mitteilen, nein. Es handelt sich um eine private und vertrauliche Angelegenheit.«

»Ah. Ich verstehe. Nun...« Sie machte einen kleinen Riss in das Taschentuch. »Wenn ich seinen Namen sage, werden Sie sich das notieren?«

Tomek bestätigte, dass er damit kein Problem habe.

»Sagt Ihnen der Name Roy Whitaker etwas?«

Tomek begann den Namen aufzuschreiben, als sie ihn sagte, dann hielt er wieder inne.

»Das war nicht Teil der Vereinbarung. Das war nicht sehr fair.«

»Ich weiß«, sagte sie. »Bitte verzeihen Sie mir.«

Tomek legte seinen Stift auf den Tisch. »Warum nennen Sie diesen Namen?«

»Weil...« Jetzt begannen die Tränen. Langsam, stetig, zunächst nicht mehr als eine einzelne Träne. Sie hielt das Taschentuch behutsam unter ihr Auge, in Erwartung. »Weil wir vor etwa fünfunddreißig Jahren zusammen gearbeitet haben. Er war Pilot bei British Airways und ich war Flugbegleiterin auf mehreren seiner Flüge.«

Das erklärte ihr gutes Aussehen.

»Wir haben viele Langstreckenflüge zusammen gemacht. Bali, Indonesien, die Karibik. Und so mussten wir oft ein paar Nächte in den Hotels verbringen, um den Jetlag zu überwinden, bevor wir zurückflogen. Eines Abends haben wir in der Hotelbar in Barbados getrunken, und, nun, er hat mich ausgenutzt.«

Tomek nickte langsam, um ihr zu zeigen, dass er ihr zuhörte.

»Ausgenutzt, wie?«

»Er... Vergewaltigung. Er hat mich vergewaltigt. Im Hotelzimmer. Ich erinnere mich nicht vollständig daran, aber ich weiß, dass es passiert ist. Ich hatte ein paar Drinks, aber nicht genug, um zu vergessen, was in der Nacht zuvor passiert war.«

»Haben Sie ihn damit konfrontiert?«

Sie schüttelte den Kopf.

»Haben Sie es jemandem erzählt?«

»Nur einigen ehemaligen Arbeitskollegen, viele, viele Jahre später.«

»Haben einige dieser Personen mit Roy gearbeitet? Hat jemand von ihnen etwas Ähnliches wie Sie erlebt?«

Sylvie nickte schwach.

»Sechs von ihnen sagten, er hätte sie auch vergewaltigt. Ich bin nicht allein. Ich weiß nicht, was mit dieser armen Frau passiert ist, und es tut mir so leid für ihre Familie, aber nicht für diesen Mann. Dieser Mann ist böse und gefährlich. Und Sie müssen ihn untersuchen, denn ich fürchte, er hat etwas viel Schlimmeres getan als alles, was er je zuvor getan hat.«

KAPITEL
SECHZIG

Roy Whitaker war ohne Aufhebens mitgekommen. Er hatte nicht widersprochen. Er hatte weder Ärger gemacht noch versucht zu fliehen. Er hatte sich benommen, den ganzen Weg von seiner Haustür bis zum Verhörraum, in dem er sich jetzt befand.

»Ich werde mich kurz fassen«, begann Tomek. Aber er hatte überhaupt nicht die Absicht, es kurz zu machen. Er wollte, dass der Mann dasaß und immer unruhiger wurde, je länger er dort festgehalten wurde. »Bedeutet Ihnen der Name Sylvie Weiss etwas?«

»Sylvie...? Weiss?«

»Sie kennen sie vielleicht unter ihrem Mädchennamen: Greene.«

»Sylvie Greene? Ja. Da klingelt was...« Die Zurückhaltung in seiner Stimme war greifbar.

»Können Sie mir sagen, woher Sie sie kennen?«

Roy zögerte, strich sein Haar nach hinten und tätschelte es dann mehrmals, damit es fest an seinem Platz saß. »Wir haben früher zusammengearbeitet. Sie war eine der Flugbegleiterinnen. Wir haben viele Langstreckenflüge zusammen gemacht, auf die andere Seite der Welt.«

»Haben Sie beide jemals in Hotels übernachtet, wenn Sie auf der anderen Seite der Welt waren?«

»Das haben wir alle getan. Das war eine Vorschrift der

Fluggesellschaft. Wir waren gerade zehn, elf, zwölf Stunden geflogen. Sie würden uns nicht gleich wieder zurückfliegen lassen. Wir brauchten eine Pause, also blieben wir ein paar Nächte und kehrten dann zurück.«

»Erinnern Sie sich noch viel an die Zeit, als Sie Sylvie zum ersten Mal getroffen haben?«

»Warum?«

Roys Tonfall wurde stetig höher, ebenso wie der Besorgtheitsgrad in seiner Stimme.

Tomek ignorierte die Gegenfrage und fuhr fort. »Hatten Sie zu diesem Zeitpunkt Daphne bereits kennengelernt, oder war Sylvie vor Ihrer Frau in Ihrem Leben?«

»Ich sehe nicht, was das mit irgendetwas zu tun hat.«

»Erinnern Sie sich daran, im Hilton auf Barbados übernachtet zu haben?«

»Was?«

»Im Sommer achtundachtzig.«

Roy schüttelte ungläubig den Kopf, als ob er versuchte, seine Gedanken zusammenzusetzen.

»Ich habe keine verdammte Ahnung, wovon Sie reden!«

»Sie erinnern sich also nicht daran, dass Sie im Sommer achtundachtzig mit Sylvie an der Bar des Hilton auf Barbados waren?«

Ein langer, leerer Atemzug verließ Roys Lippen. »Ich dachte, Sie hätten mich hierher gebracht, um über Angelica zu sprechen.«

»Das ist richtig, aber zuerst möchte ich herausfinden, was zwischen Ihnen und Sylvie in der Nacht des 15. Juli 1988 passiert ist.«

Und dann hörte das Schauspiel auf. Der verwirrte und ungläubige Gesichtsausdruck verschwand und wurde durch einen unheimlichen Blick ersetzt.

»Sie war also bei Ihnen, oder?«, fragte er.

»Das ist nicht relevant. Beantworten Sie die Frage: Was ist zwischen Ihnen beiden in der Nacht des 15. Juli passiert?«

Roy lachte höhnisch und verschränkte die Arme vor der Brust. »Ich wette, sie war bei Ihnen, nicht wahr? Sie hat wahrscheinlich einiges zu erzählen, nehme ich an. Hat es Ihnen wahrscheinlich bereits gesagt, sonst würden Sie mich ja nicht danach fragen.« Er schüttelte den Kopf und kicherte leicht. »Ich habe nichts getan, dessen sie mich beschuldigt. Ich weiß nicht, was es ist, von dem sie glaubt, dass ich es getan habe, aber ich habe es nicht getan.«

»Was ist mit dem, was sechs andere Frauen sagen, dass Sie getan haben?«

»Was soll das heißen?«

Tomek brachte das Gespräch weiter.

»Ich verstehe, dass Sie gerne verschwinden und das Haus zufällig für ein paar Stunden am Stück verlassen, stimmt das?«

»Haben Sie auch mit meiner Frau gesprochen?«

Tomek verzog das Gesicht. »Gibt es dabei ein Problem? Es sei denn, Sie befürchten, dass sie uns etwas erzählen könnte.«

Die Mauern von Roys Verteidigung bauten sich wieder auf.

»Kein Kommentar«, sagte er.

»Wohin gehen Sie, wenn Sie das Haus alleine verlassen?«

»Kein Kommentar.«

»Was tun Sie?«

»Kein Kommentar.«

»Mit wem treffen Sie sich?«

»Kein Kommentar.«

»Seit wann tun Sie das?«

»Kein Kommentar.«

»Fing es nach Ihrer Nacht mit Sylvie an? Das Umherstreifen auf den Straßen in der Nacht-«

»Ich *streife nicht auf den Straßen umher*. Ich bin kein verdammter Serienmörder, wenn Sie das andeuten wollen.« Die Verteidigungslinien des 61-Jährigen stürzten wieder ein. Und Tomek hatte Mühe, das Gleichgewicht zu finden, um ihn dort zu halten, wo er ihn haben wollte.

»Was tun Sie dann?«

»Spazieren gehen. Meine Gedanken klären. Manchmal schaue ich in den Himmel und beobachte die Flugzeuge, die vorbeifliegen.«

Flugzeuge beobachten? Das war es, was er mitten in der Nacht und tagsüber stundenlang tat? Tomek war skeptisch.

»Was ist mit der Nacht von Angelicas Mord?«, fragte er.

»Im Ernst?«, zischte Roy, schockiert. »Sie wollen in diese Richtung gehen? Ich habe Ihrem Team bereits gesagt, dass ich zu Hause war und zu diesem Zeitpunkt mit meiner Frau geschlafen habe. Ich hatte nichts mit ihrem Mord zu tun. Ich kann nicht glauben, dass Sie mich beschuldigen würden, irgendetwas mit dem zu tun zu haben, was ihr passiert ist. Es ist schlimm genug, dass Johnny in all das hineingezogen wurde.«

»Sie haben Recht, Sie haben gesagt, dass Sie geschlafen haben. Aber angesichts dessen, was wir jetzt über Ihre zufälligen und manchmal unerklärlichen Abwesenheiten wissen, dachte ich, ich würde nochmal nach Ihrem Aufenthaltsort in der Nacht des Todes Ihrer Tochter fragen. Gibt es noch etwas, das Sie mir sagen möchten?«

Der Mann sank in seinen Stuhl zurück und verschränkte wieder die Arme. »Absolut nicht. Ich hatte absolut nichts mit dem Tod meines geliebten Engels zu tun. Ich finde die Andeutung abscheulich. Erstens: Ich habe geschlafen, als es passierte. Zweitens: Ich wohne eine halbe Stunde entfernt, also hätten Sie mein Auto gesehen, das durch die Ampeln und Blitzerkameras fährt. Schauen Sie nach. Sie können es überprüfen.«

Tomek sagte nichts. Wartete.

»Zweitens, und das hätte eigentlich der erste Punkt sein sollen, ganz ehrlich: *Warum?* Warum sollte ich das meiner Tochter antun? Ich liebte sie mehr als alles andere. Ich habe den Boden verehrt, auf dem sie ging. Warum sollte ich sie töten?«

»Weil Sie, ein streng gläubiger Methodist, mit mehreren ihrer Gewohnheiten nicht einverstanden waren. Sie konnten die Tatsache nicht ertragen, dass sie wieder schwanger war, dass sie sowohl mit Männern als auch mit Frauen Beziehungen hatte, dass sie Drogen nahm und Alkohol missbrauchte. Sie konnten nicht ertragen, dass sie an einem dunklen Ort war und all die Dinge tat, die Sie verabscheuten.«

Tomek konnte nicht glauben, dass er das gerade gesagt hatte. Aber er spürte, in welche Richtung das Gespräch ging – bergab – und so wollte er alles offen auf den Tisch legen.

»Sie hat mit Frauen geschlafen? Drogen genommen? Meine Angelica?«

»Tun Sie so, als hätten Sie das nicht gewusst?«

»Ich *sage* Ihnen, ich wusste es nicht.«

Tomek schluckte tief. Der Niedergang wurde allmählich immer steiler.

»Aber trotzdem...«, fuhr Roy fort. »Ich... Das hätte mich nicht gestört. Nicht im Geringsten. Ich habe keine Probleme mit solchen Dingen.«

Aus seinem Tonfall war deutlich zu erkennen, dass er selbst kein Wort von dem glaubte, was er gerade gesagt hatte.

»Sie haben auch kein Problem mit Vergewaltigung, wie es sich anhört«, sagte Tomek. Die Worte verließen seinen Mund, bevor er sie aufhalten konnte, und er bereute es sofort.

»Wie bitte? Darum geht es also? Ist das, was Sylvie über mich gesagt hat? Auf keinen Fall. Und Sie glauben ihr verdammt nochmal? Sie haben keine Beweise gegen mich für ihre Behauptungen. Und Sie haben keine Beweise gegen mich für das, was mit Angelica passiert ist.«

»Ist das ein Geständnis?«

Roy fing sich, bevor er antwortete. »Absolut nicht. Ich habe meine Tochter nicht getötet. Ich habe nicht nur keinen ausreichenden Grund dafür, sondern ich habe auch geschlafen, während es passierte, und ich kann die Hälfte der Dinge, die Sie sagten, die ihr passiert sind, gar nicht tun.«

»Was meinen Sie?«, fragte Tomek.

Roy seufzte und krempelte seine Ärmel hoch. »Ich kann nicht schminken. Nicht im Geringsten.«

»Sie haben Ihr ganzes Leben lang mit wunderschönen Frauen gearbeitet, die ständig Make-up trugen. Ihre Frau und Ihre Tochter haben dasselbe getan. Es ist möglich, dass Sie es durch Osmose aufgenommen haben.«

»Durch *Osmose*? Sind Sie wahnsinnig?«

»Sie können malen«, sagte Tomek, der schnell zu der Erkenntnis kam, dass er die Kontrolle verlor, dass der Abstieg nun fast senkrecht geworden war und dass es keine Möglichkeit gab, sich aufzuhalten.

»Ich kann malen? Was zum Teufel hat das mit irgendetwas zu tun? Oh, Sie meinen die *Flügel*? Bitte. Ich male Miniaturflugzeuge, das ist nicht dasselbe.«

»Es erfordert eine ruhige Hand und Geduld, alles Eigenschaften, die der Mörder besaß.«

»Hören Sie sich gerade selbst zu? Hören Sie die Worte, die aus Ihrem Mund kommen? Sie glauben ernsthaft, ich hätte meine Tochter getötet, und der einzige Grund, warum Sie es mir anhängen wollen, ist, weil ich einen verdammten Pinsel benutzen kann? Sind Sie unfähig?«

Tomek sagte nichts. Fühlte, wie er in den freien Fall überging.

Roy fuhr fort: »Außerdem habe ich mir nie meinen Körper rasiert; meine Achselhöhlen, meine Arme, Beine, Oberschenkel. Nur jemals mein Gesicht, und selbst da konnte ich nie viel wachsen lassen. Ich habe nie die Vergewaltigungsdroge oder was auch immer es war, das Sie in ihrem System gefunden haben, benutzt. Und ich habe *nie* jemanden in meinem Leben vergewaltigt. Wie können Sie es wagen, zu versuchen, mir das anzuhängen, obwohl Sie sehr wohl wissen, dass Sie keine Beweise haben, um diese Bullshit- und absurden Behauptungen zu untermauern.«

KAPITEL
EINUNDSECHZIG

Tomek hatte den Mann gehen lassen, obwohl dieser nicht ohne Widerstand gegangen war. Während Tomek ihn aus dem Verhörraum und aus dem Gebäude begleitet hatte, hatte Roy Whitaker ihm leere Drohungen und Beleidigungen ins Ohr geflüstert: dass er ein schrecklicher Detektiv sei, dass er eines Tages irgendwo im Straßengraben enden würde, weil er die falsche Person verärgert hatte, dass er es nicht verdiene, Detektiv zu sein, und dass er direkt zu seinem Anwalt gehe. Tomek nahm die Beleidigungen gelassen hin; er hatte sie alle schon einmal gehört, und noch schlimmere. Aber das hinderte sie nicht daran, tief zu schneiden, weit unter der Oberfläche. Er konnte sie spüren, wie sie an seiner Identität, seinem Ego, seinem Glauben an sich selbst nagten. Aber der Schmerz war nach all diesen Jahren so abgestumpft, so gedämpft, dass er gelernt hatte, ihn zu ignorieren, ihn nicht zu beachten, bis er kein Problem mehr darstellte. Bis er eines Tages vielleicht an die Oberfläche kommen würde, wie eine Leiche, die auf dem Wasser treibt.

Tomek schloss die Tür hinter sich und atmete schwer aus, um die Spannung und den Druck in seinen Schultern, seinem Rücken und seinem Nacken zu lösen. Die letzten Stunden, in denen er Sylvies Anschuldigungen gehört, sie mit dem Team untersucht und mit Roy Whitaker gesprochen hatte, hatten ihn mental, emotional und körperlich erschöpft. Und die pochenden Kopfschmerzen hatten auch nicht gerade geholfen.

Er zählte von zehn herunter, bevor er zurück ins Einsatzzentrum ging, zurück in den Wahnsinn. Der Weg war langsam und mühsam, während er durch die Korridore schlenderte, sich Zeit nahm und darüber nachdachte, was er hätte anders machen können, was er hätte besser machen können. Aber am Ende entschied er, dass es nichts gab. Seine Ahnung, dass Roy Whitaker etwas mit Angelicas Tod zu tun hatte, war falsch gewesen. Die Beweise gegen seinen Sohn Johnny waren unwiderlegbar – die DNA am Tatort und das Last-Minute-Alibi, das sich als Lüge herausgestellt hatte – und Tomek hatte versucht, sich vom Gegenteil zu überzeugen.

Als er schließlich etwa zwei Minuten später wieder im Einsatzzentrum ankam, rief er Oscar zu sich und bat ihn, Johnny Whitaker aus der Arrestzelle zu holen. Sie hatten zwar noch ein paar Stunden Zeit, bis die Gewahrsamszeit auslief, aber Tomek sah keinen Grund, ihn länger dort zu behalten. Während Oscar nach unten eilte, klopfte Tomek an Victorias Tür und trat ein, ohne auf eine Antwort zu warten. Er fand sie mitten in einem Telefonat. Sie entschuldigte sich bei der Person am Telefon und legte auf.

»Das sollte besser wichtig sein«, sagte sie. »Hattest du Glück mit Roy?«

Tomek schüttelte den Kopf.

»Und die Kleidung?«

»Immer noch nichts.« Nach der DNA-Entdeckung und Johnnys Verhaftung hatte Tomek das Team angewiesen, das Whitaker-Haus zu untersuchen und nach Angelicas verschwundener Kleidung und ihrem Handy zu suchen. Die Suche war erfolglos geblieben. »Ich vermute, dass er sie irgendwo entsorgt hat.«

»Okay. Wofür bist du hergekommen?«

»Um dir zu sagen, dass ich Johnny Whitaker wegen Angelicas Mord anklagen möchte.«

Victoria überlegte einen Moment. »Hast du den ganzen Papierkram erledigt?«

Tomek nickte.

»Und die Staatsanwaltschaft angerufen?«

»Bin gerade dabei.«

»In Ordnung. Und die Beweise?«

»Wasserdicht. Es sei denn, er hat noch weitere imaginäre One-Night-Stands.«

»Dann gehört er dir.«

———

Tomek fühlte sich beraubt. Es gab keine Freude in ihm, keinen Enthusiasmus. Es schien, als hätte man es ihm auf die gleiche Weise entzogen, wie Johnny Whitaker das Leben aus dem Körper seiner Schwester entzogen hatte. Sie hatten ihren Mann. Sie hatten ihren Mörder. Warum fühlte er sich also so? War es, weil er es mit Roy so vermasselt hatte, dass er sich immer noch schuldig fühlte, oder war das der Kater aller Kater, der ihm eine monumentale Kater-Angst bescherte, die ihn mit einem endlosen Gefühl der Angst und des Zweifels erfüllte? Er wusste es nicht. Aber zumindest fühlte er sich nicht so schlecht wie Johnny Whitaker. Nachdem er dem Mann erklärt hatte, dass er wegen des Mordes an seiner Schwester angeklagt und in Untersuchungshaft genommen werden würde, war dieser in einen unkontrollierbaren Weinkrampf ausgebrochen und hatte Tomek angefleht, seine Meinung zu ändern. Es gab keine Chance, hatte Tomek ihm gesagt. Es war zu spät, der Schaden angerichtet. Es gab kein Verstecken mehr; er würde für den Rest seines Lebens mit seinen Taten leben müssen. Anfangs hatte Tomek erwartet, dass der Mann in einen Wutanfall ausbrechen, auf ihn losgehen, ihn angreifen und ihn mit seinen Fäusten überzeugen würde, seine Meinung zu ändern, aber Johnny Whitakers Reaktion war anders gewesen. Eine der Reue. In diesem Moment änderte sich seine Meinung über den Mann.

»Gibt es jemanden, den Sie anrufen möchten?«, fragte Tomek ihn am Empfangstresen. »Letzte Chance.«

Johnny Whitaker stand in dem von der Polizei ausgegebenen Trainingsanzug, mit geröteten Augen und gebrochen. Er starrte leer an die Wand, sein Geist völlig frei von Gedanken.

»Möchten Sie Ihre Eltern anrufen?«
Nichts.
»Rose?«
Johnny drehte langsam seinen Kopf zu Tomek. »Absolut verdammt nicht.«

KAPITEL
ZWEIUNDSECHZIG

Tomek nahm es dem Mann nicht übel. Er selbst wäre auch nicht in Plauderstimmung gewesen. Aber er hatte genug Leute verhaftet, um zu wissen, dass sie es später bereuen würden und alles tun würden, um die Gelegenheit zu bekommen, noch einmal als freier Mensch zu telefonieren.

Kurz nachdem Johnny erkennungsdienstlich behandelt worden war, hatte sich Tomek auf den Weg gemacht, um Rose die Neuigkeiten zu überbringen. Erst hatte er es bei Rose und Johnnys Haus versucht, aber niemand war zu Hause gewesen. Dann fiel ihm ein, dass sie vermutlich in der Wohnung sein würde, um die zermürbenden und endlosen Renovierungsarbeiten fortzusetzen. Nach dem Vorfall mit Rose und ihrem Ehemann war der Ort auf Beweise untersucht worden, aber schnell freigegeben worden. Die zahlreichen polizeilichen Zeugenaussagen hatten die Notwendigkeit beseitigt, länger als erforderlich dort zu bleiben. Tomek hatte seit jener Nacht nicht mehr mit ihr gesprochen, aber er wollte derjenige sein, der ihr persönlich mitteilte, was mit ihrem Ehemann geschah.

Gnädigerweise, als ob die Götter wohlwollend auf ihn herabblickten, fand er beim ersten Versuch einen Parkplatz am Broadway, direkt vor Whitaker's Jewellers. Er sprang auf den Gehsteig und machte sich auf den Weg zum hinteren Teil des Ladens, wo er durch die Hintertür eintrat, die zu seiner Überraschung unverschlossen war, und im Flur stehen blieb. Unmittelbar vor ihm befand sich der Eingang zum hinteren Bereich des Juweliergeschäfts. Tomek erinnerte sich daran von neulich Abend. Durch den Spalt sah er den kleinen Bürobereich und die Garderobe. Angelica Whitakers Mäntel und Habseligkeiten hingen noch dort an ein paar Haken an der Wand. Tomek steckte vorsichtig den Kopf hinein, falls er Bewegungsmelder oder Alarmanlagen auslösen würde, wie in einem Film aus »Mission: Impossible«. Das Innere des Juweliergeschäfts war leer, still. Unheimlich still, wie wenn man mitten in der Nacht ein Museum betritt. Und dann hörte er es: das leise Rumpeln von Musik, die durch einen Lautsprecher spielte, übertönt vom Geräusch des Hämmerns und Bohrens.

Tomek drehte sich an Ort und Stelle um und ging die Treppe hinauf.

»Rose?«, rief er von der untersten Stufe aus und kündigte seine Anwesenheit an. »Rose?«

Keine Antwort.

▭

Chey wollte nichts lieber, als nach Hause zu gehen. Er hatte sich seit dem Wochenende in Zante mit seinen Schulkameraden nicht mehr so verkatert gefühlt. Dort hatte er die Sonne, reichlich fettiges Essen, zuckerhaltige Getränke zur Rehydrierung und den herrlichen Strand gehabt, um den Kater zu vergessen. Stattdessen war er hier von Menschen umgeben, die er für viel älter hielt als sich selbst, in einem stickigen Büro, das abgestandene, schmutzige Luft zirkulieren ließ, und einer Kaffeemaschine, die trotz all des Lobes, das der Rest des Teams ihr zollte, nur schwachen Kaffee ausspuckte. Alles, was er wollte, war nach Hause zu gehen und einen langen, überfälligen Schlaf zu haben. Aber der Stadtrat von Castle Point County hatte das vereitelt. Sie hatten gerade mehrere Stapel CCTV-Aufnahmen vom Parkplatz der Hadleigh-Bibliothek geschickt. Es hatte eine Ewigkeit gedauert, bis ein armer Beamter die Aufnahmen gefunden hatte, und selbst dann hatten sie nur zwei Wochen zurückgehen können, genau um die Zeit des letzten Kommentars auf Angelicas kleiner Ecke des Internets. Ja, er wollte nach

Hause gehen, aber er wollte auch das hier erledigen, von seiner Liste streichen, damit er am nächsten Morgen eine Sorge weniger hätte, da es bis zu seiner Ankunft sicher etwas Neues geben würde. Oder zwei, oder drei.

Mit dem, was er sich selbst als seine letzte Tasse Kaffee des Tages einredete, kehrte Chey zu seinem Platz zurück und entsperrte den Computer. Auf dem Bildschirm war ein Standbild des Parkplatzes der Hadleigh-Bibliothek zu sehen. Dahinter lag die vielbefahrene London Road und dahinter der Morrisons-Supermarkt. Die Uhrzeit auf dem Bildschirm war 13:18, etwa fünf Minuten bevor der Kommentar aus der Bibliothek gepostet wurde.

Chey drückte auf Play und beobachtete, wie Dutzende, Hunderte von Autos die Straße entlangfuhren und darum wetteiferten, die nächste Ampel zu erwischen. Bis ein Auto, das den körnigen Aufnahmen vor Angelica Whitakers Haus bemerkenswert ähnlich sah, von der Straße abbog und in eine leere Parklücke schwenkte.

»Verdammt noch mal«, murmelte er, als er sah, wie der Fahrer aus dem Fahrzeug stieg. »Tomek!?«

Chey spähte um seinen Monitor herum und suchte nach Tomek, aber der Sergeant war nicht da.

»Weiß jemand, wo Bowen ist?«, rief er dem halbleeren Büro zu und stand von seinem Sitz auf.

»Er ist rausgegangen, glaube ich«, antwortete Rachel.

»Ich glaube, er ist gegangen, um Rose Whitaker die Neuigkeiten über ihren Mann zu überbringen«, fügte Martin hinzu.

»Heilige Scheiße.«

———

Tomek hielt den Atem an, als er die letzte Stufe erreichte. Vorsichtig steckte er den Kopf durch die offene Tür und klopfte laut, aber es wurde vom Hämmern übertönt. Rose, die in weiße, mit Farbe bedeckte Overalls gekleidet war, stand mit dem Rücken zu ihm und war dabei, ein Bücherregal mit einem Hammer zu zerlegen.

»Rose!«, rief Tomek.

Immer noch keine Antwort.

Er wollte sich ihr nicht nähern. Nicht, während sie einen Hammer schwang. Er konnte sich nur vorstellen, welchen Schaden sie ihm zufügen könnte, wenn sie dachte, er sei ein Angreifer. Oder, schlimmer noch, ihr Ehemann, der für Runde zwei zurückkam.

Stattdessen nahm er ein Stück zerbrochenes Sperrholz und warf es sanft in ihre Richtung. Es traf ihr linkes Bein, und sie drehte sich auf der Stelle um, den Hammer in beiden Händen, bereit und willens, ihn einzusetzen. Sobald sie Tomek erkannte, löste sich die Anspannung in ihrem Körper und sie senkte den Gegenstand zu ihrer Seite. Bevor sie etwas sagte, eilte sie zum Lautsprecher und schaltete die Musik aus.

»Tomek«, sagte sie, während sie gemächlich auf ihn zuging und sich das Haar aus den Augen strich. »Was machen Sie hier?«

»Tut mir leid, wenn ich störe«, sagte er. »Ich wollte nicht in Ihre Nähe kommen, nicht, während Sie das in der Hand haben.«

Rose blickte auf den Hammer hinunter und legte ihn dann auf einen Werkzeugkasten.

»Sind Sie gekommen, um zu helfen?«

»Nicht wirklich«, sagte er. »Diese Art von Dingen war nie etwas für mich. Mein Vater baute früher Häuser für seinen Lebensunterhalt, hatte seine eigene Baufirma, also wäre das genau sein Ding.«

»Sie sollten ihn mal einladen. Vielleicht könnte er mir zur Hand gehen.«

»Ich werde sehen, ob er Zeit hat.« Tomek legte die Hände auf die Hüften und begutachtete den Raum. In dem einen Tag, seit er zuletzt hier gewesen war, hatte Rose es geschafft, die Küche vollständig auszuräumen und eine Wand, die sie mit dem Wohnzimmer verband, niederzureißen, wodurch ein schöner, offener Raum entstanden war. »Sie waren fleißig.«

»Ich habe viel durchgemacht«, antwortete sie. »Es stellt sich heraus, dass das Zerstören von Dingen gut für die Seele und das Immunsystem ist.«

Tomek lachte.

»Sind Sie hier, um meine Arbeit zu loben?«

»Nein.«

»Wenn Sie nicht hergekommen sind, um zu helfen«, begann sie, »und wenn Sie nicht hergekommen sind, um meine Arbeit zu loben, warum sind Sie dann hier?«

»Es geht um Johnny.«

Bei der Erwähnung ihres Ehemanns verschwand die Freude aus ihrem Gesicht.

»Oh.«

»Wir haben ihn heute Nachmittag wegen Angelicas Mord und des versuchten Mordes an Ihnen angeklagt. Er wird ins HMP Chelmsford geschickt, wo er bis zum Prozess in Untersuchungshaft sein wird. Wir haben noch kein Datum, aber ich gehe davon aus, dass von Ihnen erwartet wird, vor Gericht zu erscheinen, besonders nach dem, was er Ihnen angetan hat.«

Rose nahm ein Handtuch vom Werkzeugkasten und begann, ihre Hände abzuwischen. Dann drehte sie ihm, ohne etwas zu sagen, den Rücken zu und ging in den Küchenbereich. Tomek folgte ihr. Zu seiner Rechten entdeckte er ein riesiges Loch in der Wand.

»Sind Sie versehentlich hindurchgefallen?«, scherzte er.

Rose zeigte auf einen Vorschlaghammer auf der anderen Seite des Küchenbodens. »Nein, aber dieser Bursche hat's getan.«

In dem, was einst der Türrahmen gewesen war, stehend, betrachtete Tomek den Rest des Skeletts der Küche. Braune Kreise übersäten den Boden von Verschüttungen über die Jahre hinweg. Drähte und Kabel ragten aus den Wänden hervor, an der Stelle, wo einst der Ofen und die Waschmaschine gestanden hatten. Werkzeuge und Schutt lagen auf dem Linoleumboden verstreut, und auf der anderen Seite der Küche stand eine große Kiste.

Rose ließ ihr Handtuch darauf fallen. Tomek beobachtete, wie es auf die Kiste fiel, und wünschte sich sofort, er hätte es nicht getan.

Dort, unter dem Handtuch versteckt, befand sich ein Gegenstand, der ihn den Atem anhalten ließ: eine Schweißermaske und schwarze Overalls. Die Kleidung der mysteriösen Frau von den Nights of Eden-Partys. Die Kleidung der Frau, mit der Angelica mehrere Nächte verbracht hatte. Die Frau, die sie Emilia Solveig weggenommen hatte. Darunter, aus dem Material herausragend, war etwas, das Tomek sofort erkannte. Eine weitere Einladung von Micky Tatton zu The Nights of Eden. Adressiert an Angelica.

Tomek öffnete seinen Mund, stotterte aber.

»Ist alles in Ordnung?«, fragte Rose.

Er stolperte. In seiner Tasche begann sein Handy zu vibrieren.

»Sie...« Seine Gedanken liefen mit ihm davon. »Sie sagten... Sie sagten, das Badezimmer sei fertig? Ist es in Ordnung, wenn ich es benutze?«

»Sie haben mir noch nicht einmal ein Getränk angeboten«, erwiderte sie.

»Ha. Entschuldigung. Ich...«

»Natürlich können Sie. Glauben Sie, Sie können es finden?«

Das Telefon hörte auf zu klingeln.

»Ja, ich sollte es schaffen.«

Langsam schlurfte Tomek hinaus. Als er sich zum Badezimmer begab, waren der Raum, die Wände, der Boden alle schwarz geworden und verschmolzen zu einem Ganzen. Sein Kopf fühlte sich schwindelig an, leicht. Sein Puls hämmerte in seinen Ohren, und für einen Moment dachte er, Rose hätte die Musik wieder angestellt. Er fühlte sich, als wäre er aus seinem Körper gerissen worden, seine Gliedmaßen bewegten sich frei und unabhängig voneinander, als wäre er nicht am Steuer.

Schließlich, nach dem, was sich wie der längste Spaziergang der Welt angefühlt hatte, betrat Tomek das Badezimmer und schloss die Tür hinter sich. Sie hatte recht. Das Badezimmer war fertig. Die weißen Fliesen auf dem Boden, die Porzellantoilette und das Waschbecken nebeneinander, das Fenster darüber, die Badewanne, die in die Ecke gequetscht war, die Weidenholzaufbewahrungseinheit in der anderen Ecke. Es war, als würde man in eine andere Welt treten. Eine Welt, die Tomek noch mehr verwirrte und desorientierte.

Dann klingelte sein Telefon erneut und holte ihn aus seinen Gedanken.

Er zog es heraus und antwortete.

»Es war Rose«, schrie Chey in sein Ohr. »Rose war diejenige, die von der Bibliothek aus auf Angelicas Blog gepostet hat. Du musst sofort da raus. Uniformierte sind auf dem Weg.«

Gerade als Tomek antworten wollte, hörte er das Geräusch einer sich schließenden Tür.

Die Haustür.

Sie flüchtete!

Tomek steckte sein Telefon in die Tasche und riss die Badezimmertür auf.

Das Licht, das sich im Metallkopf des Hammers spiegelte, fiel ihm zuerst auf, und er reagierte instinktiv, duckte sich unter dem Schwung weg und vermied den tödlichen Schlag auf den Schädel. Rose, die ihre Schweißermaske trug, brüllte, als sie den Hammer erneut erhob, um ihn auf ihn niederzuschlagen. Aber er war zu schnell für sie. Er streckte die Hand nach ihm aus, packte sie und schleuderte ihn von ihnen weg. Das Metallwerkzeug flog durch die Luft und krachte in die Wand auf der gegenüberliegenden Seite des Badezimmers, wodurch ein großes Loch entstand. Unter seinem Griff benutzte Rose ihre andere Hand, um auf seine Rippen und sein Gesicht einzuschlagen und zu kratzen. Sie war überraschend stark, und ihre Nägel rissen durch die Haut an seiner Wange und seinem Hals. Widerwillig löste Tomek seinen Griff um ihren Arm, und als er losließ, wickelte sie beide Arme um ihn und schob ihn rückwärts, wobei sich ihre Nägel in sein Fleisch gruben. Ehe er sich versah, lag er in der Badewanne und schlug mit dem Hinterkopf gegen die Wand. Dann drehte Rose das Wasser auf. Der Wasserstrom verwirrte ihn und ließ ihn nach Luft schnappen. Sie hielt seinen Kopf für einige Sekunden unter Wasser, bevor sie sich umdrehte und davonsprintete. Mit seinen Händen, geblendet durch das Wasser in seinen Augen, fand Tomek einen Halt am Rand der Wanne und zog sich heraus. Rose versuchte zu fliehen, aber Tomek hatte andere Pläne. Er streckte eine Hand aus, packte ihre Overalls, legte seine Arme um ihre Taille, schloss sie in einer Bärenumarmung ein und hob ihre Füße vom Boden. Roses Arme und Beine zappelten in der Luft. Dann fanden sie einen Halt an der Toilette, und mit all der Kraft in ihren Beinen stieß sie ihn rückwärts. Gemeinsam, als wären sie in einer Szene aus »Titanic«, stolperten sie rückwärts, wobei Tomeks Oberkörper in die Trockenbauwand krachte und ein großes Loch schuf. Als er zu Boden fiel, ohne Atem und benommen, wurden sie mit Trockenbauwand und

Farbsplittern überschüttet, Rose kletterte von ihm herunter und eilte zum Ausgang.

Als er wieder zu sich kam und mit den Händen über die Oberfläche des Bodens strich, fand er den Hammer. Er legte seine Finger um den Griff, hob ihn an, zielte und warf ihn. Der Hammer überschlug sich in der Luft, bis er mit dem Hinterkopf von Rose in Kontakt kam und sie ins Waschbecken schleuderte, das unter ihrem Gewicht zusammenbrach. Als ihr Körper zu Boden fiel, brach das Wasser aus dem Waschbecken hervor und begann in die Luft zu spritzen, wobei es schnell den Boden und die Wände bedeckte. Innerhalb weniger Sekunden kam Tomek wieder zu Atem und torkelte auf allen Vieren auf sie zu. Zuerst griff er nach dem Hammer und warf ihn ins Wohnzimmer, dann rollte er ihren Körper um und fühlte nach einem Puls.

Sie lebte. Atmete, aber bewusstlos.

Tomek sank zu Boden und lehnte sich an die Seite der Badewanne, während das Wasser aus dem gebrochenen Waschbeckenrohr ihn weiter durchnässte. Er saß dort für einige Momente, holte Atem, keuchte. Er drehte sich um, um die Zerstörung zu begutachten, die ihre Auseinandersetzung verursacht hatte. Das zerbrochene Porzellan auf dem Boden. Die Blutlache von der Wunde am Hinterkopf von Rose, die sich mit dem steigenden Wasserpegel vermischte und wirbelte. Der Hammer, bedeckt mit Trümmern von der Trockenbauwand hinter ihm. Und dann sah er es, glitzernd unter dem Licht.

Langsam kletterte er auf die Füße und trat darauf zu, wobei er seine Rippen hielt und die Seite seines Gesichts massierte.

Bei dem Angriff hatte Tomek ein riesiges Loch in die Trockenbauwand neben der Badewanne geschlagen, und darin verborgen war ein großer Plastikbeutel mit Zip-Verschluss. Er zog ihn heraus und begutachtete den Inhalt. Darin waren das Kleid und die Unterwäsche, die Angelica in der Nacht ihres Todes getragen hatte. Ihr Mobiltelefon. Ein dreißig Zentimeter langer Dildo, der zur Vergewaltigung benutzt worden war. Ein weißes Engelskostüm und ein Paar Flügel. Ein Pinsel, noch mit Blut bedeckt. Ein langer, dünner Plastikschlauch und eine große Dose Farbe, mit getrocknetem Blut bedeckt.

Beweise für den Mord, der hier stattgefunden hatte.

Beweise dafür, dass Rose Angelica getötet hatte, vermutlich in genau diesem Raum, ihren Körper ausbluten ließ, sie vergewaltigte, sie reinigte und dann eine Schicht Make-up auf ihr Gesicht auftrug.

Während er weiterhin die Tasche betrachtete, wurde die Haustür der Wohnung aufgebrochen und kurz darauf strömten mehrere Beamte herein. Chey war der Erste, der im Badezimmer ankam. Er hielt plötzlich im Türrahmen an und betrachtete die Szene.

»Ist sie tot?«, fragte er unverblümt.

»Nein«, antwortete Tomek, »aber Angelica ist es wegen ihr.«

KAPITEL
DREIUNDSECHZIG

Nach zwei Tagen intensiver Befragung hatte Rose schließlich nachgegeben und ihnen alles erzählt. Seit sie ihre Schwägerin zum ersten Mal gesehen hatte, war sie von ihr besessen gewesen, fasziniert von ihrer Schönheit und der Güte ihrer Seele. Im Laufe der Jahre waren dieses Verlangen und die Begierde gewachsen, und als sie spürte, wie sie sich von Johnny entfernte, hatten sich ihre Gefühle nur noch verstärkt. Aber erst als Angelica ihr von den »Nights of Eden«-Partys erzählt hatte, hatte Rose einen Vorwand gefunden, ihre Beziehung auf die nächste Stufe zu heben. Sie hatte eine Einladung aus Angelicas Mantel gestohlen und sich damit Zugang zur Party verschafft. Dort hatte sie sich als Schweißerin verkleidet, Angelica angesprochen, und gemeinsam hatten die beiden die Nacht miteinander verbracht. Für Angelica war es eine Überraschung gewesen, ihre Schwägerin dort zu sehen, aber es hatte sie keineswegs gestört. Infolgedessen hatte sich ihre Beziehung im Geheimen entwickelt; sie trafen sich jeden Monat zum Sex, um Zeit miteinander zu verbringen und den Trost der Gesellschaft des anderen zu genießen. Angelica hatte die gleichen intensiven Gefühle gehegt, erklärte Rose, aber sobald sie von dem Baby erfahren hatte, hatte Rose beschlossen, dass ihre Beziehung nicht weitergehen konnte. Angelica hatte sie belogen, verraten. Das Baby würde alles verändern, alles ruinieren, und das konnte Rose nicht ertragen. Wenn sie sie nicht haben konnte, dann sollte sie niemand haben. Und so hatte Rose in der Nacht von Angelicas Tod ihr über WhatsApp geschrieben, als sie wusste, dass sie betrunken sein würde, sie abgeholt, zur Wohnung gebracht und dann getötet. Glücklicherweise, zumindest ihrer Meinung nach, hatte sie Unterstützung von Adam Egglington erhalten, dem es gelungen war, Angelica die Vergewaltigungsdroge unterzujubeln, als sie nicht hingeschaut hatte, deren Wirkung bereits wenige Minuten nach ihrer Ankunft in der Wohnung eingesetzt hatte. Der Rest des Abends sei mit der Feinfühligkeit und Zuneigung verlaufen, die Angelica verdient hatte, hatte Rose ihnen erzählt.

Tomek konnte sich den Rest zusammenreimen und hörte auf, den Livestream im Einsatzraum zu verfolgen. Er verließ den Raum und ging zu seinem Schreibtisch, während Schuldgefühle seinen Körper und Geist quälten. Er saß erst wenige Augenblicke an seinem Schreibtisch, als Victoria seinen Namen von der anderen Seite des Büros rief.

»Haben Sie einen Moment Zeit?«, fragte sie.

Tomek bestätigte, dass er Zeit hatte, und ging langsam zu ihr hinüber.

»Setzen Sie sich«, sagte Victoria, als er die Tür hinter sich schloss.

Tomek tat, wie ihm geheißen.

»Wie fühlen Sie sich?«

Er bemerkte die Sanftheit und Einfühlsamkeit in ihrem Ton.

»Ich habe mich schon besser gefühlt«, antwortete er.

»Was bedrückt Sie?«

»Ich hätte fast einen unschuldigen Mann ins Gefängnis gebracht.«

Victoria kaute auf ihrer Unterlippe. »So etwas passiert«, sagte sie. »Sie sollten einfach dankbar sein, dass Sie die richtige Person zur richtigen Zeit gefasst haben.«

Tomek fand darin wenig Trost.

»Brauchen Sie etwas Zeit frei?«, fragte Victoria.

Er hielt inne, um darüber nachzudenken. Zeit frei? Um die Gedanken und Schuldgefühle gären zu lassen? Nein, danke.

»Ich komme klar.«

»Nun, wenn Sie jemals jemanden oder etwas brauchen, wissen Sie, mit wem Sie sprechen können.«

»Nick?«

»Leck mich«, sagte sie und unterdrückte ein Kichern. »*Mich*. Ich bin gerne bereit zu reden, wenn Sie etwas brauchen. Ich bin auch hier, um Ihnen zu helfen, an den Verbesserungen zu arbeiten, die Sie vornehmen können, um ein besserer Inspektor zu werden.«

Tomeks Blick fiel auf den Tisch. »Darüber...«, begann er. »Ich habe nachgedacht.«

Über das und alles andere.

»Und?«

»Und ich glaube nicht, dass ich bereit bin, Inspektor zu sein. Verstehen Sie mich nicht falsch, ich bin dankbar für die Gelegenheit, die Sie mir gegeben haben, aber ich muss vorerst ablehnen. Ich hätte fast eine unschuldige Person ins Gefängnis gebracht, und ich glaube nicht, dass ich mit der Möglichkeit leben könnte, denselben Fehler noch einmal zu machen.«

KAPITEL
VIERUNDSECHZIG

Tomek saß in der Ecke des Fork and Spoon, drehte sein Bierglas in der Hand und starrte auf den Fußball im Fernsehen. An der Bar saßen zwei Typen in Jeans, die aussahen, als wären sie seit Jahren nicht gewaschen worden, und tranken langsam ihre Getränke, während sie die Spieler auf dem Platz anbrüllten und beschimpften, als könnten diese sie aus mehreren hundert Kilometern Entfernung hören.

Tomek trank den letzten Schluck seines Getränks und machte sich auf den Weg zur Bar.

»Verdammt, pass den Ball, du Arschloch!«, brüllte der Mann neben ihm. Und einen Moment später: »Verdammt, pass ihn! Du verdienst hunderttausend pro Woche und kannst den scheiß Ball nicht abgeben!«

Tomek ignorierte ihn und wartete, bis der Besitzer, Jim, zu ihm kam. Ein paar Sekunden später erschien er und griff nach Tomeks Glas.

»Noch mal dasselbe, Kumpel?«

»Bitte, Jim.«

Jim nahm das Glas entgegen und begann, sein Bier zu zapfen. Tomek beobachtete, wie die dicke, gelbe Flüssigkeit langsam im Glas anstieg und Blasen zur Oberfläche stiegen.

»'Ne Mark für deine Gedanken?«, fragte Jim, als er das Getränk vor ihn stellte.

Neben Tomek schrie der Fußballfan weiter Schimpfwörter in Richtung Bildschirm.

»Die willst du gar nicht wissen«, antwortete er und drehte sich zu der Stelle in der Kneipe, wo einst der Automat gestanden hatte. »Nicht so erfolgreiches Geschäft, was?«

»Das kannst du dir nicht vorstellen«, antwortete Jim. »Ich schwöre bei Gott, wenn ich den Mistkerl je erwische, der mir das Teil verkauft hat, breche ich ihm die verdammten Kniescheiben.«

»Nicht die Art von Dingen, die man einem Polizisten gesteht, Jim. Aber ich drücke diesmal ein Auge zu.«

»Du bist Bulle?«, kreischte der Fußballfan und drehte seinen Oberkörper zu Tomek.

»Leider ja«, antwortete Tomek. »Irgendwer hat irgendwann mal entschieden, dass es eine gute Idee wäre, mich zu einem zu machen.«

Zunächst hatte Tomek erwartet, dass der Mann nach ihm schlagen oder einen Streit anfangen würde, aber die Realität sah ganz anders aus. Der Mann stellte sein Bier auf den Tresen und klopfte Tomek auf den Rücken. »Gute Arbeit. Mein Vater hat in den Siebzigern und Achtzigern mit den Hunden gearbeitet. Habe großen Respekt vor dir und deiner Arbeit.«

»Danke«, erwiderte Tomek, leicht verdutzt.

»Arbeitest du an dem Mord mit dem jungen Mädchen in der Kirche?«

»Ja.«

»Ich hab gesehen, dass ihr eine Verhaftung vorgenommen habt. Sehr gut. Verflucht schlimm, was dem Mädchen passiert ist.«

»Danke«, sagte Tomek. »Ich war eine Zeit lang der SIO.«

Der Mann streckte seine Hand aus. Sie war schweißig und klamm, aber das störte Tomek nicht.

»Gute Arbeit. Die Welt könnte viel mehr Menschen wie dich gebrauchen.«

Tomek lächelte verlegen. Er wusste nicht, was er sagen sollte. Es kam nicht oft vor, dass er Lob erhielt, schon gar nicht von Außenstehenden.

Einen Moment später stellte Jim das Kartenlesegerät vor Tomek.

»Bereit, wenn du es bist«, sagte er.

Als Tomek in seine Brieftasche griff, um seine Karte herauszuholen, hielt der Mann ihn auf und sagte: »Das geht auf mich, alles klar?«

»Nein, das kann ich nicht annehmen.«

»Quatsch. Das ist das Mindeste, was ich tun kann.«

In diesem Moment fühlte sich Tomek wirklich geehrt. Dass ein völlig Fremder seine Arbeit schätzte, verstand und anerkannte, welchen Tribut sie von ihm forderte, war etwas, das er noch nie zuvor erlebt hatte. Und nachdem er zugelassen hatte, dass der Mann in seine Tasche griff und etwas Bargeld rüberreichte, blieb Tomek an der Bar und schaute mit ihm Fußball. Er teilte die Frustration des Mannes über die völlige Unfähigkeit der Spieler, den Ball abzugeben, und gemeinsam schrien sie zehn Minuten lang den Fernseher an, bis zur Halbzeit.

Gerade als der Pfiff ertönte, spürte Tomek, wie sein Handy in seiner Tasche vibrierte.

Er hielt seinem neuen Freund einen Finger entgegen, entschuldigte sich und trat zur Seite. Er nahm den Anruf entgegen, ohne die Anrufer-ID zu überprüfen, und hielt sein Telefon ans Ohr.

Für ein paar Sekunden herrschte völlige Stille.

Dann war das Geräusch von schwerem Atmen zu hören.

Dann: »Hallo, Tomek. Warum hast du nicht versucht, mich anzurufen? Ich habe wochenlang neben meinem Telefon gewartet. Wie geht's dir? Ich habe eine kleine Überraschung für dich, wenn du nach Hause kommst. Sie sollte heute mit der Post angekommen sein.«

REZENSION SCHREIBEN

Da wären wir. Ende.

Also, ich sage « wir » … ich meine euch. Danke.

Danke, dass ihr bis hierhin durchgehalten habt und mir treu geblieben seid, während ich mir diese unglaublich wilden und bizarren Geschichten ausdenke und sie später zu Papier (oder besser gesagt, in digitale Dateien) bringe.

Amazon ist voll von Millionen von Büchern (buchstäblich, und ich verwende diesen Begriff nicht leichtfertig), daher ist es oft schwierig, die nächste Lektüre zu finden. Man möchte einfach wissen, in welches Buch man als nächstes eintauchen soll. Aber manchmal hat man keine Zeit, sie alle durchzugehen. Was also tun?

Natürlich die Rezensionen lesen.

Wir nutzen sie in jedem Bereich unseres Lebens. Restaurants. Filme. Unser nächster Fernseher. Kopfhörer. Fast alles wird von den Gedanken anderer bestimmt.

Verrückt, nicht wahr?

Aber was passiert, wenn man auf ein Buch ohne Rezensionen stößt? Man schreckt vielleicht davor zurück. Es ist schwer, dem Buch zu vertrauen.

Ihre Zeit ist kostbar. Sie wollen sie nicht mit enttäuschenden Geschichten verschwenden. Niemand möchte das. Und das möchte ich auch nicht für Sie. Manchmal mache ich mir Sorgen, dass dieser Geschichte dasselbe passieren könnte. Aber es gibt eine Lösung.

Eine Rezension hilft viel. Und sie gibt mir das Selbstvertrauen, die verrückten Gedanken in meinem Kopf weiter zu verarbeiten. Wenn Sie einen Moment Zeit haben, würde ich mich sehr über eine Rezension freuen. Es muss nicht viel sein – nur ein paar Worte darüber, wie Sie das Buch finden.

Vielen Dank.

Ihr freundlicher Autor,

Jack Probyn

TRETEN SIE DEM VIP-CLUB BEI

Ihr KOSTENLOSES Buch wartet auf Sie

Verfügbar, sobald Sie dem Club beitreten
Holen Sie sich jetzt Ihr KOSTENLOSES Exemplar der Prequel-Novelle

zur DS Tomek Bowen-Reihe auf jackprobynbooks.com, wenn Sie meinem VIP-E-Mail-Club beitreten.

AUCH VON JACK PROBYN

Ableben mehr Fragen auf als es Antworten liefert. Unter wachsendem Druck muss DS Tomek Bowen die letzten Tage eines Mannes rekonstruieren, der von Kontroversen lebte. Seine Ermittlungen decken ein Netz aus Täuschungen auf, das sich von den Korridoren Westminsters bis in die dunkelsten Ecken von Essex erstreckt. Doch je näher Bowen der Wahrheit kommt, desto klarer wird ihm - dies war nicht nur Mord. Es war eine Botschaft. Und jemand wird alles tun, um ihre Bedeutung im Verborgenen zu halten.

Der Kuss Des Todes herunterladen

BUCH 5: DER GESCHMACK DES TODES

An einem windigen und eisig kalten Morgen besucht Morgana Usyk, Besitzerin eines der Lieblingsplätze von DS Tomek Bowen, Morgana's Café, den etwas über eine Meile vor der Küste gelegenen Mulberry Harbour. Kurze Zeit später wird ihre Leiche in den flachen Gewässern gefunden, treibend neben dem Hafen. Erste Berichte und Augenzeugenaussagen besagen, dass sie den Mörder vom Tatort fliehen sahen. Doch als Sturm Alisha aufzieht und alle Beweise wegspült, steht Bowen mit seinem Team auf verlorenem Posten. Jetzt steigt das Wasser. Und Morganas Leiche wird nicht die einzige sein, die sie darin finden werden.

Der Geschmack Des Todes herunterladen

BUCH 6: DER ENGEL DES TODES

Als die Flugbegleiterin Angelica Whitaker nach einer Nacht in einem der beliebtesten Nachtclubs von Southend als vermisst gemeldet wird, wird der Fall zum ersten Mal in seiner Karriere an DS Tomek Bowen übergeben. Sobald die Ermittlungen beginnen, richtet sich der Verdacht auf den Mann, mit dem sie im Club getanzt hat. Doch als ihre Leiche später in einer Kirche gefunden wird, positioniert wie ein Engel, deuten dieselben Indizien auf einen berechnenden, gefassten und sadistischen Killer hin. Aber während die Ermittlungen voranschreiten und Tomek tiefer in das Leben des Opfers eintaucht, wird klar, dass es keinen Mangel an Verdächtigen gibt und jeder seine Geheimnisse hat — manche mehr als andere...

Der Engel Des Todes herunterladen

BUCH 7: DER RETTER DES TODES

Während eines heftigen Sturms wird ein lokaler Radiomoderator brutal in seiner Villa in Essex ermordet. Als sich die Wolken und der Regen am nächsten Morgen lichten, entdecken DS Tomek Bowen und sein Team einen Tatort, der an etwas aus den Geschichtsbüchern erinnert. Die Beweise deuten darauf hin, dass es sich um einen zufälligen Mord handelte. Doch als Tomek die Schichten im Leben des Opfers nach und nach abträgt, wird ihm klar, dass hinter dem Radiomoderator mehr steckt, als man auf den ersten Blick vermuten würde.

Der Retter Des Todes herunterladen

BUCH 8: DER ATEM DES TODES

Mersea Island. Über 2.500 Hektar Ackerland, Marschland und mehrere Wohnwagenparks. Normalerweise ist es die Heimat von 7.000 Menschen. Aber für das Feiertagswochenende im August beherbergt es zwei weitere Bewohner: DS Tomek Bowen und seine Tochter Kasia, die versuchen, das Ende der Schulferien, das Ende des Sommers und das Ende von Tomeks verlängerter Auszeit von der Arbeit bestmöglich zu nutzen.

Der Atem Des Todes herunterladen